黄霖 編著

# 歷代小説話

十五

鳳凰出版社

# 我之小説話

� 哉 撰

載於《新世界》一九二六年九月二十一日。作者勔哉，姓鄭，在當時《餘興》、《小鐸》乃至軍事、宗教性刊物上散見一些文字，餘不詳。本文對『近人』的小説作了排名，認爲『《孽海花》爲第一，足與《水滸》、《石頭記》相抗衡』。吴趼人的小説『以《怪現狀》爲第一，《恨海》爲第二，《劫後餘灰》爲第三』。而李伯元的『《官場現形記》一書，尤傷支離』。另外可注意者，他指出『天笑生於近代小説家頗有新思想』，這比起後來者將他視爲『舊派小説家』的頭領來，更爲實事求是。

《紅樓夢》一書原書只有八十回，大抵寫《孽海花》之類耳，後人貂尾加續成一百二十回，其結局雖奇，然尤不免太落蹊徑。一剥一復，雖見苦心，似亦無關大旨，而續得如此，已難能矣。此書從來文人墨士、名園閨秀無不閲之，甚至爲情誓非寶玉不嫁，非黛玉不娶。甚矣，小説之力，大哉！《聊齋》爲短篇小説之海，較之古今筆記，寫有趣味而筆又極清靈之妙，人恒以多狐鬼之事，荒誕不經。其實人事有窮盡，而狐鬼之事無涯涘，較可發揮，况當時文網正密，非語言陰藏不可。蓋《聊齋》一書爲遺老憤世之作也，然江浙多迷信，士大夫亦侈言之，蓋其狐鬼之浸人腦也深矣。

近人著述以《孽海花》爲第一，足與《水滸》、《石頭記》相抗衡，惜稿未完，續者草率成篇，不足留目也。讀吴趼人《二十年目睹之怪現狀》如睹電影戲，魚龍曼衍，不欲住手，亦佳作也。

我佛山人撰小説至多，當以《怪現狀》爲第一，《恨海》爲第二，《劫後餘灰》爲第三。李伯元（即南亭亭長）小説名滿天下，《官場現形記》一書，尤傷支離。

天笑生於近代小説家頗有新思想，倘曩者以彩輿迎歸，與又華易兄妹而成伉儷，詎非家庭之幸？現名分已定，幻想徒存，思念及此，深悔當時之未置長思也。

毓芬於國學本已具有根底，加以研討，故每試必輒冠其曹，當嘉賞之，詎同學由羡生妬思，藉端以傾之。有吴某者，工心計，與同學謀，以己日常之什物，暗藏於校場敗垣下，令人僞爲趙氏命，使毓芬歸，已則以失物訴校長。校長乃從事偵查，得於堵下。衆人咸以毓芬適間出校爲詞，故相嗟歎，若深爲毓芬惜者。校長信之，乃命人追毓芬使返。毓芬不知何爲，頗惶遽。校長睹狀，益疑惑，厲言疾色以斥之。毓芬堅不承。又華以事出可疑，就詢毓芬，芬語之故。及歸，趙氏并無此命，始知同學之譎也。又華大憤，欲報之，毓芬不可，曰：『妹妹自問與心無違，彼曾參殺人之事，何傷於我哉！』言之適以招忌，不如其已也。又華韙其言，乃罷。

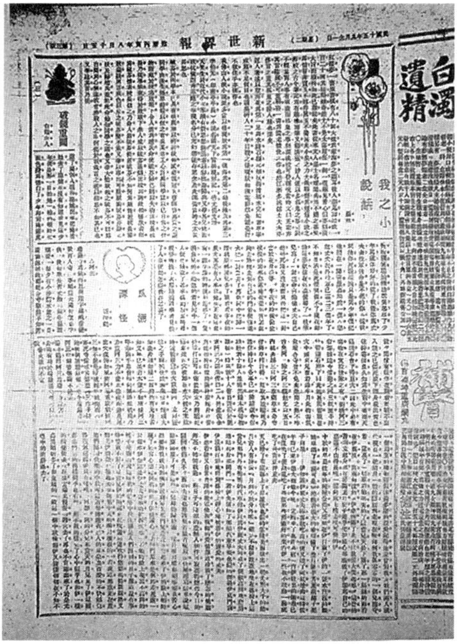
新世界報

我之小說話

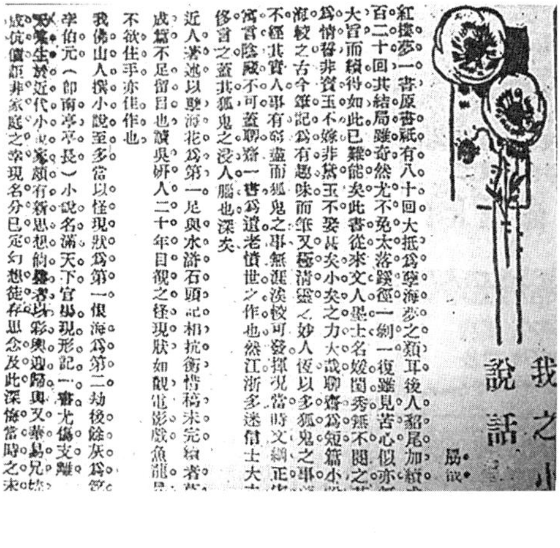
我之小說話

紅樓夢一書，原書祇有八十回，大抵爲學海夢之類耳。後人貂尾加續
百二十回，其結局雖奇，然尤不免太落蹊徑，一刻一復，雖見苦心，似亦
大旨而續，得如此已難能矣。此書從來文人墨士名媛閨秀，無不閱之
爲情，務非資玉不嫁，非黛玉不娶，甚矣，小矣之力，大哉。聊齋爲短篇小
海較之古今筆記，爲有趣味，而筆又極清遠之妙人，但以多狐鬼之事
不徑其實，人事有窮盡，而狐鬼之事，無涯涘，較可發揮，况當時文網正
寓言陰藏，不可盡聊齋一書，爲遺老憤世之作也，然江浙多迷信，士大
修習之，蓋其狐鬼之浸人腦也深矣。

近人著述，以孽海花爲第一，足與水滸石頭記相抗衡，惜稿未完，續者
戍篇不足留目也。讀吳妍人二十年目覩之怪現狀，如覩電影戲，魚龍
不欲住乎，亦佳作也。

我佛山人撰小說至多，當以怪現狀爲第一，恨海爲第二，劫後餘灰爲
李伯元（即南亭亭長）小說，名滿天下，官場現形記一書，尤傷支離

# 小說瑣話

徐絜　撰

載於《良友》畫報一九二六年七月十五日第六期。《良友》，大型綜合性畫報，主要刊載新聞、圖片，於一九二六年十月在上海創刊，創辦者爲伍聯德，兼總編輯，後由周瘦鵑、梁得所等主持編務，一時廣受大衆歡迎。中間時停時復，於一九四五年終刊。徐絜，具體不詳，曾見於《良友》等期刊上發表零星小文。第一則引用了林紓的一則話，言狄更斯的小說畫盡了『一時社會上人物之魂魄』，給予高度評價，而作者認爲林紓也達到了這一境界。這或許言之過當，但在文學革命之後的一九二六年，人們對林紓有此評價，恐非偶然。第二則進一步明確表達了文學『以動人情緒爲貴』，而不當以文白判高下。他認爲『白話小說今不如古，文言小説古不如今』，似與主流話語不合，但静言思之，實非全謬。清末民初的文言小説與之前相比，有明顯進步。

# 一

故名小説家林琴南先生曰：『余作小説時，腦中有時初無稿本，用二百四十錢狼毫之筆，一蘸濃墨，而小説已汩汩而來，或千旋百轉，若織女機絲抽之不窮。逾日乃茫然不記，轉樂聽他人之道吾小説，津津有味，若非出諸吾筆者。怪哉怪哉！老妾言余筆尖有小鬼，如英人小説中所謂拍克者。』昔緑天翁謂狄更司（C. Dickens）每一摇筆，則一時社會上人物之魂魄，自犇赴腕下，如符籙之役使鬼物焉。嘗有畫師，讀狄更司著書之畫，於其背面作雲煙蓊蔚之狀。中有種種男女，老者少者，俊者醜者，容則醉飽者、飢寒者，冠則小冠者、大冠者，衣則新者、舊者，其狀則各憂其所憂、喜其所喜，得意於其所得意、失望於其所失望。是皆狄更司小説中之主人，亦即世界衆生之行樂圖，無古無今，悉爲此老寫盡矣。吾於林先生亦云。

## 二

小説家言以動人情緒爲貴。白話固可以通俗，文言亦含有餘味。白話之弊。在佶屈聱牙，不堪卒讀；文言之弊，在蕪雜堆砌，餖飣滿紙。而一覽無餘之病，白話尤易犯之。要之，小説以造意爲主，措辭爲副，文言白話初無優劣也。《紅樓》、《水滸》，白話也，吾不厭百回讀之。《花月痕》、《緑野仙蹤》，文言也，吾一讀即唾棄之。而何諏之《碎琴樓》、《畏廬筆記》等書，吾讀之如啖諫果，津津若有餘味。而某種之白話小説，美歟醜歟，合人作三日惡。故吾嘗謂：白話小説今不如古，文言小説古不如今也。識者當不河漢斯言。

小說瑣話（二）

良友
每月一冊
第六期
THE YOUNG COMPANION
上海北四川路良友印刷公司發行

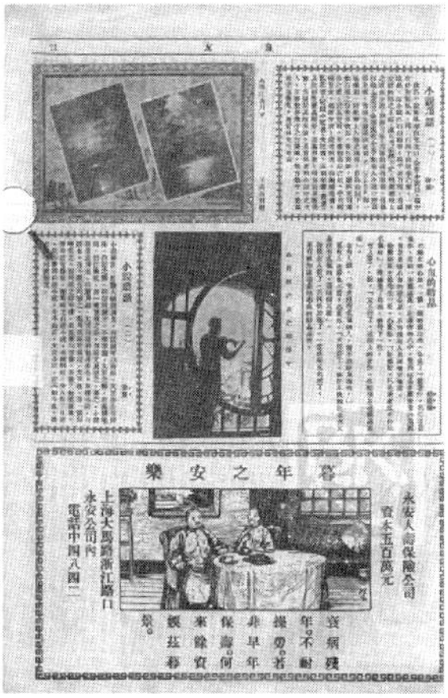
暮年之安樂
永安人壽保險公司
資本五百萬元
上海大馬路浙江路口
永安公司內
電話中四八四二

# 小説雜談

顧醉萸　撰



載於《聯益之友》一九二六年十月一日第二十九期。顧醉萸，見同年《小説瑣談》提要。

本文兩則，前一則主要是對蘇曼殊的小説作出高度評價，認爲當時文言小説，惟蘇氏與何諏及林紓可鼎足而三，後繼者『止（張）慧劍一人，能承其權輿』。後一則談林譯小説，『當以《塊肉餘生述》爲第一』。此書原作者爲狄更斯，本來就有豐富的社會内容，又能將千頭萬緒，寫得絲毫不紊，其筆力不亞於吾國的曹雪芹、施耐庵，其『章法結構，與吾國古文又不謀而合』，從而得出了這樣的重要結論：『世界文字之美，實殊途而同歸！』而林紓的翻譯，『流利酣暢，與之俱化』，即達到了一種『化境』，從而使讀者分不出這是英國小説了。

曼殊大師蘇玄瑛，畸零身世，蓋代才華，詞章繪事之外，復工法盧文，旁及梵文釋典，亦無不精通，足跡幾遍國內，中年又東渡扶桑，西涉重洋，忽而皈依三寶，忽而遊戲人間，情場佛國，離合悲歡，無不躬嘗，洵稗苑之冠軍，亦天地之奇人也。惜長告短命，早赴玉樓，天喪斯文，溥海同悲。遺著有《碎簪記》、《斷鴻零雁記》及迻譯之《拜倫詩集》等，雖零縑斷紈，而讀者靡不珍如拱璧，蓋曼殊之名，可以傳矣。其所作《碎簪記》，係書其友人殉情之經過，通篇用側筆渲染，前後靈活，夭矯如龍，文尤靚麗無倫，似不食人間煙火氣者，此殆不壽之徵歟？《斷鴻零雁記》爲自叙體，首寫身世之飄零，不得已而逃禪，次述朝母之悲喜，留滯於三島，終記静子之纏綿，忍病而宵遁。其叙事之宛轉，章法之貫串，讀之令人愛不忍釋。夫文言小說而能自成一家者，捨林譯外惟何諏之《碎琴樓》與此二書，可成鼎足之勢也。林譯小說，近人多有摹仿而得其神似者，而曼殊之文，竟成廣陵散，良以學力人人可企及，而聰明則稟目天賦，若勉强而行之，徒見其刻鵠類鶩。試觀曼殊之文，空靈清幽，咸從大資中得來，求之近代作家，止慧劍一人，能承其權輿耳。聞曼殊尚有《焚劍》、《絳紗》兩記，迄未得一讀，然觀其命名，已可知内容之綿邈動人矣。而亦有謂此兩書乃他人所作，而以曼殊一生事跡爲其經緯云。

林譯小說，素膾炙人口，毋容他人之贅述。曩者陶寒翠君，曾爲之輯《林書叢論》，刊諸《新月》，考其統系，分其國界，就其所譯，每書加以叙評，可稱爲偉大工作，而亦大有裨於林譯小說史也。惜《新月》旋即停刊，繇是中止，所載祇引文及歐文小說一欄，以其師林者，無不惜之。惟林譯小說，浩如煙海，佳者固多，而書名假託者，亦復不少。以予所見，當以《塊肉餘生述》爲第一，上下四册，累千百萬言，而始終不懈，誠難能可貴。此書原爲迭更司自述其經歷，由少而壯，包涵數十年事，而社會色相，俱收腕底，千頭萬緒，不可捉摸，著者竟能逐一寫來，絲毫不紊，而鬬合接筍，處處顧到，脈絡顯然，不難按圖而索，著者之筆力，殆不亞於吾國曹雪芹、施耐菴輩。且章法結構，與吾國古文，又不謀而合。可見世界文字之美，實殊途而同歸，復得畏盧譯之，流利酣暢，與之俱化，讀未及半，幾不信其爲英國小説矣。予嘗欲不揣譾陋，爲斯書詳加詮注，終以人事卒卒，未遑及此。然讀好小説而未能闡發其幽妙，實等於無目，此所以每爲戚戚者也。涉筆至此，乃速類及之。

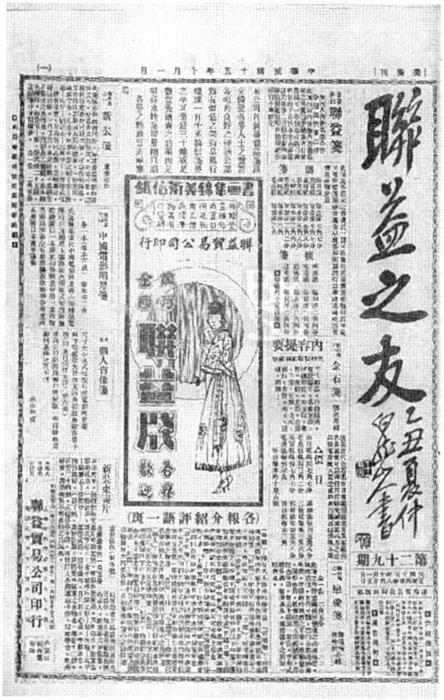

小說雜談　顧醉萸

曼殊大師（蘇玄瑛），畸零身世。蓋代才華。詞章繪事之外。復工法盧文。旁及梵文釋典。亦無不精通。足跡遍國內。中年又東渡扶桑。西涉重洋。忽而皈依三寶。忽而遊戲人間。倚瑒佛國。離台悲歎。無不弱管。淘稗苑之冠軍。亦天地之奇人也。惜長告短命。早赴玉樓。天喪斯文。海內同悲。遺著有碎簪記。斷鴻零雁記。及迻譯之拜倫詩集等。雖零縑斷紈。而讀者無不珍如拱璧。蓋曼殊之名。可以傳矣。其所作碎簪記。係書其友人殉情之經過。通篇用側筆渲染。前後靈活。夭矯如龍。文尤瑰麗無倫。似不食人間烟火氣者。此殆不壽之徵歟。斷鴻零雁記。爲自敘體。首寫身世之飄零。不得已而祝髮。次述朝母之悲喜。留滯於三島。終記靜子之纏綿。忍病而宵遁。其敘事之宛轉。章法之貫串。讀之令人愛不忍釋。夫文言小說而能自成一家者。舍林譯外。堆何得其神似者。而曼殊之文。覺哀感頑艷。良以學力入人而企及。而聰明則稟自天賦。若勉強而行之。徒見其刻鵠類鶩。試觀曼殊之文。從靈府而出。咸從大覺中得來。求之近代作家。止懸劉一人。能承其衣鉢則耳。聞曼殊尚有焚劍秋雨記。迄不得一讀。然觀其命名。已可知內容之纏

能忍於顏色也。是時巷柝催宵，金鐘報子。酒肴既設。匕箸畢陳。有婦焉周旋。自姚冶而跌宕。笥把鴨綠。橘剝猩紅。青瓷盛碧糯之羹。素手斟白蘭之釀。友食小飲中宵。不必復拘俗例。即伊亦紛忙供應。腹中富已楞飫。遂堅邀相共餐。花葉扶疏。半焉口胃。乃盡粥糜三甌。夫余與鳳芳雖艷。作杯盤之酬酢者。者番啓其端也。一友忽遠遊起。踐學邃室周旋。若有深疑

# 小説家評

洋場才子　撰

連載於《新世界》一九二六年十二月十五、十六、十七日。作者署『洋場才子』，即陳栩，見一九〇八年《樽邊録》提要。此文舉『老友某君據近代書評中贊語，製爲小説家評二十四則』爲綱，另加『短注』以發揮。其所評，形象得當，所以『時論歸之』。洋場才子的具體發揮多指點各家的代表性作品，論其短長，自有識見。尤可貴者，『詩禪』與『洋場才子』都能『悉本諸吾方寸』，能對一些當紅的小説家不但『不屑亂捧』，而且能直面批評，如對老資格的『小説家』嚴獨鶴指爲『非小説家，而當世乃有以小説家之名夥獨鶴者，獨鶴寖亦遂自命爲小説家矣』；評許指嚴『如學究講經』，『味同科舉』。作爲同一『舊派』陣營中的人對這些一時的名人能作這樣的批評，實爲難能可貴。

# 一

老友某君據近代書評中贊語，製爲小説家評二十四則，評騭極當，時論歸之。予兹取原贊，繫以短注，遊戲文耳。不敢遂自命爲中肯綮，更不敢謂此文出，便可登黜諸大小説名家之位置也。諸大小説名家，諒焉。

林琴南如怒貎吼山，萬木陰森，百獸震恐。

琴南翁諸譯作，雖反對古文最力之胡適先生，亦不能不贊爲史公後一人，餘子概可知已。時人談琴南翁作品，必首《茶花女遺事》。《茶花女》遣詞煉意之綿邈幽凉，固琴南翁精意之作。第自我觀之，似終不及《塊肉餘生述》。《塊肉餘生述》大氣磅礴，而參合詼諧、暢豔諸妙，能令人不厭百回讀也。此外，則《拊掌録》、《迦因小傳》爲一類，譬之笙簫；《黑太子南征録》、《髯刺客傳》爲一類，譬之鐘鈸。讀者求其與己性相近者，細讀之，自識其妙。

贊曰：怒貌吼山，極言其行文之閎勁有力；曰萬木陰森，則所以表其不作淺顯之筆也。

包天笑如靈妃入道，斷煙絶火，旦暮飛升。

中年小説家中，以天笑爲最修潔。其文無堆砌敷衍之病，長篇短作皆自成馨逸。《小説世界》首期所載《一星期之新聞記者》，非深知此中甘苦者不能道。天笑爲老記者，其落筆之沉痛而切當矣。天笑歷主《小説大觀》、《小説時報》、《婦女時報》、《星期》筆政，所提拔之人才不爲少。江紅蕉爲其内弟，畢倚虹爲其弟子。三人文風頗相近，筆跡亦有虎賁中郎之似。

贊曰：靈妃入道，斷煙絶火，空靈極矣。

李涵秋如驂馬下坡，從容調鞍，履險如夷。

涵秋之小説醇厚不及琴南，清麗不及天笑，而名滿天下，婦人孺子無不知李涵秋者，甚矣亦不可貌相，而數之不可斗量。予嘗謂涵秋文心無足取，文膽之粗，則舉世僅有一人。《廣陵散》爲李涵秋第一名作，其中叙事狀物，無筆不奇。『床下搜出猪油』一節，更想入非非。涵秋之功夫在此，涵秋之揚名在此，涵秋之見絶於通人亦在此。使涵秋不忘本色，而稍稍檢束其筆，則亦一程瞻廬已爾。涵秋安得遂成其爲涵秋也？友人胡君曰：『涵秋描寫一不堪之事，每不惜以全力寫之，其有書中稍好之人物，則喜挫辱之以爲快，不謂温温恭人之涵秋，乃有此傷天害理之筆也。』録之以見輿論之一斑。

贊曰：駕駿馬而下危阪，有不可名言之險，亦有不可名言之暢。逮其終也，能因掉鞍得法而化險爲夷。此一手法，涵秋最擅場。

海上説夢人如老農力田，深耕播種，但求收穫。

在交易所興盛時代，海上説夢人之小説最風行，世界書局至以每千字六金購説夢人稿。某小報嗤爲攫財。其實説夢人文筆，不可謂不靈活；小説選材，更不可謂不動人。《歇浦》一潮，以較《廣陵》一潮，未見其遜。涵秋説稿既能得善價；説夢人之稿，售六番千字，云胡不宜？只須社會上有冤桶如世界書局之類，願與交易，吾儕讀小説者，何必持籌握算，爲彼輩較量銖兩哉！説夢人朱姓，名瘦菊，以投稿《禮拜六》得名，後在《小申報》作《歇浦潮》，記黄浦某審員家事，引起滬人注意；復以大捧袁寒雲，得袁寒雲爲作一字，聲譽陡上。《歇浦潮》一百回結束，又在《紅雜志》續撰《新歇浦潮》，資料漸窘，不得不剪報紙上新聞，裝頭尾入小説中。雖閻瑞生斃蓮英事，亦鋪衍至萬餘字。

贊曰：老農力田，但求收穫，刺之深矣。

畢倚虹如典午名流，揮麈清談，逸情雲上。

閲者試驗數年前出版之《小説畫報》中，有長篇小説名《十年回首》，撰者春明逐客，即畢倚虹也。畢文極活潑，而有雋意。小説胎息天笑，短篇小説以描寫疾苦生活擅場；長稿有《人間地獄》、《黑暗上海》，稱道之者甚衆。《人間地獄》係剪裁海上一般作家蘇曼殊、姚鵷雛、包天笑等軼事，演爲小説，筆墨頗清俊，惜其中力捧伎人蔣君，爲文學界中之輿論所不容。蔣君予在京亦嘗見之，一通常伎流耳，不足點染也。《人間地獄》甫成一集，即戛然而止，時人傳爲江郎才盡。

贊曰：名流清談，所以嘉其文無煙火氣也。畢君蓋棺論定，誠勿負吾友此一佳評。

二

張毅漢如苦行高僧，蒲團入定，坐證慧業。

善讀小説者殆無不知張毅漢其人，毅漢創作絶妙，所譯《東西洋小説》綿曲凝謐，讀後能令人百想不倦。昔年《小説月報》嘗載其稿《歸》一篇，尤膾炙人口。

贊曰：蒲團入定，坐證慧業，知其功夫深矣。

程瞻廬如途車芻靈，事事逼真，但是明器。

瞻廬小説與涵秋異曲同工，涵秋落筆便火之病，瞻廬固無有；涵秋奇俠奔放之文風，瞻廬亦望塵莫及。所著《茶寮小史》取材極簡當，忽娓娓動人，在程著小説中，比較爲有一顧之價值。程思想不甚親敏，制小説時，好搬用典故，爲一種遊戲考據，行文頗流暢，而微病拖遝，譃者至譏爲白話駢文。長稿除《茶寮小史》外，尚有《衆醉獨醒》、《原諒》等數種，結局皆用圓滿之筆，普通社會多喜閲之。前歲涵秋逝世，某書局要其將涵秋所著之《鏡中人影》續撰成書，程刻意學涵秋，而一讀即顯然不類，因備受閲者之攻擊。平心言之，程學涵秋，神貌雖不能一致，第以較貢家父子專拾涵秋餘瀝，傖氣撲人者，固大殊矣。瞻廬描寫能力無他，惟事事求其逼真而已。

贊曰：事事逼真，但是明器。弦外之音，誠耐人深長思也。

朱鴛雛如焚餘六經，支離破碎，奇文爛然。

予最初讀鴛雛小説，爲《自由談》所載數札記，《乾蝶》、《逃暑》兩記，長僅至六百字，而娟奇雋麗，邈然有餘味，一時起仿之者甚衆。鴛雛死，此類文字遂成絶響。鴛雛出身爲商家學徒，乃能努力於文學，不以處境攖其心志，雖造詣不深，固自風動時習矣。

贊曰：支離破碎，蓋喻鴛雛之作品，皆簡雋之小文，各成片段也。

姚鵷雛如貧士幽居，小園初晴，春花貢媚。

鵷雛出林琴南門下，以善學林鳴。上海有小報名《華風》，載一文，言現今學林琴南而能得林神骨者，僅四人，爲姚鵷雛、沈禹鐘、顧佛影及予。中除禹鐘，予另有評評之。佛影筆墨俊逸，不作淺語，學林雖未必即似，固自不落下乘。鴣雛邃於舊文學，又嘗親承林氏馨欬。言學林之精，顧、沈都非鴣雛敵。若予則撏撦林氏，貌近神非，偶仿爲數稿，過後取視，輒欲焚棄，《華風》儕予於二子之列，真令人不勝慚汗也。

贊曰：秋花貢媚，鴣雛一筆之能事，盡於此矣。

徐卓呆如仙壇降靈，雷文雲篆，忽示天機。

卓呆有筆匠之譽，所作短篇小説，極得觀衆讚美，思想之敏捷，却非他小説家所可及。《半月》中之小説材料，所描狀淋灕盡致，《偵探世界》中之小江北，尤奇辟諧妙。此君富有小説天才，惜斲喪過甚，最近所爲數稿，都無精彩，才盡耶？抑境困之耶？（卓呆以小説家兼新劇家，近復醉心於電影事業，其不能專心壹志以向小説文事，固可惋惜之事。）

贊曰：雷文雲篆，忽示天機，喻卓呆小説之不作平筆，亦夏雲之多奇峰意也。

東亞病夫如宿將釋甲，閒述戰況，雄心猶在。

『東亞病夫』，官也，非小説家也。然時賢以其所著之半部《孽海花》，爲掌故小説中最精者，人以文貴，遂普以小説家之大好頭銜，實非病夫意也。病夫姓曾，厥名曰樸，號孟樸，現任清理江蘇官産處長，曾一度代理財廳，韓海安激賞之。其《孽海花》一書，本當時遊戲之作，係光宣年間諸大吏軼事，以賽金花爲全書綫索，文中有張之洞盜婢一節，最得匣劍帷燈之妙，惜寫成兩册即擱筆未續，陸士諤乃接撰四册，極惡劣。

贊曰：宿將釋甲，推崇曾氏，可謂至矣。予曩於戚人許晤曾氏，言及《孽海花》。曾氏頗捫掌得意，確有閒述戰況，雄心猶存之慨。

張秋蟲如天女散花，隨處飄落，香滿人間。

某君此贊原係指漱六山房主人張春帆，予易以張秋蟲。春帆小説僅一《九尾龜》。《九尾龜》又不足取，擬之曰「天女散花」，以嫌溢美。秋蟲英年健筆，且好爲風豔之作，以代春帆，閱者當無閒言。秋蟲一號百花同日生，短作最多，長稿僅得《鴛鴦藕絲》、《織恨記》等數種，文筆輕佻而敏妙。《小時報》有人製稿盛譽之，謂在海上漱石生以上。

贊曰：香滿人間，惜哉秋蟲無此火候也，更待數年，庶幾其可。

## 三

王西神如新婦當户，舉止矜持，極爲幹練。

西神幸獲小説家之名，始於在商務印書館編《小説月報》時。西神博學，工爲詞曲，其才本不宜於爲小説，顧以所服務之《小説月報》社以小説揭櫫當世，自身忝爲編輯人，不能不有所貢獻。余閲西神作品，前後垂垂十年，無一當吾意者，眼光之偏僻如我且然，況世之巨眼善燭人學者哉！西神既不善於小説，故選用小説亦無目力，聞昔者李涵秋未得志時，持《廣陵潮》稿（彼時名《過渡鏡》）乞售於西神。西神大斥其謬，經涵秋婉懇，始尤以每千字五角購之，涵秋勉諾。乃第二日，涵秋往取資，西神復翻前議，涵秋憤改售之他報，即涵秋得名。西神主《婦女雜志》，轉而向涵秋求稿，每千字六金得涵秋一再版之小説。涵秋以語人，皆嗟歎不置，知人之難如此。西神不解西文，而好運用外國典，嘗以維多利亞爲正位中宫，識者笑之。西神小説之成名，由於《小説月報》係其手編，故贊曰『新婦當户』；西神所作多規行矩步，故贊曰『舉止矜持』；西神作品雖無奇筆，而大體不謬，故贊曰『幹練』。

張舍我如老旦登場，態度龍鍾，其實少年。

在三張中比較爲一作家（三張爲碧吾、舍我、枕緑。莊病骸嘗晉此輩一佳名曰狗屁黨，可笑）。其人以平而寫實擅長，兩年前作品甚多，近年忽歸沉寂。《半月》雜志中曾載其《我與中國人之婚姻》一譯作，就予批評。張氏小説當以此篇爲最佳，惜却其乃一譯作，非張氏本身天才之結構也。

贊曰：態度龍鍾，喻舍我一筆之挾有霜氣，非譽詞。

嚴獨鶴如京華朝貴，腸肥腦滿，芻豢之姿。

獨鶴非小説家，而當世乃有以小説家之名夥獨鶴者，獨鶴寖亦遂自命爲小説家矣。所作多刊之《紅雜志》，章法既僵，天才復淺。其小説與其小言（即《快活林》中之談話），同爲通人所不齒；然自一般站櫃臺先生之文學眼光論之，獨鶴終不失爲一良好作家也。長篇小説有《人海夢》一種，造意遣詞，都無是處，小説界中人物頗有誹議之者。

贊曰：『腸肥腦滿，芻豢之姿』，不僅極言獨鶴小説之冗累耳，而識者一聯想及於獨鶴之尊範，便覺此評太促狹。蓋獨鶴身體固甚胖也。

許指嚴如學究講經，極深研幾，味同科舉。

指嚴之死，與涵秋之死，固小説界所驚歎駭悼，公認爲小説界至不幸之事者也。指嚴小説資格頗老，昔年《小説月報》有『不才子』化名所作各稿，皆出其人之手。十餘年來積字亦殊不少，而分析之不外下列二種：（甲）淺薄無聊之言情小説；（乙）元無故實之掌故小説。其乙種作品尚能吸引一部分人注意；甲種則卑無足道。死後遺子女各五，及景况極潦苦，小説家之下場如是。世之好弋虚名，以小説家高自期許者，宜知返矣。

贊曰：『學究講經』，可爲指嚴頭腦之定評；贊曰『味同科舉』，可爲指嚴文字之定評。

談老談如墓前翁仲，垂紳正笏，生氣索然。

老談一老新聞記者，初非小説家，所作但偶一見之於報紙中，神龍一鱗，未能燭其全體，姑從略，贊亦諧妙。

沈禹鐘如雛松出篠，作供几席，古意可掬。

禹鐘工爲短篇筆記小説，用筆深入淺出，饒有林味，惜不善造意，故不甚爲世俗歡迎。《禮拜六》所載《舊地》一篇，纏綿細膩，盡文章之能事，而持與同期陳小蝶之《聞簫記》相較，便不及陳作動人，即因其作品所含之刺激性過尖鋭。詩刻意學散原，頗得神。

贊曰『雛松出篠，古意可掬』，此贊惟禹鐘足當之。第予見禹鐘近來作數稿，古意已淡，實可惜也。

胡寄塵如大官歸隱，科頭跣足，故作疏放。

常閲海派小説者，當無不知胡寄塵其人。寄塵小説，或以短小精悍多之，實則僅短而未必精悍。因其於新舊文字均淺嘗一臠，能以舊習慣法作小説，而參以新派之神秘意味。如一篇不及千字之小説，必分爲三段、四段；以A先生B先生或甲乙丙丁代表其書中人物，閲者喜其疏朗，不費腦力，交相捧讀，寄塵遂亦儼然揭小説家之旗幟矣。友人王君曰：寄塵小説有時直是簡單笑話，何嘗是小説！斯言固謔，第寄塵小説却有此病也。

以上小説家評二十四段，窮兩月之力成之，不及櫛字梳句，即以初稿寄示吾友詩禪，詩禪倘以爲可當於此二十四贊外，别爲周瘦鵑、王鈍根諸名公，小一月旦。揚抑悉本諸吾方寸，不敢妄詆，更不屑亂捧也。洋場才子并志。

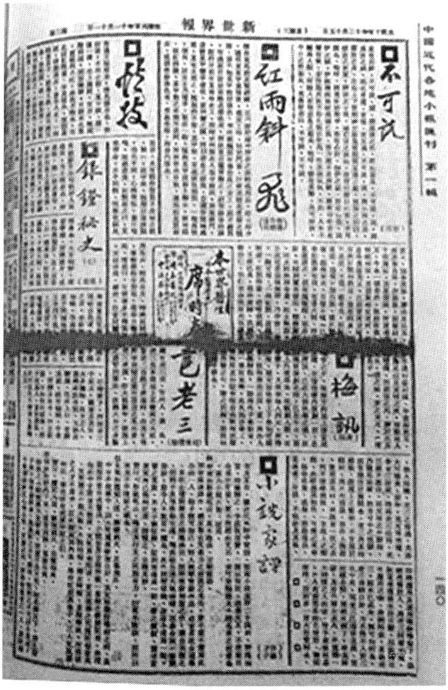
中國近代各地小報匯刊 第一輯

新世界報

不可說

紅雨斜飛

小說家評

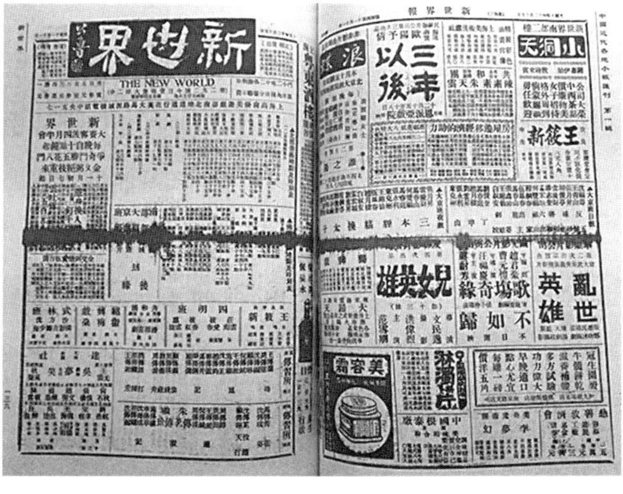
新世界

THE NEW WORLD

新世界報

小洞天

三年以後

亂世英雄

不如歸

歌場奇緣

兒女英雄

美容霜

# 小說枝譚

蔣瑞藻 撰

初連載於《小說世界》一九二六年第十四卷第一期至一九二七年第十六卷第二十期附送的《民衆文學》，一九三一年由商務印書館排印出版，一九五八年古典文學出版社重排印行，一九五九年中華書局上海編輯所再版。本編以《小說世界》的初印本爲底本，校以古典文學出版社本。《小說世界》，一九二三年一月五日創刊，周刊，商務印書館發行，葉勁風編輯，設有小說、筆記、野史、遊記、笑談等二十五個欄目。曾另印《民衆文學》、《閨閣詩選》、《童話》等單行本隨刊附送。自一九二八年第十七卷第一期起改爲季刊，由胡懷琛編輯，至一九二九年十二月，出第十八卷第四期停刊。本文發表時署『諸暨蔣瑞藻孟潔』。蔣瑞藻，見一九一一年《小説考證》提要。本文的體例，與同一作者的《小説考證》大致相同，當視爲《小説考證》的續編。作者鈎稽了金、元、明、清百餘種小説戲曲的有關資料，足資參考。

余少時撰《小説考證》凡三編，都數十萬言，梓行久矣。年來讀書所得，輒復札記，落花片片、蔚然可觀。長夏無事，補綴成帙。名之曰『枝談』云。甲子初伏，蔣瑞藻記。時年三十有四。

## 《董西厢》

『西厢』名詞淵源甚古。嘗考宋趙德麟有《會真連厢詞》，以七言韻語，加入微之原文，傳唱當時，是爲《西厢記》之作俑者。至北朝金章宗時，有董解元之《西厢記》，係聯合諸宫調而成，其詞爲詠事體。集宫調三、曲牌八，即黄鐘宫〔出隊子〕、〔尾〕，仙吕調〔點絳唇纏令〕、〔瑞蓮兒〕、〔風吹荷葉尾〕，仙吕調〔賞花時〕〔尾〕，叙事至覺詳盡。因係一人獨唱，故賓白至少。蓋北曲用絃索，必如是，方覺得體也。其原文世間罕見，因録如左：

黄鍾宫〔出隊子〕最苦是離别，彼此心頭難棄捨。鶯鶯哭得似癡獃，臉上啼痕都是血。有千鍾恩情何處説。夫人道：『天晚教郎疾去。』怎奈紅娘心似鐵，把鶯鶯扶上七香車。君瑞攀鞍空自攧，道個寃家寧奈些。

〔尾〕馬兒登程。坐車兒歸舍。馬兒往西行，坐車兒往東拽。兩口兒，一步兒離得遠如一步也。

仙吕調〔點絳唇纏令〕美滿生離，據鞍兀兀離腸痛。舊歡新寵變作高唐夢。回首孤城，依約青山擁。西風送，戍樓寒重，初品梅花弄。

〔瑞蓮兒〕衰草凄凄一徑通，丹楓索索滿林紅，平生蹤迹無定著，如斷蓬。聽塞鴻，啞啞的飛過暮云重。

〔風吹荷葉〕憶得枕鴛衾鳳，今宵，管半壁兒没用。觸目凄凉千萬種，見滴流流的紅葉，淅寥寥的微雨，率剌剌的西風。

〔尾〕驢鞭半裊，吟肩雙聳。休問離愁輕重，向個馬兒上，駝也駝不動。（離蒲西行三十里，日色晚矣，野景堪畫）

仙吕調〔賞花時〕落日平林噪晚鴉，風袖翩翩催瘦馬。一徑入天涯。荒凉古岸，衰草帶霜滑，瞥見個孤林端入畫，籬落蕭疏帶淺沙。一個老大伯捕魚蝦，横橋流水，茅舍映荻花。

〔尾〕駝腰的柳樹上有魚槎，一竿風旆茅檐上挂，淡煙瀟灑，横鎖着兩三家。（生投宿於村落）

右録董詞，實爲北曲《西廂》之藍本。沈氏《南九宮譜選曲》有《古西廂傳奇》，疑即是詞。逮元人王實甫始著《才子佳人西廂記》，蓋北曲也。北曲音促，宜用絃索，斷不宜被笛色。故世稱『北西廂』爲『絃索西廂』。至明人李日華感於北曲之不宜南歌，始將《西廂記傳奇》易北爲南，然後可譜入笙笛。蓋北曲只宜於弋陽俗腔，而南詞始可譜入昆曲雅奏。日華之改《西廂》爲南詞，頗費苦心。以北曲之句讀改作南詞之音律。其間借宫集套，凡北曲此牌爲南詞之所無者，必擇南詞詞牌之相肖者，以爲之替代（如北曲〔寄生草〕，日華①改爲〔江兒水〕之類）。雖勉强脱胎，然出宫犯調諸弊，乃層見叠出，以至所譜諸曲高亢不倫。李笠翁謂『日華之改譜西廂，爲功魁罪首』，堪稱允當。《西廂》詞曲之易北爲南，僅於工尺譜曲中易之，於詞句未嘗少更也。金人瑞騖迂好遠，於元人詞曲初未攻涉，其評《西廂》也，專尚詞藻，於胡元之方言，曲調之白描，其佳處初未領略。故凡涉詞藻之處無不濃圈密點，而於白描處，輒加丑詆。蓋南詞温柔典雅，與北曲之徒尚方言，别具蹊徑。金人瑞詆攻及案頭之曲，初未涉及場上之曲，更未獵涉胡元方言。井蛙之見，輒加誇口，此爲無耻之尤。故凡《西廂》中，關漢卿續作諸曲，均爲元人專尚本色之詞，而人瑞淺見多怪，殊無謂也。一言以蔽之，今世案頭之《西廂》，無工尺者，初無南北之别，凡一涉工尺，而演唱於場上者，均係明人李日華改正之作，其間賓

① 古典文學出版社本缺『日華』兩字。

白之欠雅馴者，率係後世伶人隨意添入，於當世作家初無稍涉。世人之治《西廂》者，當博通諸籍。否則，偶一啓齒，輒貽笑大方家矣。（《西昆雜憶》）

董解元《西廂》，今傳者爲楊升庵定本，繪象則唐伯虎，筆刻極工致。石華最賞其『愁何似？似一川煙草黄梅雨』二語，謂似南唐人《絶妙好詞》，可謂擬於其倫。其後，王實父所作，蓋探源於此。然未免瑜瑕不掩，不如實父之玉璧全完也。石華手録佳者十餘調，附刻所定《西廂記》後。較元本，詞字略有增損，如『燈兒一點被風吹滅』，原作『甫能吹滅』；又『披衣獨步，冷冷清清，看那斷橋月色』，原作『披衣獨步，在月明中凝睛看天色』；又『待趕上個夢兒，睡也再睡下着』，原作『媚媚的不乾，抑也抑得着』，所改特饒神韻。雹白邵子言學博亦極稱之。（《藤花曲語》）

董解元西廂，金源院本也。卷端題顧渚山樵點定，夢鳳樓暖紅室刊校。中多金時方言，綴録如左：

没包彈（宋包拯善彈人，過譽人者，因有没包彈之諺）；鶻鴿（即胡伶聰明之謂）；渌老（北人指眼）；大小（猶言偌大）；九伯（按：方以智《通雅》陳無己曰『世人以癡爲九』；《百愛日齋叢鈔》言『東坡亦用之』）；鑊鐸（喧鬧之意）；瞑子（調侃暗地，瞑，一作酩）；鄧（謂奚落）；撑（謂美）；挣搶（即撑字之義，句云『做爲挣、百事搶』）；鄧將軍（日也）；啞你（即哄你）。（《蕙風簃隨筆》）

## 《虎頭牌》

《虎頭牌》是武元皇帝事。金武元皇帝未正位時，其叔餞之出鎮，十七换頭〔落梅風〕云：『抹得瓶口兒净，斟得盞面兒圓。望着碧天邊太陽澆奠。只俺則女真人無甚麽别咒。願則願我弟兄們早能勾相見。』此等詞，情真語切，正當行家也。一友人聞此曲曰：『似唐人木蘭詩。』余喜其賞識。李直夫《虎頭牌》雜劇，十七换頭；關漢卿散套，二十换頭；王實父《歌舞麗春堂》，十二换頭：在雙調中别是一調。排名如『阿那忽』、『相公愛』、『也不羅』、『醉也摩挲』、『忽都白』、『唐兀歹』之類，皆是胡語，此其證也。三套中，唯十七换頭，其調尤叶。蓋李是女真人也。十三换頭《一錠銀》内『他將阿那忽腔兒來合唱』，《麗春堂》亦是金人之事。則知金人於雙調内慣填此調。關漢卿、王實父因用之也。

（《何徐曲論》）

## 《漢宫秋》

《漢宫秋》〔混江龍〕云：『料必他珠簾不挂望昭陽，一步一天涯，疑了些無風竹影，恨了些有月窗紗。他每見絃管聲中巡玉輦，恰便似斗牛星畔盼浮槎。是誰人偷彈一曲，寫出嗟呀。莫便要忙傳聖旨報與他家。我則怕乍蒙恩把不定心兒，怕驚起宫槐宿鳥、庭樹棲鴉。』又〔賺煞〕云：『你是必悄聲兒接駕，我則怕六宫人攀例撥琵琶。』寫景寫情，當行出色，元曲中第一義也。中有可議者，尚書勸元帝以昭君和番。駕唱云：『怎下的教環佩影摇青塚月，琵琶聲斷黑江秋。』明妃死於北漠，其葬地生草，後人因以『青塚』名之。未出塞時，安得有此二字？且其第三折『昭君跳死黑龍江，番王明云就葬此江邊，號爲青塚』者，此白又與曲自相矛盾矣。（《藤花曲語》）

（一九二六年第十四卷第一期《民衆文學》〔《小説世界》〕）

## 《㑳梅香》

《㑳梅香》，鄭德輝撰。載白敏中父參裴度軍，陣中救度受傷，頻死。度以女小蠻許字敏中。度死。度妻韓夫人將背前約。有侍婢樊素者，從中撮合，始克成婚。其大致如此。按《雲溪友議》，白居易有妓樊素善歌，小蠻善舞。嘗爲詩曰：『櫻桃樊素口，楊柳小蠻腰。』年既邁，而小蠻方丰艷，因作《楊柳詞》以托意。又按《女世説》，樊素二十餘，綽綽有歌舞態，善唱《楊柳》。樂天以已年高，將放之，適馬有名駱者，同時議鬻。馬出而首反顧，素聞馬嘶泣，拜曰：『駱將去，其鳴哀；素將去，其辭苦。豈主君獨無情哉？』然則兩人爲樂天愛妾，恩至義盡，俱有明徵。敏中爲樂天從祖弟，史稱其與樂天相友愛者，乃妄以其兄之妾爲其弟之妻且婢，使千古而下閲者疑敏中有陳平爲盗之謗、朕棲欲

治之心，顛倒倫常，莫斯爲甚。彼《琵琶》之厚誣伯喈者，抑無論矣。（《藤花曲話》）

《㑳梅香》如一本小《西廂》，前後關目，插科打諢，皆一一照本模擬。張生以白馬解圍而面定婚姻，白生亦因挺身赴戰而預聯姻好，一同也。鄭夫人使鶯鶯拜張生爲兄，裴亦使小蠻見白而改稱兄妹，二同也。張生假館於崔，而白亦借寓於裴，三同也。鶯鶯動春心，不使紅娘知，而紅娘自知；樊素亦逆探主意，而勸使游園，四同也。張生琴訴衷曲，白亦琴心挑逗，五同也。張生積思成病，白亦病眠孤館，六同也。張生向紅娘訴情，白亦於樊素前盡傾肺腑，七同也。張生跪求紅娘，白亦向樊素折腰，八同也。張生倩紅傳寄錦字，素亦與白密遞情詞，九同也。鶯鶯窺簡佯怒，小蠻亦見詞罪婢，十同也。紅娘佯以不識字自解，樊素亦反問詞中所語云何，十一同也。紅見責而戲言將告夫人，樊亦被詰而詐爲出首，十二同也。鶯鶯答詩自訂佳期，小蠻亦答詩私約夜會，十三同也。張生誤以紅娘爲鶯鶯，白亦將樊素作小蠻，十四同也。鶯鶯燒香，小蠻亦燒香，十五同也。崔夫人拷紅，裴亦打問樊素，十六同也。紅娘堂前巧辯而歸罪於崔，樊素亦據理直陳而諉過於裴，十七同也。崔夫人促張應試，裴亦使白赴京，十八同也。鶯鶯私以汗衫裏肚寄張，小蠻亦有玉簪金鳳贈白，十九同也。張衣錦還鄉，白亦狀元及第，二十同也。不得謂無心之偶合矣。（同前）

《㑳梅香》〔混江龍〕云：『孔安國傳《中庸》、《語》、《孟》，馬融集《春秋》，祖述著左丘明，演《周易》關西夫子，治《尚書》魯國伏生，校《禮記》舛僞揚子雲，作《毛詩》箋注鄭康成，無過是闡大道、發揚中正、記善言，答問詳明。』元人曲詞，每多腐語，如此等類，直是一幅策論，豈復成聲律耶？　又況其出

自閨閣兒女之口也！（同上）

元人樂府稱馬東籬、鄭德輝、關漢卿、白仁甫爲四大家。馬之詞老健而乏姿媚，關之詞激厲而少蘊藉，白頗簡淡所欠者俊語，當以鄭爲第一。鄭德輝雜劇，《太和正音譜》所載，總十八本。然入絃索者，惟《㑳梅香》、《倩女離魂》、《王粲登樓》三本。今教坊所唱，率多時曲。此等雜劇古詞，皆不傳習。三本中，獨《㑳梅香》頭一折《點絳唇》尚有人會唱。至第二折《驚飛幽鳥》與《倩女離魂》内《人去陽臺》、《王粲登樓》内《塵滿征衣》，人久不聞，不知絃索中有此曲矣。（《何徐曲論》）

鄭德輝所作情詞，亦自與人不同。如《㑳梅香》頭一折〔寄生草〕：『不争琴操中單訴你飄零，却不道窗兒外更有個人孤另。』〔六幺序〕：『却原來群花弄影，將我來唬一驚。』此語何等藴藉有趣。〔大石調・初開口〕内：『又不曾薦枕席，便指望同棺槨。只想夜偷期，不記朝聞道。』〔好觀音〕内：『上覆你個氣咽生絲張京兆，本待要填還你枕剩衾薄。』語不著色相，情意獨至，真得詞家三昧者也。（同上）

《㑳梅香》第三折〔越調〕雖不入絃索，自是妙，如〔小桃紅〕云：『是害得神魂蕩漾也，合將眼皮開放，你好熱莽也。』沈東陽〔調笑令〕云：『擘面的便搶白，俺那病襄王呀，怎生來番悔了巫山窈窕娘。滿口裏之乎者也没攔當，都噴在那生臉上。謔笑有情人，恨無個地縫藏。羞殺也傅粉何郎，秃厮兒，請學士休心勞意攘。俺小姐，他只是作耍難當。』止是尋常説話，略帶訕語，然中間意趣無窮，此便是作家也。（同上）

## 《梧桐雨》

錢塘洪昉思昇撰《長生殿》，爲千百年來曲中巨擘，以絶好題目作絶大文章，學人①、才人一齊俯首。自有此曲，毋論驚鴻綵毫空慚形穢，即白仁甫《秋夜梧桐雨》亦不能穩佔元人詞壇一席矣。如《定情》、《絮閣》、《窺浴》、《密誓》數折，俱能細針密綫，觸緒生情。然以細意熨帖爲之，猶可勉强學步。讀至彈詞第六、七、八、九，轉鐵撥銅琶，悲凉慷慨，字字傾珠落玉而出，雖鐵石山不能不爲之斷腸，爲之下淚。筆墨之妙，其感人一至於此，真觀止矣。《梧桐雨》與《長生殿》亦互有工拙處。《長生殿》按《長恨歌傳》，爲之删去幾許穢迹，《梧桐雨》竟公然出自安禄山之口。《長生殿》、《驚變》折，於深宫歡燕之時，突作國忠直入，草草數語便爾，啓行事雖急遽，斷不至是。《梧桐雨》則中間用一李林甫，得報轉奏，始而議戰，戰既不能，而後定計幸蜀，層次井然不紊。《梧桐雨》第一折〔醉中天〕云：『我把你半彈的肩兒，憑他把個百媚臉兒擎。正是金闕西厢扣玉扃，悄悄回廊静。靠着這招彩鳳舞青鸞，金井梧桐樹影。雖無人竊聽也，索悄聲兒，海誓山盟。第一折〔普天樂〕云：『更那堪滻水西飛

---

① 古典文學出版社本『人』作『士』。

雁，一聲聲，送上雕鞍。傷心故園，西風渭水，落日長安。』第三折〔殿前歡〕云：『他是朵嬌滴滴海棠花，怎做得鬧荒荒亡國禍根芽。再不將曲彎彎遠山眉兒畫，亂鬆鬆雲鬢堆鴉，怎下的慘磕磕馬蹄兒臉上踏，則將細裊裊咽喉掐，早把條長攙攙素白練安排下，他那裏一身受死，我痛煞煞獨力難加。』數曲力重千鈞，亦非《長生殿》可及。（《藤花曲語》）（未完）

（一九二六年第十四卷第二期《民衆文學》〔《小說世界》〕）

## 《西厢記》

王性之作《傳奇辨正》云：『嘗讀蘇翰林贈張子野詩，有云：「詩人老去鶯鶯在。」注：言所謂張生，乃張籍也。』僕按元微之所傳奇鶯鶯事在貞元十六年春。又言明年生文戰不利，乃在十七年。而唐《登科記》，張籍以貞元十五年商郢下登科，既先二年，决非張籍明矣。每觀其文，撫卷嘆息，未知張生果爲何人。意其非微之一等人不可當也。會清源莊季裕爲僕言，友人楊阜公嘗得微之所作姨母《鄭氏墓志》云：『其既喪夫，遭軍亂，微之爲保護其家備至。』則所謂傳奇者，蓋微之自叙，特假他姓以自避耳。僕退而考微之《長慶集》，不見所謂鄭氏志文。豈僕家所收未完，或别有他本歟？然細味微之所作①序，及考於他書，則與季裕所説皆合。蓋昔人事有悖於義者，多托之鬼神夢寐，或假之他人，或云見他書，後世猶可考也。微之心不自聊，既出之翰墨，姑易其姓氏耳。不然，爲人序事，安能委曲詳盡如此！按樂天作微之墓志：『以太和五年薨，年五十三。』則當以大曆十四年己未生，至貞元十六年庚辰，則二十二歲矣。（傳奇言生年二十二歲，未知女色。）又韓退之作《微之妻韋叢墓志文》：『作婿韋氏時，微之始以遷②爲校書郎。』正傳奇所謂：『後歲餘，生亦有所娶者也。』（貞元十八年，微之始中書判拔萃，授校書郎，二十四歲矣。）又微之作《陸氏姊志》云：『予外祖父授睦州刺史鄭濟。』白樂天作《微之母鄭夫人志》亦言鄭濟女。而唐《崔氏譜》，永寧尉鵬亦娶鄭濟女。則鶯鶯者，乃崔鵬之女，於微之爲中表。正傳奇所謂鄭氏爲異派之從母者也，非特此而已。僕家有微之作元氏《古艷詩》百餘篇，中有《春詞》二首，其間皆隱鶯字。（傳奇言立綴《春詞》二首以授之，不書諱字者，即此意。）及自有《鶯鶯詩》、《離思詩》、《雜憶詩》，與傳奇所載，猶一家説也。又有《古决絶詞》、《夢遊春詞》。前叙所遇，後言捨之以義，又叙娶韋氏之年，與此無少異者。（《夢遊春詞》云：『當年二紀初，佳節三星度。韋門正全盛，出入多歡裕。』二紀初，謂二十四歲也。）其詩中多言雙文，意謂二鶯字爲雙文也，并書於後，使覽之者可考焉。又意《古艷詩》多微之專因鶯鶯而作無疑。又微之《百韻詩

① 古典文學出版社本缺『作』字。
② 古典文學出版社本『遷』作『選』。

寄樂天》云：『山岫當階翠，墻花拂面枝。鶯聲愛嬌小，燕翼玩逶迤。』注云：『昔予賦詩云「爲見墻頭拂面花，時惟樂天知此事。」』又云：『幼年與蒲中詩人楊巨源友善，日課詩。』（傳奇言生發其書於所知，予亦聞其説，生所善楊巨源，爲賦《崔娘詩》一絶。）凡是數端，有一於此，可驗決爲微之無疑，況於如是之衆也！然必更以張生者，豈元與張，受姓命氏，本同所自出耶？（張姓出黄帝之後，元姓亦然，後爲拓跋氏，後魏有國，改號元氏。）

僕性喜討論，考合同異。每聞一事，隱而未見，或可見而事不同，如瓦礫之在懷，必欲討閲，歸於一説而後已。嘗謂讀千載之書，而探千載之迹，必須盡見當時事理，如身履其間，絲分縷解，始終備盡，乃可以置議論。若略執一言一事，未見其餘，則事之相戾者多矣。又謂前世之事，無不可考者，特學者觀書少而未見爾。微之所遇合，雖涉於流宕自放，不中禮義，然名輩風流餘韻，照映後世，亦人間可喜事。而士之臻此者殊鮮也。雖巧爲避就，然意微而顯，見於微之其他文詞者，彰著又如此，故反復抑揚。張而明之，以信其説。他時見所謂《姨母鄭氏志文》，當詳載於後云。微之《古艷詩·春詞》云：『春來頻到宋家東，垂袖開懷待好風。鶯藏柳暗無人語，惟有墻花滿樹紅。深院無人草樹光，嬌鶯不語趁陰藏。等閒弄水浮花片，流出門前賺阮郎。』《鶯鶯詩》云：『殷紅淺碧舊衣裳，取次梳頭暗淡妝。夜合帶煙弄曉月，牡丹經雨泣殘陽。依稀似笑還非笑，仿佛聞香不是香。頻動横波嗔不語，等閒教見小兒郎。』《離思》云：『自愛殘妝曉鏡中，鐶釵謾篸絲絲叢。須臾日射胭脂頰，一朵紅酥旋欲融。』、『山泉散漫繞階流，萬樹桃花映小樓。閒讀道書慵未起，水精簾下看梳頭。』、『紅羅著壓逐時新，杏子花紗嫩曲塵。第一莫嫌才地弱，些些紕縵最宜人。』、『曾經滄海難爲水，除却巫山不是雲。取次花叢懶回顧，半緣修道半緣君。』、『尋常百種花齊發，偏摘梨花與白人。今日江頭兩三樹，可憐枝葉度殘春。』《春曉》云：『半欲天明半未明，醉聞花氣睡聞鶯。娃兒撼起鐘聲動，二十年來曉寺情。』《古决絶詞》云：『乍可爲天上牽牛織女星，不願爲庭前紅槿枝。七月七日一相見，相見故心終不移。那能朝開暮飛去，一任東西南北吹。分不兩相守，恨不兩相思。對面且如此，背面當可知。春風撩亂百勞語，况是此時抛去時。握手苦相問，竟不言後期。君情既决絶，妾意已參差。借如死生别，安得長苦悲。』又云①：『噫春冰之將泮，何余懷之獨結。有美一人，於焉曠絶。一日不見，比一日於三年，况三年之間别。水得風兮，小而已波。筍在苞兮，高不見節。矧桃李之當春，競衆人而扳折。我自顧悠悠而若雲，又安能保君皚皚之如雪。感破鏡之分明，睹淚痕之餘血。幸他人之既不我先，又安能使他人之終不我奪。已焉哉！織女别黄姑，一年一度暫相見，彼此隔河何事無。』又云：『夜夜相抱眠，幽懷尚沉結。那堪一年事，長遣一宵説。但感久相思，何暇暫相悦。虹橋薄夜成，龍駕侵晨列。生憎野鵲性遲回，死恨天鷄識時節。曙星漸曈曨，華星次明滅。一去又一年，一年何時徹。有此迢遞期，不如死生别。天公信是妬相憐，何不便教相决絶。』《雜憶》云：『今年寒食月

① 古典文學出版社本多『又云』兩字。

無光，夜色纔侵已上床。憶得雙文通内裏，玉櫳深處暗聞香。』、『花籠微月竹籠煙，百尺絲繩拂地懸。憶得雙文人静後，潛教桃葉送鞦韆。』、『寒輕夜淺繞回廊，不辨花叢暗辨香。憶得雙文朧月下，小樓前後捉迷藏。』、『山榴似火葉相兼，半拂低墻半拂檐。憶得雙文獨披①掩，滿頭花草倚新簾。』、『春冰消盡碧波湖，漾影殘霞似有無。憶得雙文衫子薄，鈿頭云映褪紅酥。』《贈雙文》云：『艷極翻含態，憐多轉自嬌。有時還暫笑，閒坐更無聊。曉月行堪墜，春酥見欲消。何因肯垂手，不敢望回腰。』《夢游春》云：『昔歲夢游春，夢游何所遇？夢人深洞中，果遂平生趣。清冷淺漫流，畫舫蘭篙渡。過盡萬株桃，盤旋竹林路。長廊抱小樓，門牖相回互。樓下雜花叢，叢邊繞鴛鷺。池水漾霞景，曉日初明煦。未敢上階行，頻移曲池步。烏龍不作聲，碧玉曾相慕。漸到簾幕間，徘徊意猶懼。閒窺東西閣，奇玩參差布，格子碧油糊，駝鈎紫金鍍。逡巡日漸高，影響人將寤。鸚鵡饑亂鳴，嬌娃睡猶怒。簾開侍兒起，見我遥相諭。鋪設綉紅裀，施張鈿妝具。潛褰翡翠帷，瞥見珊瑚樹。不辨花貌人，空驚香若霧。身回夜合偏，態斂晨霞聚。睡臉桃破風，汗妝蓮委露。叢梳百葉髻，金蹙重臺履。紕軟鈿頭裙，玲瓏合歡袴。鮮妍脂粉薄，暗淡衣裳故。最似紅牡丹，雨來春欲暮。夢魂良易驚，靈境難久寓。夜夜望天河，無由重沿溯。結念心所期，反如禪頓悟。覺來八九年，不向花回顧。雜合兩京春，喧聞衆

---

① 古典文學出版社本『披』作『被』。

禽護。我到看花時，但作懷仙句。浮生轉經歷，道性尤堅固。近作夢仙詩，亦知勞肺腑。一夢何足云，良時事婚娶。當年二紀初，佳節三星度。朝蕣玉佩迎，高松女蘿附。韋門正全盛，出入多歡裕。』云云。《樂天和微之夢游仙詩序》云：『斯言也，不可使不知吾者知，知吾者亦不可使不知。樂天知吾者也，吾不敢不使吾子知。予辱斯言，三復其旨，大抵悔既往而悟將來也。』云云。正謂此事，非張籍益明矣。（《侯鯖録》）

## 微之年譜

己未，代宗大曆十四年。（是歲微之生。）

庚申，德宗建中元年，辛酉至甲子，興元元年。（是歲崔氏生。）

乙丑，貞元元年，丙寅至癸寅，九年。（是歲微之明經及第。）

甲戌至己卯，十五年。（十二月辛未，咸寧王渾瑊薨於蒲，丁文雅不能御軍，遂作亂。）

庚辰，十六年。（是歲微之年二十二，《傳奇》言：『生年二十二，未近女色，崔氏年十七。』《傳奇》言於今之貞元庚辰，十七年矣。）

辛巳，十七年。（是歲微之年二十三，《傳奇》言生以文調西去，所謂文戰不利，遂止京師，崔氏書所謂春氣多厲，正次年春也。）

壬午，十八年。（是歲微之年二十四，以中書判第四等，授校書郎，《傳奇》言：『後歲餘，崔亦委身於人，生亦有所娶。』按退之作《微之妻韋叢誌》曰：『選婿得稹。』始以選授校書郎，即與微之《夢游春》『二紀初』、『三星度』所謂有所娶之言同。）

癸未，十九年，至乙酉，順宗永正元年，丙戌，憲宗永和元年。（是歲微之年二十八歲，中才識兼茂、明於體用科第，拜左拾遺，出爲河南尉。）

丁亥戊子，二年。（是歲授監察御史。）

己丑，四年。（是歲取韋氏，年二十。）

庚寅，五年。（是歲貶江陵士曹。）

辛卯之甲午，九年。（是歲徙唐州從事。）

乙未，十年。（是歲召入都，徙通州司馬。）

丙申之已亥，十四年。（是歲徙虢州長史，爲膳部員外郎。）

庚子，十五年。（是歲穆宗即位，轉祠部郎中知制誥。）

辛丑，穆宗長慶元年。（是歲權翰林學士、工部侍郎平章事。）

壬寅，三年。（是歲出爲同州刺史。）

癸卯甲辰，四年。（是歲移浙東觀察使，越州刺史。）

乙巳，敬宗寶曆元年，丁未，文宗太和元年，己酉，三年。（是歲召爲尚書右丞，旋改鄂岳節度使。）

庚戌辛亥，五年。（是歲薨於鎮，年五十三。）（《侯鯖録》）

## 元稹《會真記》

貞元中，有張生者，寓蒲之普救寺，適有崔氏孀婦，亦止兹寺。崔婦，鄭氏也。生出於鄭。視鄭則異派之從母，因丁文雅軍擾掠蒲人，鄭皇駭不知所托，生與蒲將之黨善，請吏護之，不及於難。鄭厚德生，謂曰：『姨之弱子幼女，當俾以仁兄禮奉見。』遂命鶯鶯出拜，顔色艷異，光輝動人。生問其年，鄭曰：『十七歲矣。』生自是惑之。私禮鶯鶯之侍婢紅娘，間道其意，既而詩章往復，遂酬所願。中間離合多故，然不能終諧伉儷。

## 《輟耕録》

説者以爲生即張子野。宋王性之著《傳奇辨證》云：『微之作姨母鄭氏墓志，言其既喪夫，遭軍亂，微之爲保護其家。又《陸氏志》云：『余外祖睦州刺史鄭濟。白樂天作微之母鄭氏志，亦言鄭濟女。』而唐《崔氏譜》：『永寧尉鵬，娶鄭濟女。』則鶯鶯乃崔鵬之女，於微之爲中表也。《傳》言生年二十二。樂天作《微之墓誌》，以太和五年薨，年五十三。即當以大曆十四年己未生，至貞元庚辰，正二十二歲。凡此數端，決爲微之無疑，特托他姓以避就耳。

《莊岳委譚》、《西廂記》與《鶯鶯傳》悉合。獨鄭恒争姻之説不可曉。唐《雜説柳參軍傳》云：『柳游曲江，薢茩崔氏女，目成焉。崔母王姓，舅爲執金吾，致崔母，欲令子娶其女。女潛遣青衣輕紅往薦福寺，達意於生，生即納聘挈歸，金吾不知也。既而崔母亡，柳夫婦來赴，金吾子見之，囚訟於官，崔女卒歸王氏。』此不知與微之孰先孰後，女皆崔，婢皆紅，皆期僧寺中，特王柳二姓差異。鄭恒之争，斷出於此事附會矣。按：鶯鶯後實歸恒。金石文字記載《唐鄭恒暨夫人崔氏墓志銘》：『大中十二年秦貫撰文。崔年七十六，有子六人，與鄭合葬。』此銘得之魏縣土中，最足辨《會真記》等之誣。（《通俗編》）

（一九二六年第十四卷第四期《民衆文學》〔《小説世界》〕）

## 《西厢記》

《品外録》載：『成化間，黎人發廢冢，得秦貫所撰《鄭恒及夫人崔氏合葬墓誌銘》，亟登之，以洗《會真記》之辱』。其後毛稚黄《詩辨坻》中謂：『秦貫銘揭稱鄭府君諱遇，不諱恒，未有眉山黄恪辯證。遂據以駁陳仲醇之誣。』而毛西河《崔鄭合祔辨》又曰：『《墅談》稱内黄野中掘得墓志，其中是諱恒。汲縣令治地，得志石地中，亦是諱恒。』與《品外録》所載皆同，但瘞止一處，不宜各地掘出，而東平宋十河又稱全椒張貞父爲磁州守。有民發冢，得崔鄭誌銘，亦是諱恒。臨川陳大士曾載跋語，在崇禎甲戌歲，則誌石所出，不惟地殊，抑且時異矣。既余過秣陵，見周雪客所藏誌拓，與稺黄所藏同，而中亦稱名恒。是必諸搨所傳，原欲實恒名，而故爲贋誌以示有由。若稺黄所藏本又改恒爲遇，故作疑案，實則皆贋物也。豈有一誌石而瘞無定地，發無定時，文無定名之理乎？按：元微之《會真記》止有崔已委身於人及因其夫言於崔二語。崔之夫未知爲誰，何氏也？鄭恒二字乃數百年後元人傳奇鑿空撰出者，何足爲據！唐人最重門第。李、鄭、崔、盧、王、楊、裴、柳，獨推右族，世相婚姻。夫鄭妻崔不知凡幾。若得一墓碑，據援爲左券，以證傳奇不根之談，將不值有識者一笑矣。眉公學問本淺，稺黄更爲庸妄才。如大可，亦爲之䰰䰰焉。論辯何哉？（《夢蘭瑣筆》）

王實父《西廂記》全藍本於董解元，談者未見董書，遂極口稱道實父耳。如長亭送別一折。董解元云：『莫道男兒心如鐵，君不見滿川紅葉盡是離人眼中血。』實甫則云：『曉來誰染霜林醉，總是離人淚。』、『淚』與『霜林』不及『血』字之貫矣。又董云：『且休上馬，苦無多淚與君垂，此際情緒你争知？』王云：『閣淚汪汪不敢垂，恐怕人知。』董云：『馬兒登程，坐車兒歸舍。馬兒往西行，坐車兒往東拽。兩口兒，一步兒離得遠如一步也。』王云：『車兒投東，馬兒向西，兩處徘徊，落日山横翠。』董云：『我郎休怪强牽衣，問你西行幾日歸。著路裏小心呵，且須在意，省可裏晚眠早起。冷茶飯莫吃，好將息。我專倚門兒專望你。』王云：『到京師，服水土。趨程途，節飲食。順時自保攝身體，荒村雨露眠宜早，野店風霜起要遲。鞍馬秋風裏，最難調護，須要扶持。』董云：『驢鞭半裊。吟肩雙聳。休問離愁輕重。向個馬兒上，駝也駝不動。』王云：『四圍山色中。一鞭殘照裏。人間煩惱填胸臆，量這大小車兒如何載得起。』董云：『帝裹酒釃花濃，萬般景媚。休取次共别人便學連理。少飲酒，省游戲。記取奴言語，必將①登高第。妾守空閨，把門兒緊閉。不拈絲管，罷了梳洗。你咱是必把音書頻寄。』王云：『你休憂文齊福不齊。我只怕停妻再娶妻。一春魚雁無消息。我這裏青鸞有信頻宜寄。你切莫金榜無名誓不歸。君須記，若見異鄉花草，休再似此處棲遲。』董云：『一個止不停長吁。一個頓不開眉黛。兩邊的心緒，一樣的情懷。』王云：『他在那壁，我在這壁。一遞一聲長吁氣。』兩相參玩，王之遜董遠矣。若董之寫景語，有云：『聽塞鴻啞啞的飛過暮雲重』。有云：『回首孤城，依約青山擁。』有云：『柳堤兒上把瘦馬兒連忙解。』有云：『一徑入天涯。荒凉古岸。衰草帶霜滑。』有云：『駝腰的柳樹上有魚槎，一竿風旆茅檐上挂，淡煙瀟灑，横鎖着兩三家。』有云：『淅零零地雨打芭蕉，急煎煎的促織兒聲相接。』有云：『燈兒一點甫能吹滅，雨兒歇，閃出昏慘慘的半窗月。』有云：『披衣獨步在月明中，凝睛看天色。』有云：『野水連天天竟白。』有云：『東風兩岸緑楊摇。馬頭西接着長安道。正是黄河津要。寸金竹索，纜著浮橋。』前人比王實甫爲曲中思王、太白，實甫何敢當？當用以擬董解元。王實父止有四套，至草橋店夢鶯鶯而止。其後一卷，乃關漢卿所續，詳見王弇州《曲藻》及都穆《南濠詩話》，關所續亦依董。惟董以張珙用法聰之謀，攜鶯奔於杜太

① 古典文學出版社本缺『將』字。

守。關所續則杜來普救寺焉。（《餘篇録》）

金聖歎强作解事，取《西厢記》而割裂之。《西厢》至此爲一大厄，又以意爲更改，尤屬魯莽。《驚艷》云『你道是河中開府相公家，我道是南海水月觀音院』，改爲『這邊是河中開府相公家，那邊是南海觀音院』。《借厢》云『我若共你多情小姐同鴛帳，我不教你叠被鋪床』。又『你撇下半天風韻，我也颩去萬種思量』。《酬均》云『隔墻兒酬和到天明，方信道惺惺自古惜惺惺，便是鐵石人，鐵石人也動情』。删去叠『鐵石人』三字。《寺警》云『便將蘭麝熏盡，只索自温存』，改爲『我不解自温存』。又『果若有出師表文，嚇蠻的書信，但願你筆尖兒横掃了五千人』，改爲『他真有出師的表文，下燕的書信。只他這筆尖兒敢横掃五千人』。《請宴》云『受用些寶鼎香濃，綉簾風細，绿窗人静』，改爲『你好寶鼎香濃』。又『請字兒不曾出聲，去字兒連忙答應』，改爲『我不曾出聲。他連忙答應』。《賴婚》云『誰承望即即世世老婆婆。教鶯鶯做妹妹拜哥哥』，改爲『真是即世老婆婆，甚妹妹拜哥哥』。《前候》云『一納頭安排着憔悴死』，改爲『一納頭只去憔悴死』。《鬧簡》云『我也回頭看看你個離魂倩女，怎發付擲果潘安』，改爲『今日爲頭看看你那離魂倩女，怎生的擲果潘

① 古典文學出版社本無『爲我』兩字。

安』。《拷艷》云『我只神針法灸，誰承望燕侶鶯儔』，改爲『定然是神針法灸。難道是燕侶鶯儔』。『猛凝眸，只見你鞋底尖兒瘦』，改去『怎凝眸』。又『那時間可怎生不害半星兒羞』，改爲『那時間不曾害半星兒羞』。《哭宴》云『兩意徘徊，大家是落日山横翠』，改爲『兩處徘徊，大家是落日山横翠』。《驚夢》云『愁得陡峻，瘦得啤嗻。却早掩過翠裙三四褶』，改爲『愁得陡峻，瘦得啤嗻，半個日頭早掩過翠裙三四褶』。此類皆以意爲更易。又有過爲删減者，《借厢》云『過了主厢，引入洞房。你好事從天降』，删爲『曲厢洞房，又軟玉温香』。『休道是相偎傍』删爲『休言偎傍』。《請宴》云『聘財斷不争，婚姻立便成』，删爲『聘不見争。親立變成』。《琴心》云『靡不有初，鮮克有終』，删爲『靡不初，鮮有終』。《驚夢》云『瞅一瞅，著你化爲醯醬。指一指，教你變做醯血。騎着一匹馬兒來也』，删去三『一』字。近日，嘉應吴石華博學，以六十家本、六幻本、琵琶本、叶氏本，與金本重勘之。科白多用金本，曲多用舊本（原序，以六十家以下爲舊本）取金本所改，録其佳者。如《借厢》云『若今生難得有情人，則除是前此燒了斷頭香』，改爲『若今生不做并頭蓮，難道前世燒了斷頭香』。《寺警》云『學得來一天星斗焕文章，不枉了十年窗下無人問』，改爲『我便知你一天星斗焕文章，誰可憐你十年窗下無人問』。又『你那裏問小僧敢也那不敢。我這裏啓大師用俗那不用俗』，改爲『你休問小僧敢去也那不敢。我要問大師個用俗也不用俗』。又『劣性子人皆慘，捨着命，提刀仗劍，更怕我勒馬停驂』，改爲『就死也無憾。我便提刀仗劍。誰還勒馬停驂』。『我又將不志誠的言詞賺，倘或粃謬，倒大羞慚』，改爲『便是言詞賺，一時粃謬，半世羞慚』。《琴心》云『則爲那兄妹排連。因此上魚水難同』，改爲『將①我雁字排連，着他魚水難同』。《賴簡》云『恁的般受怕擔驚，又不圖甚浪淘閒茶』，改爲『我也不去受怕擔驚。我也不圖浪濤閒茶』。又『從今悔非波卓文君。你與我學去波漢司馬』，改爲『小姐你息怒回波俊文君。張生你游學去波渴司馬』。《後候》云『將人的義海恩山都做了遠山遥岑』，改爲『甚麽義海恩山，無非遠山遥岑』。又『雖不曾法灸神針，猶勝似救苦難觀世音』，改爲『他不用法灸神針，他是一尊救苦觀音』。《哭宴》云『留戀別無意，見據鞍上馬。閣不住淚眼愁眉』，改爲『留戀應無計，一個據鞍上馬，兩個淚眼愁眉』。其實聖歎以文律曲，故於襯字刪繁就簡，而不知其腔拍之不協，至一牌畫分數節，拘腐最爲可厭。所改縱有妥適。存而不論可也。李笠翁從而稱之，過矣。（《藤花曲語》）

（一九二六年第十四卷第五期《民衆文學》〔《小説世界》〕）

① 古典文學出版社本多『將』字。

## 《西厢記》

劉燕哥《太常引》詞末句云：『第一夜相思淚彈。』徐士俊云：『王實甫曲「破題兒第一夜」，即此意。』《溪堂柳梢青》詞云：『昨夜濃歡，今宵别酒。明朝行客。』徐云：『《西厢》「前暮私情，昨夜歡娱，今日别離」，殆仿此耶。』東坡《南柯子·有感》詞云：『何物與儂，歸去有殘妝。』徐云：『即《會真記》「靚妝在臂」之意。』按：本詞又云：『美人依約在西厢，王實甫曲題目，蓋本諸此。』山谷《鷓鴣天》詞云：『覷得羞時整玉梭。』徐云：『「王實父「推整素羅衣」之句，與「整玉梭」相類。』瞿存齋《賀新郎·題秦女吹簫圖》詞云：『天若有情天也許。許人間夫婦咸如是。』徐云：『關漢卿云「願普天下有情的都成了眷屬」。』按：存齋，名佑，字宗吉，明仁和人。此當是翻曲入詞耳。（《菉猗室曲話》）

王實甫才情富麗，真詞家之雄。但《西厢》首尾五卷，曲二十一套。終始不出一情字，亦何怪其意之重複，語之蕪類耶？乃知今元人雜劇止是四折，未爲無見。（《何徐曲論》）

王實甫《西厢》，其妙處亦何可掩。如第一卷〔混江龍〕内，『蝶粉輕沾飛絮雪，燕泥香惹落花塵。繫春心，情短柳絲長；隔花陰，人遠天涯近。香消了六朝金粉，清減了三楚精神』。如此數語，雖李供奉復生，亦豈能有以加之哉！（同上）

《西厢》内，如『魂靈兒飛在半天。我將你做心肝兒看待。魂飛在九霄云外，少可有一萬聲長吁短嘆，五千遍搗枕椎床』，語意皆露，殊無藴藉。如『太行山高仰望。東洋海深思渴』，則全不成語。此真務多之病。余謂鄭詞淡而净，王詞濃而蕪。（同上）

北詞，晉叔所刻《元人百劇》及我朝谷子敬《三度城南柳》、《鬧陰司》，賈仲名《度金童玉女》，王子一《劉阮天臺》，劉東生《月下老世間配偶》，丹丘先生《鶯燕蜂蝶復落娼煙花判》，俱曾一一勘過。馬東籬、張小山，自應首冠，而王實父之《西廂》，直欲超而上之。蓋諸公所作，止於四折，而《西廂》則十六折。多寡不同，骨力更陡。此其所以勝也。昔人評者，謂玉環之出浴華清，緑竹之採蓮洛浦，信不誣也。後四齣定爲關漢卿所補。其筆力迥出二手，且雅語、俗語、措大語、白撰語，層見叠出，至於馬户、尺巾云，則真馬户、尺巾矣！且《西廂》之妙，正在於草橋一夢，似假疑真，乍離乍合，情盡而意無窮。何必金榜題名，洞房①花燭，而後乃愉快也！丹丘評漢卿曰：『觀其詞語，乃在可上可下之間。』蓋所以取者，初爲雜劇之始，故卓以前列。則王、關之聲價，在當時已自有低昂矣。』王弇州取《西廂》『雪浪拍長空』諸語，亦直取其華艷耳，神髓不在是也。語其神則字字當行、言言本色，可爲南北之冠。王渼陂句：『望東華。人亂擁，紫羅襴。老盡英雄』，此〔水仙子〕也，弇州題作〔折桂令〕，鹵莽可知矣。至於實甫之意，謂元微之通於姑之子，而托名張生，是不必核。實甫之傳本於董解元。解元

① 古典文學出版社本『房』作『庭』。

爲説唱本，與實父本可稱雙璧。實父《麗春堂》劇不及《西廂》。（《三家村老委談》）

北曲故當以《西廂》壓卷。如曲中語『雪浪拍長空，天際秋云卷。竹索纜浮橋，水上蒼龍偃』，『滋洛陽千種花，潤梁園萬頃田』，『東風摇曳垂楊綫，游絲牽惹桃花片』，『珠簾掩映芙蓉面』，『法鼓金鐃，二月春雷響殿角。鐘聲佛號，半天風雨灑松稍』，『不近喧嘩，嫩緑池塘藏睡鴨。自然幽雅，淡黄楊柳帶棲鴉』，是駢儷中景語。『手掌兒上奇擎，心坎兒裏温存，眼皮兒上供養』，『哭聲兒似鶯囀喬木，淚珠兒似露滴花梢』，『繫春心，情短柳絲長。隔花陰，人遠天涯近。』，『香消了六朝金粉，瘦減了三楚精神』，『玉容寂寞梨花朵，胭脂淺淡櫻桃顆』，是駢儷中情語。『他做了影兒裏情郎，我做了畫兒裏愛寵』，『拄著拐幫閒鑽懶，縫合唇送暖偷寒』，『昨夜個熱臉兒對面搶白，今日個冷句兒將人厮侵』，『半推半就，又驚又愛』，是駢儷中諢語。『落紅滿地胭脂冷，夢裏成雙覺後單』，單語中佳語。只此數條，他傳奇不能及。（《藝苑卮言》）

《西廂》久傳爲關漢卿撰，邇來乃有以爲王實父者，謂至《郵亭夢》而止。又云至『碧云天、黄花地』而止，此後乃漢卿所補也。初以爲好事者傳之妄。及閲《太和正音譜》。王實甫十三本，以《西廂》爲首。漢卿六十一首，不載《西廂》，則亦可據。第漢卿所補《商調集賢賓》及《挂金索》，『裙染柳花，睡損燕支皺。紐結丁香，掩過芙蓉扣。綫脱珍珠，淚濕杳羅袖。楊柳眉顰，人比黄花瘦』，俊語亦不減前。（同上）

『碧玉破瓜時，郎爲情顛倒。芙蓉凌霜榮，秋容故尚好。碧玉破瓜時，郎爲情顛倒。感郎不羞郎，回身就郎抱』，此古《碧玉歌》。宋汝南王寵愛其妾碧玉而作是歌也。『窈窕上頭歡，那得及破瓜。但看脱葉蓮，何如芙蓉花』，此古《歡好曲》也。與《子夜歡》、《聞讀曲》、《華山畿》諸歌同意。正以破瓜喻女子破身。古人托物比興，若芙蓉豆蔻之屬，無之非是。許氏《説文》訓『瓣』字爲瓜中實，可以反其隅矣。宋楊文公誤解吕純陽『功成當在破瓜年』，謂俗以破瓜爲二八。而《凌氏核札》亦執是説。遂云：『破瓜即二八，非女子破身也。』何不於《碧玉歌》、《歡好曲》二辭求其義乎？洞賓談閉房之術，大略謂仙家採藥，須明鼎候，不失其候①，成功無難。破瓜年者，即仙經所云『海水潮生，山頭月白』之義。其術要取二八生門，實非指破瓜爲二八也。《核札》又謂填詞者云『未破瓜，剛二八，爲悖語』，亦似未然。王實甫《北西厢》『香美娘分破了花木瓜』，深得六個樂府意。豈亦悖邪？金元人製曲，自是立言，而不知者以爲填詞也。（《戲瑕》）

詞曲艷麗，首推《西厢》，其好處全在無端倪見生出無限愁情，而末結以一夢，明諸境皆虚幻也。夢中暗應杜將軍，尤奇。昔人嘗言《齊物論》之奇，在蝶夢作結，而後人不知此意，妄續寄書、得第等事，大晦初旨，只成蛇足。（《澹齋外言》）

① 古典文學出版社本多『不失其候』四字。

## 《芙蓉亭》

王實甫《絲竹芙蓉亭》雜劇〔仙吕〕一套，通篇皆本色詞。殊簡淡可喜，其間如〔混江龍〕内，『想著我懷兒中受用，怕甚麽臉兒上搶白』，〔元和令〕内，『他有曹子建七步才，還不了龐居士一分債』，〔勝葫蘆〕内，『兀的般月斜風細、更闌人静，天上巧安排』，〔寄生草〕内，『你莫不一家兒受了康禪戒』，此等皆俊語也。夫語關閨閣已是穠艷，須得以冷言雋句出之。雜以訕笑，方纔有趣。若既着相，詞復濃艷，則豈畫家所謂濃鹽赤醬者乎（畫家以重設色爲濃鹽赤醬）？若女子施朱傅粉，刻畫太過。豈如艷妝素服，天然妙麗者之爲勝邪？王實甫不但長於情詞，有《歌舞麗堂春》雜劇，其十三《换頭落梅風》内，『對青銅猛然間兩鬢霜，全不似舊時模樣』，此句甚簡淡。（《何徐曲論》）

## 《玉鏡臺》

關漢卿《玉鏡臺》，温嶠上場，自〔點絳唇〕接下七曲，只將古今得志不得志兩種人補叙繁衍，與本事没半點關係，徒覺滿紙浮詞，令人生厭耳。律以曲法，則入手處，須於泛叙之中，略露求鳳之意。下文《情歆彼美》、《計賺婚姻》文義方成一串。否則，突如其來，閲之者，又增一番錯愕也。（《藤花

曲語》)

## 《揚州夢》

喬孟符《揚州夢》有〔那吒令〕云：『天有情，天亦老；春有意，春須瘦；雲無心，雲也生愁。』張壽卿《紅梨花》〔一煞〕云：『你休愁我衾寒枕賸人孤另，我則怕你酒醒燈昏夢不成。』皆一劇中之警句也。今人每一曲中叠用一字爲韻脚，其法亦本元人。《揚州夢》〔哪吒令〕云：『倒金瓶鳳頭，捧瓊漿玉甌，蹴金蓮鳳頭，并凌波玉鈎。整金釵鳳頭，露春織玉手。』《氣英布》〔哪吒令〕云：『咱道你這三對面先生來瞰我，那裏是八拜交仁兄來訪我，多應是兩賴子隨何來説我。』《薦福碑》〔叨叨令〕云：『往常我青燈黄卷學王道，剗地來紅塵紫陌尋東道，如今十個九個人都道是七月八月長安道。』(《藤花曲語》)(未完)

(一九二六年第十四卷第八期《民衆文學》〔《小説世界》〕)

## 《幽閨記》

《拜月亭》是元人施君美所撰。《太和正音譜·樂府群英姓氏》亦載此人。余謂其高出於《琵琶記》

遠甚。蓋其才藻雖不及高，然終是當行。其《拜新月》一折，乃檃栝關漢卿雜劇語。他如《走雨》、《錯認》、《上路》、《館驛中相逢》數折，彼此問答，皆不須賓白，而叙説情事，宛轉詳盡，全不詞費，可謂妙絶。《拜月亭·賞春》〔惜奴嬌〕，如『香閨掩，珠簾鎮垂，不肯放燕雙飛。走雨内，綉鞋兒分不得幫底。一步步提，百忙裏褪了根』，正詞家所謂『本色語』。（《何徐曲論》）

音律之難，不難於鏗鏘順口之文，而難於倔强聱牙之句。鏗鏘順口者，如此字聲韻不合，隨取一字换之。縱横順逆，皆可成文，何難一時數曲。至於倔强聱牙之句，即不拘音律，任意揮寫，尚難見才。況有清濁陰陽，及明用韻、暗用韻，又斷斷不宜用韻之成格，死死限在其中乎？詞名之最易填者，如〔皂羅袍〕、〔醉扶歸〕、〔解三醒〕、〔步步嬌〕、〔園林好〕、〔江兒水〕等曲。韻脚雖多，字句雖有長短，然讀者順口，作者自能隨筆。即有一二句宜作拗體，亦如詩内之古風，無才者處此，亦能勉力見才。至如〔小桃紅〕、〔下山虎〕等曲，則有最難下筆之句矣。《幽閨記》〔小桃紅〕之中段云『輕輕將袖兒掀，露春織、盞兒拈，低嬌面也』，每句只三字，末句叶韻，而每句之第二字，又斷該用平，不可犯仄，此等處似難而尚未盡難。其〔下山虎〕云：『大人家體面，委實多般。有眼何曾見，懶能向前。弄盞傳杯。恁般腼腆。這裏新人忒煞虔，待推怎地展。主婚人不見憐，配合夫妻事，事非偶然。好惡姻緣總在天。』只須『懶能向前』、『待推怎地展』、『事非偶然』之三句，便能攬斷詞場。『懶能向前』、『事非偶然』二句，每句四字，兩平兩仄，末字叶韻。『待推怎地展』①，一句五字，末字葉均。五字之中，平居其一，仄居其四。此等拗句，如何措手？（《閒情偶寄》）

董遐周《攤破浣溪沙·鬥草》詞云：『鞦韆架閣檀槽亞，百寶欄邊尋耍。生被香蕪撩惹，賭個輸贏者。　争多説少渾閒話。鬧過殘春聊且。搶得别人盈把，反要將人打。』徐士俊云：『輕清淡治，不使一事，不煉一字，似施君美曲。』按：此作入曲，尚屬本色。入詞則太淺率。展成詞多纖滑，爲昔人所嗤，正以此耳。詞曲界限，不可不嚴。明人多不守之，無怪徐之嘆賞不已也。施君美，名惠，元人。世傳《幽閨記傳奇》爲其所撰，今存《六十種曲》中（近貴池劉氏得舊本重刊）（《菉猗室曲話》）

## 《漁家樂》

馬融女，據《後漢書》有三。其一字倫，爲袁隗妻。成禮之夕，隗問：『弟先兄舉，世以爲笑。今處姊未適，先行可乎？』蓋融尚有長女。其名不可考矣。三女名芝，有才義。少喪親，長而追感，作

① 古典文學出版社本多『主婚人不見憐』至『待推怎地展』數句。

《申情賦》。今劇場所衍云馬瑶草者，未知何屬。袁氏世爲三公，隗少歷顯官，富奢特甚。馬氏裝遣，亦極珍麗，與劇場簡生事適相反，其姊久稽良匹，或不爲融所愛乎？然瑶草字與芝義合，疑所指爲芝。至其關目，則牽以釋藏中事也。《雜寶藏經》：波斯匿王有女曰善光，父言：『汝因有力，舉功敬愛。』女答：『我自有業。不因父王。』父聞而嗔，即覓一最下窮人，以女付之。其後女與窮人，發得伏藏，泉財受用，不減於王云。（《通俗編》）

## 《東坡夢》

《歐陽文忠集・蘇明允墓志》云：『君三女，皆早卒。』按：明允一女適其母兄程濬之子之才。一女適柳子玉，而世俗有云蘇小妹者，謂其適秦少游，豈明允之最小女耶？考王應元撰《少游傳》云：『見蘇軾於徐州，爲賦黄樓。軾以爲有屈宋才。』自此以前二人未相識也。軾於治平十年始改知徐，而明允卒於治平三年。其三女皆已先殁。則安得有軾妹適少游事？俗所傳不見載記，惟吴昌齡《東坡夢》雜劇爲是言，并云其妹之名曰子美，雜劇之繆悠，詎可據以爲實。（《通俗編》）

## 《琵琶記》

元高明撰。明字則誠，永嘉平陽人。至正五年進士，張士堅榜中第，授處州録事，辟丞相掾。方國珍叛，省臣以温人知海濱事，擇以自從，與幕府論事不合。國珍就撫，欲留置幕下，即日解官，旅寓鄞之櫟社。太祖聞其名召之，以老病辭還。卒於家。有《柔克齋集》。開場《沁園春》云：『趙女姿容，蔡邕文業，兩月夫妻。奈朝廷黄榜，遍招賢士；高堂嚴命，强赴春闈。一舉鰲頭，再婚牛氏，利綰名牽竟不歸。饑荒歲，雙親俱喪。此際實堪悲，趙女支持，剪下香雲送舅姑。把麻裙包土，築成墳墓；琵琶寓怨，徑往京畿。孝矣伯喈。賢哉牛氏，書館相逢最慘凄。重廬墓，一夫二婦，旌表門閭。』詩云：『極富極貴牛丞相，施仁施義張廣才。有貞有烈趙真女，全忠全孝蔡伯喈。』《沁園春》前問答科白，問：後房子弟敷演誰家故事？那本傳奇？答：三不從《琵琶記》。按：此必是宋元相承舊語。惜『三不從』之説，無他考證，不能爲之詞耳。近貴池劉氏匯刻傳奇第一種《琵琶記》，是陳眉公評師儉堂元本，與毛本微有同異。評語無所發明，明人習氣如此。末附《音釋》一卷，不知是何人所爲？本傳净扮蔡婆。陳評云：『不宜用净扮，易以老旦爲是。』按：柔克作傳，尚書渥奇之朝，與眉公相去二百餘年。劇場變遷，不可數計。安得以昆曲脚色律之耶？然因此可以考見老旦色由後起。《琵琶》净扮蔡婆，猶之《西厢》外扮老夫人，皆無老旦色。明周憲王本《西厢》如此，可證也。

第毛刻《西厢》已易老旦。陳又有評本《西厢》，不出色目，習見雷同，無由反證。抑知此猶存古本之舊，而爲劇場色目沿革之典要耶？老旦色疑起昆腔社中，當續考之。師儉堂本開場問答科白，『梨園子弟』，毛本作『後房子弟』。按：毛刻諸傳多作『後房』。今俳語沿用，亦曰『後臺』。安吴包氏世臣《都劇賦》所謂『兩門四柱，方臺作場，臺後連厦』，是爲戲房是也。兩門即鬼道門。今語曰上場門、下場門，即前後臺之界也。後房名目，亦起後世。《琵琶》初變雜劇而爲戲文。劇場之制，或猶未備。柔克原本，當以梨園爲近也。『敷演誰家故事』，毛刻與師儉堂本皆同。他傳則毛本作搬演，惟此作敷，亦古本舊語之僅存者也。搬亦作般，今語曰扮，疑古今字之變耳。家門，問答。白云：『待小子略道幾句家門，便見戲文大意。』此語自來讀者，皆以常語略過，而不知其有關沿革。何也？元曲無論南北，皆是雜劇。考其前後，則南戲當先。明祝允明《猥談》所謂南戲出於宣和之後，南渡之際，謂之温州雜劇是也。温州雜劇即是南戲，其劇本即曰戲文。葉子奇《草木子》云：『戲文始於《王魁》，永嘉人作之。識者曰：若見永嘉人作相，宋當亡。及宋將亡，乃永嘉陳宜中作相。其後元朝南戲尚盛行。及當亂。北院本特盛。南戲遂絶。』據此可知，温州雜劇始於南宋，盛於胡元。元明之際，正將絶之時，而《琵琶》諸傳，變而繼起。於斯之時，體格初成，名目未立。不必如後世所謂傳奇。姑以戲文稱之耳。然《草木子》所謂戲文始《王魁》，是謂南戲，即温州雜劇與《琵琶》諸傳體制不同，不得以其同稱戲文而混合之也。（葉所謂北院本、謂北雜劇、古院本但般演而不唱，亦語同而意異，皆當分别。）明胡應麟《莊岳委談》云：『今《王魁》本不傳而傳《琵琶》。《琵琶》亦永嘉人作，遂爲今南曲首。然葉當國初著書而云南戲絶，豈《琵琶》尚未行世耶？』此正胡氏誤以葉所謂戲文與本傳戲文爲一體，而又以南曲爲即南戲。豈知南戲遂絶，葉殆指温州雜劇。《琵琶》雖行世，而不在南雜劇之列，故不之及，無足怪也。《琵琶》僅得云南曲，而不可謂即古之南戲。然柔克先生之必見古南戲本，又無可疑矣。按：祝允明《猥談·温州雜劇下》，并云曾見舊牒有趙閎榜禁，頗著名目。如趙貞女、蔡二郎等，亦不甚多，以後日增，今遂遍滿四方，輾轉改益，即此可見有貞有烈趙真女，全忠全孝蔡伯喈之南曲《琵琶記》。以温州雜劇趙貞女、蔡二郎爲祖本，明證如此。而胡應麟又必以元人《西廂》爲戲文之祖，意謂其變雜劇之妙舞清歌，而爲傳奇之繁文縟節，且謂高氏又一變而爲南曲，直以《西廂》爲傳奇北曲之祖，《琵琶》爲南曲傳奇之祖。誤認《琵琶》之變出自《西廂》。不知《西廂》五本，亦稱五劇，每劇四折，各爲一本。猶是雜劇體裁，與其他元人之作，全無乖異。後人合爲二十齣，上下兩卷，混稱一本，置之傳奇體裁之中。如毛刻《北西廂記》本，而《西廂》始爲不類。胡之所見，殆即此本，故其説如此。倘見周憲王古本，當爲爽然矣。夫《西廂》之必爲雜劇，元人之舊也。《西廂》之忽爲戲文（即傳奇意）在《琵琶》既行以後，後人援例而變之。若謂《琵琶》變出《西廂》，抑何顛到如是乎！五折五劇本《西廂》，明人殆不常見，故其時論曲諸家率據二十齣本爲説，沈德符《顧曲雜言》亦云：『元曲總只四折①，自北有《西廂》，南有《拜月》，雜劇變爲戲文。以至《琵琶》，遂演爲四十餘折，幾十倍於雜劇。其見亦與胡同，又胡沈皆以雜劇與戲文對言，亦猶循本傳舊稱。豈其時尚未立傳奇只目也與？温州雜劇，據祝允明氏所見，有趙貞女、蔡二郎等名目。何以知爲柔克所祖？按：宋人詩云：『斜陽古柳趙家莊，負技盲翁正作場。身後是非誰管得，滿村聽唱蔡中郎。』（明姚福《青溪暇筆》謂是劉後村句。清朱彝尊《静志居詩話》、汪師韓《談書録》，謂是陸務觀句。）夫盲詞所唱與雜劇所演，或即爲一事，而雜劇與戲文轉移較近。而中郎再變，則雜劇、盲詞，已有變遷。至中之郎中，當如中婦，意猶二郎也。自二郎變爲中郎，伯喈所仕，適與之合。然宋人句中所謂中郎，是謂二郎乎？抑謂伯喈乎？二郎果别有其人，則身後是非，語亦可通，不必泥於伯喈。今無其詞，難言之矣。即謂本傳伯喈名沿盲詞，而趙貞女必本雜劇。真、貞字雖略變，然有貞有烈，複字必避，不得不如此也。《琵琶記》假托伯喈，或本宋詞。然元人北劇，如《連環記》、《王粲登樓》諸本，并出蔡邕學士，殆由野語相傳，别有故實。柔克作傳，亦取其習耳。而《青溪暇筆》則云：『元末永嘉高明避世鄞之櫟社，以詞曲自娱。見劉後村有「死後是非誰管得，滿村聽唱蔡中郎」之句，因編《琵琶記》，用雪伯喈之耻。國朝遣使徵辟，不就。既卒，有以其記進者。上覽畢曰：「五經四書在民間，如五谷不可缺。此記如

① 古典文學出版社本多『五劇本《西廂》』至『元曲總只四折』數句。

珍羞百味，富貴家其可無耶？」』其見推許如此。姚氏不知果見宋詞否？以予論之。宋詞所唱，寧謂即蔡二郎，不必爲蔡伯喈也。如謂《琵琶》爲雪伯喈之耻，然按之本傳，其駡伯喈處，言外殆不留餘地。正如眉公總評，謂純是一部嘲駡譜。三十八齣評謂：『全部都是駡。餘俱包藏，此獨真駡。不惟雪耻，反益之罪，矛盾如是。知其語無實據，抑亦道聽而塗説者耳。夫《十姨廟記》，謬由髭鬚；伯喈孝行，譌以中郎。文人游戲，何施不可？必求其故，則反鑿矣。惟舊説相承，皆謂托諷，是否得實，要亦不可知者，因備録之。（未完）

（一九二六年第十四卷第九期《民衆文學》〔《小説世界》〕）

# 《琵琶記》

## 第一 蔡生

唐人小説（載《説郛》中，其目當細檢之）云：牛相國僧孺之子繇，與同人蔡生邂逅文字交，尋同舉進士。才蔡生，欲以女弟適之。蔡已有妻矣，力辭不得。後牛氏與趙處，能卑順自將。蔡氏至節度副使。《藝苑卮言》（明王世貞元美）云：高則誠《琵琶記》，其意欲以譏當時一士大夫，而托名蔡伯喈。不知其説，偶閲《説郛》所載《唐人小説》（見前，不録）其姓事相同，一至於此。則誠何不直舉其人，而顧誣蔑賢者耶？

《莊岳委談》（明胡元瑞）云：《卮言》所引，二姓悉合，高氏或據此。第僧孺之女，則未審竟適何人耳？僧孺二子曰蔚、曰藂①，俱節度至尚書。蔚子徽，從子嶠，亦顯，而絶無所謂繇者。恐《說郛》所載，未如《太平廣記》之實也。《西廂》事，唐人自有《鶯鶯傳》。而《會真記》、《侯鯖録》尤詳，其爲微之無疑。然則《西廂》、《琵琶》二記，一本微之中表，一假思黯女夫。二人在唐，先後入相。當時事業寥寥，不知千載後得元人力，鬧熱百倍生前也。

《誠齋雜記》（元周達觀）云：『僧孺有子名繇，與其同鄉人蔡生同舉進士。才蔡生，欲以女弟適之。蔡已有妻趙氏，力辭不得。牛氏與趙相與甚歡。蔡後至節度副使。』

## 第二鄧敞

《觚賸》（明鈕琇玉樵言觚）云：『僧孺子牛蔚，與同年友鄧敞相善。强以女弟妻之，而牛氏甚賢。鄧元配李氏，亦婉順有謙德。鄧攜牛氏歸，牛李二人各以門第年齒相讓，結爲姊妹。其事本《玉泉子》。作者以歸伯喈，蓋憾其有愧於忠，而以不盡孝譏之也。』

---

① 古典文學出版社本『藂』作『叢』。

《談録》（清汪師韓韓門）云：『《舊唐書》載僧孺二子蔚、藂。蔚登太和九年進士第。藂登開成二年進士第。俱仕爲節度使。《誠齋雜記》所云繁者，疑是藂字之僞。蔚襲封奇章侯，其名尤著。故《玉泉子》遂以爲蔚。而蔡趙之姓，《雜記》尤爲符合也。又考杜牧之作《牛丞相墓志銘》所載五男六女，長男蔚，次藂，次奉倩，二人皆稚齒（李鈺《牛公神道碑》亦曰二人未知名）。長女嫁上黨苗愔，次嫁范陽張洙，次嫁常山張希復，次嫁前進士鄧淑，次未笄。一人始數歲，則鄧敞又是鄧淑之訛。要之，小説所言，其爲傳聞，總難取信耳。』

《莊岳委談》云：『蔡爲牛婿，絶無謂，而莫知所本。一日偶閱《太平廣記》四百九十八卷《雜録》末引《玉泉子》云：「鄧敞初比隨計，以孤寒不中第。牛蔚兄弟，僧孺子，有氣力，且富於財。謂敞曰：『吾有女弟，子能昏。當相爲展力。寧一第耶？』時敞已婿李氏矣。其父嘗爲福建從事。女二人，皆善書。敞行卷多其筆迹。顧己寒賤，未必能致騰踔。私利其言，許之。既登第，就牛氏親。不日，敞挈牛氏歸，將及家，紿之曰：『吾久不至家，請先往俟卿。』洎到家。不敢泄其事。明日，牛氏奴驅輜槖直入，即出牛氏。居常玩好，幕帳雜物，列庭廡間。李氏驚曰：『此何爲者？』奴曰：『夫人將到。令某陳之。』李氏曰：『吾敞妻也。又何夫人焉？』即拊膺大哭。牛氏至知其賣己也。請見曰：『吾父爲宰相。兄弟皆在郎省。縱嫌不能富貴。豈無一嫁處耶？其不幸豈惟夫人？今願一與共之。』李感其言，卒同處終身。乃知則誠所謂牛相，即僧孺，而鄧生登第再婚，事皆符合。姓氏稍異耳。敞後官至秘書，職位恍惚類邕。」』

## 第三王四

《留青日札》（著人姓名俟檢）云：『時有王四者，能詞曲。高則誠與之友善，勸之仕。登第後，即棄其妻兒，而贅於太師不花家，則誠悔之，因借此記以風，名《琵琶》者，取其四王字爲王四云爾。元人呼牛不花，故①謂之牛太師，而伯喈曾附董卓，乃以之托名也。高皇微時，嘗賞此戲。及登極，捕王四置之極刑。』

《静志居詩話》（清朱彝尊竹垞）云：『世傳《琵琶記》爲薄倖王四而作，此殆不然。陸務觀詩云：「斜陽古柳趙家莊，復鼓盲翁正作場。身後是非誰管得，滿村聽唱蔡中郎。」是南渡時已衍作小説矣。』

## 第四蔡卞

《兩般秋雨庵隨筆》（清梁紹壬應來）云：『高則誠《琵琶記》相傳以爲刺王四而作。駕部許周生先生宗彦嘗語余云：「此指蔡卞事也。卞棄妻而娶荆公之女。故人作此以譏之。其曰：牛相者，謂介甫之性如牛也」。余曰：「若然，則元人紀宋事，斥言之可耳。何必影借中郎耶？」先生曰：「放翁

① 古典文學出版社本多『而贅於太師不花家』至『元人呼牛不花。故』數句。

詩云：『身後是非誰管得，滿村聽唱蔡中郎。』據此則此劇本起於宋時。或東嘉潤色之耳？然則宋之《琵琶記》爲刺蔡卞，元之《琵琶記》爲指王四。兩説并存可也。」』（按：宋人蔡中郎盲詞，不必即名《琵琶記》。應來以意斷之，非事實也）

綜之上列諸説，蔡生、鄧敞、蔡卞，皆以後人咏古事，不必托名。即謂托自宋人，不始柔克。然除蔡卞外，唐宋相去歲三百年（自唐太和九年，盡北宋靖康，二百九十四年），抑何避忌之有乎？周生之説，起近百年。殆亦意測，不可依據。而宋人稗説，不止盲詞之蔡中郎，及温州雜劇之蔡二郎，可疑爲柔克所祖。又陶南村《輟耕録》冲撞引首題下，復有蔡伯喈一本，名字明白，更無疑義。大抵美人名士，生不遇時，及其死也，舉世傷之。感慨發於搢紳，流傳遍於時俗。今古知名，附會益甚，至不嫌以村圖之見，爲古人之事實。後世文人，又雕飾焉，傳之愈遠，益非其真。明妃之與伯喈，理或相同，加以蔡女胡笳，音節凄婉，樂部所習，尤易牽連。肆坊考據，必窮所出，失志才人，或借酒杯，伯喈身世，更爲履歷。稗説之成皆由此，則亦何怪乎？予固以爲伯喈佚事，宋稗舊説，信然有之，且不一見。柔克意有所風，托爲根據，别出機杼。孔子之作《春秋》也，曰：『其事則齊桓晋文，其文則史。其義則竊取之矣。』何况詞章寄托，不妨荒唐。其事其文皆竊取而已。故謬伯喈之事，以就王四之文。言非苟作，理成可信。必謂《琵琶》有所景托，寧從《留青日札》之説。唯是柔克所譏，蓋屬世情之常，不必意中實有其人，即以爲諷世之作可也。今世戲文有《包龍圖斷陳世美》一本，亦與《琵琶》同科。不過結場透露，未若《琵琶》忠厚，猶存詩人之意焉耳。又按《樂府雜録》蘇中郎，後周士人蘇葩，嗜酒落魄，自號中郎。每有歌場，輒入獨舞。今爲戲，著緋戴帽，面正赤，蓋狀其醉也。又有《踏摇娘》諸戲，悉屬此部。而《教坊記》則云：『踏摇娘者，北齊有人姓蘇。疱鼻。實不仕而自號爲中郎。嗜飲酗酒，每醉輒毆其妻。妻銜悲訴於鄰里。時人弄之。丈夫著婦人衣，徐步入場行歌。每一疊，旁人齊聲和之云：「踏摇和來，踏摇娘苦和來。」以其且步且歌，故謂之踏摇。以其稱冤，故言苦。及其夫至，則作毆鬥之狀。以爲笑樂。』此二事絶類，於蘇中郎踏摇娘而見夫婦之道苦矣。夫之棄妻，情事至歧。醉飽之與富貴，其例一也。唐世諸戲，即有此粉本。宋戲關目，倘如《琵琶》，可云『自唐代相承，不過易蘇而蔡耳。葩之與邕皆不敢信果爲其人。要其情事，則古今人情，不甚相遠。一二年來，聞之屢已。海外游學士人，先後歸國。四五年間，往往崛起致身青雲，而逐妻悔婚，以就他氏。坊市新聞日鈔所傳爲《新琵琶》者，奚啻一二！《莊岳委談》凡傳奇以戲文爲稱，故其事欲謬悠而無根。中郎耳順而婿卓，以謬悠其事也。此語似《琵琶》而外，不知尚有何本？又云：『予嘗笑中郎有三不幸：漢史垂成，陷身縲紲，一也；生止一女，後没虜廷，二也；頭白齒落，制命凶渠，千年後横遭風流案污蔑，日爲里婦唾譏，三也。聞者輒大噱不已。』按：胡只知《琵琶》，故爲此語。其實元曲中藉重中郎之處固多。如《王粲登樓》、《連環記》之類，皆有蔡邕學士。情致各各不同，而《金雀記》甚至假左太冲、張孟陽，以净丑登場。後人戲弄，不惜刍狗前賢，又安能一一爲之呼冤耶？（未完）（《菉猗室曲話》）

## 《琵琶記》

明人論曲，嘗以《琵琶》、《西厢》并稱，亦曰崔、蔡二家（亦見《莊岳委談》）。嗜好不同，强爲左右，其實於高、王之作，一無所得，由不明曲家流别故也。夫《西厢》北曲，《琵琶》南曲，南北既分，作法自異，不特此也。元明之際所爲南曲，與明中葉以後諸本殊科。夷考其故，殆緣弋昆兩調所用不同。昆曲行腔，特多委婉，文章語意，因曲轉折，故其氣味往往異致。中晚士人，每以所見爲繩墨，批評雖多，又何當乎？（胡應麟云：近時左袒《琵琶》者，或至品王關上，余以《琵琶》雖極天工人巧，終是傳奇一家語。當今家喻户習，故易於動人。異時俗易懸殊，戲劇一變，後世徒據紙上，以文義摸索之，不幾於齊東下里乎？又云：《西厢》主韻度風神，太白之詩也。《琵琶》主名理倫教，少陵之作也。《西厢》本金元世習，而《琵琶》特創規矱，無古無今，似尤難至。才情雖《琵琶》大備，故當讓彼一籌也。按：《琵琶》是傳奇一家語，所以爲當行。《琵琶》之前，尚有《幽閨》，非出特創。胡氏一貶一褒，皆未得事實，其他所見，諸多類此。）《委談》又云：『《琵琶記》昆山有良璧詩「王允何其愚」，説者以漢末有二王允，一誅董卓，一乃棄妻再取者，非也。』按：《後漢書·黨錮傳》，黄允字子艾，濟陰人也。以雋才知名，郭林宗見而謂曰：『卿有絶人之才，足成偉器。然恐守道不篤，將失之矣。』後司徒袁隗欲爲從女求婚。見允嘆曰：『得婿當如此。』允聞而黜遣其妻。蓋黄姓非王允也。今本多誤刻，故録之。汪司馬頗取此詩，謂《西厢》詩無一成語者，《琵琶》此首差可觀。然瑜字與姿古韻絶不通。又宋弘二語，大似村學究聲口，僅勝王、關可耳。以上皆明人之見。傳奇家僅取流俗故實。黄王俗多沿訛。柔克依俗使事，未爲不可。不必以《後漢書》刊《琵琶記》之誤也。汪司馬所論，更爲强作解人。傳奇劇本，豈容書生考據、論韻、談詩者耶？《西厢》詩句，經金人瑞改竄，多失真面。然原本所爲，已非盡元人純正家法。《琵琶》崑山良璧，更覺太遠。此輩所許，皆是古人之短。《委談》又云：『《琵琶記》正是「此由才堪聽，又被風吹别調間」，用《高駢詩話》「昨夜箏聲響空碧，宫商信任往來風。依稀似曲才堪聽，又被吹將别調中」發語。曰「正是」，明謂引用古人也。此校前説爲近。然謂此處正是發語，爲明謂引用古人，亦未必即柔克意。須知此類發語，正傳奇説唱家詞頭。便即用之，無甚措意，不煩後人爲之實也。《静志居詩話》云：『聞則誠填詞，夜案燒雙燭。填至喫糠一出。句云：「糠和米本一處飛」，雙燭花交爲一，洵異事也。』按：此與舊説湯義仍製《還魂記》事大略相同。大抵文人附會，仿佛其辭。然不妨姑存之，以爲詞場中增一奇話也。元顧仲瑛輯耆舊詩爲《玉山雅集》，中録高則誠作，稱其長才碩學，爲時名流。可知則誠不專以詞曲擅美也。亦見《静志居詩話》。又胡氏《委談》亦云：『高詩律尚散見元人選中。如《題岳墳》、《採蓮曲》等篇。蓋勝國才士涉學者。』又云：『高則文則《烏寶》一傳，見《輟耕録》。小詞若《琵琶》諸引，亦多近宋。雖格不甚超，要非傳奇中語。則誠在勝國詞人中，似能以詩文見者。徒以傳奇故并没之。』按：今傳柔克佳篇。如《宿誂公房曉起偶成》云：『曉雨池上來，微風動寒緑。幽人睡初起，開窗見修竹。西山帶層室，隱隱出林木。境寂塵自空，慮澹趣常足。獨坐無唔言，流泉下深谷。』又《賦幽慵齋》云：『閉門春草長，荒庭積雨餘。青苔無人掃，永日謝軒車。清風忽南來。吹墮幾上塵。夢覺聞號①鳥，云山滿吾廬。安得嵇中散。尊酒相與娱。』見《元詩選》。惟不知曾收顧氏耆舊集否？至其所製曲子《琵琶》外，所傳他詞甚鮮。明秣陵陳氏輯《南宫詞紀》，收《秋懷》套詞，可以參證，亦讀《琵琶》者之所不廢也（陳紀題元高則成，不作誠，當由傳寫失檢，明人刻書，原乏精校）。

## 附：高則誠《秋懷》套曲

（《南宫詞紀》卷三之十八、十九）

〔商調〕〔二郎神〕人别後，正七夕穿針在畫樓。暮雨過，紗窗凉已透。夕陽影裏，見一簇寒蟬衰柳。水緑萍香人自愁，况輕折鸞交鳳友。（合）得成就，真個勝似腰纏跨鶴揚州。

〔又〕風流恩情怎比墻花路柳。記待月西厢攜素手。争奈話别，匆匆雨散云收。一種相思分做兩處愁。雁來時音書未有。（合前）

① 古典文學出版社本『號』作『啼』。

〔集賢賓〕西風桂子香韻幽，奈虚度中秋。明月無情穿户牖。聽寒蛩聲滿床頭。空房自守。暗數盡譙樓更漏。（合）如病酒，這滋味那人知否？

〔又〕功名未遂，因緣未偶。共簇個眉頭。惱亂春心卒未休。怕朱顔去也難留。明珠暗投。不如意十常八九。（合前）

〔黄鶯兒〕霜降水痕收。迅池塘已暮秋。滿城風雨還重九。白衣人送酒，烏紗帽戀頭。（思憶）那人一似黄花瘦。（合）强登樓，云山滿目，遮不盡許多愁。

〔又〕惟酒可忘憂，奈愁懷不殢酒。幾番血淚拋紅豆。相思未休。凄涼怎守。老天知道和天瘦。（合前）〔琥珀貓兒墜〕緣何蕭索。無可蓋眠鷗，淺碧粼粼露遠洲。羈人無力冷颼颼。（合）添愁。一似宋玉賦高唐，對景傷秋。

〔又〕一簇紅蓼。相映白蘋洲。傍水芙蓉兩岸秋。想他嬌艷倦凝眸。（合前）

〔尾聲〕一年好景還重九。正橘緑橙黄時候，强把金尊斷送秋。（同前）

《路史》（青藤山人，據《通俗編》引）云：『高則誠《琵琶》有第一齣、第二齣。考諸韻書，并無此字。必齝之誤也。牛食吞而復吐曰齝，以優人入而復出也。翟晴江灝云：「音笞，又音師。無讀作折音者。豈其字形既誤，而音讀亦因之誤耶？」』（《通俗編》三十）案：齣字，字書中始見吴任臣《字匯補》，云：『傳奇中一回爲一齣。俗讀作尺，或云本是齝（《正韻》同齝）字，訛作齣也。蓋齝乃食之已久復出嚼之。今傳奇進而復出，故有取於齝云』此亦謂齣爲齝，訛。以俗讀尺證之，自爲近理。然北語爲折，南語爲齣，疑皆出坊肆，不必有出處。如謂以齣爲齝，又即齝，據《説文》云：『吐而復噍也。』《爾雅·釋獸》：牛曰齝，郭注：『食之已久復嚼之。』誼甚古雅，恐非事實。雖俗語中往往有原本經典者，第以證雅俗，固可考見語源。而《琵琶》當時選名，實沿俗以爲用，固不必稟經酌雅，自詡淹博也。翟氏又以北劇之折爲疑，又過泥耳。今傳奇中無不用齣者。青藤之説若信，則創始則誠。詞場典故，何可忘耶？予得舊鈔沈寧盦《一種情傳奇》，則用齣字，或緣音轉，其實義亦非無可説。特此類詮釋，不得實事爲證，終嫌鑿空耳。

翟又云：『蔡邕父名棱，字伯直。見《後漢書注》。其母袁氏，曜卿姑也。見《博物志》。《琵琶記》作蔡從簡奉氏，其故爲繆悠與？抑未考與（《通俗編》三十七）？按：《後漢書注》、《博物志》，非僻書。若必以爲未考，則伯喈生平，又何嘗狀元及第耶？頃閲《蕉窗述奇》（清涼道人）曾記一事云：『辛亥中冬朔日，吳門松秀部於慈相寺前演《琵琶記》、《辭朝》一折，曲調、規模，可稱雙絶，觀場者贊不容口。有名士某者，拾楊升庵之唾餘而言曰：「蔡中郎之父，名棱，字伯直。見《後漢書注》。而劇中稱爲蔡從簡，乃製曲者失考故也。」予按《琵琶記》爲永嘉高則誠撰。記中所云，皆非中郎實事。如狀元之稱，始於唐玄宗，漢朝尚無其名。而東漢霊獻之世，丞相亦無牛姓者。此曲蓋借蔡邕二字，以寓作者製曲之意，其餘盡屬空中樓閣也。則誠舉元至正進士，隱居不仕，與貫酸齋、吾子行輩齊名，豈《後漢書》尚未之讀，而煩後人指摘耶？彼名士者，見楊升庵《丹鉛録》中曾有此論，故竊取其言，而自矜爲博學創見，殊不足供識者一粲也。予欲辨而析之，恐彰名士之短。歸而記之，以戒輕妄（述下第十則）。是《丹鉛録》所論又在翟前。蕉窗按語，頗與鄙説相符。因并録之。唯所述名士，不知何人。

又《簪云樓雜記》（陳尚古）《剔奸》一則謂：『陳幼學（筠塘梁溪人）音曲妙天下。方都門春宴，或向主司言之。酒半歡甚，主司以請。公自顧緑袍烏帽，非可更衣作狡獪伎倆。恐重違其意，遂演《伯喈辭朝》。及登場，態既韶令，詞旨調暢，四座莫不心折。公之風流都雅，殆俊人也。』（第十九則附記）亦《琵琶》談助，以《辭朝》類録。臧晋叔謂則誠原本，止《書館相逢》，又謂《賞月》、《掃松》二闋，爲朱教諭所補。王元美以爲好奇之過，非實録也。予謂臧説或有所本，無妨存以傳疑，未可悉抹。

元美又云：『則誠所以冠絶諸劇者，不惟其琢句之工、使事之美而已。其體貼人情處，委曲必盡，描寫物態，仿佛如生，問答之際，了不見扭造，所以佳耳。至於强調偶有未諧，辟見鍾王墨迹，不得其合處，當精思以求誼，不當執末以議本也。』見《藝苑卮言》。《曲藻》云：『嘗見人歌：「浪煖桃香欲化魚。親逼春闈，詔赴春闈，郡中空有解賢書。心戀親闈，難舍親闈。」頗疑兩下句意各重。』又曰詔曰書都無輕重，後得一善本，上下句作「期逼春闈，難舍親闈」，下下句作「心戀親闈，難赴春闈」，意既不重，而與上句各相呼應，益見作者之工。』（李調元《雨村曲話》上引）

《琵琶》借用成句甚多，不止如胡氏《委談》所記。翟曜江云：『「一齊分付與東風」，高則誠《琵琶》曲用此語。』按：《五燈會元》天衣哲云：『一齊分付與西風。』（《《通俗編》一》）又李童山云：『《琵琶》、《燒夜香》句云：「樓臺倒影入池塘，緑樹陰濃夏日長，一架荼蘼滿院香。」寫景俊語也。』（《雨村曲話》上）按：樓臺之語，亦本宋人詩。則誠在元世負重名，且通籍，其著作又行於時，而傳之者往往舛誤，如《百川書志》以《琵琶》爲宋永嘉先生作（《雨村曲話》引）。《堯山堂外紀》（蔣仲舒）謂作《琵琶》者乃高拭，其字則誠（《静志居詩話》引）。《藝苑巵言》云：『南曲高拭則誠，遂掩前後。』而《静志居詩話》亦云：『《涵虚子曲譜》，有高拭而無高明。』則蔣氏之言，或有所據，既誤元爲宋，又混拭以當明。前已謬於傳聞，後又疏於考證。幸其字不僞，猶得據而正之。然詞場作家，以得名而反埋没者，又不知凡幾。豈不可嘆？高拭，燕山人，元刊張小山《北曲聯樂府題詞》所署如此，可以判然於二高矣。（同上）（未完）

（一九二六年第十四卷第十三期《民衆文學》〔《小説世界》〕）

## 《琵琶記》

沈寧叟《南九宫譜》收《琵琶》諸曲，有與汲古本異者，蓋古本也。（中略）譜二十又收〔朝元令〕一套云：

『晨星在天，早起離京苑。昏星粲然，好向程途趲。水宿風餐。豈辭遥遠，要盡奔喪通典。血淚漫漫，天寒地坼行步難。回首望長安，西風夕照邊。（合）洛陽漸遠，何處是舊家庭院，舊家庭院。〔前腔〕第二換頭〔五馬江兒水〕（凛凛）風吹雪片，〔朝天歌〕彤云四望連。行路古來難。相看淚眼，血痕衣袖斑。〔朝元令本調〕請自停哀消遣。幸夫婦團圓，把凄凉往事空自嘆。曲澗小橋邊，梅花照眼鮮。（合前）〔前腔〕（第三換頭）念我深閨嬌眷，麻衣代錦鮮。崎嶇不慣，萬水千山，素羅鞋不耐穿。誰與我承看。老親哀暮年。有日得重相見。珠淚暗彈，何處叫哀猿。饑鳥落野田。（合前）（前腔第四換頭）好向程途催趲。漁翁罷釣還。（聽）山寺晚鐘傳，路逐溪流轉。前村起暮煙，遥望酒旗懸，且問竹籬茅舍邊。舉棹更揚鞭，皆因名利牽。（合前）』注云：『按此一套，古本《琵琶記》無之。恐非高則誠所作。故予考正《琵琶記》，不敢收入。然音律與《荆釵記》相合，而更覺和協，亦非淺學所能撰也。』云云。按此套語意，當是歸林途中之詞。毛本無此。不知寧叟所見是何本也？又按譜注，則寧叟尚有考正《琵琶記》，惜今無傳本。沈譜又收〔玉山供〕云：『〔玉抱肚〕公公尊賜念天寒，特來問吾。我雙親受三載饑寒。我怎不禁一旦凄楚。〔五供養〕心中想慕，漫有這香醪難度。（合）感此恩情厚。酒難辭，念取踏雪也來沽。』毛本亦無此曲。當似風木餘恨出中詞也。（下略）（同前）

陶南村《説郛》載《唐人小説》（見前，不具録）牛同、蔡同、趙同，而牛能卑順又同。南村又與東嘉同時。會稽、温州又同省。則《琵琶》之作，必是爲緊。王四云云，以其有四王而揣摩之也。要之傳奇皆是寓言，未有無所爲者，正不必求其人與事以實之也。即今《琵琶》之傳，豈傳其事與人哉？傳其詞耳。詞如《慶壽》之〔錦堂月〕：《賞月》之〔本序〕，《剪髮》之〔香羅帶〕，《吃糠》之〔孝順兒〕，《寫真》之〔三仙橋〕，《看真》之〔太師引〕，《賜燕》之〔山花子〕，《成親》之〔畫眉序〕，富艷則春華馥鬱，目眩神驚；淒楚則嘯月狐蝯，腸摧肝裂；高華則太華峰頭，晴霞結綺；變幻則蜃樓海市，頃刻萬態。他如《四朝元》、《雁魚錦》、《二郎神》等折，委婉篤至，信口說出，略無扭捏。文章至此，真如九天咳唾，非食煙火人所能辨矣。然白璧微瑕，豈能盡掩？尋宮數調，東嘉已自拈出，無庸再議。但詩有詩韻，曲有曲韻。詩韻則沈隱侯之四聲，自唐至今，學人韻士，兢兢守如三尺，罔敢踰越。曲韻則周德清之《中原音韻》，元人無不宗之，曲之不可用詩韻，亦猶詩之不敢用曲韻也。假如今有詩人於此，取上平十三元一韻，以元軒冕等字與先韻叶，以昆溫門孫等字與真韻叶，以煩幡旛藩等字與寒刪二韻協，不幾笑破人口乎？何至於曲而獨可通融段借也？且不用韻，又奚難作焉？今以東嘉〔瑞鶴仙〕一闋言之。首句火字，又下和字，歌麻韻也。中間馬化下三字，家麻韻也。日字，齊微韻也。旨字，支思韻也。也字，車遮韻也。一闋通止八句，而用五韻。假如今人作一律詩，而用此五韻，成何格律乎？吟咀在口，堪聽乎？不堪聽乎？通本不出韻者，寂寂不可多得。『飛絮沾衣外，簾幕風柔』，止出一韻。（末句謀字）『綠成陰』、『玳筵開處』、『思量那日』，四五套而已矣。若其使事，大有謬處。〔叨叨令〕末句云：『好一似小秦王三跳澗。』〔鮑老催〕句：『畫堂中富貴如金谷。』不應伯喈時已有唐文皇、石季倫也。《賞荷》齣內〔燒夜香〕末句云：『卷起簾兒，明月正上。』明明是夜景矣，何以下〔梁州序〕云：『晝長人靜好清閒，忽被棋聲驚晝眠。』又第四闋內『柳陰中忽噪新蟬，見流螢飛來庭院』，蟬聲不應與螢火并出。或人曲護其短，乃曰此通一日而言。此大不通之論。一日之間，自有定序，從早而午，從午而暮，未有蚤而倏暮，暮又午也。或又以《賞荷》、《賞月》，俱非東嘉作，乃朱教諭增入。朱教諭吾不知其何人，《賞荷》之出其手，有之。《賞月》之〔楚天過雨〕，雄奇艷麗，千古傑作，非東嘉誰能辦此？《掃松》而後，粗鄙不可觀。豈强駑之末力耶？抑真朱教諭所補耶？真狗尾矣！內有伯喈奔喪〔朝元令〕四闋，調頗叶，吴江沈先生已辨其非。故余以爲東嘉之作，斷斷自《掃松》折止，後俱不似其筆。王弇州一代宗匠，文章之無定品者，經其品題，便可折衷，然於詞曲不甚當行（其論《琵琶》也，即引《藝苑卮言》，已見前，不録）。夫作曲先要明腔，後要識譜，切忌有傷於音律。此丹丘先生之言也。腔調未諧，音律何在？若謂不當執末以議本，則將抹殺譜板，全取詞華而已乎？何元朗良俊謂施君美《拜月亭》勝於《琵琶》，未爲無見。《拜月亭》宫調極明，平仄極叶，自始至終，無一板一折非當行本色語。此非深於是道者不能解也。弇州乃以無大學問爲一短，不知聲律家正不取於宏詞博學也。又以無風情、無裨風教爲二短，不知《拜月》風情，本自不乏，而風教當就道學先生講求，不當責之騷人墨士也。用修之錦心綉腸，果不如白沙鳶飛魚躍乎？又以歌演終場，不能使人墮淚爲三短，不知酒以合歡，歌演以佐酒，必墮淚以爲佳，將《薤歌》、《蒿里》，盡侑觴具乎？

（《三家村老委談》）

高則誠才藻富艷，如《琵琶記》長空萬里，是一篇好賦，豈詞曲能盡之？然既謂之曲，須要有蒜酪，而此曲全無。正如王公大人之席，駝峰熊掌，肥腯盈前，而無蔬筍蜆蛤，所欠者風味耳。（《何徐曲論》）

蜀主《玉樓春·避暑摩訶池上》，作『冰肌玉骨凉無汗』一首，東坡足成《洞仙歌》。徐（士俊）以爲

蘇詞又被高生取入《琵琶》。習聞則厭，惟一點明月可留耳。（《菉猗室曲話》）

編戲有如縫衣，其最初則以完全者翦碎，其後又以翦碎者湊成。剪碎易，湊成難。湊成之工，全在針綫緊密。一節偶疏，全篇之破綻出矣。每編一折，必須前顧數折，後顧數折。顧前者欲其照映，顧後者便於埋伏。照映埋伏，不止照映一人，埋伏一事。凡是此劇中有名之人，關涉之事，與前此後此所説之話，節節俱要想到。寧使想到而不用，勿使有用而忽之。吾觀今日之傳奇，事事皆遜元人。獨於埋伏照映處，勝彼一籌。非今人之太工，以元人之所長不在此也。若以針綫論，元曲之最疏者，莫過於《琵琶》。無論大關節目，背謬甚多。如子中狀元三載而家人不知，身贅相府，享盡榮華，不能自遣一僕，而附家報於路人。趙五娘千里尋夫，隻身無伴，未審果能全節與否，其誰證之？諸如此類，皆背理妨倫之甚者。再取小節論之。如五娘之剪髮，乃作者自爲之，當日必無其事。以有疏財仗義之張太公在，受人之托，必能終人之事，未有坐視不顧而致其剪髮者也。然不剪髮不足以見五娘之孝。以我作《琵琶》《剪髮》一折，亦必不能少。亶須回護張太公，使之自留地步。吾讀《剪髮》之曲，并無一字照管太公，且若有心譏刺者。據五娘云：『前日婆婆没了。虧太公周濟，如今公公又死，無錢資送。不好再去求他。只得剪髮。』云云。若是，則剪髮一事乃自願爲之，非時勢迫之使然也。奈何曲中云：『非奴苦要孝名傳。只爲上山擒虎易，開口告人難。』此二語雖屬恒言，人人可道，獨不宜出五娘之口。彼自不肯告人，何以言其難也？觀此二語，不似恚怨太公之詞乎？然此猶屬背後私言，或可免於照顧。迨其哭倒在地，太公見之，許送錢米相資，以備衣衾棺椁，則感之頌之，當試問公死而埋者何有不啻口出者矣。奈何曲中又云：『只恐奴身死也兀自没人埋。誰還你恩債。』人？姑死而埋者何人？對埋殮公姑之人，而自言暴露，將置太公於何地乎？且太公之相資，尚義也，非圖利也。『誰還恩債』一語，不幾抹倒太公，將一片熱腸，付之冷水乎？此等詞曲，幸而出自元人。若出我輩，則群口訕之，不識置身何地矣。予非敢於仇古，既爲詞曲立言，必使人知取法。若扭於世俗之見，謂事事當法元人，吾恐未得其瑜，先有其瑕。人或非之，即舉元人藉口，烏知聖人千慮，必有一失。聖人之事，猶有不可盡法者，况其他乎？《琵琶》之可法者原多，請舉所長以蓋短。如《中秋賞月》一折。同一月也，出於牛氏之口者，言言悦歡；出於伯喈之口者，字字凄凉；一座兩情，兩情一事。此其針綫之最密者。瑕不掩瑜，何妨并舉其略。然傳奇一事也，其中義理，分爲三項，曲也、白也、穿插聯絡之關目也。元人所長者，止居其一，曲是也。白與關目，皆其所短。吾於元人，但守其詞中繩墨而已矣。（《閒情偶寄》）

世以南曲爲始於《琵琶》，非也。葉子奇《草木子》謂：元朝南戲盛行，及當亂，北院本特盛。《録鬼簿》謂：南北合腔，自沈和甫始。是謂元時已有南曲之證，且南詞定律引明鈕少疋①曲譜，有元傳奇《林招得》、元傳奇《蘇小卿》、元傳奇《瓦窑》等。雖明人之書未必可據，然亦足與葉、鍾二説相發明也。又

① 古典文學出版社本『疋』作『雅』。

祝允明《猥談》謂：南戲出於宣政之際，南渡後謂之温州雜劇，則未詳其説所本。（《録曲餘談》）（未完）

（一九二六年第十四卷第十四期《民衆文學》〔《小説世界》〕）

## 《三國志演義》

本朝滿員，不冠本姓，概以名上一字通稱。惟宗室之有封爵者，則用下一字。蓋以上一字乃係派行，同者太多，恐難區别也。昔有宗室載齡，以公爵任尚書，當時稱爲齡公。後入相，稱爲齡中堂。今之某貝勒某貝子，用下一字，更爲人所共知。而居鄉之人，亦有不謀而合者。南方聚族而居，其傭媪彼此往來，呼其家長之族屬，必冠其人之小名或别號；稱其妻，則冠以夫之小名或别號。蓋以同姓太多，非此不能分别也。帝王子孫衆多，漢代之例，冠以母家之姓。戾太子乃衛皇后所生，故稱衛太子。史皇孫其母史氏，故稱史皇孫。但此亦親支適屬則然，若旁支宗室，徧於天下，其昭穆長於天子一輩者何限（即長數輩者，諒亦不少），豈能概加以皇叔之稱？尤無統稱以『劉皇叔』之理。作演義者，但欲表章昭烈之爲宗室，而實未悉當時情事也。魏晋以後，篡弑相仍，效尤接踵，故於曹操不加貶抑。唐人頌太宗者，有神武同魏祖之語。而杜子美贈曹將軍詩，首句即云『將軍魏武之子孫』。若在今日，施之於人，必怒詈不受。况敢以擬君上哉！蓋自《三國演義》盛行，又復演義爲戲劇，而婦人孺子、牧豎販夫，無不知曹操之爲奸，關張、孔明之爲忠。其潛移默化之功，關係世道人心，實非淺鮮。

按：《東坡志林》云：『小兒聽人説古，聞曹操敗則喜；聞玄德敗則泣。』此即《三國衍義》之先聲。北宋太祖，得國雖亦非正，而諸儒輩出，修身立品，遠勝前朝（韓、范、富、歐已然，不始於濂、洛、關、閩也），一時風俗人心，爲之丕變。沿及金元，雖以外域帝中邦，而理學大昌，人存直道。傳奇院本所演劉關張、曹操之事，亦往往與《三國演義》相出入。以此知羅貫中之實有所本也。杜牧詩『東風不與周郎便，銅雀春深鎖二喬』，蓋謂周郎藉東風之力，僥幸成功耳。作注者但照正史本事釋之足矣，若東風之所由來，固不必問，亦無可問也。乃江西坊本有《唐詩三百首注疏》者，於此詩下竟引《三國演義》諸葛祭風事，余竊笑之。嗣見湖南重刻本，改注疏爲注釋，而此條注文，亦爲删正，余方嘆世間固不乏有心人矣。一日偶檢《淵鑒類函》，竟載有諸葛祭風事，云出《説薈》。《説薈》不知何書，而《淵鑒類函》乃欽定書，既經登載，則詞章家竟可引用矣（詞章家引用，原不必問其事之真僞有無，如牛女渡河之類），乃嘆羅貫中并非杜撰。而由此類推，凡正史所不載之事，固未可概斷爲必無也。史載關壯繆止二子，曰平、曰興，而《三國演義》乃有關索，謂係公之幼子。荆州既陷，流落不偶，後始歸蜀。今南方諸省，關索遺迹頗多。《大清一統志》疑索爲帥字之誤。然帥字雖通作率，而將帥之帥究無讀入聲者，其説終不可通。按：宋江三十六人，有病尉遲孫立、病關索楊雄，既與尉遲并稱，則古來有此猛將可知。此固北宋以前草野相傳之舊聞，貫中採以入演義。但演義一序之後，亦未再見。則雖貫中所聞，亦不能詳，今更無可考矣。漢置十三部刺史（即《舜典注》之十二州，而添一交州，内幾輔屬於司隸校尉，而分其外爲凉州，不名雍，又梁州改爲益州），後改州牧，其權過於今之督撫。州牧所居，猶今之省城。劉表爲荆州牧，則治襄陽，殆取其距洛陽近耳（刺史本係巡方，不應有常駐之地，州牧則爲統轄上司，以襄陽爲治所，是否始於劉表，俟考）。昭烈依劉表，而屯於新野，亦因其爲襄陽屏蔽，可以北製曹操也（新野本屬襄陽，明代始分隸河南）。劉琮降操，不使昭烈知。迨操兵南下已至宛（即今南陽府），昭烈方知之。倉卒南奔，過襄陽城，或勸襲取之，而昭烈不忍，又南奔江陵。江陵爲南郡太守治所，乃荆州之支郡也。操受琮降，遂有襄陽。赤壁敗後，雖引軍北還，襄陽終爲操有。故操所設荆州仍治襄陽（襄陽與樊城，一水之隔，相爲犄角，水淹七軍，關壯繆雖暫得襄陽，而圍樊未克，旋即敗亡，襄陽仍爲魏有）。以今制擬之，荆州全境，猶湖北、湖南全境也（邊界雖有出入，而大致不差）。曹操雖降劉琮，而旋爲周瑜所敗，於荆州全境，僅得襄陽，可謂嘗鼎一臠。孫、劉雖以全力争荆州，畢竟未能得襄陽，可謂未遂一間。襄陽竟不可得，遂改以江陵爲荆州治所，而江陵乃永擅荆州之名（迄今江陵縣爲荆州附郭），故赤壁戰後，所謂荆州者，皆以江陵爲主腦，而兼及全境，惟襄陽却不在内。若劉琮未降以前之荆州，則襄陽固省會也。羅貫中昧昧於此，故於躍馬檀溪諸事，叙述不明。稗官小説，不足爲典要，此其一端也。（《五餘讀書廛隨筆》）

詣廣和樓觀劇，演諸葛武侯金雁橋擒張任事。余素惡《三國志演義》，以其事多近似而亂真也，然此事則茫然。檢《陳志》，惟《先主傳》建安十八年，先主據涪城，劉璋遣劉璝、冷苞、張任、鄧賢等拒先主於涪，皆破敗，退保綿竹，僅見一姓名耳。裴注兩引《益部耆舊雜記》曰：『張任，蜀郡人，家世寒門。少有膽勇，有志節。仕州爲從事。』又曰：『劉璋遣張任、劉璝率精兵拒捍先主於涪，爲先主所破。退與璋子循守雒城，任勒兵出於雁橋。戰復敗，擒任。先主聞任之忠勇。令軍降之。任厲聲曰：「老臣終不復事二主矣。」乃殺之。先主嘆息焉。』《華陽國志》、《劉二牧志》與《陳志》同。《通鑒》：建安十八年，劉璝、張任與璋子循退守雒城，備進軍圍之。任勒兵出戰於雁橋，軍敗任死。胡注：雁江在雒縣南，曾有金雁，故名爲雁橋。是金雁橋實爲有本。深愧史學之疏，乃知村書市劇，亦有益也。考雒爲今四川成都府之漢州，去成都僅九十里，無山川之險，而當日先主親自攻圍，至一年有餘，龐統死焉，知循等之守，必有以過人者。《陳志》簡略，故事多淹没，使無表注，則任之志節不傳矣。（《荀學齋日記》）

關羽而稱夫子，奇聞也。王夫之《識小録》謂：主考，本稱舉主，萬曆以後稱老師，崇禎末年稱夫子。關羽之稱夫子，蓋亦自崇禎始也。關羽爲三國名將，以曹操之善用兵，乃至議徙許都以避其鋭，宜諸葛亮稱爲絶倫超群。但古來名將如關羽者甚多，而關羽獨爲婦孺所稱，則小説標榜之力。自《三國演義》風行，世俗幾不知有陳壽《三國志》，則不學之過也。《江表傳》稱羽好《左氏傳》，諷勸①略皆上口。則羽本非經師，稱武將爲夫子，與民國官僚稱袁世凱、段祺瑞爲老師何異？今人動稱關公顯聖，此雖根於小説，然不始於《三國演義》，隋世已於荆州玉泉寺見靈迹。五代時，蜀王令趙忠義畫關將軍起玉

① 古典文學出版社本『勸』作『動』。

泉寺圖，見《益州名畫録》，知五代時已盛行關像。宋崇寧間，帝敕天師張虛靖召關羽破蚩尤，復鹽池，見靈，遂封崇寧真君。明永樂時，北征雅失理，經闊灤海、斡難河，勒銘擒巫山，每見神前驅如關公，其馬白。凱還，居民言有白馬立正陽門殿。至暮汗出，乃制崇祀，五月十三日祭。萬曆四十二年，乃遣司禮李恩，捧旒袍封大帝。關羽之稱帝，自此始。此極可笑。萬曆之位號，亦不過於帝，而封人爲帝，寧非妄自尊大，但呂洞賓封帝君，嘉靖時已行之。爲帝者以帝封人，蓋自明始。考帝之本義爲天帝，王者自稱，已覺不倫，况封人乎？此類事直同兒戲，皆由讀小説過熟，乃演成小説中之行事。亶《三國演義》所載，『雖不見正史者，亦往往有來歷。如正史但言羽斬顔良，《演義》并言斬文丑，或疑虛造。然洪邁《容齋二筆》言『羽手殺顔良、文丑』，則宋時有此説也。劉備與關羽、張飛本無桃園結義之事。正史亶言先主與二人寢則同床，恩若兄弟，而稠人廣坐，侍立終日。小説因此遂捏造桃園結義之事。然則曹操厚遇劉備，亦出則同輿，坐則同席，豈曹、劉二人，亦結義兄弟乎？世俗换帖，稱拜兄弟，乃拜於關羽之廟。文人作關廟柱帖，竟引用小説中不經之語，靦不爲怪。甚有論關羽華容道釋曹操爲非是者，不知此事全屬子虛。《山陽公載記》言操引軍從華容道步歸，遇泥濘道不通，使羸兵負草填之，騎乃得過，軍既得出，備放火而無所及。此即義釋曹操之説所由來。其實曹操雖敗，亦不狼狽至此。赤壁一役，備僅能自保而已。小説中顛倒事實，尤莫如關羽之單刀赴會。《吴志》言：『魯肅欲與羽會語，諸將疑恐有變，議不可往。肅曰：「今日之事，宜相開譬。劉備負國，是非未决。羽亦何敢重欲干命。」乃趨就羽。』然則冒險赴會乃魯肅就關羽，非關羽就魯肅也。諸如此類，殆不勝辯。要之，關羽雖萬人敵，有國士之風，然世多溢美，皆小説之力。乾隆刊《三國志》，竟强改陳壽原文，易其謚法，此姑不論原謚之當否，要無勞乾隆之干涉也。（《老圃叢談》）（未完）

（一九二六年第十四卷第十六期《民衆文學》〔《小説世界》〕）

## 《三國志演義》

霸陵橋即關索橋。水從西北萬山來，亦合盤江而趨粤西以入海。關索嶺爲黔山峻險第一，路如之字，盤折而上。山半有關壯繆祠，即龍泉寺。中有馬跑泉，甘碧可飲，相傳壯繆少子索用槍刺出者。寺内大竹千竿，青葱可愛。寺外道旁有啞泉，今已閉。碣曰：『亘古啞泉。』西嶺即順忠王索祠。鐵槍一株，重百餘斤，以鎮山門。按：陳壽《三國志》，壯繆長子平，從死寧沮之難。次子興，爲侍中，數年殁。未有名索者，意者建興初，丞相亮南征，從者其索乎？有功於黔，土人祀之。黔人呼父爲索，尊之至而以父呼之耶！相傳索從亮南征，爲先鋒，開山通道，忠勇有父風。今水旱灾癘，禱之輒應，故血食千古。一路至滇，爲關索嶺者三，而漢①中亦有數處，似爲壯繆子不謬也。或謂關鎖嶺之訛。程江夏《滿

① 古典文學出版社本『漢』作『滇』。

江紅》末句云：『當年陳壽是何人？』史獨缺，誠爲千載疑案。然正史缺者頗多，不獨索一人已也，但不知王實甫作《三國衍義》據何稗史，而忽插入索乎？是皆不得而考也。（《黔游記》）

《少室山房筆叢》，古今傳聞僞謬，率不足欺有識。惟關壯繆明燭一端，乃讀書之士，亦什九信之。何也？蓋由元末村學究編《三國演義》，因傳有壯繆守邳，見執曹氏之文，撰爲斯説，而俚儒潘氏又不考而贊其大節，遂至談者紛紛。考《三國志》本傳及裴松之注及《通鑒》，并無此文。《演義》何所據哉？《蜀志·劉封傳》孟達與封書曰：『自立阿斗爲太子以來，有識之人，相爲足下寒心。』按：阿斗、太子四字連綴見此。（《通俗編》）

## 《水滸傳》

詞話每本頭上，有請客一段，權做過德勝利市頭回。此政是宋朝人借彼形此，無中生有妙處。游情泛韻，膾炙人口，非深於詞家者，不足與道也。微獨難説爲然，即《水滸傳》一部，遂迥有之，全學《史記》體。文待詔諸公，暇日喜聽人説宋江。先講攤頭半日，功父猶及與聞。今坊間刻本，是郭武定删後書矣。郭故跗注大僚，其於詞家風馬，故奇文悉被刬薙，真施氏之罪人也，而世眼迷離，漫云搜求武定善本，殊可絶倒。胡元瑞云：『二十年前所見《水滸傳》本，尚極足尋味，今爲閩中坊賈刊落，遂幾不堪覆瓿。更數十年無原本印證，此書將永廢矣。』然則元瑞猶及見之，徵余所聞，罪似不在闔貫。（《點鬼簿》中，具有宋江三十六人事迹，是元人鍾繼先所編，《宣和遺事》亦載宋江并花石綱事。施氏《水滸》，蓋有説本耳。一云，施氏得宋張叔夜擒賊招語，因潤飾以成篇者也。）（《戲瑕》）

予閲《文山傳》，如劉岳申、胡廣所撰，皆萎苶不足動人。淮陰有龔開者，字聖予，嘗傳宋瑞事，或以爲類司馬遷，惜無從索覽。又《癸辛雜識》載：『聖予有呼保義宋江等三十六人贊。序云：「宋江事見於街巷談語，不足採著。雖有高人如李嵩輩傳寫，士大夫亦不見黜。余年少壯時，慕其人，欲存之畫贊。以未見信書載事實，不敢輕爲。及異時見《東都事略》中書侍郎《侯蒙傳》，有書一篇，陳制賊之計云：『宋江三十六人，横行河朔。京東官軍數萬，無敢抗者，其材必有過人。不若赦遇招降，使討方臘以自贖，或可平東南之亂。』予然後知江輩真有聞於時者，於是即三十六人，人爲一贊，而箴體存焉。蓋其本撥矣，將使一歸於正，義勇不相戾，此詩人忠厚之心也。余嘗以江之所爲，雖不得自齒，然其識趣超卓，有過人者，立號既不僭侈名稱，儼然猶循軌轍，雖托之紀載可也。古稱流盗跖，盗賊之聖，以其守一至於極處，能出類而拔萃，若江者，其殆庶幾乎？雖然，彼跖與江與之盗名而不辭。躬履盗迹而無諱者也。豈若世之亂臣賊子。畏影而自走，所爲近在一身，而其禍未嘗不流四海。嗚呼！與其逢聖人之徒，孰與跖與江也。」』云云。贊語文多，兹不備録。按：聖予乃宋末遺老，忠誼激烈，大類謝翶、鄭所南，其文章可見者止此。近《稗海》所刻《癸辛雜識》，此文悉遭删去，遂使殘珪斷璧，蕩然無存，亦搜奇之一恨也。（《寒夜録》）

往讀施耐庵《水滸記》，疑作者譏宋失政。其人其事，皆理之所必無者。繼讀《綱目》載宋江以三十六人轉掠河朔，莫能攖鋒。又《宣和遺事》備書三十六人姓名，宋龔開有贊，侯蒙有傳，其人既匪誣矣。意梁山者，必峰峻壑深，過於孟門、劍閣，爲天下之險，若輩方得憑持爲雄。及予親履其境，又曾輯修《兖志》。梁山爲今壽張治屬，其山不過周遭五十里，耐庵乃云八百里。即宋江寨，山崗上一小垣耳。記中鋪張其事，使天下後世愚民不至其地者，信以爲然。長奸萌亂，莫此爲甚，因拈出之，以告司治君子，且使天下後世之人，知《水滸記》所載，雖有其人，而其事則不可盡信也。梁山濼（音薄）作泊誤。（《巾箱説》）

黄氏《士禮居叢書·新編宣和遺事》載：北京留守梁師寶，將十萬貫金珠珍寶、奇巧疋段，差縣尉馬安國一行人擔奔之京師，趕六月初一日爲蔡太師上壽。路中買酒喫，都被麻倒。與小説《水滸記》『吴用智取生辰綱』大同小異。所載酒旗上寫着『酒海花家』四字，尤爲疋①艷。（《秋夜讀書記》）

《花當閣叢談》：張成，徐州人，短小精悍，善走，日可行五百里，若緩步亦與人同，造意遠行，則不可及。然既行又不能自止，或負墻抱樹乃止。凡封奏羽報則使之，夜則於圓籠中縮足而睡。近昆山人顧大愚亦然。云有符咒甲馬，拴於兩股，日亦可三四百里。今聞其符咒書爲人竊去，不能走矣。按：此事果信，《水滸》中之神行太保，殆非寓言耶！（《花朝生筆記》）

---

① 古典文學出版社本『疋』作『雅』。

明人作《水滸傳》圖像者，有陳章侯、杜菫二家，均極佳妙。張岱《夢憶》云：『古貌、古服、古兜鍪、古鎧胄、古器械，章侯自寫其所學所問已耳，而輒呼之曰宋江、曰吴用，而宋江、吴用，亦無不應者，以英雄忠義之氣，鬱鬱芊芊，積於筆墨間也。周孔嘉匄①余促章侯。孔嘉匄②之，余促之，凡四閱月而成。余爲作緣起曰：『余友章侯，才足掞天，筆能泣鬼。昌谷道上，婢囊歐血之詩；蘭渚寺中，僧秘開花之字。間之力開畫苑，遂能目無古人。有索必酬，無求不予。既蠲郭恕先之癖，喜周賈耘老之貧。畫《水滸》四十人，爲孔嘉八口計，遂使宋江弟兄，復睹漢官威儀。伯益考著《山海》遺經，獸毨鳥氄，皆拾爲千古奇文；吴道子畫《地獄變相》，青面獠牙，盡化作一團清氣。』近見醉耕堂本《水滸傳》（清初本）所有出像（按醉耕堂本，名曰《出像水滸傳》）均題陳章侯畫。自宋江至徐寧，凡四十人。鬚眉生動，像各有贊。魯智深云：『老僧好殺，晝夜一百八。』扈三娘云：『桃花馬上石榴裙，錦纈英雄娘子軍。』柴進云：『哀王孫，孟嘗之名幾滅門。』武松云：『申大義，斬嫂頭，啾啾鬼哭鴛鴦樓。』吴用云：『彼小范老，見人不早。曳石悲歌，張元吴昊。』顧大嫂云：『提葫蘆，唱鷓鴣，酒家胡。』均敏妙可誦。杜菫所繪之像，都一百八人，廣百宋齋有鈎摹本。百八人各有特殊姿態，英風義概，奕奕如生。像各有贊，録其尤佳者。關勝云：『無念爾祖，率西水滸。』運用成語，寓有皮裏陽秋之意。魯智

①　古典文學出版社本『匄』作『丐』。
②　古典文學出版社本『匄』作『丐』。

深云：『焉知圓寂，佛祖不識；一棒打殺，與狗子吃。』武松云：『殺虎未爲武，丘嫂猛於虎。』措詞均極詼奇。李逵云：『袒裼暴虎，毋破我斧。』王英云：『長不滿五尺，貪財更好色。』運用成語，抑何巧妙乃爾！余尤愛扈三娘云：『罔談彼短，靡恃己長。天壤之間，乃有王朗。天造地設，巧不可階。』直是滑稽之雄。安道全云：『活一人，殺萬人。夏無且，秦越人。』語有包孕，寥寥十二字，可作一篇史論讀。（《闕名筆記》）

## 《續水滸》

《甕天脞語》載：『宋江潛至李師師家。題詞於壁。』鍾嗣成《點鬼簿·康進之樂府》，有《梁山泊黑旋風負荆》、《黑旋風老收心》。按：此等事，今俱見續傳中。又陸友仁《題宋江三十六人畫贊》云：『睦州盜起塵連北，誰挽長江洗兵革。京東宋江三十六，懸賞招之使擒賊。後來報國收戰功，捷書夜報甘泉宫』。則江降後，自有攻討方臘等事。續傳所演，皆不爲無因。或謂宋鑑、劉豫所害關勝，即大刀關勝，想亦有之。（《通俗編》）（未完）

（一九二六年第十四卷第十八期《民衆文學》〔《小説世界》〕）

## 《荆釵記》

諸書多傳王梅溪十朋嘗劾史浩，其同榜進士孫汝權，實慫恿之。史之門客，乃爲作《金釵傳奇》以抱怨。蓋玉蓮本梅溪女，故謬其事以相䘏云。予則謂不然。《荆釵記》中未嘗稍形容梅溪以醜穢，如果欲相䘏，何難造一隱昧事端，使之莫白？今但錯互其姓名，而不明言爲父女，使後世知之，固必共斥作者之舛戾；使後世不知，惟當賞梅溪之伉儷情笃，離合事奇而已，要不足以䘏之也。至汝權本非知名之士，䘏之如注矢射空，亦奚爲哉？彼撰此者必文人，不宜一愚至此。勞宜齋《大興甌江佚志》具載其事，并傳又一説，謂玉蓮實錢氏娼也，梅溪與狎，訂娶之。後狀元及第歸，竟負約。錢憤而投江死。足徵傳説原無一定，可遽信爲史可①之䘏之耶？要之梅溪在當日，賢名顯聞，人仰慕之，故以節義事付托焉耳。（《常談叢録》）

《荆釵記》，明寧獻王權撰。王，太祖第十六子。洪武二十四年，就封大寧。永樂元年，改封南昌。晚慕冲舉，自號臞仙，涵虚子、丹邱先生，均其別號，撰《太和正音譜》。明程明善收《嘯餘譜》中，

① 古典文學出版社本「可」作「客」。

今存。雜劇《辨三教》一本、《勘妬婦》一本、《判煙花》一本、《瑶天笙鶴》一本、《白日飛升》一本、《九合諸侯》一本、《私奔相如》一本、《豫章三害》一本、《肅清瀚海》一本、《客窗夜話》一本、《獨步大羅天》一本、《楊姨復落娼》一本，皆不傳。僅《正音譜》中存其目而已。

錢謙益《列朝詩集》，江右俗故質樸，儉於文藻，士人不樂聲譽。王宏奬風流，增益標勝，博學好古，諸書無所不窺，旁通釋老，尤深與史。凡群書有秘本，莫不刊布國中。所著有《通鑒博論》二卷，《漢唐秘史》二卷，《史斷》一卷，《文譜》八卷，《詩譜》一卷，《神隱》、《肘後神樞》各二卷，《壽域神方》四卷，《活人心》二卷，《太古遺音》二卷，《異域志》一卷，《遐齡洞天志》二卷，《運化玄樞》、《琴阮啓蒙》各一卷，《乾坤生意》、《神奇秘譜》各三卷，《採芝吟》四卷，其他纂數十種。經子九流、星曆醫卜、黄冶諸術皆具，古今著述之富，無踰王者。又作《家訓》六篇、《寧國儀範》七十四章。本傳舊題柯丹邱撰，緣明郁藍生《曲品》之誤，而清黄文暘《曲海目》仍之。蓋丹柯先生爲寧王道號，前人不知，以爲敬仲。近人海寧王氏《曲録》改題寧王，兹仍之。（丹丘先生誤爲敬仲，尚爲有辭。李調元《雨村曲話》至以爲王伯成，則不知何所見而云然，豈王伯成亦號丹丘邪？）王世貞《藝苑卮言》云：『《荆釵》近俗而時動人。』何元朗亦云：『《荆釵》雖動人而俗。』予謂寧王生渥奇之季，先正遺風，猶被薰沐，其俗處正元曲本色，何王必以明人習氣繩之，豈得其當？荆、劉、拜、殺（《荆釵記》，《劉知遠》即《白兔記》，《拜月亭》即《幽閨記》，《殺狗記》）爲四大曲，而《荆釵》又衮然居首，豈以一二私評，遂爾減色耶？《第一家門》齣㑳栝《沁園春》云：『才子王生，佳人錢氏，賢孝温良，以荆釵爲聘，配爲夫婦。春闈催試，拆散鸞皇，獨步蟾宫，高攀仙桂。一舉鰲頭姓氏香。因參相，不從招贅，改調潮陽。修書遠報萱堂。中道奸謀變禍殃。岳母生嗔，凌逼改嫁。山妻守節，潛地去投江。幸神道匡扶撈救，同赴瓜期，往異鄉。吉安會，義夫節婦，千古永傳揚。』詩云：『王狀元不就東床婿，萬俟相改調朝陽地。孫汝權套寫假書歸，錢玉蓮守節《荆釵記》。』（出《荆釵記》）尚是元人題目正名舊法，而結局用律句云：『夫妻節義再團圓，母子重逢感上天。深恨詐書分鳳侶，痛憐渡口溺嬋娟。潮陽隔别三山恨，玄妙相逢兩意傳。夙世姻緣今再會，佳名千古二儀間。』按：元施君美《幽閨記》，亦是如此。爾後則臨川《還魂》、《紫釵》二記，懷寧《燕子箋》諸作，猶用此體。他傳或用二絶，或僅一絶，或仿北體全省，異例紛出，不知何人作俑。抑後人意爲增減，亦不可辨矣。《琵琶》、《殺狗》、《白兔》，皆只用絶句結場，安得羅列諸古本以供一校邪？《錦香亭》不詳何人之作，蓋古傳奇也。其〔八聲甘州〕一曲云：『春深離故家，嘆倦客旅邸。游子天涯，一鞭行色，遥指剩水殘霞。墻頭嫩柳籬上花，望古樹枯藤棲暮鴉。嵯峭。遍長途觸目桑麻。〔前腔〕〔换頭〕呀呀幽禽聚遠沙。對仿佛禾黍，宛似蒹葭。江山如畫，無限野草閒花。旗亭小橋景最佳。見竹鎖橋邊三兩家，漁艖弄新腔一笛堪誇。』《詞隱》云：『今借入《荆釵記》。』（沈譜元注）按：今《荆釵》第四十一齣〔小蓬萊〕後即此曲。『倦客逆旅』改爲『衰年倦體』，『游子』爲『奔走』，『籬上』爲『籬畔』，襯字『望』爲『見』，『嵯峭』爲『嗟呀』，『橋邊』作『溪橋』，『漁艖』作『漁槎』。

雜劇傳奇，往往借故①曲，不嫌剿襲者。良由音韻之文，協律爲難，文律雙美，便推獨擅。後來萬千，豈能居上？苟情景適宜，寧取因仍，不必己出，自矜奇妙。抑非博覽卓識，何能運用古人？北劇如東籬（《黃粱夢》取花李郎全折），南曲如寧齋（《一種情》取大齋郎曲），皆此道老手。類多假借，蓋以音律爲重，故爾出此。自玉茗一派，任才恣肆。蹂躪詞律，語必獨造，意在驚人，致口與耳不相應，手與筆不相習。鳳洲之倫，更揚其波。歧之又歧，曲運益蹇。徒詩之後，再見徒詞，徒詞之後，更成徒曲，皆此輩爲之。豈特爲殺噪劊子已哉？而淺者至今方且誦之，遂爲不知而作者藉口。古來名曲，且被斥逐，豈不可恨？不知才益大者，其心彌虛。《荆釵》借曲，何損大家？若沾沾自炫，雖不乏奇賞，究屬淺見。古今妙文，只有此數，惟求其當，千手不易可也。予讀〔春深甘州〕曲，不能不服《荆釵》之通。魏武《短歌行》，連用三百篇語，亦此例耳。（《菉猗室曲話》）

《荆釵》曲白，都近自然。惟《赴試》折，家國離情，自不必向朋輩喁喁絮②語，且末、净合唱：『蒙囑咐，牢記取，教我成名先寄數行書。』又居然與王十朋心事關炤，殊嫌著相。（《藤花曲語》）

① 古典文學出版社本『故』作『古』。
② 古典文學出版社本『絮』作『緒』。

## 《還魂記》

問諸故老，言湯若士爲王文肅主試江西所得士。後知其未婚，屬意焉，欲以曇陽子妻之。文肅復命後，即膺命他出。時眉公在塾課曇陽子，因屬其俟若士謁見時，觀其人品學問，可妻與否。迨若士來見，以口語相失，乃①沮其事。故若士銜忿，有《牡丹亭》之作。未知信否？近太倉汪編修學金，建曇陽子祠以奉祀。編修母夫人王氏，蓋文肅之裔孫女也。（《夢蘭瑣筆》）

湯若士《還魂記》，世或云刺曇陽子而作。曇陽子者，太倉王文肅公錫爵之次女，學道不嫁而卒。王元美所作傳，所謂曇陽菩薩者也。文肅，若士座主也。故蔣心餘《臨川夢》責若士曰：『畢竟是桃李春風舊門墻，怎好將帷薄私情向筆下揚？』他平生罪孽這詞章，顧不審曇陽受謗之事。嗣讀彭二林《一行居集》云：『世之謗曇陽者不一，捕風捉影，久成冤獄。馮子偉人，夙慕仙蹤，卒當時傳記詩文，都爲一集。又得曇陽弟衡手書，述家奴造謗始末，公案確然，然尚未審其得何謗也。』近閱長沙楊恩壽《詞餘叢話》，詳載此事（但不知採自何書），曰：『曇陽子死數年，有鄞人妻

① 古典文學出版社本『乃』作『力』。

姓者，以風水游吴越間。妻慧美，有藝能，且操吴音，蓄貲甚富。捕者迹之亟，度不可脱，則曰：「我太倉王姓也」。於是，諱然謂曇陽復生矣。時文肅父子俱在朝。以族人司家事。亟召妻夫婦。族人向未見曇陽，莫能辨，有老僕諦視良久，忽省曰：「彼非二爺房中某娘乎」？始皇恐伏罪。當海内轟傳之時，若士遽採風影之談。填成艷曲。』云云。然余謂此説不然。若士撰此曲時，正在太倉，正爲文肅而作。又在文肅家居之後，决不作此輕薄事。江熙《掃軌閒談》云：『王文肅家居，聞湯義仍到婁東，流連數日，不來謁，徑去，心甚異之。乃遣人暗通湯從者，以覘湯所爲。湯於路日撰《牡丹亭》。從者亦竊寫以報，逮成，袖以示文肅。文肅曰：「吾獲見久矣。」』又《静志居詩話》亦云：『《牡丹亭》初出，太倉相君①實先令家樂演之。且云：「吾老年人近頗爲此曲惆悵」。』合此二書觀之，則刺曇陽子之説，不攻自破矣。義仍應舉時，拒江陵之招，甘於沉滯。登第後又抗疏劾申時行，不肯講學，又不附和王李。在明之文人中，可謂特立獨行之士矣。（《録曲餘談》）（未完）

（一九二六年第十四卷第二十期《民衆文學》〔《小説世界》〕）

---

① 古典文學出版社本多『從者亦竊寫以報』至『太倉相君』數句。

## 《還魂記》

曲文之詞采，與詩文之詞采，非但不同，且要判然相反。何也？詩文之詞采，貴典雅而賤粗鄙，宜蘊藉而忌分明。詞曲不然，話則本之街談巷議，事則取其直説明言。凡讀傳奇而有令人費解，或初閱不見其佳，深思而後得其意之所在者，便非絶妙好詞。不問而知爲今曲，非元曲也。元人非不讀書，而所製之曲，絶無一毫書本氣。以其有書而不用，非當用而無書也。後人之曲，則滿紙皆書矣。元人非不深心，而所填之詞，皆覺過於淺近，以其深而出之以淺，非借淺以文其不深也。後人之詞，則心口皆深矣。無論其他，即湯若士《還魂》一劇，世以配享元人，宜也。問其精華所在，則以《驚夢》、《尋夢》二折對。予謂二折雖佳，猶是今曲。非元曲也。《驚夢》首句云：『裊晴絲吹來閒庭院，摇漾春如綫。』以游絲一縷，逗起情絲，發端一語，即費如許深心，可謂慘淡經營矣。然聽歌《牡丹亭》者，百人之中，有一二人解出此意否？若謂製曲初心，并不在此，不過因所見以起興，則瞥見游絲，不妨直説，何須曲而又曲，由晴①絲而説及春，由春與晴②絲而悟其如綫也。若云作此原有深心，則

① 古典文學出版社本『晴』作『情』。

② 古典文學出版社本『晴』作『情』。

恐索解人不易得矣。索解人既不易得，又何必奏之歌筵，令疋①人俗子，同聞而共見乎？其餘『停半晌，整花鈿，没揣菱花，偷人半面』，及『良辰美景奈何天，賞心樂事誰家院』，『遍青山，啼紅了杜鵑』等語，字字俱費經營，字字皆欠明爽。此等妙語，止可作文字觀，不得作傳奇觀。至於末幅，『似蟲兒般蠢動，把風情搧』，與『恨不得肉兒般團成片也，逗的個日下胭脂雨上鮮』，《尋夢》曲云：『明放着白日青天，猛教人抓不到夢魂前。是這答兒壓黄金釧扁』，此等曲則去元人不遠矣。而予最賞心者，不專在《驚夢》、《尋夢》諸折。謂其心花筆蕊，散見於前後各折之中。《診祟》曲云：『看你春歸何處歸，春睡何曾睡。氣絲兒怎度的長天日。』、『夢去知他實實誰。病來只送得個虚虚的你。做行雲，先渴倒在巫陽會。』、『又不是困人天氣，中酒心期，魆魆的常如醉。』、『承尊覷何時何日，來看這女顔回。』《憶女》曲云：『地老天昏，没處把老娘安頓。』、『你怎撇得下萬里無兒白髮親。』、『賞春香還是你舊羅裙。』《玩真》曲云：『如愁欲語，只少口氣兒呵。』、『叫的你噴嚏似天花唾。動凌波，盈盈欲下，不見影兒那。』此等曲則純乎元人。置之《百種》前後，幾不能辨，以其意深詞淺，全無一毫書本氣也。（《閒情偶寄》）

顧夐《醉公子》詞末句云：『魂銷似去年。』徐士俊云：『《還魂曲》「恁今春關情似去年」用此也，

① 古典文學出版社本『疋』作『雅』。

「最撩人春色似今年」，則又翻此。』六一《浣溪沙·春游》詞云：『日斜歸去奈何春。』徐云：『湯若士「良辰美景奈何天」本此。』子野《一叢花》詞云：『傷高懷遠幾時窮。無物似情濃。』徐云：『《還魂記》妙語，皆出子野。』（《菉猗室曲話》）

以白引起曲文，曲所未盡，以白補之，此作曲周密處。《元人百種》，多未見及。《金錢記》第三折《韓飛卿占卦》白中連篇累牘，接下〔紅綉鞋〕一曲，并未照應一字。後人每事勝前人，即此一節已然矣。《還魂記》云：『轉過這芍藥欄前，緊靠着這湖山石邊。』通曲已膾炙人口，而不知實以喬孟符《金錢記》『我見他恰行這牡丹亭，又轉過芍藥圃薔薇後』數語爲藍本也。（《藤花曲話》）

《牡丹亭》自《言懷》迄《圓駕》，都五十四齣，洋洋數萬言，誠才大如海。姑勿論作者之難，即把讀亦不易也。乾、嘉、道、咸之際，昆劇盛行，此戲比演全本，今則割裂散漫矣。第一折《言懷》已無人能演（年來登之氍毹上，僅《學堂》、《游園》等數折，《勸農》、《冥判》，已不能見，更無論《離魂》、《拾畫》、《圓駕》矣）。其科白間集唐詩，進場白亦大都集唐元本，惟不注作者姓氏，詩句多更易其字。如『莫遣兒童觸瓊粉』，作『紅粉』，『武陵何處訪仙鄉』，作『訪仙郎』，此吴山三婦評語也。吴批本暨元本，均不易得。先君子昔曾以二十金覓得吴批本一，殊可貴也。此外《納書楹》、《吟香堂》、《遏云閣》等曲譜，多收之。而各本字句，間有異同。如第三折《學堂》『女郎行上』，有襯『我是個』三字者。『你待打這娃，桃李門墻嶮，負荆人唬煞』，有作『我是個嫩娃，怎生禁受恁般毒打』者。『手不許把鞦韆索拿』句，有於『手』字上襯『你』字者。《游園驚夢》之〔醉扶歸〕一闋『可知我常一生兒愛好是天然』句，有作

『可知我一生愛好是天然』者。類此不同處尚多，暇當校而出之，此蓋傳抄之訛。要之音律一道，一字得失，過於千金。雖小有異同，似於文字無關出入，殊不知顧曲家所争，正在此處也。《冥判》之〔混江龍〕一折，工尺字譜，各本都不全，且都略去此折者。（《缺名筆記》）

云間顧少參之曾孫名威明者，席先人餘業，有田四萬八千畝，而性豪侈喜博，又酷好梨園。集遠近輕薄子演《牡丹亭》傳奇，有一少年裝杜麗娘者，須剃去髭鬚。少年故勒之，進曰：『俗語云：去鬚一莖，償米七石。倘勿吝，乃可從命。』顧笑曰：『此細事耳。』即令一青衣從旁細數，計去鬚四十三莖。立取白粲三百石，送至其家。其作爲大抵如此。不四五年，所有田取次賣去，卒以逋賦爲縣官所拘，自縊於獄。（《柳南續筆》）

## 《邯鄲夢》

唐李泌《枕中記》，開元十九年，吕翁經邯鄲道上，以枕授盧生，使於夢中歷盡榮辱。醒後，旅主人蒸黄粱未熟。生憮然悟，拜謝而去。若士本此演爲《邯鄲記》。其中層折，一依《枕中記》所載，而稍潤色之。馬致遠《黄粱夢》，乃作漢鍾離度脱吕公，一夢十八年，黄粱未熟。豈漢鍾離度吕，而吕復度盧，皆此邯鄲道邪。抑統是一事。而元人所衍，爲空中樓閣耶？范子安《竹葉舟》，亦作吕仙。自云：『偶然間經過邯鄲，逢師點化。黄粱醒後。因此上把塵心一筆都勾。』據此，則元人多主度吕一説。非致遠所獨創矣。元人雜劇多衍吕仙度世事，疊見重出，頭面强半雷同。馬致遠之《岳陽樓》，即谷子敬之《城南柳》。不惟事迹相似，即其中關目綫索，亦大同小異，彼此可以移換。其第四折，必於省悟之後，作列仙出場，現身指點。因將群仙名籍，數説一過。此岳伯川之《鐵拐李》，范子安之《竹葉舟》諸劇皆然。非獨《岳陽樓》、《城南柳》兩種也。《岳陽樓》〔水仙子〕云：『這一個是漢鍾離。現掌着群仙籙。這一個是鐵拐李，髮亂梳。這一個是藍采和，板撒云陽木。這一個是張果老，趙州橋倒騎驢。這一個是徐神翁，身背着葫蘆。這一個是韓湘子，韓愈的親侄。這一個是曹國舅，宋朝的眷屬。則是我吕純陽，愛打的簡子愚鼓。』《城南柳》〔水仙子〕云：『這個是攜一條鐵拐入仙鄉，這個是袖三卷金書出建章，這個是敲鼓數聲檀板游方丈，這個是倒騎驢游上蒼，這個是提笊籬不認椒房，這個是背葫蘆的神通大，這個是種牡丹的名姓香。貧道因度柳呵，道號純陽。』《鐵拐李》〔二煞〕云：『漢鐘離有正一心。吕洞賓有萬①世才。張四郎、曹國舅神通大。藍采和拍板云端里響。韓湘子仙花臘月裏開。張果老驢兒快。我訪七真，游海島，隨八仙，赴蓬萊。』《竹葉舟》〔十二月〕云：『這一個倒騎驢疾如下坡。這一個吹鐵笛韻高聲和。這一個貌娉婷笊籬手把。這一個髮蓬松鐵拐横拖。這一個藍關前將文公度脱。這一個緑羅衫拍板高歌。』又〔堯民歌〕云：『這一個是雙丫髻常吃

① 古典文學出版社本『萬』作『貫』。

的醉顔酡，則俺曾夢黄粱一晌滚湯鍋，覺來時早五十歲暗消磨，才知道吕純陽是俺正非他。』湯若士《邯鄲夢》末折〔合仙〕，俗呼爲《八仙度盧》，爲一部之總匯。排場大有可觀，而不知實從元曲學步。一經指摘，則數見者不鮮矣。〔混江龍〕云：『一個漢鍾離，雙丫髻蒼顔道扮。一個曹國舅，八採眉象簡朝紳。一個韓湘子，棄舉業儒門子弟。一個藍采和，他是個打院本樂户官身。一個拄鐵拐的李孔目，又帶些殘疾①。一個荷飯笊何仙姑，挫過了殘春。眼睁着張果老，把眉毛褪。』通曲與元人雜劇相似。然以元人作曲，尚且轉相沿襲，則若士之偶爾從同者，抑無足詆譏矣！（《藤花曲話》）（未完）

（一九二六年第十四卷第二十一期《民衆文學》〔《小説世界》〕）

## 《邯鄲夢》

嘗憶故老爲予言臨川遺事云：『江陵欲貴其子，求天下名流以壓群望。有以鬱輪袍故事動臨川者，臨川不受。既過一友家，某亦名士。臨川言之，某色動。臨川曰：「欲之耶？」某曰：「如後日何？」臨川曰：「果爾，公則有疏，私則有書。可以報相公也。」其人果得元，遂以書力諫而去。若臨川

① 古典文學出版社本多『一個韓湘子』至『又帶些殘疾』數句。

者，亦可爲狂流之一柱也』。其作《邯鄲》也。義形於外，情發於中。冀欲改末俗之頽風。消斯人之鄙吝，一歌之中三致意焉。烏乎！臨川意念遠矣。豈惟臨川，古之人皆然。鶉首之剪，翟犬之賜，亦當時君子睠念宗周，興懷故國。怪夫强暴如秦，何以一天下。悖逆如趙，何以享晋國。涕之無從，不得已而呼天笑曰：『此必醉天爲之①。此必夢天爲之。史臣不察載之册簡。後人信之，遂爲美談。千百年仁人志士之苦心，湮滅盡矣』。甚至有借昔人之寓言，助二氏夢幻泡影之説，將使天地間有形有迹之物，大丈夫莫大莫遠之任，一切付之雲飛煙散。酒闌夢覺間。於戲，有是理耶？物之有生必有死也。有始必有終也。二氏畏之而思辟之。辟之不得，乃設爲妄誕之詞。以炫惑當世。吾儒之道，與天地同其健，與日月同其明，與山川草木魚龍鳥獸同其變化，且天賴以成、地賴以平、日月賴以明、山川草木鳥獸魚龍賴以咸若。有物必終，有形皆死，而吾道獨無窮極也。其可諉之一夢已耶？（《確庵遺稿》）

## 《紫釵記》

《紫釵記》最得手處，在觀燈時即出黄衫客。下文劍客，自不覺突。而中《借馬折》避却不出，便

① 古典文學出版社多『此必醉天爲之』句。

有草蛇灰綫之妙。稍可議者，既有《門楣》、《絮别》矣。接下折《柳楊關》，便多重叠，且墮惡套。而《款擻》折兩使臣皆不上場，亦屬草率。（《藤花曲語》）

無名氏《點絳唇·鞦韆》詞云：『蹴罷鞦韆，起來整頓纖纖手。露濃花瘦，薄汗輕衣透。見客人來，襪剗金釵溜，和羞走。倚門回首，却把青梅嗅。』徐士俊云：『入若士《紫釵記》。』山谷《浣溪紗·佳人》詞末句云：『今生有分向伊麽？』徐云：『入《紫釵》。』胡浩然《傳言玉女》（元宵詞）云：『一夜東風，不見柳梢殘雪。御樓煙暖，對鰲山結綵。簫鼓向曉，鳳輦初回宫闕。千門燈火，九逵風月。繡閣人人，乍嬉游，困又歇。艷妝初試，把珠簾半揭，嬌羞向人，手撚玉梅低説。相逢長是上元時節。』徐云：『結數語入《紫釵》。』（《蓘猗室曲話》）

## 《綉襦記》

白行簡《李娃傳》，汧國夫人李娃，長安娼也。天寶中，常州刺史滎陽公有子，弱冠應秀才舉，父豐其給。自毗陵發，抵長安。因游東市，至鳴珂曲，見娃憑一青衣而立，徘徊不能去。乃詐墜鞭於地，候從者勅取，交累眄睇，情甚相慕。他日密徵於友，盛賓從往，諧歡好，并徙囊橐止其家。囊空，粥駿乘及家童以繼，歲餘蕩然。娃母意怠，設詐計紿生他出，徙宅去。生往來徵詰，戚戚亡歸。弛裝服質饌而食，賃榻而寢。皇惑發狂，罔知所措。反舊邸，構疾甚篤。邸主遷之於凶肆中，肆人傷嘆而互飼之。漸起，令執繐帷，獲值自給。每聆哀歌，效之曲盡其妙。於天門街秉翣申喉，與人校優劣。生父方入計在京，所隨老豎見之，據持其袪至父所。父怒其辱門，至曲江東，褫衣，以馬箠鞭之斃，棄而去。其教歌師令二人往瘞，心猶微熱，荷以歸。經宿乃活，而撻處潰爛，穢甚，同輩復惡而逐焉。遂持破甌，巡閭里乞食爲事。一日大雪，生冒雪乞，聲甚苦。經娃之宅，生不知也。娃辨其音，連步而出，見生枯瘠疥癘，殆非人狀，遽前抱頸，以綉襦擁而歸之。母大駭，趣令迫逐。娃侃詞諍，且以積貲自贖，與生稅屋別居，勸以温習曩業。三歲，業大就，一赴禮闈，登甲科。再應直言極諫科，名第一，授成都府參軍。時生父由常州拜成都尹，生投謁，大驚。命登階，拊背慟哭。於是父子如初。娃先自請去，父命留於劍門，築别館處之。尋遣媒氏，備六禮迎爲夫婦。生後歷仕數郡，娃封汧國夫人。按：此與今劇場所演，事事相符，惟傳不著名，而今云李亞仙、鄭元和乃别見於元石君寶《花酒曲江池》劇。其殺千金五花馬取板腸以供妓饌，則以元王元鼎郭順秀事牽入。（《通俗編》）

《綉襦記傳奇》、《曲江池雜劇》，皆鄭元和、李亞仙事也。元和之父曰鄭公弼，爲洛陽府尹。《綉襦記》作鄭儋，爲常州刺史，各不相符。《曲江》之張千，即《綉襦》之來興。《曲江》以元和授官縣令，不肯遽認其父。《綉襦》則謂以狀元出參成都軍事，父子萍逢。兩劇雖屬冰炭，要於曲義無關。惟亞仙刺目勸學一事，《綉襦》極意寫出，《曲江》概不叙入，似乎疏密判然。第雜劇限於四折，且正名以李亞仙花酒曲江池爲題，似此閒筆，亦可無庸煩縷也。（《藤花曲話》）

吳中鄭山人虚舟，名若庸，有雋才，少駔俠，多作犯科事，因斥士籍，避仇中州。趙王禮之，令薈萃諸書，各分事類，事稍秘者録之。凡二十年而成，名曰《類雋》。王弇州爲之序。又二十餘年，吴中俞山人羡長名安期者，復集唐人類書刻之，名《類函》。李云杜爲之序。鄭書稍及唐以後，俞書則止於隋，間及唐。鄭惟綴本事，而俞則旁收他文。二書俱有功藝苑，亦布衣之豪也。《類雋》全資朱邸，以故易成。《類函》則遍於友朋以及妓女、方外，靡不捐資助之，大爲時流所厭苦。俞雅慕鄭書，每謂予以未及見爲恨。予近購得，則《類函》已大行矣。鄭愛填詞，所著《綉襦》、《玉玦》諸記，及小令、大套，俱行於世。俞詩自雄渾。近日詞人以幽秀勝之，遂稍稍見詘，名以之頓減。（《敝帚軒剩語》）

## 《玉玦記》

鄭虚舟若庸，余見其《玉玦記》手筆，凡用僻事往往自爲拈出，今在其從侄學訓繼學處。此記極爲今學士所賞，佳句故自不乏。如『翠被擁鷄聲，梨花月痕冷』等，堪與《香囊》伯仲。《賞荷》、《看潮》二大套亦佳。獨其好填塞故事，未免開飣餖之門，辟堆垛之境，不復知詞中本色爲何物，是虚舟實爲之濫觴矣。乃其用韻，未嘗不守德清之約。虚舟尚有《四①節記》，不足觀已。（《三家村委談》）

① 古典文學出版社本『四』作『大』。

## 《焚香記》

明王玉峰撰。玉峰，松江人，佚其名。統略檃栝《滿庭芳》云：『濟寧王魁，椿萱早喪。弱冠未結姻親。赴禮闈不第，羞澀寓萊城。偶配桂英敫氏。新婚後，神廟深盟。試神京，鰲頭獨佔。金磊起奸心，爲奪婚不遂，將家書套寫，致桂英自縊亡身。幸神明折證，再得還魂。徐州破賊，聞家難，兩下虛驚。种諤統兵，萊陽解寇，重會續前盟。』詩云：『辭昏①守義王俊民，捐生持節敫桂英。施奸取禍金曰富，全恩救患種將軍。』按：此本爲《王魁》翻案而作。《王魁》，劇之始也。宋人有《王魁》一本。元葉子奇《草木子》云：『俳優戲文，始於《王魁》。永嘉人作之。識者曰：「若見永嘉人作相，宋當亡。」及宋將亡，乃永嘉陳宜中作相。其後元朝南戲盛行。及當亂，北院本特盛，南戲遂絶。』云云。元江浙行省務官真定尚仲賢，有《海神廟王魁負桂英》雜劇一本。明初楊文奎有《王魁不負心》雜劇一本。均見明寧獻王《太和正音譜》。又無名氏《王魁傳奇》一本，見明沈璟《南九宫譜》。《王魁》戲曲源流，大致如此。惜均鮮傳本，其關目無從對勘。然雜劇既有楊翻尚，此殆翻南曲古傳奇耶？

---

① 古典文學出版社本『昏』作『婚』。

（沈譜所收《王焕》、《王魁》、《韓壽》、《陳巡檢》，皆古傳奇也。）本傳第二十四《搆禍》一齣〔紫花兒〕曲有云：『喜孛兒①幾番搭救。』孛兒②是元雜劇中語，當是借用舊本。由此以推，則古曲之採入本傳者，應不少也。《南九宫譜》曰：『《刷子序》又一體。收散曲、集古傳奇名，有云《王魁負倡女亡身》。』注云：『此諸傳奇，今惟《東窗》、《趙氏》二記存耳。』惜哉！《王魁》舊本，沈伯英已不及見。今沈譜所收《王魁傳奇》，又不知與舊本如何？移録於此。

〔正宫〕〔長生道〕引云：『三鼓將傳，誰家長笛頻吹。此景教人怎存濟。神思自覺昏迷。珊瑚枕上，并根同蒂。放嬌癡，恣歡娱。如魚如水。釵横鬟亂不自持。嬌無力，倩郎扶起。（合）我和伊傚學鴛鴦，共成一對。願得譙樓上漏聲遲。（譜四）

〔商調〕〔熙州三臺〕云：『晚來雲淡風輕，窗外月兒又明。整頓閣兒，新飲三杯，自遣悶情』。〔换頭〕云：『久聞倩館芳名，猛拼一醉千金。活脱似昭君，行來的便是桂英。』（譜十八。此曲譜題《王魁》，注云：『舊傳奇，非今《焚香記》。』據此，則此傳爲伯瑛曾所見，知作者行輩在沈前也。）

① 古典文學出版社本『兒』作『老』。
② 古典文學出版社本『兒』作『老』。

〔雙調〕〔十二嬌〕云：『伊家恁的嬌面，悄如閬苑神仙，終不漾了甜桃去。尋酸棗，再吃添。（合）同往聖祠前，雙雙告神天。』（譜二十）

〔泛蘭舟〕云：『鎮日花前酒畔，狂蕩煞迷戀。春闈赴選音傳，恩愛惹離怨。天付姻緣，一對少年，争忍輕散，心事待訴君言。』（譜二十一）

以上四曲，珍如片羽，而尚、楊二家之作，并此亦不之得。大可惜也。本傳桂英爲謝公繼女。

按：舊傳桂英去擁項羅巾請詩，生題曰：『謝氏筵中聞雅唱，何人戛玉在簾帷。一聲透過秋空碧，幾片行云不敢飛。』是其所本。按本事，魁既負桂英，桂英自刎死。報魁於南都試院，魁母召道士馬守素醮之。守素夢之官府，魁與桂髮相繫而立。有人戒曰：『汝知則勿復醮也。』後數日，魁竟死。本傳既係翻案，故特捏金壘改書，爲王魁開脱，以致神攝明冤，還魂再合。而第十二《餞别》齣中，有剪髮一段。第四十《會後》齣中，復及青絲，皆依本事。魁與桂髮相繫生情而反用之耳。然魁唱第後，桂有賀詩，本傳不能採入，未免有遜色矣。以金磊開脱王魁，與王辰玉《鬱輪袍》劇以王推冒名，開脱摩詰，同一機杼。然摩詰才子事出曖昧，爲古明冤，或非苟作。魁既非其倫，何須作此狡獪，閒筆浪墨，胡不自惜如是！是殆因楊氏之舊，更易北曲，以就南腔。如李日華之作《南西厢》，不忍古名曲淪亡，且藉以是爲梨園增一劇本耳。《焚香記》、《鬱輪袍》作者皆王氏，又皆爲王氏翻案，如此巧合，亦詞場談助也。（《菉猗室曲話》）

《焚香記·寄書》折，關目與《荆釵記》大段雷同。金員外潛隨來京，孫汝權亦下第留京，一同也。賫登科録人寄書，承局亦寄書，二同也。同歸寓所寫書，同調開肆中飲酒，同私開書包，同改寫休書，無之不同。當是有意剿襲而爲之。（《藤花曲語》）

（一九二六年第十四卷第二十二期《民衆文學》〔《小説世界》〕）

## 《金雀記》

明無心子撰。潘安擲果，久成雜劇傳奇家故事。此本據之而作，衍成三十齣，頗窘事實。至使太沖、孟陽粉墨登場，戲弄古人，毋乃過甚。開場檃栝〔沐恩波〕云：『晋代風流。潘岳氏年少清奇，擲果車輪。求月下金雀雙遺。豪邁王孫憐國士，多情淑女定於歸。偶遇山濤連薦。夫和婦兩分離。巫彩鳳，百花魁，欣一見，喜相隨。奈賊風驚走，投觀爲尼。種得河陽花滿縣，和鳴鸞鳳樂雍熙。受天恩寵渥，青史上，永留題。』詩云：『擲果車燈宵馳縱，金雀盟天假良緣。河陽縣花晨月夕，和鳴鸞鳳交歡。』收場詩云：『井文鸞欣諧佳偶，巫彩鳳重會良緣。月下老赤繩雙繫，無心子燕市重編。』據此，知作者别號。既云重編，必别有舊本。予素疑潘安事爲劇曲熟語，必自古本相傳而來。如《崔護》、《王魁》、《雙漸》之類。然遍搜諸家舊目，都未之見。終不敢斷。今喜得此語，猶可想象，益信向所揣測爲不謬也。惟結局始出作者，又爲傳奇家創一新例，然沿者卒少。（《菉猗室曲話》）

## 《金瓶梅》

閲《孟鄰堂文鈔》，其《與明史館提調吴子瑞書》辨王民望、唐荆川事，謂：民望之死，非由於荆川。民望逮下獄時，荆川在南討倭，已逾七月。至次年冬，民望死西市，而荆川已先半載卒於太州舟中。可證野史言弇州兄弟遣客刺荆川死之妄。其説甚確。然引《萬季野説》云：『民望與鄢懋卿同年相契，力肯其劾己以求罷。懋卿謂上於邊事嚴，喜怒不可測。止勿劾。民望乃自屬草。付其門人方輅上疏劾之。帝果大怒，遂下獄論死。』是民望之死，實自爲之，與嚴氏亦無涉。然果爾，則弇州兄弟何以切齒分宜？世蕃之刑，至買其一胛持歸祭墓，孰而瞰之。據沈德符《野獲編》言：『介溪以弇州、興地皆得第，責怒世蕃，謂其不肖。世蕃遂謀中傷之。而民望聞楊忠愍之死，爲之悲歡，屬其子振恤其家，禍以此起。』他書亦言分宜因弇州與忠愍游，又經紀其喪，適以求古畫於民望不得，努遂不解。蓋論者謂以張擇端《清明上河圖》，荆川指其中一人閉口喝六，證爲贋物，固屬附會東坡指李公麟畫故事，而王氏父子結釁嚴氏，則果有之事也。如楊氏言，則以荆川閲兵劾疏，實陰爲民望解。鄢懋卿又力沮民望之求劾，似其死全出世宗意矣。（《桃花聖解盦日記》）

## 《浣紗記》

佳辰月夕，畫船簫鼓，淺斟低唱，此樂最不能忘。今日工昆腔者罕矣，故游興亦復闌珊，而頗致慨於往昔。聞有梁辰魚者，字伯龍，亦昆山人，以例貢爲太學生。好輕俠，善度曲，囀喉發響，聲出金石，能得良輔之傳。嘗著《浣紗記傳奇》，梨園子弟争歌之。生平倜儻好游，足迹遍吴楚間。嘗欲北走塞，南極徼，盡覽天下名勝，不果而卒。同里王伯稠者，贈以詩云：『達人貴偷生，焉顧一世譏。伯龍慕伯輿，狥情良似癡。彩毫吐艷曲，煜若春苑開。斗酒清夜歌，白頭擁吴姬。家無儋石儲，出多年少隨。元暉愛疋①獎，此道今所稀。』風雅名雋，足以想見其概。（《五石脂》）

《雨村曲話》云：『梁伯龍《浣紗》，終本無一散語。伯龍名辰魚，字少白。』又云：『曲始於元，貴當行不貴藻麗。蓋作曲自有一番材料，其修飾詞章，填塞故實，了無干涉也。自梁伯龍出，始爲工麗濫觴。蓋其生嘉隆間，正七子雄長之會，詞尚華靡。弇州於此道不深，徒以維桑之誼，盛爲鼓吹，不知非當行也。』按：昆曲創始，伯龍首作。格調既異，自不得純律以元曲。此又當分別言之者也。

---

① 古典文學出版社本『疋』作『雅』。

（《菉猗室曲話》）

梁伯龍辰魚作《浣紗記》，無論其關目散緩，無骨無筋，全無收攝，即其詞亦出口便俗，一過後便不耐再咀。然其所長，亦自有在。不用春秋以後事，不裝八寶，不多出韻，平仄甚諧。宫調不失，亦近來詞家所難。獨一最可笑而人不知。吴越之在當時，稱王久矣。王則車馬服飾位號稱呼，儼然一天子。故有郊臺，有柴望。夫差勾踐，亦偃然不復知有周天王矣，而胥嚭种蠡，稱曰主公。何也？孟子在梁稱惠王曰『王好戰』，不聞主公，惠王也。在齊，稱宣王曰『今王發政施仁』，不聞主公，宣王也。此何異三家村童子不知厥父稱呼，而曰『我家老子』也？陋甚矣！（《三家村老委談》）

## 《紅拂記》

張伯起先生，余内子世父也。所作傳奇，有《紅拂》、《竊符》、《扊扅》、《灌園》、《祝髮》諸種，而《紅拂》最先。本《虬髯客傳》而作。惜其增出徐德言合鏡一段，遂成兩家門，頭腦太多。佳曲甚多，骨肉匀稱，但用吴音，先天簾纖，隨口亂押，開閉網辨，不復知有周韻矣。最可笑者，弇州之評《紅拂》也，曰：『《紅拂》有一佳句曰「愛他風雪耐他寒」，不知其爲朱希真詞也。』云云。余一日過伯起齋中，談次，問此句用在何處，覓之不得。伯起笑曰：『王大自看朱希真《紅拂》耳，似未嘗看張伯起《紅拂》也。』相與一笑。近見方刻《李卓吾批點紅拂》，大要謂紅拂一婦人耳，而能物色英雄於塵埃中，是賛

《虬髯傳》中紅拂耳，亦未嘗贊張伯起《紅拂》也。知音之難如此。此外《灌園》亦俊潔，《竊符》亦豪邁。餘不甚行。自此吴江顧大典有《義乳》、《青衫》、《葛衣》等記，皆伯起流派。操吴音以亂押者，峭拔處各自可觀，不必求其本色也。（《三家村老委談》）

《紅拂記》傳奇，『南朝千古傷心地，還唱後庭花。舊時王謝堂前燕子，飛入人家。夢中空遇，仙姿瑩雪，宫鬢堆鴉。不知游子，貂裘敝盡，流落天涯。』按：此剪裁①金人吴璥小詞。璥詞見《容齋隨筆》卷十三。『飛入人家』，吴作『飛向誰家』。『夢中空遇』，吴作『怳然相遇』。『不知游子』二句，吴作『江州司馬青衫淚濕，同是天涯』。（《愧生叢録》）

三張，吴人也。長伯起，名（以下原缺十字）季叔貽，名燕翼。伯起（以下原缺十二字）古詩文辭及八法，以文徵仲（以下原缺六字）出，乃兼有之。每伯起造待詔，未嘗不倒屣出迓，把臂捉膝，盡爾汝之分。且自喜以得及伯起，復恨其晚。伯起有《處實堂集》，著述甚富。詩宗老杜、王摩詰，然不求甚似。晚喜爲樂府新聲。天下之愛伯起新聲，甚於古文辭。樂府有《陽春堂六傳》，而世所最行者，則《唐李藥師紅拂記》也。甲子以《易》薦京兆，試南宫，輒報罷。迨庚辰，以母老，不復應公車辟。然絶足不入公府。雖兩台使者，若監司郡邑大夫，旌旄日及門，去未嘗以一刺報也。吴人以此重之。

① 古典文學出版社本『裁』作『截』。

王弇州嘗稱伯起才無所不際，騁其靡麗，可以蹈籍六季，而鼓吹三都；騁其辯，可以走儀秦，役犀首；騁其吊詭，可以與莊、列、鄒、慎具賓主。高者醉月露，下者亦不失雄帥煙花。蓋《實録》云：『伯起善度曲。自晨之夕，口嗚嗚不已。吳中舊曲師太倉魏良輔，伯起出而一變之，至今宗焉。常與仲郎演《琵琶記》，父中郎，子趙氏。觀者填門，夷然不屑意也。』（《花當閣叢談》）

## 《祝髮記》

《陳書·徐陵傳》：『孝克，陵第三弟也。梁末，侯景寇亂，京師大饑。孝克養母，饘粥不能給。妻臧氏，甚有容色。孝克謂之曰：「今饑荒如此。供養交缺。欲嫁卿與富人，望彼此俱濟。卿意何如？」臧氏弗之許也。時有孔景行者，爲侯景將，富於財。孝克密因媒者陳意。景行多從左右，逼而迎之。臧氏涕泣而去。所得穀帛，悉以供養。孝克剃髮爲沙門，改名法整，兼乞食以充給焉。後景行戰死，臧伺孝克於塗曰：「往日之事，非爲相負。今既得脱，當歸供養。」孝克乃與歸俗，更爲夫妻』。按：今《祝髮記》所衍多與此符。（《通俗編》）（未完）

（一九二六年第十四卷第二十三期《民衆文學》〔《小説世界》〕）

## 《玉合記》

梅禹金，宣城人，作爲《玉合記》，士林争購之，紙爲之貴。曾寄余，余讀之不解也。傳奇之體，要在使田畯紅女聞之而趯然喜，悚然懼。若徒逞其博洽，使聞者不解爲何語，何異對驢而彈琴乎？昔翟資政巽喜作才語，雖對使令亦然。有庖者藝頗精，翟每向同官稱之。後稍懈，衆以嘲翟。翟呼使數之曰：『汝以刀匕微能，數見稱賞，而敢疏嫚若此。使衆人以責膳夫之罪還責汝主。於汝安乎？』左右皆匿笑，而庖者竟不解作何語。余謂：『若歌《玉合》於筵前臺畔，亡論用畯紅女，即學士大夫，能解作何語者幾人哉？』徐彦伯爲文，以鳳閣爲鵷門，龍門爲虬户，當時號『澀體』。樊宗師《絳守居園池記》，至不可句讀。文章且不可澀，况樂府出於優伶之口，入於當筵之耳，不皇使反，何暇思維，而可澀乎哉？濫觴於虛舟，決堤於禹金，至近日之笠箑，而滔滔極矣！禹金旋亦自悔，作《長命縷》。自謂調歸宫矣，韻諧音矣。意不必使老嫗都解，而亦不必傲士大夫以所不知。余尤以爲未盡然也。《玉合記》〔榴花泣〕第二曲内有句云：『離恨棖觸斷無些。』自音云棖音橙，不知所出，亦不能解。一日觀山谷詩云：『莫若囂號驚四鄰，推床破面棖觸人。』然後知棖當作振，從手不從木，音撐。

振觸見《涅槃經》，山谷用之詩，已自澀僻。禹金乃用之作曲，然則三藐三菩提，盡曲料耶？此體最易①驚俗眼，亦最壞曲體，必不可學。（《三家村老委談》）

## 《題紅記》

《題紅記》，王伯良德驥作。伯良，屠長卿之友。長卿深許可之，謂事固奇矣，詞亦斐然。今觀其詞，使事響於禹金，風格不及伯起，其在季孟之間乎？獨其結構如摶沙，開闔照應，了無綫索。每於緊處散緩，是又大不如伯起者也。至其自序《題紅》，則曰：『周德清《中原音韻》，元人用之甚嚴。自《拜月》，伯喈始决其藩。傳中惟齊微之於支思，先天之於寒山、桓歡，沿習已久，聊復通用。庚青之於真文，廉先之於先天，間借一二字，偶用他韻，不敢混用一字。至北調諸調，不敢借用。以北體更嚴，存古典刑也。』夫《琵琶》出韻，是誠有之。《拜月》何嘗出韻？且二傳佳處不學，獨學其出韻，此何説也？若曰嚴於北而寬於南，尤屬可笑。曲有南北，韻亦有南北乎？袁西海有一《清江引》，專誚不用韻作曲者云：『沈約近來憔悴損，打不開糊塗陣。五言一小詞，四句押三韻。提來到口邊，頭

① 古典文學出版社本多『易』字。

煞力子刃。』（《三家村老委談》）

## 《紅蕖記》

沈光禄璟，著作極富，有《雙魚》、《埋劍》、《金錢》、《鴛被》、《義俠》、《紅蕖》等十數種，無不當行。《紅蕖》詞極贍，才極富，然於本色，不能不讓他作。蓋先生嚴於法，《紅蕖》時時爲法所拘，遂不復條暢。然自是詞家宗匠，不可輕議。至其所著《南曲全譜》，唱曲當知。訂世人沿襲之非，鏟俗師扭捏之腔，令作曲者知所向往，皎然詞林指南車也。我輩循之以爲式，庶幾可不失墜耳。（《三家村老委談》）

方回《千秋歲》詞云：『奴奴睡，奴奴睡也，奴奴睡。』徐士俊云：『沈寧庵取入《紅蕖記》。』按：此亦作山谷詞。寧庵即沈璟，字伯瑛，世稱詞隱先生者是也。吴江人，萬曆間進士，仕至光禄寺某官。所撰曲二十餘種，今惟《義俠記》在《六十種曲》中，尚傳。《紅蕖記》僅清黄文暘《曲海目》中存其名而已。（寧翁與臨川齊名，方諸生曰：『松陵具詞法而讓詞致，臨川妙詞情而越詞檢，可以測其所至矣。《一種情》，據《曲海目》，亦沈撰。寧庵有子曰自炳，字君晦，亦工詞曲。卓人月《古今詞統》收《清平調·春宫詞》四首。徐士俊評云：『讀君晦詞，知寧庵先生風流未墜。』）（《菉猗室曲話》）

## 《四聲猿》

少保胡梅林（名宗憲）總督浙江，勢嚴重，文武將吏庭見，懼誅責，前必蛇行，無取仰視。山陰秀才徐文長（名渭），别號天池，又常稱爲田水月，性豪恣，善古文詞，以撰《白鹿表》受知於少保，聘致幕府，管書記。文長與少保約，能具賓主禮，渭來不能不來也，來則非時輒得出入。少保諾。乃葛衣烏幘，長揖據坐，慨論天下事，旁若無人。一日，與群少年昵飲市中，幕府有急需，召不得。夜深，開戟門以待之。偵者得狀報曰：『徐秀才方大醉豪嚚，不可致也。』少保稱善。又嘗飲酒樓，有數健兒亦來飲，不肯留錢，相詬誶之。健兒痛毆其人。文長密以數字馳報少保，立縛斬麾下。少保既憐文長才，哀其數困。時方省試，思爲之地。諸簾官入謁，少保屬之曰：『徐渭天下才，宜亟收之。』時少保權震天下，所出口，無不欲争得以媚者。偶一令晚謁少保，忘不與語及。該卷適屬令，事將竣，諸人乃大索，獲之，則彈撻遍紙矣。及老貧甚，鬻畫自給。郡守丞以下求與見者，皆不得。嘗有詣者，伺便排户，半入，文長手拒扉，口自應曰：『某不在。』人以是多怪恨之。少保曾遺洮絨十許匹，遂大製衣被，下及袓衣。既而遇之，一日都盡。人操金請詩文書會者，值其稍裕，多方不可得；當其窘，隨有書數千卷，後斥賣殆盡。幬①莞手輒應。所受物，人人題識，必償己乃以給費，不即餒餓不用也。村老曰：『余嘗讀文長《四聲猿》雜劇，其《漁陽三撾》，有爲之作也。意氣豪俠，如其爲人，誠然傑作。然尚在元人藩籬間。餘三聲，《柳翠》尚稱彼善。其餘二聲及其書績，俱可無作。詩文自有一種奇逸。誠然薛方山先生（名應旂）所謂鬼語長吉之流。袁中郎（名宏道）便謂有明一人。此有激之言，非公論也。若評在雅宜徵、徵仲之上，余不能知。文長無命，大類村老。其爲人益老益貧益狂益崛强，又大類村老。若其厄於棘闈，則嘉靖中一人絶相似，京山人周延祚。以選貢廷試第三人進呈。世廟得其卷，稱善。顧永嘉相公曰：「是宜第一」。及拆號，上大喜曰：「吾鄉人也。」湖廣生例入南監，永嘉特留北。比秋試，屬柄文者曰：「此生上所眷注，謹視之。」於是衆擬以爲解。一二場已定矣，迨三場病發不能進，竟不獲雋。常語人曰：「昔云君相可以造命。若余之命，則君相所不能造者，烏乎！人生其如命何哉？」唐人曰：「朱衣騎馬是何人？天胡可問也。」』（《花當閣叢談》）

① 古典文學出版社本多『幬』字。

## 《琴心記》

孫先生(名七政),字齊之,邑人。年十三,游膠庠,才華煜煜。皇甫汸兄弟、黄省曾父子俱折行輩爲交。迨長,益好游賢豪間,才名益藉甚。經術騷賦家,靡不願交。齊之任俠結客、尊酒論文,坐中常滿。然力不能給,先世所蓄古器彝鼎、名賢書畫,時入質庫,以佐酒資。居恒有郊島之嘆,然不游大人以自潤。與蜀人張佳胤相得歡甚。張鎮浙,念公貧,欲得一過爲重客。齊之僅一往,絶無所關説。有茶癖,又有潔癖。孫氏又有名柚者,其從子也,亦有才情。與余善,性麗豪,不修曲謹。喜飲,喜樗蒲,居藤溪,蕭然一室,無儋石儲,而好客不衰。常取司馬長卿以琴心挑文君事作傳奇,名《琴心記》,亦俊逸可喜。第頭腦太亂,脚色太多,大傷體裁,不便於登場,曲亦時有未叶,以反不若梁長(名辰魚,字伯龍)《浣紗》之傳,然較之宣城之嵌寶揀金,臨川之字�星句鬼,則大有徑庭矣。每欲取而改訂之,有志焉而未逮也。(《花當閣叢談》)(未完)

(一九二六年第十四卷第二十五期《民衆文學》〔《小説世界》〕)

## 《尋親記》

明無名氏撰。清無名氏《傳奇彙考》載《嘉興姚子懿後尋親》一本。李調元《雨村曲話》云：『《尋親記》詞雖鄙俚，然讀之可以風世。《後尋親》盡收拾前記所未結婚色末。予曾見演者，亦復可觀。』本傳隱栝《滿庭芳》詞曲云：『文墨周生，糟糠郭氏，家道蕭然。因官役無錢使用，遺妻張郎告債。張郎見色，將實契虛填。信僕奸謀，殺人性命。屈把周生陷極邊。單身婦因財被逼，此際實堪憐。節婦貞奸，遺腹孩兒要保全。鋼刀立志，殺傷花面。詩書教子，書中青錢。棄官尋父，旅館相逢話昔年。歸來日，冤仇已報。夫妻子母再團圓。』詩云：『張員外爲富不仁，周維翰因妻陷身。背生兒棄官尋父，守節婦教子尋親。』按：詩中結出尋親，是元人舊法。惟此上云尋父，下云尋親，潦草太甚。元人則此等處亦未嘗苟作也。本傳情事與《雙珠》骨幹大同，穿插處則減於《雙珠》。（《蕖猗室曲話》）

## 《東郭記》

舊云明無名氏撰。據余所藏別本，當題明孫仁孺撰，萬曆間人（考詳後）。本傳以曲演《孟》，本

『齊人』一章爲骨，而敷衍結合，取材七篇。作者殆老於舉業，又妙詼諧，故涉筆成趣，笑罵皆宜。《玉燕懷沙》（清江寧張堅，字漱石，撰《懷沙記》，傳屈原事，《著騷》、《卜居》、《大招》、《天問》、《橘頌》、《山鬼》、《漁父》諸齣，皆檃栝楚詞），未足奇矣。然元曲中檃栝前賢，如東坡赤壁兩賦，淵明《歸去來詞》之類，指不勝屈，且有集《論》、《孟》語者，有開必先，此非創作。不惟元曲，即宋詞中亦有此例，隨庵《風雅遺音》（宋林正大，字敬之，嘉泰間人）衮然二卷四十一詞，檃栝古詩文三十九篇，而自序且稱前輩檃栝。如《歸去來詞》之爲《哨遍》，《聽穎師琴》爲《水調歌》，《醉翁記》爲《瑞鶴仙》云云。其淵源所自，由來遠矣。本傳檃栝《西江月》云：『莫怪吾家孟老，也知遍國皆公，些兒不脫利名中，盡是乞墦登壟。長袖妻孥易與，高巾仲子難逢。而今不貴首陽風，索把齊人尊捧。』詩云：『走東郭的齊人英雄本色；訕中庭的妻孥①兒女深情；隱於陵的仲子清廉腐漢；争壟斷的王驩勢利先生。』四語冷嘲熱諷。歸玄恭《萬古愁》、賈鳧西《鼓兒詞》所脱胎也。清季奬勵游學，少俊子弟，負笈東去，隸日本學籍，都數千人。其歸而廷對及第授官者，又踵相接也。於是激昂慷慨之氣，悲憤愁苦之聲，入國門而稍稍化矣。予友憐蛣《戊申雜詩》有云：『去國悲吟歸國笑，春風紅杏少年多。』語雖近刻，亦事實也。憐蛣以詩示余，讀竟還之，媵②以《江南好》二詞。其一云：『風塵惡，懊惱寫新詞。登壟乞墦《東郭

① 古典文學出版社本『孥』作『妾』。
② 古典文學出版社本多『媵』字。

記》，林慚澗愧《北山移》，馬耳任風吹。』即用《西江月》中語。以曲入詞，不録於大雅。然游戲之作，無妨存之，且以爲本傳增一談助也。

《東郭記》，明白雪樓元本，題峨眉子評語。予十年前得於廠肆中。惜即上卷，其下卷至今求之，卒不可得。按：卷首引子，署款峨眉子書於白雪樓。末捺方印二，白文曰『孫氏仁孺』，朱文曰『白雪樓』。卷中題白雪樓主人編本，而引子亦有余傳之之語，則評點與撰者，既非二手，而峨眉子與白雪樓主，亦非二人。且主人之必爲孫仁孺，更無可疑，惟其爵里不詳。仁孺當是其字，名亦未聞。味峨眉意，豈蜀人耶？戊午是明神宗萬曆四十六年，當清太祖天命三年。後年即明光宗泰昌元年，再二十六年而明亡。末世苟安，人多穢德，本傳譏彈，元非無謂。論世知人，可以觀矣！隆、萬爲明制舉文極盛之時，其思致又多牽連如此。白雪樓元本，引子後更附《齊人生本傳》及《時義》一首，因并記之，以資諧趣。

## 《東郭記》引

峨眉子曰：『樂府之傳，其間節義廉耻，不過十之一二，盡爲富貴利達者傳耳。既盡爲富貴利達者傳，則齊人老先生又安可不傳乎？況其二夫人更超超賢甚者乎？然予傳之，而中庭訕泣以後多增益之者，何也？皆鄒夫子意也。蓋乞墦者必登壟，而妻妾之奉，宫室之美，所識窮乏者得我，總皆大人所必至者耳。（原評云：此一事，今齊人難言之矣。）然而卒托之，附於陵以終者，何也？則以齊人丈固猶可附於於陵也。蓋乞矣，而尚欲蓋之，爲之妻妾者知矣，而尚復羞之。如齊人生者，反可謂之陳仲子，而其妻其妾，亦貴婦中之辟纑人矣，又安可以不傳乎？嗟夫，假令吾孟老觀之，又不知嘆息如何矣！萬曆戊子重九越三日，峨眉子書於白雪樓。

## 齊人生本傳

齊人有一妻一妾而處室者（原評云：是太史公列傳之祖）。其良人出，則必饜酒肉而後反。其妻問所與飲食者，則盡富貴也。其妻告其妾曰：『良人出（原評詳得妙），則必饜酒肉而後反，問其與飲食者，盡富貴也，而未嘗有顯者來。吾將瞯良人之所之也（原評：慧心冷眼）。』早起，施從良人之所之，遍國中無與立談者。卒之東郭墦間之祭者，乞其餘不足（原評：乞字點出人品），又顧而之他。此其爲饜足之道也。（原評：下一評語）其妻歸告其妾曰：『良人者，所仰望而終身者也，今若此（原評：省文妙）。與其妾訕其良人，而相泣於中庭。而良人未之知也（原評一轉冷極），施施從外來，驕其妻妾。由君子觀之（原評：妙絶史斷），則人之所以求富貴利達者，其妻妾不羞也，而不相泣者幾希矣。（原評：令若輩通身汗下）

索隱贊曰：『齊人何始，未稽厥父。善處爾室，二美在户。出必饜飽，入每歌舞。問厥予者，云是賢主。室人疑之，未見顯甫。循彼行迹，東郊之塢。乞而顧他，饜足何補。羞語爾娣，淚淫如雨。詛詈未畢，厥來我竪。未知爾瞯。驕疾罔愈。君子念之，我目屢睹。朝有姬嫗，士或商賈。蒙其二

女，式喜無怒。一或見焉。有如爾祖。（原評：語雖平素，却有無限味。索隱一贊，句妙絶倫）

## 附時義一首：齊人有一妻一妾至驕其妻妾

嘗讀蕭伯玉《齊人篇》，戲作十首，各一機局，俱堪諧笑。聊刻其一，以爲此傳别録，即以作跋可也。（原注）

游戲之仙，滑稽之聖，當不令湯若士獨有臨川。（原評）

案：此評似作者又是臨川人。

摹齊人之態，久於齊也。夫齊人則誠何人也？曰：『齊之人大抵然也。是故人之而不名。蓋吾觀孔子之爲《春秋》也（原評：原本《春秋》），鄙其國則舉其號，如吴如於越者是也；鄙其人則不舉其名，如荆人、小邾人者是也。孟子因之而著齊人云：『齊人者，何許人也？其爲烏有乎？其爲無是人乎？夫亦有其人而諱之乎？且衆而類舉之乎？』（原評：妙）吾請案其生平，摹其光景，就其人想其事就其事實。其人（原評：將無作有數語，一篇之骨）其卑而能傲也，毋乃爲子敖乎？則不與驩言，何遍國之皆孟子，其污而能文也，將又爲景丑乎？則召不俟駕，豈東郭之有齊王，其爲稷下之贅婿與？故應以播間爲滑稽。淳于髡聊復爾，其爲仕齊之戮臣與？故應以小才爲饜足。盆成括何足云，通其重飲食者於爵禄，當爲未諫之蚳鼃。行其嬌妻妾者於賢人，又似幣交之儲子。其乞萬鍾於蓋，而又復顧盼於生鵝。將爲仲子之兄，戴其受壯者之詛，而又復啼乎於老稚。將爲平陸之距心，染指燕鼎之餘，而勸王於湯武。既意其爲沈同，甘心齊廷之豢，而解王以周公，又疑其爲陳賈。三齊之粟，藉口以要賢。雖其將主之詞，時子之爲人也近似。二霸之勛，流延而請復，若非學古之道，公孫之得免者幾希。以衆人之口，爲賢人之譏。去齊時之士（原評：由實漸到虚），當是中庭侣也。度君子之心，以小人之腹。宿晝間之客，故知從墦間來耶！公行氏雖無聞焉，然何以來右師之吊？東郭氏即未著耳，又何以近乞祭之墦？蓋宫室之美，妻妾之奉，大要不出諸侯大夫。踰階而揖，歷位而言，故知即此諸君子。氏族故蕃，已遍乎秦楚燕韓趙魏，氣骨相近，便是其父子兄弟夫妻。嗟嗟，生而猶死。（原評：毒罵）哭其夫者，幾不滅於華舟杞梁（原評：又將有姓名者反映），臭而如芳。（原評：冷嘲）傳其事焉，尚猶追夫管仲晏子（原評：確對），蓋有之矣。（原評：還歸之無）誠然乎哉！（未完）

（一九二七年第十五卷第一期《民衆文學》〔《小説世界》〕）

## 《東郭記》

本傳四十四齣，題目特創，又在四字二字格外。《雨村曲話》云：『《東郭記》以一部《孟子》衍成。其意不出求富貴利達一語，蓋罵世詞也。劇目俱用《孟子》成語，不出措大習氣。曲中之别調也。七篇文多詼諧，事亦奇異。《唐人小説》、《齊諧》、《續孟》（宋周密公謹亦有《齊東野語》之作）意托咸丘，非無所出。《東郭記》又出①其裔也。本傳第六《齊東野人之語》齣，公行開社，東郭持盟，尹士鼓脣，淳王竊聽《鬥寶蟾》二曲，上下古今，謔浪笑傲，恣其褒彈，以實野語。夫子自道，全篇眼目也。而明竹癡居士，所撰《齊東絶倒》，本子輿氏所記虞舜事，附會撮合，衍爲雜劇南北合套四齣，别出機杼，與《東郭記》異曲同工。嶧山講學，竟爲後世小説雜劇傳奇開宗。孟老有知，亦當胡盧。竹癡，秣陵人，不詳姓名。《齊東絶倒》收《盛明雜劇》中，今存，他罕傳本。竹笑元評云：『此劇幾於毁謗聖賢矣！然子輿氏已開唐人小説之祖，小説復開元人雜劇之祖，何妨附此一種詼諧，聊作《四書》一笑。』所謂元人雜劇，未識何指。(《齊東絶倒》檃栝《西江月》云：『瞎漢縱然犯法，乖兒却會藏親。齊東野語古來聞，鄒孟揣摩虞舜。女向琴床自裸，身逃濱海誰尋，分明往牒曲中真，聽取詼諧可信。』詩云：『皋陶拿不著殺人的賊，商均趕不轉朝子的翁。傲尋象不過禪位的帝，嚚母放不下逃海的農。』收場詩云：『咸丘説謊有因，桃應譬喻無謂。偶然弄出神奇，只得略加附會。』案：此起結迴殊元劇，是傳奇作法。蓋雜劇之變體也。《齊東絶倒》與《東郭記》孰爲先後，今不可考。以予意妄②揣測③之，則《東郭》較後。)天之生人，才有長短。古今才人，各名所長。事功之家，生握重權，没享隆名，故趨之者

① 古典文學出版社本無『出』字。
② 古典文學出版社本多『妄』字。
③ 古典文學出版社本無『測』字。

衆。至於文學，最爲寂寞。文學之等，隆殺殊科，詞章世所謂浮華，無關至理。然一藝成名，亦至不易。得一佳篇，勝建偉業。夫事功之成，莫不遭際時會。推不貪天，廣嘆數奇。雖懷才抱器，又誰知焉？千古文章，未嘗有一僥幸者。語其難易，則一李杜可十管樂。文人之於事功所以蔑如也。然據近聖哲觀之，則文章餘事耳，若必專精，或嫌喪志。孔門四科，文學居末。毋亦等差，自古然耶。據近世泰西學者之所考，則文學包容德行、言語，皆被總括，而文章性道，亦文學之所有事也。自史家、道學、儒林、文苑分傳，門户遂開，旗鼓日張，攻伐不得①已。言道學者，高視一切。若可鄙棄，是固不得以爲評議。然道學之域，玄之又玄，其探賾索隱、鈎致深遠，往往積累半生，始有一得。又未易以言語形容，上天之載，無聲無臭。文學之士②，夫豈僅文章之所得伐者與？宜其賤詞華爲枝葉，夷文藻於糟粕。公幹無與於升堂，賈誼不論於入室。不惟文中著述，流爲僭妄。子雲玄草，未容解嘲已也。唯是聖哲之所詣益高，而流俗之所見益左。傳人輔翼，僅以不墜。其艱難如此。而滑稽一語，批抹皆非。科律千秋，指摘便倒。文學之至，喻於上天。滑稽文學，且在天上。滑稽者，文學之絶詣也。古今才人，雖合衆長，不足一戰。予是以崇拜滑稽，尊爲無上。神力轉運，左右人間。上自賢達，下及朽腐，靡不翕然受其點化。潛觀默想，眇不之覺。顧當世未聞或重之者，大名不名，又奚

① 古典文學出版社本無『得』字。
② 古典文學出版社本『士』作『至』。

怪邪？滑稽之源，出於蒙莊。腐遷列傳，少見梗概。自是以後，史無續焉。予又以服太史公之識。慨然欲有所作，而愧無其材。《東郭記》、《齊東絶倒》諸作，皆滑稽之雄，而論古至不能舉其事以實之，甚且不得其姓名，而爲之考。豈非後死之羞乎？搜羅未備，何日著筆，於此記之，以誓予志。

第二十二卒之《東郭墦間之祭者》一齣，是《東郭記》正文。凄凉悲壯，便如伍胥慷慨，張靈風流，英雄名士，一齊寫出。才人之筆，無所不包，不枉唐突孟老。白雪樓原本，每版心皆刻有『達羽亭』三字，足資考證。目録、每齣用韻，一一注出，是與汲古本不同處，而韻目則與他韻書特異。豈明人别有曲韻可據乎？此不可不録也。一用東紅韻，二用齊微韻，三用蕭韶韻，四用車夫韻，五用清明韻，六重用清明，七用南三韻，八用嘉華韻，九重用嘉華，十用邦陽韻，十一重用邦陽，十二用金音韻，十三用幽游韻，十四用真文韻，十五用寒間韻，十六用廉纖韻，十七用支時韻，十八用何和韻，十九用皆來韻，二十用先天韻，二十一用鸞端韻，二十二用東邪韻，二十三重用齊微，二十四重用蕭韶，二十五重用車夫，二十六三用車夫，二十七重用清明（案：此三用），二十八重用南三，二十九三用嘉華，三十重用金音，三十一重用真文，三十二三用邦陽，三十三重用幽游，三十四三用幽游，三十五重用寒間，三十六三用寒間，三十七重用廉纖，三十八重用支時，三十九重用何和，四十重用鸞端，四十一重用皆來，四十二重用先天，四十三重用東邪，四十四重用東紅。（《菉猗室曲話》）

## 《南西厢》

明李日華撰。日華字君寶，嘉興人，萬曆壬辰進士，官至太僕寺少卿。家門《水調歌》云：『大明一統國，皇帝萬年春。五星奎聚，偃武又修文。托賴一人有慶，坐見八方無事，四海盡歸仁。如此太平世，正是賞花辰。遇高人，論心事。』按：今古移宫换羽，氣象一回新。惟願賢才進用，禮樂詩文，一腔風月事。傳與世間聞。《沁園春》云：『西洛張生，博陵崔氏，一雙白璧兩南金。寄居蕭寺，無計達佳音。忽遇孫彪作耗，君瑞請兵退賊，當許下成親。豈料功成後，老母背前盟。托紅娘傳密意，遂初心。喜登黄甲，鄭恒何故更相等。終藉蒲東太守。重諧伉儷，傳説到如今。』詩云：『老夫人路阻兵圍，小紅娘書傳簡遞。崔鶯鶯月下聽琴，張君瑞春闈及第。』明閔遇五云：『梁伯龍謂①此崔時佩筆，日華特較增耳。間有换頭幾調，疑李增也。崔割王腴，李攘崔有。俱堪齒冷。』

《南詞定律》云：『《西厢記》曲本北調。李日華、陸天池惜其詞句之佳，改爲南曲。顛倒互用，使詞章血脈斷續，已失元人本旨。且唱其句讀，終屬牽强。語詳凡例。』按：《六幻西厢》并

① 古典文學出版社本多『謂』字。

收李、陸二本。六幻者，曰幻因，元才子《會真記》也。曰搊幻，董解元《西厢記》也。曰劇幻，王實甫《西厢記》也。曰庚幻，關漢卿《續西厢記》也，附《圍蒼闖局》、《五劇箋疑》。曰更幻，李日華《南西厢記》也。曰幻住，陸天池《南西厢記》也，附《園林午夢》。是謂《會真六幻》。歸安金聲伯（城）藏有一本。宣統中，貴池劉氏暖紅室借刻李、陸二本，并附王、關後。今年聲伯語余，祖本尚未歸也。家門《水調歌》六幻本注：原本作『嘉靖萬年春』，則本傳是成於嘉靖朝。遂初心上，六幻本尚有『聽琴賡和』四字。陸本自序，於李頗有微詞。其曰：『李日華取實甫之語，翻爲南曲。而措詞命意之妙，幾失之矣。』又曰：『退休之日，時綴此篇。固不敢媲美前賢，然較之生吞活剥者，自謂差見一斑。』第一齣提綱《臨江仙》亦云：『是誰翻改污瑶編，詞源全剽竊，氣脈欠相連。』是《南詞定律》所議，應單爲李本而發。然其詞牽連李陸，未能明也。李童山云：『改北調爲南曲者，有李日華《西厢》。增損字句以就腔，已覺截鶴續鳧。如『秀才們聞道請』下增『先生』二字等是也。更有不能改字，亂其腔以就字句，如『來回顧影，文魔秀士欠酸丁』是也，本『風欠』，删去『風』字，復成何語？蓋《西厢》爲詞宗，欲歌南音，不得不取李本，亦無可奈何矣。』語在《雨村曲話》。按：前輩於李作，都鮮佳評。然自陸天池即欲以己作易之，而詞場仍用李作，豈盡如攻者云爾耶？童山所指，毛本正如此作，固屬不詞。然六幻本《步步嬌》『秀才們聞道請』，下即『按却便似聽了將軍令』，無『先生』二字。《南詞定律》九雙調、犯調之十收《五雙至》，即毛本第十七齣《五供玉枝花①》，則仍作『文魔秀士風欠酸丁』。不知何人於前曲妄加『先生』，而又於後曲截去『風』字。毛刻未加釐正，不得謂李作原本如是也。童山所見未廣，又不加詳考，遂輕議古人，可云妄矣。（六幻本《五供玉交枝》，亦只作『文魔秀士欠酸丁』，未解。）北調《西厢》，自成血脈。李翻入南曲，又別爲李之血脈。如必執關、王以議李，又何解於關、王之翻董也。況宋元詞曲檃栝古人遺篇者，不知凡幾，未聞有譏其非者。君實斯作亦由其例，而議者不息，殆緣明人剽竊成習。羨夫李之居先以享盛名也，因妬其遇，遂騰口説。後人相沿，無復爲之辯者。須知李作雖採舊詞，實多創新調。如《漁燈兒》六曲聯套，古無此體。李實創作，爲後人開路。其音曲之妙，舊譜所稱（《南詞定律》七小石調過曲之二），夫豈無功於詞場？特文章之家，僅騖詞華，不管音律，埋没古人大半由此，能不爲之訟冤耶？《九宫大成》六十九，收〔瑞云濃〕『春容漸老』一曲，題云《古西厢》。注：按前人另有《西厢》，其全帙失考。僅傳《月下聽琴》一套，即〔瑞云濃〕、〔絳都春序〕、〔出墜子〕、〔鬧樊樓〕、〔滴滴金〕、〔畫眉序〕、〔啄木兒〕、〔三段子〕、〔滴溜子〕、〔下小樓〕、〔耍鮑老〕、〔尾聲〕數闋也。其詞載於《雍熙樂府》、《南音三籟》，及摘採於《嘯餘譜》、《南詞定律》等譜。賞音者謂是元人手筆，蒼老處自非後人所及。《南音三籟》注爲《古西厢》。今仍其舊，以别於《六幻西厢

① 古典文學出版社本『枝花』作『交枝』。

記》云云。據此則南調《西厢》，元人曾有舊撰，惟不知與《幽閨》、《琵琶》孰先後耳。

明沈寧庵《南九宫譜》收《西厢》「瑞云濃」、「絳都春序」、「下小樓」、「耍鮑老」、「畫眉序」、「滴滴金」、「滴溜子」六曲，即《九宫大成》所謂《月下聽琴》套中詞也。然沈譜於此六曲外，更收「河傳序」、「聲聲慢」，亦題《西厢》，注謂古曲，非李日華。而《南詞定律》則「出墜子」、「鬧樊樓」、「啄木兒」三曲，與李作雜收。以《九宫大成》對之，亦即《古南西厢》（月下聽琴）套中詞。及檢《雍熙樂府》卷十六，則《月下聽琴》套曲在焉，而「河傳序」巴到西厢曲，亦於同卷中得之，題曰《投宿》。然無换頭「先世紅絲」以下，而「聲聲慢」只將《非雨》一曲。《投宿》套中亦無此語，又《雍熙》（情寄小詞中）一套，題曰《寄情》，亦似《古南調西厢》也。大抵古曲零落，雖或流傳，既失主名，又經俗工改竄割裂，至難搜討矣。《古南詞西厢》（月下聽琴）套，文章音律至關考據，不可不録。惟《雍熙》所收，失「瑞云濃」一曲。《太古傳宗宫調譜》，收《雍熙》此套亦然。今以《九宫大成》「瑞云濃」注所引目次爲據。以諸譜所收曲文互足之，并録「河傳序」、「聲聲慢」數曲，而附《寄情》套詞，及「滿庭芳」、「小桃紅」諸曲於後。毛刻卯集中亦收《北西厢》。然上録諸曲，必附於此者，以其皆南曲也。南北異聲，淵源各别。此紙所録，可謂《南西厢》之淵源。言《西厢》者，宜如何典重之耶？

## 月下聽琴南西厢古曲茫父考定本

〔瑞雲濃〕春容漸老，緑遍滿階芳草。獨守孤幃病成了。衾寒枕冷，爲一點春愁，縈惱懷抱。恨只恨離多會少。（《南九宫譜》十四之一。《南詞定律》一黄鐘引子之一。《九宫大成》六十九之八。《停云館十二律京調譜》四之二，《九宫譜定》一之一，并收。）

按：此黄鐘引子也。凡套詞必先引子而後過曲，故曲萬不可失標題。《南九宫譜》及《九宫譜定》注「雲」或作「煙」。（未完）

（一九二七年第十五卷第三期《民衆文學》〔《小説世界》〕）

## 《南西厢》

〔絳都春序〕團團皎皎，見冰輪晃然，初離海嶠。仔細思量，怎不教人常不老。月過十五光明少，忍負我青春年少。滿懷心事，一春怨恨，有誰知道？（《南九宫譜》十四之三，《南詞定律》一黄鐘過曲之一。《九宫譜定》一之四，《雍熙樂府》十六之五十三，《太古傳宗宫詞譜》上之十三，并收。）

按：此黄鐘過曲也。引子别有〔絳都春〕。過曲是〔絳都春序〕。《雍熙》僅作〔絳都春〕，誤以過曲爲引子（〔絳都春〕又一體，如『幽閨擔煩受惱，四喜池展荷葉』，除第二句與〔絳都序〕微異外，悉同。《幽閨》第二句云：『豈容易，共伊得到今朝。』《四喜》第二句云：『聽高枝，午蟬奏風聲咽。』皆上三下六。與此第二句云：『見冰輪晃然，初離海嶠。』上五下四，句讀自别。然同是九字，苟或不慎，自易誤讀以此爲彼矣。）『見冰輪』上，《傳宗譜》有『我』字。『常不老』，《南九宫譜》、《九宫譜定①》皆如此。《南詞定律》、《雍熙樂府》、《傳宗譜》皆作『長』。『月逢』句，《傳宗譜》云：『月逢這則月逢十五正是光明好』。『忍負』，《雍熙》、《傳宗譜》作『怎負』。《定律》（滿懷）三句合。『知道』上《傳宗譜》多『嗳』字。

〔出墜子〕是我幽幽居在古寺，景荒凉。人静悄，怎禁晝長無奈，夜迢迢。都只爲兩般兒，教人心下轉焦。怕的是，鐘送黄昏，鷄報曉。（《南詞定律》一黄鐘過曲之三、《九宫大成》七十之十四、《雍熙樂府》、《太古傳宗譜》同前，并收。）

按：此亦黄鐘過曲。『是我幽幽居在古寺』，《定律》如此，《雍熙》作『我是』，《大成》作『是我幽居

① 古典文學出版社本『譜定』作『定譜』。

在古寺』。『是我在』三字襯。《傳宗譜》云：『是我幽居，是我幽居，幽居在古寺，幽居在古寺。景荒涼。』《傳宗譜》『景』下多『物』，與他譜異。『怎禁』，《定律》『如此』。《雍熙》、《大成》『禁』下多『那』字，而《大成》『怎禁那』三字俱襯。《傳宗譜》云：『晝長無奈夜迢迢，怎禁那晝長無奈夜迢迢。都只爲兩般兒教人心下轉焦。』《定律》、《大成》均同。《雍熙》『爲』下多『這都只爲』。《傳宗譜》多疊『都只爲兩般兒』五字在前。『兒』下五字，《大成》作襯。『怕的是』，《定律》、《雍熙》同。《大成》云『怕只怕』并襯字。『鷄報曉』，傳宗譜云『鷄鳴來報曉』。

〔鬧樊樓〕孤身先自添煩惱，夜永凄涼，眼前難熬。只見老樹啼鳥繞，野寺猿哀①叫。合鴛甃畔，滴溜溜敗葉兒飄。響珰珰，咭叮璫，鈴兒再噪。（《南詞定律》一黄宫過曲之十一，《九宫大成》七十之二十三，《雍熙樂府》十六之五十四，《太古傳宗譜》上之十四，并收。）

按：此亦黄鐘過曲也。『眼前』上，《傳宗譜》多『教我』，他譜異。『只見』，《定律》、《大成》均同，并作襯。《雍熙》作『見這』，《傳宗譜》同。《雍熙》并疊『老樹啼鳥繞』在前。『野寺哀猿叫』，《定律》、

① 古典文學出版社本『猿哀』作『哀猿』。

《大成》同。《雍熙》、《傳宗譜》「野寺」上有「聽」字。「敗葉兒飄」，「兒」字，《定律》亦襯。《大成》、《雍熙》同，不作襯。「咭叮璫」，《傳宗譜》叠。末句云：「將風鈴兒斗，合聒噪。」他譜異。

〔滴滴金〕窗前皓月偏來照，便是鐵石心腸也瘦了。悶懨懨，怎得眠一覺，恨綿綿，空懊惱，病淹淹，怎生捱到曉。此生怎逃，撲簌簌淚拋。（《南九宮譜》十四之六，《南詞定律》一黄鐘過曲之十，《九宮定譜》一之六。《九宮大成》七十之二十四。《雍熙樂府》同前。《太古傳宗譜》上之十五，并收。）

按：此亦黄鐘過曲。「便是鐵石心腸也瘦了」，「便是」，《九宮譜》及《定律》、《譜定》①、《大成》均同，作襯。《雍熙》否。「心腸」，《九宮譜》及《定律》、《譜定》均同。《大成》、《雍熙》、《傳宗》同作「人」。「怎得」，《雍熙》、《傳宗》作「生」，他譜均同「得」。「悶」上，《傳宗》多「我」。「恨綿綿」，《大成》、《傳宗》作「悠悠」，《雍熙》作「攸攸」，他譜均同「綿綿」。「懊惱」下，《傳宗》多「情懷，情懷悄悄」，他譜無。「病淹淹」，《大成》、《雍熙》、《傳宗》均作「病懨懨」，他譜均同「淹淹病」。「上」，《傳宗》多「我」字。「此生」

① 古典文學出版社本「譜定」作「定譜」。

二句，《定律》合『撲』，《九宮譜》及《譜定》均同作襯，《定律》則不襯『撲』，而襯第二『簌』字，《大成》、《雍熙》、《傳宗》均入正文。『淚拋』，《雍熙》作『淚澆』，他譜均同『拋』，『拋』上，《傳宗》多『暗』字。

〔畫眉序〕欲成鸞鳳交。甚物將人夢驚覺。是誰家庭，故把琴調。方纔待弦續鸞膠，誰想到風吹別調。靜聽句意十分妙，光風霽月逍遥。（《南九宮譜》十四之五，《南詞定律》一黄鐘過曲之？、《雍熙樂府》同前曲，《太古傳宗》上之十五十六，并收。）

按：此亦黄鐘過曲也。『欲成』襯字，依《九宮譜》，《雍熙》、《傳宗》入正文，下并多『範』字，意不可解，疑僞也。『誰想道』亦依《九宮譜》，《雍熙》、《傳宗》『道』作『被』。《高駢詩話》：『昨夜箏聲響碧空，宫商信任往來風。依稀似曲纔堪聽，又被風吹別調中。』《琵琶》亦云：『正是此曲纔堪聽，又被風吹別調間。』殆元人習用之詞也。《傳宗》多疊末句。

〔啄木兒〕弦中正指下高，是餘音太古雅操。拍托剔打挑抹巧，泛聲清拂度好。輕如點水蜻蜓小，鬧如夜宿烏鴉噪。合小間勾語音音揉，是仙音鶴鳴九皋。（《南詞定律》一黄宫過曲之十四、《九宫大成》七十之十，《雍熙樂府》同前，《太古傳宗》上之十六，并收。）

按：此亦黄鐘過曲也。『拍托打挑抹巧』，依《定律》、《大成》、《雍熙》、《傳宗》皆作『拍托勾剔打抹挑』。『拂度蜻蜓小』及『小間勾語音揉』，是仙音，均依《定律》，《大成》、《雍熙》、《傳宗》同作『法度蜻蜓繞』。小澗涓輪音吟猱，似仙音，合在末二句。《定律》如此，《大成》則合在末一句。《大成》注謂考《南音三籟》、《詞林逸響》、《吴歈翠雅》等篇，皆爲集曲。據《曲譜大成》云：『此係古格，元人套中極多。句法大異。查《雍熙樂府》亦作正曲，今從之。』云云。按：《南詞定律》與《九宫大成》及《雍熙樂府》。曲末字數既異，合亦不同。是否集曲，不可卒辨。據《琵琶》（聽言語凄愴多）一曲題云：『〔啄木鸝〕乃以〔啄木兒〕犯〔黄鶯兒〕也。然以此相校，末二句亦多參差，當再考之。

〔三段子〕夜深静悄，此曲中有才調，指法更好，此琴中果奇妙。伊家怎曉，高山流水知音少，怎訴與相如知道。合使文君春心蕩了。（《九宫大成》七十之十七，《雍熙樂府》同前，《太古傳宗譜》上之十七，并收。）

按：此亦黄鐘過曲也。《大成》、《雍熙》無誤①。《傳宗》多叠『夜深』二字，他譜未收。

① 古典文學出版社本『誤』作『異』。

〔滴溜子〕聽别院，聽别院，漏聲漸杳；香風靄，香風靄，楚云飄渺。告天，天還知道，願逢冰上人，月下老。早教我，一雙雙團圓到老。（《南九宫譜》十四之六，《九宫大成》七十之二十，《雍熙樂府》同前，《太古傳宗譜》上之十七，并收。）

按：此亦黄鐘過曲也。《雍熙》題雙聲疊韻，誤。『告天』，《九宫譜》如此。《大成》上襯『我這裏』。《雍熙》襯『我只裏』。《傳宗》亦云『告天』。『我這裏告天』，早《九宫譜》襯。《大成》、《雍熙》、《傳宗譜①》均否。『願逢』以下，《大成》作『合』。

〔下小樓〕駕車嬌姿來到，似嫦娥下九霄，卑人無福怎生消。試把瑶琴一操，異日須會題橋。（《南九宫譜》十四之四、《南詞定律》一黄鐘過曲之十一、《九宫大成》七十之二十五、《九宫譜定②》一之十六，《雍熙樂府》、《太古傳宗譜》均同前，并收。）

按：此亦黄鐘過曲也。《雍熙》題『上小樓』，誤。『駕車』，《雍熙》、《傳宗》疊。他譜均否。『無

① 古典文學出版社本無『譜』字。
② 古典文學出版社本『譜定』作『定譜』。

福」、「試把」，各譜同。《雍熙》作「福分」、「閒把」，《傳宗》作「福分」、「試把」，「試把」以下，《定律》、《大成》均合。（未完）

（一九二七年第十五卷第四期《民衆文學》〔《小説世界》〕）

## 《南西厢》

〔耍鮑老〕夫人小玉都睡了，莫孤負此良宵。中天皓月光如洗，庭砌畔，花陰繞。韶華易老。雙徑小，亭花綉草，樓閣侵云表。風清露皎。山隱隱，水迢迢，閃把湖山靠。羅襪鞋兒小，云鬢金鳳翹。慢行休啰唣，只恐外人瞧。（《南九宫譜》十四之四又五。《南詞定律》一黄鐘過曲之八，《雍熙樂府》同前，《太古傳宗譜》上之十八，并收。）

按：此亦黄鐘過曲也。《九宫譜注》，當名曰〔永團圓犯〕。「此良宵」，《雍熙》、《傳宗》作「好良宵」。《九宫譜》及《定律》同此。「中天皓月光如洗」，依《九宫譜》，《定律》「月」作「魄」。《雍熙》、《傳宗》則云：『望天外月如洗，庭砌亭花。』《九宫譜》、《定律》同《雍熙》，作『聽砌溪花繡草①』；《傳宗》則『庭砌溪花綉草』②，《傳宗》作『秀草』。『閃』亦依《九宫譜》，《定律》、《傳宗》作『悶』，《雍熙》作『閒』。『鞋兒』、『只恐』，《九宫譜》、《定律》同。《雍熙》、《傳宗》『兒』作『弓』，『只恐』下多『怕』字，『云鬟』下《傳宗》多『亂』字。末句《定律》合。

〔尾聲〕潛蹤躡足行來到，且莫使夫人知道。天與的榮華富貴到老。（《雍熙樂府》十六之五十五，《太古傳宗》上之十八，并收。）

按：此黄鐘尾聲，依《雍熙》所收。《傳宗》『且』作『切』，『與』下無『的』字。以第二句校之，上三下四法，似《拜月》之『恩情怎比閒花草。往常恨，更長寂寥。今夜只愁天易曉』。《九宫大成》入三句兒煞又一體。然末句應上四下三，此似上三下四（以『富貴』作襯），否則爲六字句（以『天與的』作襯）。查沈寧庵《黄鍾尾聲總論》，若用〔鮑老催〕一曲，其尾聲末句爲仄仄仄仄平平仄。此套尾聲前爲〔耍鮑老〕。雖可引〔鮑老催〕之例，然只一曲。姑以『天與的榮華富貴到老』爲句，未敢信其有合也。總之

① 古典文學出版社本無『繡草』兩字。

② 古典文學出版社本多『傳宗則庭砌溪花綉草』九字。

古曲流傳，必多異節，或以之爲别一體，可乎？

## 投宿套中南西厢古曲

〔河傳序〕巴到西厢，把咱厮實落，教人①埋怨到今。驀地潛過墻陰，荒唐錯認盤星。寂寞回歸何處？怎想詩中藏機倖。全不想琴中恨，棋内心。把咱厮調引，使咱憔悴損。自迷做個無情鬼落得甚。閻王行只得攀下您。問春花又那曾孤負東君。（《南九宫譜》一之二十、二十一，《南詞定律》（四仙吕）過曲之一。《九宫譜定②》三之二十四。《雍熙樂府》十六之二十四，《太古傳宗譜》上之四十三，并收。）

按：此仙吕過曲。「教我」，《雍熙》、《傳宗》均作「教人」。「驀地」，《雍熙》作「其時」。「錯認盤星」，《雍熙》、《傳宗》「認」下「盤」上，多「做了定」三字。「回歸」，《雍熙》、《傳宗》作「羞歸」。「藏機倖」，《雍熙》「藏」下多「那個」二字。「全不想」，《定律》、《譜定》、《雍熙》、《傳宗》均作「全不省」。《定律》并均襯字。「琴中恨」，《雍熙》、《傳宗》「恨」均作「意」。「棋内心」，《雍熙》「心」獨作「情」。「自

① 古典文學出版社本「人」作「我」。
② 古典文學出版社本「譜定」作「定譜」。

迷」，《譜定①》自獨作「目」。「做個」，《傳宗》作「做一個」。「落得」以下，《定律》合。「落得甚」，《雍熙》、《傳宗》均云：「我便落那個得甚。」、「閻王行只得」云云，《雍熙》「我到冥冥中好歹」云云，《傳宗》則「我便到冥冥中好歹」云云。「問春花」，《傳宗》叠。「又那曾」，《定律》襯。

〔前腔〕（換頭）先世紅絲曾結定，陪了多少志誠。吃了無限顫驚。非是輕可緣分，不是容易到今。念汝相思得憐憫，休將做風中絮、水上萍。咫尺天可憑，亂軍中曾許親。當時救活你一家命，得寧静。你娘行反目不記恩。他失信，我每心下須準。（《南九宮譜》一之二十一、《南詞定律》同前、《九宮譜定②》同前，《太古傳宗》上之四十四，并收。）

此曲《雍熙》失載，《南九宮譜》曰：「舊譜名《聚八仙》，又分爲二曲。」今查正。按《雍熙》、《傳宗》正同題《聚八仙》，而《傳宗》不失換頭，獨《雍熙》奪去，不知何由？「非是輕可」上，《傳宗》多「細想」二字。「休將做」，定律襯字。「天可憑」，定律作「天作證」。「亂軍中」，定律襯「中」字。「你一家」，《傳宗》作你全家，《定律》襯「你」字。「得寧静」上，《傳宗》云：「我便縈你得寧静。「娘行」下，「反目」

① 古典文學出版社本「譜定」作「定譜」。
② 古典文學出版社本「譜定」作「定譜」。

上，《傳宗》多『短倖』二字。『他失信』，《定律》襯字，《傳宗》疊。『得寧静』以下，《定律》合。《雍熙》以『巴到西厢』至『孤負東君』爲《聚八仙》，既奪換頭〔先世紅絲〕一闋，又羼入〔拗芝麻〕云：『崎嶇去路賒，見疊疊幾簇人煙風景佳。遣人停住馬，扁舟一葉。丹青圖畫，一抹翠云挂。遠霧罩汀沙，見白鷺數行飛，見人來也，驚起入蘆花。小舟釣艇，收綸入浦，弄笛相和，動人萬般凄楚。離情怎躲，偶睹前村，水繞人家，畫橋風颭酒旗斜。好買三杯遣倦煩。西山日漸沉，此際當不過暑氣炎，宜趨步，早去尋安下。相將閉柴門。牧童歸草舍。古寺鐘敲聲，野水無人渡。』又〔尾聲〕云：『綠楊影裏新月挂，孤村酒館兩三家。借宿今宵一覺呵。』按：〔拗芝麻〕、〔尾聲〕，用韻均同，與『巴到西厢』一闋兩歧。而《南九宫譜》及《九宫譜定①》，皆以〔拗芝麻〕爲《江流記》。此所以用韻不同，而意亦不貫串也。〔拗芝麻〕後〔尾聲〕，《南九宫譜》所收，正聯接爲一。然則〔河傳序〕前後二闋，非《投宿》套中詞無疑。不知自何處梛來，且首尾又不知截去多少，不可考矣。《太古傳宗譜》、《投宿》套與《雍熙》同。而〔河傳序〕且前後兩闋皆具（即《聚八仙》）。眉上注云：『《投宿》套係《宫譜》所載《聚八仙》二闋（即〔河傳序〕）。〔拗芝麻〕二闋及〔尾〕爲一套，及查《南九宫》只有『巴到西厢』一闋，而無換頭，題曰《古西厢》。〔拗芝麻〕係《江流記》曲，故韻亦兩均。考《雍熙樂府》，其標題并聯套，乃與《宫譜》相同，惟字句少有

① 古典文學出版社本『譜定』作『定譜』。

亦不獲已焉者也。（〔拗芝麻〕及〔尾〕，《雍熙》與《南九宮譜》、《九宫譜定②》、《太古傳宗譜》俱有異文）

## 失題南西厢古詞

〔聲聲慢〕只將非雨，誰擬真晴。天教好事從人。爲你薄情，幾度淚彈珠紛，被伊僽害煞，多好教人落魄消魂。便爲着，牡丹花下，死也甘心。（《南九宫譜》二之一）

按：此仙吕慢詞也，僅見《南九宫譜》，題《南西厢記古曲》。注云：『雨字雙關與字，晴字雙關情字。』他無可考證。

《寄情》套詞，是否古曲不可確定。抑亦南詞之咏崔張事者，其風格韻味，必爲元人之作。惟一

差僞。今照舊《宫譜》所定，以垂準則。據此則此套羼雜，由來已久。《雍熙》、《傳宗》，惟傳舊套，不題《西厢》，故可不加釐正。今既特爲《南西厢》證淵源，則不得不剔出〔拗芝麻〕二闋及〔尾〕。惟既經離異，標題即有不符。然去此又無可附録①，故仍存之。俾後之考者，亦知其爲舊宫調《投宿》套中詞，是

① 古典文學出版社本『録』誤作『隸』。
② 古典文學出版社本『譜定』作『定譜』。

套中而三易韻，則不可解。姑録以備一説。（據《雍熙樂府》十六之二十七二十八）

〔侍香金童〕情寄小詞中，人立西厢下。盼不到巫山楚峽，則這能對付紅娘迤逗咱。因相思害殺嬌娃，雁呀呀的對月窗紗。一弄兒的凄凉没亂殺。寒更正撤曉鷄啼罷。戍樓中，畫角品梅花。（此何减東籬《漢宫秋》之作。）

〔傳言玉女〕張生病久，漸婚鴛偶。金榜無名，青霄路有。送陽關，滿斟别酒。未飲淚先流。厭此離别，願相守。抛撇下，西厢吟咏①女嬌羞。相思病，兩邊迤逗。奴懷憂悶，爾懷愁。乍離别，折盡郵亭柳。自從他去後，兩月裏嫦娥②改盡容顔，怎禁憔瘦？（此另一韻，較遜前闋。）月裏嫦娥③凄楚情懷，好教我珠淚盈腮。離情鎮日愁深似海。幾時能勾兩處和諧。從他去後經多載。誰承望地久天長，只恁的放狂乖。歡娱相見，想着他便淚滿香腮。（此亦另一韻，與前二闋意似不相蒙，而又復，從他去後，亦無層次。）

〔尾〕前生少欠相思債。但只顧同歡相愛，且把眉兒展放開。（此與〔月裏嫦娥〕韻同，語意

① 古典文學出版社本多『詠』字。
② 古典文學出版社本『兩月裏嫦娥』作『兩淚盈眸』。
③ 古典文學出版社本多『改盡容顔，怎禁憔瘦？（此另一韻，較遜前闋）。月裏嫦娥』數字。

亦類，因疑此必三套，古詞集而爲一耳。）

（一九二七年第十五卷第六期《民衆文學》〔《小説世界》〕）

## 南西厢

《西厢十咏》，此亦元人之作也。（據《雍熙樂府》十九之一一）

〔满庭芳〕一：張生俊雅，諸餘可愛，所事堪誇。吟詩和句在西厢下，引動嬌娃。一封書戰退了眼前士馬，七弦琴匹配上宿世冤家。登科罷，香車駟馬，夫婦享榮華。（一封書、七弦琴二語，非元人不能如此作，起三句尤元曲中常語也。）

〔满庭芳〕二：鶯鶯女娘，奇花嫩蕊，軟玉温香。天生俊俏嬌模樣，聰慧非常。待月處心懷粉郎，燒香時訴衷腸，成就了風流况。時殊事往，千古説西厢。

〔满庭芳〕三：紅娘艷質，能傳芳信，善做良媒，偷寒送暖將婚姻配。使盡心機。你教他操瑶琴，包含着道理。寫花箋，引惹出佳期。配合就鴛鴦會。非你做美，焉得做夫妻。

〔满庭芳〕四：夫人不乖。想當日遭厄受困，怎生得脱難逃灾。謝張生計策把賊兵敗，情願要配與裙釵。既然你悔親盟，宜離院宅。誰教你拜兄妹，請入書齋。他私自成歡愛，非干事鶯鶯不才。單注着天地巧安排。（此闋襯字獨多，渾脱劉亮，猶北曲之遺，蓋弦索宫腔中，南北調猶非甚懸絶者，與昆曲異也。）

〔滿庭芳〕五：法聰老髡，慈悲爲本。方便爲門，一堂經，勾引的成秦晉。於理合尊，守戒行持心敬謹。主婚姻，用意殷勤。閒評論，似這等寬柔上人，當可報深恩。

〔滿庭芳〕六：將軍杜確，能通虎略，善曉龍韜。全憑威武居津要，名播唐朝。則爲那一封書，飛星到了。霎時間，五千人風卷云濤。除殘虐，如斯俊豪，不枉了做知交。

〔滿庭芳〕七：鄭恒太魯，須知淑女，怎配愚夫？當日個軍圍普救誰扶助，多虧了君瑞呈書。你則待逞其志，馮河暴虎。他怎肯從其心，似水如魚。傷時務，你專一架虚，枉自敗風俗。（馮河暴虎，似水如魚，似是學究語，正是元人真相，末三句亦然。）

〔滿庭芳〕八：孫虎恃强，不思燕雀怎妃鸞凰？硬圍普救驅兵將，敗壞綱常。你只待擄嬌姿，朝歡暮賞；他怎肯順賊徒，共枕同床。半霎兒將身喪。這厮心術不良，斬首正相當。

〔滿庭芳〕九：多才漢卿，廣知故事，洞曉新聲。移宫换羽真堪聽，義理兼明。一句句包藏着媚景，一篇篇醖釀出深情。無疵病，不俗易省，萬載播芳名。（闋漢卿作當在王實甫之前，今殆亡耳，後人謂闋續王，豈可信哉？『移宫换羽』謂翻董也。）

〔滿庭芳〕十：聰明實甫，胸藏錦綉，口吐璣珠。清新樂府正無數，壓盡其餘。翻騰就尤雲殢雨，顯豁出寄柬傳書。多佳趣。超今越古，堪與後人述。

又《西厢十咏》，此似翻前詞，亦元人作也。（據《雍熙樂府》十九之二、三、四）

〔滿庭芳〕一：張生不才，學成錦綉。喪與裙釵。嘲風咏月西厢待，眼去眉來。寫封書，文學似海；害場病，形體如柴，險把聲名壞。全不想賢賢易色，弄甚麽秀才乖。

〔滿庭芳〕二：鶯鶯鬼情，麝蘭半匀，花月娉婷。結絲蘭不用媒和證，眼角傳情。聽瑶琴，宵奔夜行；燒夜香，膽戰心驚。家不幸，枉着你齊齊整整，弄出個丑名聲。

〔滿庭芳〕三：夫人不良，孤兒寡婦，幼女新喪。不將靈柩去安葬，暴露在僧房。做水陸，搜尋出禍殃；改婚姻，敗壞盡綱常。可不道消魔障。惹的那蜂喧①蝶攘，不賢惠，老尊堂。

〔滿庭芳〕四：紅娘快赸，傳書寄柬，送暖偷寒。星前月下把鶯鶯賺，使碎心肝。伺候到更深夜闌，弄得那月缺花殘。粧科犯，左難右難，做了個撮合山。

〔滿庭芳〕五：夫人你聽，我爲官長，門户先生。西房既許成匹聘，已有賢聲。我怎敢和他

① 古典文學出版社本多『喧』字。

同睡到明。止不過趕空兒，半夜三更或推些病，潛潛等等，躡足鷺鷥行。（嘲人懼内納寵，春泉作。按：元注此語意不可解，或借十咏夫人一闋，改爲潮①人。遂沿之耳。）

〔滿庭芳〕六：將軍不仁，擅離信地，難保黎民。怎做的於家爲國扶危困？輕舉三軍，輸時節減了己身，贏時節好了别人。圖什麽言而信，没來由門狠，何處顯功勛。

〔滿庭芳〕七：髡郎法聰，不諳經典，不理禪宗。爲媒作證虚迎送。圖受些羊酒花紅。不争將崔小姐窩藏着弄影，險把個普濟寺燒的精空。强兵動，枉施英勇，捨命去争鋒。（所咏與今本法本、惠明分爲三人異。）

〔滿庭芳〕八：鄭恒發昏，不應撞死，怎得招魂。曠夫怨女何須論，成甚人倫。立志氣，别尋個主昏②；仗家風，另選個名門。可不道名聲俊。没來自殞，越顯的小哥村。

〔滿庭芳〕九：漢卿不高，不明性理，專弄風騷。平地裏褒貶出村和俏。賣弄你才學，瞞天謊説來不小。拔舌罪，死後難饒。着人道，虚空架橋。枉自筆如刀。

〔滿庭芳〕十：王家好忙，沽名釣譽，續短添長。别人肉貼在你腮頰上，賣狗懸羊。既没有朱文公肚腸，又没有程夫子行臧。忒狂蕩，用心一場，上不的廟和堂。（此闋即空觀主人五劇

① 古典文學出版社本『潮』作『嘲』。

② 古典文學出版社本『昏』作『婚』。

本、《西厢》凡例引之，亦謂是元人之作也，此又謂王續關耶？）

《西厢百咏》，此猶董解元西厢，當爲南傳奇之祖，亦元人作。（據《雍熙樂府》十九之三十二至五十一。元注云：即武陵春。）

〔小桃紅〕一：生離洛陽　辭家曉出洛陽城，吟鞭裊敲金鐙。琴劍書箱擔隨定，赴神京，今番看把功名競。趁東風媚景，去上朝取應，從此奮鵬程。

〔小桃紅〕二：生至蒲東　馬蹄香襯落花塵，二月東風信。緑映紅遮錦成陣。正芳春。經游蹔住蒲東郡。望長安去穩，向南宫奪俊，準備跳龍門。

〔小桃紅〕三：生游普救　客中適悶訪禪扃，散步穿松徑。金碧樓臺紫霞映，伴山僧。往來觀看添吟興。愛清幽勝景，把功名懶競，待聽講三乘。

〔小桃紅〕四：生遇紅娘　淹淹潤潤走將來，舉止真堪愛。四鬢挣挣剪花額，本乖乖。低言多道夫人拜。使賤妾禀白，望尊師擇派，何日好修齋。（《中原音韻》入作去，有額無頟，疑一字也。白入作平。）

〔小桃紅〕五：生見鶯鶯　給孤園裏遇神仙，掩映芙蓉面。縞素衣裳越羅扇，蹴金蓮，只疑南海觀音現。把花枝笑撚，向柳陰閒串，引得俺似瘋癲。

〔小桃紅〕六：生私扣紅　暫辭長老出禪門，惹下漫天悶。特向小娘問一問。恁佳人，夜來見了心中印。咱先善文，更多豐韻，倩你把情伸。

〔小桃紅〕七：紅娘答生　咬文嚼字賣查梨，作耍真無意，口是心苗暗越地。笑迷嬉。知書何故不知禮。若夫人得知，請小哥恕罪，閒話兒快休提。

〔小桃紅〕八：鶯自嗟嘆　悶來遍倚畫欄杆，懶把花英看。手托香腮暗長嘆，淚淹淹。尋春自恨逢春晚。盼到①眼乾，引得魂散，蹙損遠春山。（未完。）

（一九二七年第十五卷第七期《民衆文學》〔《小説世界》〕）

## 《南西厢》

〔小桃紅〕九：生步月吟　花陰柳影過東墻，咫尺空凝望。迤逗的春心倍挹快。賦詩章。雨云夢阻陽臺上。西厢月朗，中宵惆悵，想象賦高唐。

---

① 古典文學出版社本「到」作「得」。

〔小桃紅〕十：鶯和生詩　月明花影弄婆娑，來往空篤抹。猛聽湖山那邊磕。慢吟哦。依着韻脚將詩和。故來撒科，咱先瞧破，一見了便情多。

〔小桃紅〕十一：生看修齋　喧天鈸鼓鬧連朝，滿殿香煙罩，和尚每齋聲念佛號。小妖嬈。可身穿領團衫孝。那答兒立着，越顯的嬌俏，長老也偷瞧。

〔小桃紅〕十二：軍圍普救　驚聞人馬鬧垓垓，密匝匝槍刀擺，鐵桶似屯圍寺門外。好傷懷。一個個臉如蠟像魂離魄。你可甚賢賢易色，要鶯鶯壓寨。誰有解圍才？（《中原音韻》魄、色均入作上。）

〔小桃紅〕十三：生自悲嘆　槍刀圍住古菩提，陣擺長蛇勢。看看死無葬身地。枉傷悲。一時玉石俱焚毁。當局者迷，走投無計，尋不見上天梯。

〔小桃紅〕十四：夫人許親　可憐眼見老無歸，見兵據伽藍地。誰有出師退賊計。有能爲，與他小姐成婚配。若還事已，便招爲婿。衆和尚是監①媒。

〔小桃紅〕十五：張生答允　既然老母許爲親，小子有兵權運。至死合當往前進。寫篇文，登時便解咱危困。俺先上緊，恁休失信，看筆陣掃千軍。

① 古典文學出版社本「監」作「盟」。

〔小桃紅〕十六：張生致書　恭修尺牘訴愚懷，賊見困黄金界。萬福仁兄杜元帥，莫推捱。可憐早離蒲東寨。領虎賁數百，救取①生一厄，專望故人來。

〔小桃紅〕十七：惠明發怒　權時袒了錦袈裟，驅②上如龍馬。鐵棒一條手中架。咬穿牙，這賊無禮難干罷。將咱惱發，非誇膽大，看把恁去活拿？（恁當作您。）

〔小桃紅〕十八：惠明送書　從來劣性軟不欺，見惡心偏氣。要使貧僧把書寄，不辭推，笑嘻嘻，接在懷兒内。見如今事危，取消停遲滯，一騎馬如飛。

〔小桃紅〕十九：杜確得書　故人書寄到轅門，看了心生憤，便索離營救危困。領三軍，摇旗吶喊連天震。兵臨外閫，擺成堅陣，施勇略蕩妖氛。

〔小桃紅〕二十：確退飛虎　你偏好勝遇咱敵，奮膽施英鋭，疾走銜枚莫遲滯。連兵機，暗不察撞入賊營内，也不索安營下壘，交鋒對敵，平踏做一堆泥。（《中原音韻》敵、入作平。）

〔小桃紅〕二十一：生謝杜確　顛危性命在分毫，早是將軍到，細柳營中發嚴號。奮威豪，霎時盡把妖氛掃。若不是故交，能扶危濟弱，安能有今朝。

〔小桃紅〕二十二：白馬回營　據鞍躍馬統精兵，閫外將軍令，賊寇剿除得乾净，便回營。

① 古典文學出版社本『取』作『鰸』。
② 古典文學出版社本『驅』作『騙』。

西風招颭旌旗影，沿岡驀嶺，鞭敲金鐙①，齊和凱歌聲。

〔小桃紅〕二十三：夫人背盟　聊陳蔬酒表予衷，謝秀才多勞動，救俺全家德恩重。捧金鐘，豈非面譽將先生頌。才超孔融，量寬管仲，喚小姐拜仁兄。

〔小桃紅〕二十四：鶯鶯遞酒　揉眉揾眼捧金波，盞到難推托。老母機關怎猜破，道兒多。忘恩失信誰之過。不知死活，没些回和，教俺拜哥哥。

〔小桃紅〕二十五：生怨夫人　恰纔兵退得安然，又早消息傳。有始無終不曾見。悔前言，却爲兄妹將杯勸。小生分淺，夫人窑變，阻隔斷好姻緣。

〔小桃紅〕二十六：生回書舍　滿懷鬱悶帶愁歸，無酒佯推醉。回到書齋把門閉，好傷悲。孤孤另另長吁氣。自嗟自悔，前緣前世，撞着個女王魁。

〔小桃紅〕二十七：紅獻生策　先生何苦自傷懷，我有一奇策。教你今生②了愁債，得和諧。瑶琴彈動他偏愛。按别鶴數拍，奏孤鸞一派，俺姐姐自然來。

〔小桃紅〕二十八：張生彈琴　幽齋明月照黄昏。那有人偢問。静裏焦桐遣孤悶。那佳人必來聽這琴中韻。將金徽玉軫，瀉離愁别恨，訴於卓文君。

---

① 古典文學出版社本多『鞭敲金鐙』四字。
② 古典文學出版社本『生』作『宵』。

〔小桃紅〕二十九： 鶯鶯聽琴　夜香燒罷月明中，滿耳清音送。此是何人把琴弄，響叮當，聲聲彈出孤鸞鳳。未聽得曲終，早先咱心動，無語立花叢。

〔小桃紅〕三十： 鶯鶯染病　紅稀緑暗總關愁，正是傷春候。染病擔疾爲誰瘦。這根由，自從月下聽琴後，盼鸞交鳳友，懶描鸞刺綉，減了舊風流。

〔小桃紅〕三十一： 紅教生柬　聰明當鑒妾之言，特向郎君獻。小姐新來懶針綫，病淹煎，命薄不遂風流願。你修封錦牋，我瞧些空便，替你把情傳。

〔小桃紅〕三十二： 生央遞柬　錦牋寫就鳳求凰，倩你通情况。倚靠似銀山鐵壁樣。對鶯娘。若還此去説合上，奉酬勞重賞。板肩紅一段，至死也難忘。（段當是段字，然此字宜韻，必有訛誤。）

〔小桃紅〕三十三： 紅遞與鶯　此書莫怪小丫鬟，是君瑞傳華翰，使我將來姐姐看。意思間度量必有蹺蹊幹，他的巧關，俺不瞧犯，埋没着九疑山。

〔小桃紅〕三十四： 鶯得生書　封皮拆破自詳觀，靠定莊臺畔，滿紙情懷訴不斷，恨漫漫，顛來倒去乾没亂。助相思數款，添新愁一段，何日得團圓。（段亦當①作段。）

① 古典文學出版社本多『當』字。

〔小桃紅〕三十五：鶯遺生書　就將簡尾把詩題，回奉張君瑞。囑咐叮嚀在心記，莫疑惑，今宵準備同歡會。離西厢月底，來後花園内。休要誤佳期。（《中原音韻》惑入作平。）

〔小桃紅〕三十六：生赴鶯約　月移花影上窗虚，静院閒凝佇。洛浦神仙在何處？步階除。歡天喜地尋他去。休説尤云殢雨，摶香弄玉，摟一摟也心舒。

〔小桃紅〕三十七：鶯鶯搶生　不達時務逞輕薄，無故因何到半夜三更把墻跳。好不學贏奸賣俏，真强盗。恕尊兄這遭，若夫人知道，拿住怎輕饒？（《中原音韻》學入作平。）

〔小桃紅〕三十八：張生羞退　傳消寄信請咱來，啞謎兒誰能解。既得相逢又嗔怪，熱搶白，頩着冷臉將人曬，佯俫不睬，是何相待，羞下楚陽臺。

〔小桃紅〕三十九：張生自嘆　誰知你小寃家，走滚機謀大，不想今番變了卦。受白擦，這場風月乾休罷。恁故來調發，俺險些兒立化，尖擔兒兩頭滑。（恁當作您，《中原音韻》無擦字。）

〔小桃紅〕四十：張生自縊　志誠空報尾生梁，好事無承望，白練套兒勒咽項。狠鶯娘。今番把俺殘生葬。算不的恁强，做這般模樣，這性命要他償。

〔小桃紅〕四十一：僧勸張生　只因紅粉一嬌姿，把性命全輕視，一失人身萬劫至。欲何之。不知命，無以爲君子。問你這懸梁鬼屍，怎做個明經進士，可笑不尋思。（不知命一語，正是元人書袋習氣語。）（未完。）

（一九二七年第十五卷第八期《民衆文學》〔《小説世界》〕）

《南西厢》

〔小桃紅〕四十二：生答法聰　小生一一訴衷情，願啓尊師聽。他家子母忒心硬，把人坑。不合救恁全家命。雖六禮未行，諒一言已定，臨了也悔前盟。（恁亦當作您。）

〔小桃紅〕四十三：夫人問生　離鄉背井病淹煎，近日多清減。雖是聰明主張欠。病懨懨。男兒當把功名念，將鵬程奮颭，把鰲頭高佔，休誤了去攀蟾。

〔小桃紅〕四十四：生答夫人　夫人你去自量度，這病因誰惱？則爲當時背盟約，悶無聊。夢魂兒孤，枕上没着落。瘦削沉腰，愁添潘貌，此恨幾時消。

〔小桃紅〕四十五：鶯探生病　尊兄何苦至於斯，妾背母來相視。保重將息自調治，莫嗟咨。從今少恁勞神思，悔煞當時，咱多不是休要記心兒。

〔小桃紅〕四十六：生答鶯鶯　着床卧枕在他鄉，針灸都無當。減了風流舊波浪。好難當。瘦得來不似人模樣。喜芳卿見訪，料小生微恙，今夜敢定寧康。

〔小桃紅〕四十七：鶯柬期生　情書寫就帶愁封，特遣梅香送。致意多才那張珙，把心通。今宵結末了鸞和鳳。海棠月朦，牡丹露重，云雨會巫峰。

〔小桃紅〕四十八：紅娘不允　從今不惹這風聲，非是違尊命。送暖偷寒枉僝僽，事無成。

驚心怕擔①憂成病。這邊你撇清，那廂他督并，好着我兩下裏費精神。（撇清督并，皆當時語。）

〔小桃紅〕四十九：紅遞生柬　一天好事定今宵，特向先生報。鶯柬題情送期約，暗藏包。佳人有意郎君俏。説雲英等着，教裴航知道，早些赴藍橋。（《中原音韻》約入作去，着入作平。）

〔小桃紅〕五十：生得鶯書　春寒惻惻掩重門，滿地殘紅襯。忽得青鸞寄芳信，到黄昏。書齋準擬成秦晋。病痊九分，心寬一寸，索整起舊精神。

〔小桃紅〕五十一：生盼鶯鶯　鞦韆院落夜沉沉，孤館難成寢。映月樓臺似波浸，立花陰。玉人不至因爲甚。好着咱自審，他敢又撒嬌，無處問佳音。（撒嬌亦當時語。）

〔小桃紅〕五十二：紅送鋪陳　一輪明月照南樓，夜色清如晝。想那酸丁把咱候，莫遲留。催逼姐姐疾忙走。珊瑚倚枕，夫容裀褥，俺先去報風流。（此枕字不韻，《中原音韻》褥入作去。）

〔小桃紅〕五十三：鶯至書齋　有情怕甚隔年期，纔得文章力，投至相逢在今日。可知裏，凄凉受了無碑記。心歡神喜，雨情雲意，攜手入羅帷。（《中原音韻》力入作去，日同。）

〔小桃紅〕五十四：雨雲歡會　高燒銀燭照紅妝，低簇芙蓉帳，倒鳳顛鸞那狂蕩，喜洋洋，春生翠被翻紅浪。汗溶溶香粉②，美甘甘情況，别是一風光。（此粉字亦不韻。）

---

① 古典文學出版社本『擔』作『膽』。

② 古典文學出版社本『香粉』作『粉香』。

〔小桃紅〕五十五：雲雨初歇　鬢雲斜嚲鳳釵垂，枕簟留春意，錦帕盈香沁紅記。蹙雙眉，侍兒扶起嬌無力。笑迷嬉語遲，困朦騰眼閉，風月此情知。

〔小桃紅〕五十六：紅促鶯歸　半窗花影月三更，悄悄穿芳徑，早離書齋便乾净。噤麽聲。紅娘不是相督并，着姐姐快行。恐奶奶潛聽。瞧破恁私情。

〔小桃紅〕五十七：生送鶯歸　海棠枝上月兒斜，雲雨恰纔歇。蘭腦馨香散書舍。暫分别，莫教辜負千金夜。我丁寧①告説，你再休扯拽，明日早來些。

〔小桃紅〕五十八：紅貼鶯歸　燈花連夜爲誰新。來往相逐趁。戴月披星不辭困。送殷勤，東君有意傳芳信。紗窗夜分，翠衾春嫩，心事費温存。

〔小桃紅〕五十九：事聞夫人　清白相國重當朝，這妮子先不肖，潑濺奴才聽他調。往來挑，誰知養下家生哨。把咱氣倒。等他來到，粗棍打折腰。（家生哨亦當時語。）

〔小桃紅〕六十：紅行鶯囑　若還你到母親前，見責休埋怨。款裏慢把良言勸。問根源，覷些喜怒承機變。望姐姐可憐，替説些方便，善爲我辭焉。（用《論語》，元人習氣。）

〔小桃紅〕六十一：夫人詰紅　叮嚀行坐守閨房，誰料你將心放。夜静更深没攔當，小花

① 古典文學出版社本『丁寧』作『叮嚀』。

娘，勾引小姐同胡創。有何勾當，因甚狂蕩，實與我說行藏。

〔小桃紅〕六十二：紅娘受責　家翻宅亂鬧啾啾，唬的我難開口。惱犯尊顏怎收救，没來由，自家攬得愁來受。雨點似棍抽，火急般追究，做媒的下場頭。

〔小桃紅〕六十三：紅答夫人　既然奶奶問根苗，則索從頭道。當日寺中解危鬧。那功勞，至今一向何曾報。俺姐姐意好，怕哥哥心煩，因此效鳳鸞交。

〔小桃紅〕六十四：鶯鶯自念　這場煩惱怎周折，老母尋枝節，暗箭連珠把人射。枉咨嗟，競競戰戰心喬怯。臉兒羞怎遮，懷兒愁怎卸，有甚話兒說。

〔小桃紅〕六十五：紅勸夫人　尊前敢掉巧舌頭，有事當窮究。看了張生那清秀，本風流，胸中志氣衝牛斗，與姐姐既有，望奶奶將就，結末了燕鶯儔。（既有歇後語，不欲竟言之也。）

〔小桃紅〕六十六：夫人允諾　養女從來氣不長，惱得我魂飛蕩。家醜不可外談揚。這一場，吞聲忍氣，難和他强。沉吟了半晌，你說的言當，何必再商量。

〔小桃紅〕六十七：紅娘邀生　情緣心事兩相忘，險把先生葬。老母意中已停當。問紅娘，一一說到他心上。做了主張，通些波浪，教你去成雙。

〔小桃紅〕六十八：生答紅娘　小生雖看幾行書，今日相遭遇。若見尊堂問緣故，怎支吾。聲聲則索教息怒。俺心頭窨附，使手足無措，悶煞漢相如。

〔小桃紅〕六十九：紅娘邀鶯　磨牙費口逞能言，天也從人願。早是紅娘有機變，這一篇，前朝後代將娘勸。虧咱百般，把他説轉，着恁永團圓。（恁當作您。）

〔小桃紅〕七十：鶯羞不行　低頭無語嘴孤梆，手搭心頭想。好事從來有魔障，意荒獐，恰如小鹿心頭撞。羞的臉荒，像甚模樣，怎見老尊堂。（嘴孤梆，亦當時語。）

〔小桃紅〕七十一：夫人責罵　恁爺豪氣貫乾坤，相國威名振。你個濁才少教訓，去私奔。三從四德何曾問，不思立身，没些長進，辱没煞俺家門。（此恁亦當作您。）

〔小桃紅〕七十二：夫人囑生　乘龍喜得棟梁材，真個是文章客。要與崔家長節概，記心懷。來春去把龍門驀。展經綸手策，吐虹蜺氣概，休淹滯在書齋。（《中原音韻》客策均入作上、驀入作去。節本入作上，此則作平，長作上聲字。）

〔小桃紅〕七十三：紅怨鶯生　恁今成就好夫妻，錦帳羅幃内，琴瑟調和美恩意。可知裏，一頭兒摟抱着通宵睡。如魚似水，歡天喜地，恁不想事虧誰？（二恁字①均當作您。）

〔小桃紅〕七十四：鶯生謝紅　往來着你費心機，君子成人美，未報殷勤恕咱罪。俺都知，今將薄物聊酬意。松花釵二枚，梅紅羅一對，權當謝良媒。（未完。）

（一九二七年第十五卷第九期《民衆文學》〔《小説世界》〕）

① 古典文學出版社本多『字』字。

## 《南西厢》

〔小桃紅〕七十五：夫人送生　春風送你遠朝天，莫把閨情戀，行色一鞭如去箭。若登仙。南宫早把鰲頭佔。金花壓帽偏，瓊林御賜①宴，争看錦衣鮮。

〔小桃紅〕七十六：生答夫人　母親囑咐恁兒知，正要展鯤鵬翼。錦綉文章滿胸臆，上天梯，蟾宫穩步攀仙桂。似走襄陽志氣，赴長安道藝，擬取狀元回。（恁亦當作您。）

〔小桃紅〕七十七：法本送生　送君三月赴神京，祖宴安排定。遥望長亭柳扳贈。此一行，天門黄傍標名姓。美才華堪逞，少年心穩稱，側耳聽佳音。

〔小桃紅〕七十八：生答法本　小生未報大師恩，常在心頭印。今日臨行又蒙贐，暫相分。果然奪得春圍後，青雲致身，泥金傳言，專報古人聞。（圍當作闈。）

〔小桃紅〕七十九：鶯鶯送生　人生最苦是别離，恰燕爾成抛棄，囑咐椿椿在心記。要君知，南宫鏖戰蒙及第，得一官半職，想他鄉異地，休得又被花迷。

① 古典文學出版社本『御賜』作『賜御』。

〔小桃紅〕八十：生答鶯鶯　古來夫婦主於恩，閒話都休論，萬里雲程往前進。跳龍門，管教四海威名振。紫羅襴稱身，黄金帶懸印，你穩穩做夫人。

〔小桃紅〕八十一：生投旅館　沿岡驀嶺路崎嶇，爲蝸角微名譽，千里長安望穿目。日將晡，暫投客店尋安處。淚痕似雨。玉人何處？今夜怎支吾？（《中原音韻》目入作去。）

〔小桃紅〕八十二：生夢鶯鶯　迷留没亂眼纔交，孤館傷懷抱。一盞殘燈影相照，夢多嬌。隨蝶曾越家鄉到。被檐間馬敲，忽窗前鷄叫，驚得旅魂消。

〔小桃紅〕八十三：生至長安　離家又早許多時，今日長安至，北闕連雲兩相峙。大京師，人煙輳集長安市。陽侯故祠，摩騰古寺，到處好題詩。

〔小桃紅〕八十四：張生入試　春闈二月選場開，步入青雲界，中式文章試官愛。展長才，今朝特向君王賣。成名喝彩，恩榮可待，喧滿鳳城街。

〔小桃紅〕八十五：張生及第　金鑾曉日聽臚傳，寵賜瓊林燕。遂了平生丈夫願。志昂然。布衣走上黄金殿。身沾御煙，宫袍錦絢，醉扶出五雲邊。

〔小桃紅〕八十六：生授學士　一天星斗焕文章，豪氣三千丈。際會風雲沐恩貺。近清光。職居供奉絲綸掌。玉皇案旁，金鑾殿上，染翰侍君王。

〔小桃紅〕八十七：鶯想張生　別愁離恨滿胸臆①，不似今春煞。黑海般相思怎生捱。那喬才，重功名誰想輕恩愛。如何半載，全無一墨，只恁信音乖。（煞與殺同，《中原音韻》入作上，歸家麻韻；此墨入作去，歸齋微，此韻用作皆來也。）

〔小桃紅〕八十八：鶯鶯自念　忽聞喜鵲噪林梢，昨夜燈花爆，必有佳音敢來到。好蹊蹺，眼皮兒不住睃睃跳。自家窨約，是些先兆，單則看今朝。

〔小桃紅〕八十九：生寄鶯書　折得蟾宫桂一枝，御筆標名字。醉宴瓊林拜恩賜，喜孜孜，玉堂金馬爲學士。寫泥金帖子②，暢風流殿試，報與俺那人知。

〔小桃紅〕九十：鶯得生書　千里良人信一張，歡喜從天降，拆破封皮見情况。細端詳。知君名占黄金榜。登庸玉堂，榮陪仙杖，未知伊何日是還鄉。

〔小桃紅〕九十一：鶯寄張③衣　問別無甚表衷腸，托物舒情况。用意勞心恁身上。這衣裳，著時休把咱來忘。彤庭侍講，紫宸朝向，聊去禦風霜。（此恁似亦當作您，忘去聲。）

〔小桃紅〕九十二：生得鶯衣　帝鄉又得授新衣，多謝芳卿意。親手裁縫用心寄。有誰及。

① 古典文學出版社本「臆」作「懷」。
② 古典文學出版社本「子」作「字」。
③ 古典文學出版社本「張」作「生」。

隨身可體合時制。你的見識，咱都理會，教行坐不厮離。

〔小桃紅〕九十三：鄭恒求配　不做美的老尊姑，删抹了姻緣簿。觀裏桃花改前度。枉嗟吁。踏枝不着空回去。當時既許，今朝何故，怎想悔其初。

〔小桃紅〕九十四：夫人答恒　鄭恒你好傻不答，來撲慕成姻婭。浪語閒言甚麼話？枉磕搭。鶯鶯已把張生嫁。休裝聾作啞，莫翻提正挂，快與我水紅花。（傻不答、磕搭，俱當時語，水紅花必歇後，或隱語，當别有故實，俟考。）

〔小桃紅〕九十五：生出長安　紫袍玉帶挂金魚，平地青雲步，手捧綸音故鄉去。播芳譽，纔知不被儒冠誤。壯游仕途，花生滿路，策馬出皇都。

〔小桃紅〕九十六：張生至家　承恩親自日邊來，端的喝聲綵。書錦榮歸寵光大。到家宅。門闌喜氣添春色。頭踏擺開，賓朋接待，車馬起塵埃。（《中原音韻》宅入作平，色入作上）

〔小桃紅〕九十七：生拜夫人　衣冠猶帶御爐香，環佩叮咚響。端拜慈顔在廳上。問安康。别來尊體知無恙。答應的慢張，全無些喜相，誰惱動老萱堂。

〔小桃紅〕九十八：確拜夫人　朱輪早盍兩行排，太守向夫人拜。女貌郎才總堪愛。笑盈腮。家門榮顯光三代。畫堂宴開，翠簪冠帶，喜事自天來。

〔小桃紅〕九十九：鄭恒觸樹　因緣未遂落虛名，惹得不乾净。走向夫人行使奸倖。把鶯鶯，椀中帶耙兒拿烝餅。上風頭忒逞，末梢拳難挣，枉自送殘生。（椀中以下三句，亦當時語。）

〔小桃紅〕一百：生鶯赴任　之官千里赴西秦，滿路花香噴，仙掌雲開帝城近。沐皇恩。夫榮妻貴臨亭運。七香車坐穩，五花誥墨潤，永作玉堂臣。

右《小桃紅》百首。用韻遣詞，皆可斷爲元曲，而其製題，頗開南傳奇之先。以李傳三十八齣目較之，意趣大致相似，其尤可證者。李第二十五《書齋問病》，老與鶯同趨視生，爲北劇關目所無。而《百咏》四十三『夫人問生』，四十四『生答夫人』，四十五『鶯探生病』，四十六『生答鶯鶯』，正李所本也。惟《百咏》四十五云，『妾背母親來相視』，而李則『老與鶯偕』，且《百咏》前尚有『僧勸』、『生答』二曲爲異耳。又李第三十一『長亭别恨長老送行』一節，亦本《百咏》七十七、七十八兩曲。外則《百咏》八十六『生受學士』、一百『生鶯赴任』，與北劇異。李仍本北劇。《百咏》九十九『鄭恒觸樹』本北劇。李則鄭恒退親竟下。此又不能悉合者也。

《太古傳宗》附《絃索調時劇新譜》上，及《納書楹曲譜補遺四》，收《崔鶯鶯》一篇，是〔山坡羊〕〔挂真兒〕二闋，不知何人所作，而風調頗近元曲。六幻本北劇附《對弈》，南傳奇附《園林午夢》，獨不收此篇。以其南曲，姑彙存之。古詞流傳日少一日，此亦古詞，豈可以時劇爲疑而棄去耶？（時劇中古詞不少，未暇一一釐出，蓋世人往往損益古詞入時也，今則時劇亦成古調矣。）（未完）

（一九二七年第十五卷第十期《民衆文學》《小説世界》）

## 《南西厢》

崔鶯鶯舊詞，但云漢卿而不及實甫，故知其詞甚古也。

〔山坡羊〕崔鶯鶯怨天恨阿天呀地，衆賓朋，請坐下，聽奴家訴一番的情緒。喒父親也曾在當朝爲相國，也曾在翰林内爲學士，昔日有一個關漢卿，他來應舉，只因他才疏學淺①，喒父親不曾把他姓名題，誰想那奸賊將没作有，把奴家編成了一本什麽《西厢記》。幾曾有寄棺椁在普救寺裏？　幾曾有孫飛虎興兵來掠娶？　幾曾有白馬將軍把半萬賊兵剪除？　幾曾有老夫人使紅娘請君瑞來結爲兄妹？　幾曾在太湖石畔去聽琴？　幾曾與他暗裏偷情寄柬書？　幾曾有送張生在十里長亭而來也？　幾曾爲他松了金釧，减了玉肌？　聽知阿呀，就是我這裏害了相思病。　啊呀天嘎，他哪裏曉得！　聽知啊呀，枉口白舌，自有天知！

〔挂真兒〕一家兒埋怨着這一本《西厢記》，恨只恨關漢卿狠心的賊，將没作有編成戲。　張生

---

① 古典文學出版社本多『喒父親也曾在當朝爲相國，也曾在翰林内爲學士，昔日有一個關漢卿，他來應舉，只因他才疏學淺』數字。

乃是讀書客，紅娘怎敢亂傳書。奴是崔相國家鶯鶯，也怎敢辱没了先君的體！（《太古傳宗》附《絃索調時劇新譜》上九之十三、《納書楹曲譜補遺四》之一二）

右録悉依《太古傳宗附譜》。『阿』，《納書楹曲譜作》『哎』，後同。挂真兒，『真』作『枝』。支思、齊微、魚模混用。《幽閨》、《琵琶》、《荆釵》諸傳皆如此。《中原音韻》『國』、『賊』歸齊微韻，『國』入作上聲，『賊』入作平聲。以用韻論，與前録〔滿庭芳〕、〔小桃紅〕，殆爲一時之作也。（《蓑猗室曲話》）

詞曲中音律之壞，壞於《南西廂》。凡有作者，當以之爲戒，不當取之爲法。非止音律，文藝亦然。請詳言之。填詞除雜劇不論。止論全本，其文字之佳，音律之妙，未有過於《北西廂》者。自南本一出，遂變極佳者爲極不佳，極妙者爲極不妙。推其初意，亦有可原。不過因北本爲詞曲之豪，人人贊羡，但可被之管弦，不便奏諸場上。但宜於弋陽、四平等俗優，不便强施於昆調，以繫北曲而非南曲也。兹請先言其故。北曲一折止隸一人。雖有數人在場，其曲止出一口，從無互歌叠咏之事。弋陽、四平等腔，字多音少，一瀉而盡。又有一人啓口，數人接腔者。名爲一人，實出衆口。故演《北西廂》甚易。昆調悠長，一字可抵數字。每唱一曲又必一人始之，一人終之，無可助一臂者。以長江大河之全曲，而專責一人，即有銅喉鐵齒，其能勝此重任乎？北本雖佳，吴音不能奏也。作《南西廂》者，意在補此缺陷，遂割裂其詞，增添其白，易北爲南，撰成此劇，亦可謂善用古人、喜傳佳事者矣。然自予論之，此人之於作者，可謂功之首，而罪之魁矣。所謂功之首者，非得此人，則俗優競演，雅調無聞。作者苦心，雖傳實没。所謂罪之魁者，千金狐腋，剪作鴻毛。一片精金，點成頑鐵。若是者何？以其有用古之心，而無其具也。今之觀演此劇者，但知關目動人，詞曲悦耳，亦曾細嘗其味，深繹其詞乎？使讀書嗜古之人，取《南①西厢》南本一閲，句櫛字比，未有不廢卷掩鼻，而怪穢氣熏人者也。若曰詞曲情文不浹，以其就北本增删，割彼湊此，自難貼合。雖有才力，無所施也。然則賓白之文，皆由己作，并未依傍元本。何以有才不用有力不施，而爲俗口鄙惡之談，以穢聽者之耳乎？且曲文之中，盡有不就元本增删，或自填一折以補元本之缺略。自撰一曲以作諸曲之過文者，此則束縛無人，操作由我。何以有才不用，有力不施，亦作勉强支吾之句，以混觀者之目乎？使王實甫復生，看演此劇，非狂叫怒罵，索改本而付之祝融，即痛哭流涕，對原本而悲其不幸矣！嘻！續《西厢》者之才，去做《西厢》者，止争一間，觀者群加非議，謂《驚夢》以後諸曲，有如狗尾續貂。以彼之才，較之作《南西厢》者，豈特奴婢之於郎主，真帝王之視乞丐。乃今之觀者，彼施責備，而此獨包容，已不可解。且令家屍户祝，居然配饗《琵琶》，非特實父呼冤，且使則誠號屈矣！予平生最惡弋陽、四平等劇，見則趨而避之。但聞其搬衍《西厢》，則樂觀恐後，何也？以其腔調雖惡，而曲文未改，仍是完全不破之《西厢》，非改頭换面、折手跛足之《西厢》也。南本則聾瞽喑啞、駝背折腰諸惡狀，無一

① 古典文學出版社本無『南』字。

不備於身矣！此但則其文詞，未究音律。從來詞曲之旨，首嚴宫調，次及聲音，次及字格。九宫十三調，南曲之門户也。小齣可以不拘，其成套大曲，則分門別户，各有依歸。非但彼此不可通融，次第亦難紊亂。此劇只因改北成南，遂變盡詞場格局。或因前曲與前曲字句相同，後曲與後曲段落①不合，遂向别宫别調隨取一曲以聯絡之，此宫調之不能盡合②也。或彼曲與此曲牌名巧湊，其中但有一二句字數不符，如其可增可減，即增減就之。否則任其多寡，以解補湊不來之厄。此字格之不能盡符也。至於平仄陰陽，與逐句所叶之韻，校此二者，其難十倍，誅之將不勝誅，此聲音之不能盡叶也。詞家所重，在此三者，而三者之弊，未嘗缺一，能使天下相傳久而不廢，豈非咄咄怪事乎？更可異者，近日詞人，因其熟於梨園之口，習於觀者之目，謂此曲第一當行，可以取法。用作曲譜，所填之詞，凡有不合成律者，他人執而訊之，則曰我用《南西廂》某折作對子，如何得錯？玷《西廂》名目者，此人。壞詞場矩度者，此人。誤天下後世之學子者，亦此人也。（《閒情偶寄》）

① 古典文學出版社本「段落」作「體段」。
② 古典文學出版社本「合」作「符」。

## 《太和記》

向年曾見刻本《太和記》，按二十四氣，每季填詞六折，用六古人故事。每事必具始終。每人必有本末。出既曼衍，詞復冗長。若當場演之，一折可了一更漏。雖似出博洽人手，然非本色當行，又南曲居十之八，不可入絃索。後聞之一先輩，云是楊升庵太史筆，未知然否。然翊園公郭勛，亦刻有《太和傳》。郭以科道聚劾，下鎮撫司究問。尋奉世宗聖旨，勛曾贊大禮，并刻《太和傳》等勞，合釋刑具即問奏處分。夫刻書至與贊禮并稱，似非傳奇可知。予未見郭書，不敢臆斷。然《北詞九宫譜》本名《太和正音》，又似與音律相關，俱未可曉也。楊升庵生平填詞甚工，遠出《太和》之上。今所傳俱小令，而大套則失之矣。曾見楊親筆改定祝枝山《咏月玉盤金餅》一套，竄易甚多。如《西厢待月》，『斷送鶯鶯』改爲『成就鶯鶯』，餘不盡記矣！（《敝帚軒勝語》）

## 《躍鯉記》

《後漢書·列女傳》，廣漢姜詩妻者，同郡龐盛之女。詩事母至孝，妻奉順尤謹。母好飲江水，江去舍六七里，妻常溯流而汲。後值風，不以時還，母渴，詩責而遣之。妻乃寄居鄰舍，晝夜紡織，市珍饈，使鄰母以意自遺其姑。如是者久之。姑怪問鄰母，鄰母具對。姑感慚呼還，恩養愈謹。其子後因遠汲溺死。妻恐姑哀傷，不敢言，而托以行學不在。姑嗜魚膾，又不能獨食。詩夫婦力作供鱠，呼鄰母共之。舍側忽有涌泉，味如江水。每旦輒出雙鯉魚，常以供二母之膳。按今院本《躍鯉記》，惟鄰母感姑及子溺死二事，不與史符。（《通俗編》）

## 《麒麟記》

《鶴林玉露》，韓蘄王夫人，本京口娼也。嘗五更入府，伺候賀朔。忽於廟柱下見一虎蹲卧，鼻息齁齁然。驚駭，急走出。已而人至者衆。復往視之，乃一卒也。因蹴之起，問其姓名，爲韓世忠。心異之。告其母，約爲夫婦，後封梁國夫人。案：今《麒麟記》衍其事。（《通俗編》）（未完）

（一九二七年第十五卷第十四期《民衆文學》〔《小説世界》〕）

## 《函髻記》

歐陽公詹初發太原，途中寄所思詩。有云：『高城不可見，况復城中人。』以此得函髻之謗。何怍庵先生曰：『此樂府體，黄璞乃謂公悦太原一妓，卒以殞身。好事傳之。不信韓退之、李習之、李貽孫，信璞何哉？』」余按：公詩有《太原呈薛侍御齊奉禮》、《和嚴長官登太原龍興閣》、《陪太原鄭中丞登汾上閣》、《上太原李尚書》，是皆所謂城中人也。故結句云：『流萍與繫匏，早晚期相親。』、『流萍』喻聚散，『繫匏』公自喻。若思妓女，則安用『繫匏』？且太原妓《函髻詩》起云『自從別後減榮光』，此乃鶯鶯句，剽竊附會，其誣益見矣！（《泉南雜志》）

## 《玉簪記》

《玉簪記》傳奇《偶詩》一齣中，有『松舍青燈閃閃』云云，詞句甚俚，不知陳妙常《本能詞》，見於宋《閨媛詞録》。云潘法成妻陳妙常酬張於湖（太平時）一闋：『清静堂前不卷簾。景翛然。閒花野卉漫連天。莫相牽。獨坐洞房誰是伴。一爐煙。閒來窗下理琴弦。小神仙。』確是女尼口吻。《偷詩》前尚有《琴挑》一齣，或即因此詞而附會也。（《碧聲唫館譚塵》）

## 《療妬羹》

小青名元元，廣陵馮氏女，泉唐馮具區子雲將妾。載籍罕言其姓，爲同主人諱也。《西湖志餘》云：『姓喬，猶言喬裝，僞也。』小青能詩善畫，大婦不容，屏之孤山。某夫人者，錢塘進士楊廷槐妻也，與馮有親。夫人頗知筆墨，故相憐愛。欲爲作脱身計，小青不可。夫人從官北去，小青貽書與訣，鬱鬱以終。蓋志節女子也。墓在孤山之麓。詩稿爲大婦所焚，僅存十餘篇。陸緐有《小青焚餘集序》。女弟名紫雲，會稽士人馬髦伯文璧姬，姿才絶世，既精書史，兼達禪宗，惜亦早卒。著有《妙山樓集》。見髦伯所撰事略，及吴道新《紫雲歌》。歌中有云：『西湖煙水西泠樹，小桃花繞斜陽暮。寒食東風哭杜鵑，雙鴛冢傍蘇卿墓。』則亦葬孤山也。或云小青弟名紫雲，即冒辟疆歌童，則是附會之説。然小青《寄楊夫人書》云：『老母悌第，天涯遠隔。』則固自有弟，但不知何名耳。參互諸家之説如此。或云小青本無其人，蓋拆一情字耳。無論其説與諸家嫠盭，試問情字是否從小，寧非固陋之尤？（《選巷叢談》）

《石渠四種》中，以《緑牡丹》爲最，《療妒羹》、《畫中人》次之。《療妒羹·題曲》一折，逼真《牡丹亭》。如云：『一任你拍斷紅牙，拍斷紅牙，吹酸碧管，可賺得淚紛沾袖，總不如《牡丹亭》。一聲河滿，便潸然四壁如秋。半晌好迷留。是那般憨愛，那般癆瘦，只見幾陣陰風凉到骨。想又是梅月下，俏魂游天那。若都許死後自尋佳偶，豈惜留薄命，活作羈囚。』此等曲情，置之《還魂記》中，幾無復可辨。（《藤花曲語》）

## 《西樓記》

袁籜庵（于令，字令昭），《西樓記》院本，爲姑蘇袁鳧公（白賓）作。于叔夜者，鳧公托名也。鳧公短身赤鼻，長於詞曲。穆素徽僅中人姿，面微麻，所云絶代佳人者，妄也。性耽筆墨。故兩人交好，爲趙萊所忌，因假趙不將以刺之。此康熙中葉事，見梁廷枏《曲話》。蘇州城内通和坊湖南會館戲臺之西北有小園，不及一畝。中有池，四面叠石爲山。迤北最高處，倚墻作六角亭之半，上懸楹聯『南部親張洞庭樂，西樓舊咏楚江情』，并識云：『今湖南會館大仙亭之東，小樓三廛，相傳即傳奇中西樓舊址。辛未正月，李質堂軍門招集潘季玉（曾煒）、顧子山（文彬）兩方伯及諸同人，燕飲於此。季玉即席口占楹言下句。方思屬對，而子山遽成上句，咸嘆其工切。遂屬吴膚雨（雲）書之。』云云。《曲話》云：『吴梅村有《贈荆州太守袁大韞玉》（即籜庵）詩「彈絲法曲楚江情」，蓋《西樓記》中之一曲也。』（《餐櫻廡漫筆》）

## 《石巢五種》

阮大鋮《石巢五種曲》，《燕子箋》、《春燈謎》、《牟尼合》尚存，餘有《雙金榜》、《師子賺》，已散失不可復見。阮曲最輕倩，真歌壇作手，而淹没不彰者，後人惡其行穢耳。馬士英善繪山水，得之者改其名曰『馮玉英』。嗟乎！若果有馮玉英其人，恐將易名以避之矣。阮大鋮既入逆案，屏居金陵，每夜挑燈填傳奇。今所傳《燕子箋》、《春燈謎》、《牟尼合》、《師子賺》、《雙金榜》，名《石巢五種》是也。余少時，張損持太史家藏《咏懷堂戊辰年詩》刊本，甚爲僻秘。後爲王光禄借閲。光禄故後，此書不可究竟矣！戊辰係崇禎元年，正大鋮避迹金陵時也。（《夢蘭瑣筆》）

## 《燕子箋》

《燕子箋》詞筆之佳，衆所共喻。其第一齣《楔子》云：『老卸名繮拘管，閒充詞苑平章。春來秋去酒尊香，爛醉莫愁湖上。燕尾雙叉如剪，鶯歌全副偷簧。曉風殘月按新腔，依舊是張緒當年情況。』語氣名雋簡冷，覺阮染本來佻達，及失志無聊之態，一一於此流露。古人所稱『詩言志』者，不可信與？阮鬍初登朝，人咸以其具邊材目之。及後失職，猶時時畫防邊策，冀復録用。今觀於《燕子箋》諸劇，固知其於攘夷之心實未昧也。而余尤愛其《刺奸》、《平胡》諸折。覺令班超、傅介子復生，其志節亦不過爾爾。如云：『望天天護佑，仗三尺龍泉，掃除腥垢。肯做畫虎無成，反落他人後。踰垣入，匕首投，這羯奴頭在吾手。』詞氣何等壯烈！又其詩云：『霜重笳聲黯不流，龍泉已斬月支頭。捷書一奏天顔喜，麟閣高標郭細侯。』句亦可當凱歌讀。酈湛若嘗客阮懷寧所，崇禎間，阮作《咏懷堂詩》，湛若序之。稱門人某百拜，而赤雅脱稿時，亦有阮兩序引。後鮑渌飲重刊，始削去之，亦太過矣。文行難兩全，懷寧文自敏妙，其行雖劣，於文何與？而必齦齦排斥之。然則彼《燕子箋》、《春燈謎》諸曲本，何爲而盛傳藝苑哉？亦貴人之能自辯别而已。（《五石脂》）

游廠市，得《燕子箋》一册。大字舊紙，尚是百子山樵原刻也。直六千。上下卷各自有圖六幅，極精妙。首標雪韻堂批點。圓海於曲爲專家，非玉茗、青藤文人寄興者比。南都草創，蝸角經年，玉樹後庭，以此爲師涓之樂。故其書轉因凶德參會足爲鑒戒而傳。予舊有小本，爲周素生借去，此亦甚難得也。夜閲《燕子箋》。大鋮柄用南都時，嘗衣素蟒服誓師江上，觀者以爲梨園變相。然此曲情事宛轉，辭恉清妙，殊似讀書人吐屬。予於戊申之秋，觀之甚熟，時年二十歲耳。今日觀之，歷歷如昨日事，而所讀之四書諸經，則往往迷其句讀。鄭聲艷曲入人之深，故如是也。其《春燈謎》，予亦於癸丑春從王孟調借觀之。其事極曲折，而曲文簡略，遠不及矣。燈下戲書二絶於後：『防亂虚將一揭夸，妓堂終日按紅牙。可伶火迫成江令，一載南都玉樹花。』、『變相重登點將壇（初稿作少日曾登，藻注），此才真是①没遮攔（初稿作誓師變相出梨園，藻注）。笑他浪子錢江②豆，同演明妃雉尾冠。』（《桃花聖解盦日記》）

① 古典文學出版社本『是』作『似』。
② 古典文學出版社本『江』作『紅』。

阮圓海所撰《燕子箋》、《春燈謎》，足稱才調無雙矣。昔圓海降後，從北軍爲前驅，帳中諸將，聞其有《燕子箋》、《春燈謎》劇本，問能自度曲否，阮即起鼓板頓足而唱。諸將北人，不省南曲，乃改唱弋陽腔，始點頭稱善。嗚呼！當其烏紗玉帶供奉南朝，可謂極風流一世矣。轉眼滄桑，不免流落至此。邯鄲才人嫁爲厮養卒婦，同一感慨也。錢飲光《髯絕篇》中有句云：『作歌勸曾飲，群酋飲必醒。争言梨園技，南來耳髯名。髯起頓足唱，仿佛其①家伶。』即記此事。（《龍禪室摭談》）（未完）

（一九二七年第十五卷第十五期《民衆文學》（《小説世界》））

## 《西遊記》

《獨異志》：『沙門玄奘，姓陳氏。唐武德初，往西域取經。行至罽賓國，道險，虎豹不可通。奘不知所爲，鎖門而坐。至夕開門，見一老僧，莫知所由來。奘禮拜勤求，僧口授《多心經》一卷，令奘誦之，遂得道路開辟，虎豹潛形，魔鬼藏迹，至佛國取經六百餘部而歸。其《多心經》，至今誦之。』《雙樹幻抄》：『玄奘以貞觀三年冬抗表辭帝，制不許，即私遁出玉門。抵高昌，高昌王奉奘行貲，護送達

---

① 古典文學出版社本『其』作『昔』。

罽賓。隨歷大林國、僕底國、那伽羅國、禄勒那國，至麴闍國。麴闍王有勝兵十萬，雄冠西域，其俗以人祀天。奘至被執，以風度特異，將戮以祭。俄大風作，塵沙漲天，晝日晦冥，彼衆異驚，釋之，至中天竺。入王舍城，彼已預聞奘至，具禮郊迎，安置那蘭陀寺，見上方戒賢論師。賢時春秋一百有六，道德爲西土宗師，號正法藏。奘啓以求法意。賢咨嗟曰：「吾頃疾病且死，忽夢文殊謂曰：『汝未應厭世，後三年，震旦有大沙門從汝受道。』自爾以來，今三稔矣。」於是尉①喜交集。奘從賢窮探大乘，日益智證。至貞觀十六年，乃發王舍城，入祇羅國。國主迎問，而國有聖人出世，作《小秦王破陣樂》，可爲我言之。奘粗陳帝神武大略。其主大驚，即以青象名馬助奘馱經而還。以貞觀十九年至長安。文皇驚喜，手詔飛騎迎之。親爲經文作序，名《聖教序》云。按：唐《藝文志》有王元策《中天竺行記》十卷。《法苑珠林》謂元策官金吾將軍，奉詔扈玄奘往西域取經，歸撰此記。今佚不傳。《輟耕録》記元人雜劇有《唐三藏》一段。《莊岳委談》云：『《聖教序》雖有《三藏要文》等語，匪玄奘號也。其以稱奘，蓋以唐僧不空號無畏三藏，訛耳。』（《通俗編》）

① 古典文學出版社本『尉』作『慰』。

## 《遼東傳》

予壬戌赴公車，見張司馬鶴鳴，以及臺省部郎，皆與熊經略廷弼構。群推一愚率之王撫化貞，以抗廷弼。而廷弼疏言廣寧必失，河西必危，乞留臣言以券一疏，尤爲先見。及事敗，與化貞同辟，人以爲冤。至《遼東傳》一書，爲丁輔、紹軾等進呈以殺廷弼者。予曾見此傳，最俚淺不根，而指爲廷弼撰授，尤誣。赴市時挺立不跪，下刃僅及頸半，行刑者急以刀逆割之。慘哉！聞紹軾輿行長安道上，白日見廷弼，回寓腦裂死。鶴鳴以陷廷弼，卸罪生還，後爲流賊素賄，倒懸城門，身首碎裂，亦天道也。崇禎初，韓輔礦疏請歸葬，有『不死於封疆，而死於門户』等語，公道始明。（《三垣筆記》）

## 《今古奇觀》

《鳳嬉堂閒話》言《賣油郎獨佔花魁》事，明人已編爲戲劇。據張岱《夢憶》云：『福王南渡，魯王播遷之越，以先父相魯先王，幸舊臣第，是日衍《賣油郎傳奇》。内有泥馬渡康王故事，與時事巧合。』云云。蒙按：賣油郎事，載在《今古奇觀》小説者，確與泥馬渡康王事無涉。惟據《鳳嬉堂閒話》，謂《今古奇觀》别有明版，未審與近時傳本異同何如耳？（《慵慵孱抹》）

# 《漁簡記》

海寧張堂，虎而冠者也。初傭於嚴東樓家，甚得信任。嚴敗，歸里，人多側面視之。故居在小東門外，兵燹後，廣厦盡付刼灰，即今之舊教場也。其鄉居時誣陷何東橋一事，邑人編爲鼓兒詞，曰《漁簡記》者，時稱爲海寧調。梨園中人，亦能演之。何東橋名文秀，餘杭庠生，家亦貧，挈妻至省，投其戚串。至則其戚已物故，舉家遠徙，不知所之。於是頓失依附，欲歸不得。輾轉之海寧，聞張之富，造其廬，請薄贈資斧，俾歸鄉土。張一見如故，慨然掃榻以居，且命之讀，曰：『若第攻苦上進，衣食供奉無憂也。』以落魄無歸之寒畯，一旦遽獲賞音，已出非望，又况資以膏火，供其衣食，其感激涕零，固有不容已者。然而世道崄巇，人心叵測。張與何無一面之交，萍水相逢，而遽解衣推食如是。昔人謂非分之享受，無因而至者不祥，此之謂也。而東橋竟墮其術中矣。東橋妻賈氏美豐姿，雖蓬首垢面，而神韻天然，其初入門時，已爲張所涎羨。故曲意籠絡東橋，先命之讀，所以安其心，絶其疑也，然後從容置之死地，可唯我所欲爲，其用心亦良毒矣。某日，置酒高宴，置麻醉藥於酒中。東橋飲之，即失知覺，乃閉之水牢，以促其死。詎事機不密，爲婢偵悉，亟拔關放之出。告以故，并贈之金。何東橋至是，如夢方覺，憤恨泣謝而别。何行後，婢自忖不免，投水牢死。何妻自入張宅，即不與夫面，欲一見之，輒爲其家人所阻，已懷疑莫釋。洎何入水牢，張迫之急，賈氏始竣拒。繼窺見其隱衷，遂大駡不屈而死。東橋自脱水牢，孑然一身，惘惘無所歸。念妻在張所，存亡未卜，此身雖已脱險，然大仇不報，何以爲人。輾轉終宵，計無所出。有至戚某，作宦蘇垣，乃往依之。翌年，舉孝廉，連捷南宫，獲亞魁，及官至都察院御使，奉旨巡視各省。既之浙，檄所屬籍張堂家，抄出違禁品多種，遂請尚方劍戮於市，縣之藁街，人心大快。又覓其妻及婢不得，乃爲木主以事之。按：此事爲父老所傳述。稽首《明史》，東橋極貪婪，後以墨敗，而以此事得傳於衆口，殆亦小人之幸也與？（《恨石談薈》）

## 《桃花扇》

李香，字香君，秦淮名妓也。性知書，俠骨慧眼，能鑒別人物，艷名噪南曲中。四方才士，争以一識面爲榮。侯生朝宗赴試白門，一見兩相慕悦，邀生爲詩，而自歌以償。初，阮大鋮以閹黨論城旦，屏居金陵，爲清議所斥，欲攻之。陳定生、吴次尾，實首其事。兩人與生至交，大鋮欲借生爲解，倩人日載酒食與生游，爲香備妝奩及纏頭貲甚巨。香詢知爲大鋮意，悉却之。大鋮怒，欲殺生。生亡去。香送之桃葉渡，歌《琵琶記》以示意。生去後，大鋮繩香於故開府田仰，以三百鍰邀一見。香拒之力。田使人劫取，未果。福王即位南都，遍索歌妓，香被選入宫。南都亡，隻身逃出。後依卞玉京以終。當生與香定情之夕，以宫扇一柄爲贈。生去，香把玩不離手。田使往劫時，香墜樓不死，血痕濺扇上。楊龍友就血點添寫枝葉，爲折枝桃花。香覓人以扇寄生。生感之，爲作《李姬傳》。孔雲亭譜《桃花扇》傳奇紀其事。（《秦淮八艷圖小傳》）

洪稗畦《長生殿》傳奇，爨演科白，俱元曲當家。詞亦曲折盡情，首尾完密，點染不俗。國朝人樂府，惟此與《桃花扇》足以并立。其風旨有關治亂，足與史事相裨，非小技也。《桃花扇》曲白中時寓特筆，包慎伯能知之而未盡，其序及評語皆東塘自爲之。不過借侯朝宗爲楔子，以傳奇家法，必有一生一旦，非有取於朝宗也。其於史道鄰、黄虎侯，雖寫其忠，而皆不滿。故於史之解哄、哭師，皆極形其才短；於黄口中時及田雄，明其養賊而不知。高傑、左良玉，人并不足言。而傑之死最可惜，良玉之死實非叛。兩人皆南都興亡所繫，寫之極得分寸。馬、阮之惡極矣，然非降我朝而致死。夏氏《幸存録》之言非妄，故《全謝山外集》亦辨之，非開脱巨奸也。東塘傳其死亦覈，且深得稗官家法。惟言袁臨侯之從左起兵，以黄澍爲末色，以鄭妥娘爲醜色，皆未滿人意。然傳奇亦不得不然耳！《長生殿》寄托尤深，未易一二言之。（《荀學齋日記》）

（一九二七年第十五卷第十六期《民衆文學》〔《小説世界》〕）

## 《桃花扇》

《桃花扇》筆意疏爽，寫南朝人物，字字繪影繪聲。至文詞之妙，其艷處似臨風桃蕊，其哀處似著雨梨花，固是一時傑構。然就中亦有未愜人意者。福王三大罪、五不可之議，倡自周鑣、雷演祚，今《阻奸》折，竟出自史閣部，則與《設朝》折大相徑庭，使觀者直疑閣部之首鼠兩端矣。且既以《媚座》爲二十一折矣，復加入《孤吟》一折，其詞誼①猶之家門大意，是爲蛇足，總屬閒文。至若曲中詞調，伶人任意删改，亦斯文一大恨事。然未有先慮其删改，而特於作曲時爲俗伶預留地步者。今《桃花扇》長者七八曲，其少則四五曲，未免故走易路。又以左右部分正間合潤四色，以奇偶部分中戾餘煞四氣，以總部分經緯二星，毋論有曲以來，萬無此例。即謂自我作古，亦殊覺淡然無味。不知何所見而云也！（按：秦川瞿頡〔鶴歸來〕曲，首折發端，末折收場，似仿《桃花扇》爲之，不特從來院本所未有，亦院本所不必有也。）《桃花扇》以《餘韻》折作結。曲中人杳，江上峰青，留有餘不盡之意於煙波縹緲間，脱盡團圓俗套。乃顧天石改作《南桃花扇》，使生旦當場團圓，雖其排場可快一時之耳目，然校之原作孰劣孰優，識者自能辨之。（《藤花曲語》）

《桃花扇》卷首之《先聲》一齣，卷末之《餘韻》一齣，皆雲亭創格，前此所未有，亦後人所不能學也。一部極凄慘極哀艷極忙亂之書，而以極太平起，以極閒静極空曠結，真有華嚴鏡影之觀，非有道之士，不能坐此結構。《桃花扇》之老贊禮，雲亭自謂也。處處點綴入場，寄無限感慨。卷首之試一

① 古典文學出版社本「誼」作「義」。

齣《先聲》，卷中之加二十一齣《孤吟》，卷末之續四十齣《餘韻》，皆以老贊禮作正脚色。蓋此諸齣者，全書之脈絡也。其《先聲》一齣〔演白雲〕：『更可喜把老夫衰態，也拉上了排場，做了一個副末脚色。惹的俺哭一回，笑一回，怒一回，罵一回。那滿坐賓客，怎曉得我老夫就是戲中之人？』此一語所謂文家之畫龍點睛也。全書得此，精神便活見數倍，且使讀者加無限感動，可謂妙文。《孤吟》一齣結詩云：『當年真是戲，今日戲如真。兩度旁觀者，天留冷眼人。』《餘韻》一齣〔演白雲〕：『江江山山，一忙一閒。誰贏誰輸，兩鬢皆斑。』凡此皆托老贊禮之口，皆作極達觀之語。然其外愈達觀者，實其內愈哀痛、愈辛酸之表徵也。雲亭人格，於斯可見。以一部哭聲淚痕之書，其開場第一演白，乃云：『日麗唐虞世，花開甲子年。山中無寇道，地上總神仙。』以一個家破國亡之人，其自道履歷，乃云：『最喜無禍無災，活了九十七歲。』此非打趣語，乃傷心語也。爲當時腐敗之人心寫照也。《桃花扇》沉痛之調，以《哭主》、《沉江》兩齣爲最。《哭主》敘北朝之亡，《沉江》敘南朝之亡也。《哭主》中〔勝如花〕兩腔云：『高皇帝，在九京，不管亡家破鼎。那知他聖子神孫，反不如斷蓬飄梗。十九年憂國如病。呼不應天靈祖靈，調不來親兵救兵。白練無情，送君王一命。傷心煞煤山私幸。獨殉了社稷蒼生，獨殉了社稷蒼生。』其二云：『宫車出，廟社傾，破碎中原費整。養文臣帷幄無謀，豢武夫疆場不猛。到今日山殘水剩，對大江月明浪明，滿樓頭呼聲哭聲。這恨怎平，有皇天作證。從今後僇力奔命，破國仇早復神京，破國仇早復神京。』《沉江》之〔普天樂〕云：『撇下俺斷蓬船，丢下俺無家犬。叫天呼地千百遍，歸無路進又難前。那滾滾雪浪拍天，流不盡湘壘怨。勝黄土一丈，江魚腹寬展，摘脱下袍靴冠冕。累死英雄，到此日看江山换主，無可留戀。』其〈古輪臺〉云：『走江邊，滿腔憤恨向誰言。老淚風吹面，孤城一片。望救目穿，使盡殘兵血戰，跳出重圍，故國苦戀。誰知歌罷剩空筵。長江一綫，吴頭楚尾路三千。盡歸别姓，雨翻雲變，寒潮東卷，萬事付空煙。精魂顯，大招聲逐海天遠。』此數折者，余每一讀之。輒覺酸淚盈盈，承睫而欲下。文章之感人，一至此邪？（《飲冰室叢話》）

闕里孔稼部東塘尚任，手編《桃花扇傳奇》，乃故明弘光朝君臣將相之實事。其中以東京才子侯朝宗方域、南京名妓李香君，爲一部針綫，而南朝興亡遂繫之桃花扇底。時長安王公薦紳，莫不藉鈔，有紙貴之譽。康熙己卯秋夕，内侍索《桃花扇》本甚急。東塘繕稿，不知流傳何所，乃於張平州中丞家覓得一本，午夜進之直邸，遂入内府。總憲李公枏，買優搬演，班名金斗，乃合肥相君家名部。一時翰部臺垣群公咸集，讓東塘獨居上座，諸伶更番進觴，坐客嘖嘖指顧，大有凌雲之氣。今四方之購是書者，其家染刷無虚日。勾欄部以《桃花扇》與《長生殿》行，未有不習孔、洪兩家之樂府者。昉思名昇，泉唐人，所著《長生殿》亦入内庭，今優人多搬演之者。予過岸堂（漁洋先生書額，東塘即以爲號）索觀《桃花扇》本，至《香君寄扇》一折，借血點作桃花紅雨，著於便面，真千古新奇之事，所謂全秉巧心，獨抒妙手，關、馬能不下拜耶？予一讀一擊節，東塘亦自讀自擊節。當是時也，不覺秋爽侵人，墜葉響於庭階矣！憶洪君昉思譜《長生殿》成，以本示予，與予每醉輒歌之。今兩家并行矣。因題二絶句於《桃花扇》後云：『潭水深深柳乍垂，香君樓上好風吹。不知京兆當年筆，曾染桃花向畫眉。』、『兩家樂府盛康熙，進御均叨天子知。縱使元人多院本，勾欄争唱孔洪詞。』（《巾箱説》）

（一九二七年第十五卷第二十一期《民衆文學》〔《小説世界》〕）

孔東塘尚任隨孫司空在豐埶里下河浚河工程，住先映碧棗園中。時譜《桃花扇》傳奇未畢，更闌按拍，歌聲嗚嗚。每一齣成，輒邀映碧共賞。後入都，映碧之子枏，官總憲，以授金斗班演之，名噪都下。每王公借演此班，伶人得纏頭費甚巨。值東塘生日，諸伶演此爲壽，納東塘上座。唱至佳處，東塘爲點一籌，或有小誤，則親加指授，合拍乃已。自是金斗班超躍群班之上。（《脞語》）

《正始集》載李香君一絶句《題女史盧允貞寒江曉泛圖》云：『瑟瑟西風净遠天，江山如畫鏡中懸。不知何處煙波叟，日出呼兒泛釣船。』香君能詩，知者絶少。今得此，尤足爲《桃花扇》生色矣。（瑞藻按：《詞苑叢談》云：語小篇載其題鄧彰父細書《虞美人》詞云：『相思莫寫上楊花，恐被風吹愁起滿天涯。』可謂妙絶。）（《慵慵孱抹》）

鄭如英，字無美，小字妥娘。工詩詞，與卞賽、寇湄相頡頏也。《桃花扇》傳奇〔眠香〕〔選優〕等齣，以阿丑之詼諧，作無鹽之刻畫，肆筆打諢，若瓦巷陋姝，一丁不識者然，殆未深考。虞山《金陵雜題》：『舊曲新詩壓教坊，縷衣垂白感湖湘。閒開閏集教孫女，身是前朝鄭妥娘。』《板橋雜記》謂：『頓老琵琶，妥娘詞曲，只應天上，難得人間。』漁洋《秋柳詩》，唐葆年云：『妥娘作。』風調可想。妥娘詩載《列朝詩選閏集》。《雨中送期蓮生》云：『執手難分處，前車問板橋。愁從風裏長，魂向別時銷。客路雲兼樹，妝樓莫與朝。心旌誰復定，幽夢任摇摇。』《春日寄懷》云：『月露西軒夜色闌，孤衾不耐五更寒。君情莫作花梢露，纔對朝曦濕便乾。』、『沉沉無語意如癡，春到窗前竟不知。忽見寒梅香欲褪，一枝猶憶寄相思。』所著《紅豆詞》，採入《衆香集》，集凡禮、樂、射、御、書、數六册。余所載缺樂、御、數三册。妥娘詞在數册中，有目無詞，甚恨事也。（明《貂珰史鑒》：中官阿醜善詼諧，於上前作院本，有東方譎諫之風。）明《詞綜》：鄭妥一名如英，《浪淘沙》云：『日午倦梳頭，風静簾鈎。一窗花影擁香篝。試問別來多少恨，江水悠悠。　新燕語春秋，淚濕羅綢。何時重話水邊樓。夢到天涯芳草暮，不見歸舟。』（《香草漫筆》）①

## 《長生殿》

吴梅村《讀史有感八首》（其二）云：『重壁臺前八駿號②，歌殘黄竹日輪西。君王縱有長生術，忍向瑶池不并棲。』其三云：『昭陽甲帳影嬋娟，慚愧恩深未敢前。催道漢皇天上好，從容恐殺李延

① 《民衆文學》原刊未見以上《脞語》、《香草漫筆》兩則。

② 古典文學出版社本『號』作『啼』。

年。』其八云：『銅雀空施六尺床，玉魚銀海自茫茫。不如先拂西溪①枕，扶下君王到便房。』皆與《長生殿傳奇》同意。至梅村《古意六首》其一云：『争傳婺女嫁天孫，纔過銀河拭淚痕。但得大家千萬歲，此生那得恨長門。』其二云：『豆蔻梢頭二月紅，十三初入萬年宫。可憐同望西陵哭，不在分香賣履中。』其四云：『玉顔憔悴幾經秋，薄命無言只淚流。手把定情金合子，九原相見尚低頭。』其五云：『銀海居然妬女津，南山仍錮慎夫人。君王自有他生約，此去惟應禮玉真。』又《仿唐人本事詩》（其一）云：『聘就蛾眉未入宫，待年長罷主恩空。旌旗月落松楸冷，身在昭陵宿衛中。』所指皆别是一事。蓋孝陵末年，有被選入宫未得幸而遭國卹者。味其詩意，似當日棟鄂貴妃（即追謚爲孝端敬皇后者，梅村《清凉山贊佛詩》所謂『可憐千里草』，蓋本董姓、改爲棟鄂氏，猶佟佳本佟，章佳本張也）寵冠昭陽。故天眷雖深，而貫魚未逮。《長生殿》中有《絮閣》一齣，亦其微意也。（《荀學齋日記》）

昉思之游云間白門也，提帥張侯雲翼開宴於九峰三泖間，選吴優數十人搬演《長生殿》，軍士執殳者，亦許列觀堂下，而所部諸將并得納交昉思。時曹公子清寅，亦即迎致於白門。曹公素有詩名，明聲律，乃集江南北名士爲高會，獨讓昉思居上座，置《長生殿》本於其席，又自置一本於席。每優人演出一折，公與昉思讎對其本，以合節奏。凡三晝夜始闋。兩公并極其輿賞之豪舉②。以互相引

① 古典文學出版社本『溪』作『陵』。
② 古典文學出版社本『舉』作『華』。

重，且出上帛兼金賭行。長安傳爲盛事，士林榮之。殆歸至烏鎮，昉思酒後登舟，而竟爲汨羅之投矣。傷哉！予爲文以誄，有云：『陸海潘江，落文星於水府；風魂風魄，赴曲宴於晶宫。』西河毛先生頗稱之。先是，康熙戊辰，朝彦名流聞《長生殿》出，各醵金過昉思邸般演，觴而觀之。會國服未除，纔一日，其不與者，嫉而構難，有翰部名流坐是罷官者。後其本遂經御覽，被宸褒焉。往予杭州寄亭，去昉思居咫尺，每風動春朝，月明秋夜，未嘗不彼此相過，偕步於東園。游魚水曲，欲去還留，啼鳥花間，將行且伫。昉思輒鄉予誦『明朝未必春風在，更爲梨花立少時』之句。且曰：『吾儕可弗及時行樂耶？』迨甲申春杪，昉思别予，游云間、白門，甫二月而赴至，所誦二句，竟成其讖，至今追思，爲之嘆惋。（《巾箱説》）

曲本有雜劇、傳奇之分。傳奇以寫實事爲佳，咏史尤妙。此《桃花扇》與《長生殿》之所以千古也。《長生殿》傳奇，爲泉唐洪昉思所作。當時朱門綺席，酒社歌樓，非此曲不奏。會國忌日，貴人邸第有演此者，爲言官所劾。趙秋谷、查初白諸人，時因在坐，皆罷職。昉思則逐歸。秋谷有詩曰：『牢落周郎發興新，管弦長對自由身。早知才地宜江海，不道清歌誤却人。』蓋自傷也。（《龍禪室摭談》）

趙秋谷因演《長生殿》劇罷官，其《還山集・寄洪昉思》云：『垂堂高坐本難安，身外鴻毛擲一官。獨抱焦桐俯流水，哀音還爲董庭蘭。』《鼓枻集・贈洪昉思》云：『頗憶旗亭畫壁時，相逢各訝鬢邊絲。早知才薄猶爲患，正使秋深總不悲。吴越管弦君自領，江湖來往我無期。只應分付庭中鶴，莫爲風高放故遲。』二詩情兼哀怨，不涉昉思相累之迹。《金鵝館集》又有《觀演長生殿劇十絶句》，《懷舊集》中又有《昉思》一首。唐人云：『惟有河南房次律，始終憐得董庭蘭。』其秋谷之謂與？（《竊記》）

李文恭星沅撫蘇時，嘗召優人演《長生殿》傳奇。至《埋玉》一折，不覺嘆息失聲，即席賦詩云：『戎馬忽忽起范陽，猛聞鈴語喚郎當。憑肩有誓同牛女，掩面無端作帝王。自倚翠花甘謝錯，可憐黄土忍埋香。金釵鈿合須臾改，莫再含情問上皇。』、『羅襪淒凉墮劫灰，洗兒錢枉費疑猜。誰傳宫禁司籌事。兒見賓王草檄來。一死功能復社稷，他生籍已注蓬萊。聽歌暗灑青蓮淚，曾醉沉香舊酒杯。』次首即用隨園『馬嵬一死諸軍退，妾爲君王拒賊多』意。蓋美人例爲人憐，亦與錢乙生咏西施之『可惜越王無見識，黄金不鑄女功臣』之旨同也。（《茶餘脞録》）

《長生殿》至今百餘年來，歌場舞榭，流播如新，每當酒闌燈炧之時，觀者如至玉帝所聽奏鈞天法曲。在玉樹金蟬之外，不獨趙秋谷之斷送功名到白頭也。然俗伶搬演，率多改節，聲韻因以參差。雖有周郎，亦當掩耳而過。近日古吴馮雲章起鳳撰爲《吟香堂曲譜》，以飄渺之音度娟麗之語，迎頭拍字，按板隨腔，允稱善本。且其宫調字音，多所考訂，毫無遺漏，謂之《長生殿》第一功臣可也。石太史韞玉爲之序云：『謂非嬴女吹簫，憑夷擊鼓，不能使笑者解頤，泣者俯首如是。』信然！（《藤花曲語》）

## 《蜀鵑啼》

《蜀鵑啼》，蘇州丘園爲成都令吴志衍作也。志衍爲梅村之兄，攜家之任，由滇入蜀。直北都城陷，西土淪亡，全家死之。丘故撰是劇。尤西堂跋所謂：『爰有丘生，聞之累息。問弱弟之奔喪，傷心唳雁；吊孤臣而流涕，染血號①鵑者也。』梅村詩《觀蜀啼劇有感》云：『紅豆花開聲宛轉，緑楊枝動舞婆娑。不堪唱徹關山調，血污游魂可奈何。』其詞之感人故深矣。（《藤花曲語》）

## 《曲波園》

辛亥歲，得《曲波園傳奇》二種。一爲《香草吟》，一爲《載花舲》，題耶溪野老撰。初不識此老爲何人，後讀李笠翁尺牘，有《致徐冶公》一札，曾備論此曲，乃知耶溪野老，即冶公之别字也。冶公名綀，會稽人，學詞於史叔考，輩行略前於笠翁。生平游幕四方，以筆耕糊口者。笠翁書云：『十年不

① 古典文學出版社本『號』作『啼』。

得故人書，一旦飛來，天上雨金雨粟之奇，不是過矣。再讀《香草吟》妙劇，鈞天之音，又復隨風而下。愉快之極，不免大費叵羅。弁言之委，不敢方命。已大穢佛頭矣。但此劇命名之第三字，猶未盡善。蓋「吟草集」三字，皆邇來詩刻之通稱。他日懸之國門，人皆謬仞爲詩草。今人喜讀閒書，十人而九。名人詩集，問者寥寥。此段因緣，始於香草亭上。不若竟易「亭」字，與《拜月》、《牡丹》，鼎足而對峙，誰曰不宜？尊函未到之先，當勒數行。寄候。未見齒及，豈聽沉者自沉耶？』觀此可知李、徐之風義矣。《香草吟》通本以藥名填成詞曲，可云巧思。《載花舲》則不脱笠翁《皇求鳳》範圍，可以置之不論云。（《臞庵筆記》）

## 《揚州夢》

長白十八郎，名岳瑞，字兼山，號玉池生，別號紅蘭室主人。多羅安和親王岳樂子，原封固山貝子。有莊在遷安縣界冷口外。其《春郊晚眺詩》有『西嶺生雲將作雨，東風無力不飛花』之句，問亭將軍見而賞之。時稱東風居士①。詩四種。一《紅蘭集》，一《蓼汀集》，一《出塞詩》，一《無題詩》。與

---

① 古典文學出版社本多『其《春郊晚眺詩》』至『時稱東風居士』數句。

其客吴江顧卓、無錫朱襄校定，凡五卷。大題曰《玉池生稿》。《颯颯》云：『颯颯西風旅雁過，佳期歲月兩蹉跎。赤簫聲裏春三月，緑酒尊前一曲歌。别後幾曾通好夢，見時未許托微波。沈郎縱不吟詩瘦，可奈無端六憶何？』汪退谷謂其詩清婉奇麗，出入於太白、昌谷、義山、飛卿之間。其《塞上》詩云：『十載攤書作小儒，一朝銜命入匈奴。紫騮蹀躞秋風裏，左佩烏號右僕姑。』善畫。有《自題牡丹梅杏蒲菊松石諸絶句》。其《畫鞠》云：『清明纔過雨初收，懶病相兼怕出游。偶寫黄花三四朵，閉門獨對似深秋。』嘗作《揚州夢》傳奇。恒月山《題瓊花夢傳奇》詩：『玉堂才子譜新聲，一曲瓊花四座驚。同是揚州同是夢，令人重憶玉池生。』（《雪橋詩話》）（未完）

（一九二七年第十五卷第二十五期《民衆文學》〔《小説世界》〕）

## 《十種曲》

笠翁十種，曲白俱近平妥，行世已久，姑免置喙。近人惟綿州李太史調元，最深喜之。謂如景星慶云，先睹爲快。家居時常令歌伶搬演爲樂。其第十種名《比目魚》，有自題詩云：『邇來節誼頗荒唐，盡把宣淫罪戲場。思借戲場維節義，繫鈴人授解鈴方。』太史謂：『讀是詩方知其綉曲心苦，蓋通十種命意結穴在此也。』客有笑其偏耆笠翁曲者，太史嘗誦此詩答之。笠翁以《琵琶》五娘千里尋夫，隻身無伴，因作一折補之，添出一人爲伴侣。不知男女千里同途，此中更形曖昧，是蓋矯《琵琶》之弊而失之過，且必執今之關目以論元曲，則有改不勝收者矣。笠翁痛詆《南西厢》，其論誠正。至欲作《北琵琶》以補則誠之未逮，未免自信太過，毋論其才不及元人，即使能之，亦殊覺多此一事也。（《藤花曲語》）

## 《意中緣》

成岫，字雲友，錢塘人。略涉書傳，手談齒句，鬥茗彈絲，并皆精妙。愛雲間董宗伯書畫，刻意臨撫，每一著筆，輒能亂真。今嫵媚而失蒼勁者，皆雲友作也。戊子春，宗伯留湖上，見雲友所仿書畫甚夥，自不能辨。後得徵士汪然明言其詳，即爲蹇修。結縭於不繫園，時雲友年二十二矣。歸董後，琴瑟静好，譜入《意中緣》傳奇。有《慧香館集》、《菩薩蠻》云：『緑楊深處黄鸝坐，蒼苔門巷無人過。藤卷接湖光，六橋車馬忙。錦塘花歷亂，雲罨雷峰暗。觸緒撫瑶琴，澄懷一寄心。』（《香東漫筆》）

楊慧林，字雲友，號林下風，杭州人，工畫山水。湖上李漁所編《意中緣傳奇》，蓋爲慧林而作也。張遂辰《悼楊姬雲友》詩：『畫樓猶咫尺，寒食去年同。草憶裙腰緑，花銷人面紅。斷橋煙似水，殘夜雨兼風。那得空離恨，埋香佛國中。』自注：『墓在斷橋智果寺。』（《名媛詩緯》）

## 《九種曲》

蔣心餘太師士銓《九種曲》，吐屬清婉，自是詩人本色，不以矜才使氣爲能。故近數十年作者，亦無以尚之。其至離奇變幻者，莫如《臨川夢》，竟使若士先生身入夢境，與四夢中人一一相見。請君入瓮，想入非非，娓娓清言，猶餘技也。《桂林霜》、《一片石》、《第二碑》、《冬青樹》四種，皆有功名教之言。忠魂烈魄，一入腕中，覺滿紙颯颯，尚餘生氣。《香祖樓》、《空谷香》兩種，於同中見異，最難下筆。蓋夢蘭與淑蘭，皆淑女也；孫虎與李蚓，皆繼父也；吴公子與扈將軍，皆樊龍也；紅絲、高駕，皆介紹也；成君、裴畹，皆故人也；且小婦皆薄命，而大婦皆賢淑也。使出自俗筆，難免雷同，乃合觀兩劇，非惟不犯重複，且各極其綜錯變化之妙，故稱神技。《四弦秋》因青衫之陋，特創新編。順次成章，不加渲染，而情詞凄切，言足感人，幾令讀者盡如江州司馬之淚濕青衫也。《雪中人》一劇，寫吴六奇，頰上添毫，栩栩欲活，以《花交》折結束通部，更見匠心獨巧。

（《藤花曲語》）

## 《雪中人》

粤謳饒有古音，本朝王漁洋《池北偶談》載之甚詳。相傳唐神龍中，有劉三妹者，居貴縣之水南村，善歌，與邕州白鶴秀才登西山高峰①，爲三日歌。秀才忽作變調，甚哀切。三妹歌南山白石，益悲激，若不任其聲者。觀者皆唏噓。復和歌竟七日夜，兩人皆化爲石，在七星岩上。下有七星塘，至今風月清夜，猶彷彿聞歌聲焉。睢陽吴井渠君琪爲潯州推官，録其歌爲《粤風續九》。鉛山蔣心餘太史士銓所填《雪中人》傳奇引用之，惟稱劉三妹爲新興人，未知何據。（《宜秋館詩話》）

## 《桂林霜》

曩讀蔣心餘《桂林霜》傳奇中《釋貼》一齣，輒欲擊碎唾壺。惟所記顧氏邑乘，略有傳聞失實

① 古典文學出版社本「峰」作「臺」。

處。按顧氏名荃，字芬若，直隸豐潤人，非蘇人也。善書，工寫梅竹。康熙甲寅，馬文毅公巡撫江①西，直吴逆反滇南，檄提督馬雄進剿，遷延不發。公具密疏遣子世濟入都請援，會將軍孫延齡叛應吴逆，以兵劫公，抗節不屈，遂并家屬囚於土室。幕客陳文焕、標弁易友亮等，感公忠誼，潛負幼子稚孫間道入京告變。越二載，吴世琮至粵，迎公至烏金鋪，百計誘降。公大罵，遂被害。土室聞變，芬若偕李姬及世濟妻董氏、妾苗氏均自縊死。夫人李氏視棺斂畢，北向再拜，舉火自焚，婢妾十八人殉焉。荃有《題自畫梅竹》詩云：『欲寫孤山處士詩，幾回握管費尋思。水兵籬落真清絶，萬個琅玕玉一枝。』文毅被囚時，集漢晋而下各家草書碑帖，仿宣城《楳氏字彙》體例，别類分門，排爲二十二卷，題曰《彙草辨疑》，荃逐字爲加旁訓。心餘《釋帖》一出本此。閨閣工書，率多簪花妙格，張顛怪草，識且不易，况爲之箋注乎？記桐城方染露者，以工書名，其妻張氏亦賢知有學，居與姚姬傳同里。一日，染露在姬傳家共閲王氏《萬歲通天貼》，疑草書數字不能釋。染露次日走告姬傳曰：『昨暮，吾妻爲吾釋之矣。』舉其字果當，與荃釋帖事頗相類，特附著之。

（《然脂餘韻》）

---

① 古典文學出版社本『江』作『廣』。

## 《桃花夢》

蔣秋崖，名培，長洲人。風懷跌宕，雅有樊川之目。酒旗歌扇間，不可無此人。所著傳奇，有《桃花夢》、《玉蟠桃》諸種，《姑蘇橘枝詞》百首。簡齋袁太史題以兩絶云：『廿載通家話最長，白頭相見感滄桑。能言慶歷生平事，端賴屯田墨數行。』、『百首新詞紀土風，風光寫盡一年中。分明夜坐金閶雨，吴語零星聽阿戎。』夢堂英相國亦曾爲題照云：『滿天風雪犯貂裘，獨立昂藏識蔣侯。不爲恩仇常拊劍，半生知己只吴鈎。』其爲名流所賞重如此。（摶沙録）

## 《六如亭》

徐蓀畦，名觀壎。元和人，習刑法家言。屢游大幕，尤以謹慎自恃，取信於名公巨卿，故所之争爲倒屣。在粤東時曾譜《六如亭傳奇》，播之歌場，爲玉局朝雲，重開生面。一時傳爲韻事，而先生亦以此自鳴得意云。（《摶沙録》）

## 《鳴鳳記》

《鳴鳳記·河套》一折，膾炙人口。然白内多用駢儷之體，頗得優伶般（書作『搬』）演。上場純用小詞，亦新耳目。但多改用古人名作爲之，大雅所弗尚也。至《争寵》一折，赤肚子不上場，只用道童答應，省却許多頭緒。在俗手必於末折作神仙示報應，又多一番結束矣！（《藤花曲語》）

## 《鸚鵡媒》

錢竹初明府，亦工音律。所著《鸚鵡媒》、《乞食圖》二種，不及心餘之爽豁，心餘亦不及其清麗也。曲中佳句，如『只恐半腔愁，都被春風吹破』，又『若不是嫦娥流彩，怎牽將對月顔開。難比説書生稔色，他往常間眼不輕抬』，又『則這簾外幽禽，還唤的俺俏書生夢兒遠』，又『這羞態，能禁駕玉容淺霞。早則是，消盡温存憐煞他』，又『你人前只管嬌眠罷。休問俺雲蹤那答，則這一幅花枝，可也障的咱』（以上《鸚鵡媒》）。『婚姻簿料來夢幻，骨肉恩如何割忍？ 除非是歸來環佩，認爲①夜深魂。又怎知他水邊梅影窺愁破，還有俺畔門桃花望眼多。 些兒個一樣的毫端知己，嵌入心窩。』（以上《乞食圖》）（《藤花曲語》）（未完）

（一九二七年第十六卷第一期《民衆文學》（《小説世界》））

# 《萬人敵》

張砥中臺柱，泉唐人，家住白蓮洲側。 少時喜大言，力能挽三百鈞弓。 臨文絶不苦思，而稿已脱手。 尤工填詞，著有《洗鉛詞》數百首，語多香艷，而亦有沉著老練之處。 師事沈東江謙，與洪稗畦齊名。 甲寅從軍，授招撫教諭職銜。 總督姚憂庵雅推重之，旋以不檢被斥。 中年游俠江淮，蹤迹靡定。 後入婺州太守幕，挾其家人而竄。 邏者捕得之，置獄中年餘。 撰《萬人敵》、《八寶刀》樂府數種。 中丞金公鋐憐其才，將釋之，乃婺州使君忽爲家奴所殺②，復牽張入案。 未幾遇恩赦，得放還。 適金中丞被論，張念舊德，號聚都人士投詞督撫，懇其疏留。 會怨家官於都門者，聞張漏網，遂囑法司行文

① 古典文學出版社本『爲』作『我』。
② 古典文學出版社本『殺』作『弑』。

浙省，凡罪囚内似可援赦，而情有可惡者，仍行正法。一日，張正在友人所小飲，收者至，繯首於泉唐門外。臨刑，賦《滿江紅》一曲有『一失足時無可悔，再回頭處如何是』之句。蓋狂而無行，臨死自悔，殆無及矣。（《清波小志》）

## 《青霞錦》

予友趙瑾叔瑜，泉唐人，入籍武康，補博士弟子員。少時雅喜填詞，撰有《青霞錦》、《翠微樓》傳奇數種，與洪稗畦齊名。中年喜作釋氏裝，自稱綉衲頭陀。不飲酒食肉，又不言釋氏之學，不肯俯仰於人。家雖貧，泊如也。記康熙庚辰三月，夜大風雨，至黎明，聞叩門聲甚急，啓視之，則趙氏①也。著屐而來，云：『天雨如此，桃花摧殘可知矣。吾欲往六橋吊之，君能偕我行乎？』予適小疾畏風，辭之。瑾叔遂獨行，抵暮仍過我，急索筆寫《吊桃花曲》五闋見示。音調凄婉，真有情人也。予亦倚其聲而和之。今録趙作於後。

① 古典文學出版社本無『氏』字。

〔山坡羊〕誰繪就河陽圖畫，却向這西湖懸挂。怪宵來狂風不休，看紛紛紅雨漫天下。假若是扳折他，被催花御史拿。到而今禁不住鸚哥只把東風駡。何事天公見識差。波查，葬西施，向水涯煙沙，嫁王嬙不返家。

〔皂羅袍〕十里虹橋緊跨。總拋開旖旎，掃盡繁華。長堤那得錦屏遮。穠香一路由人踏，珠零玉碎，蘭舟漫劃，紅愁紫怨，春醪漫賒，淚蘇蘇怎禁得千行下。

〔解三醒〕貴客來孤負了軒車駟馬，富商來消停起檀板琵琶，才子來詩成空返玄都駕。美人休認做玉真家。緇流來何曾悟得三摩義。羽士來未必燒成九轉砂。有一種狂逞輩，癡獃煞，肚皮裏惟知飲啖，耳朵裏只聽喧嘩。

〔玉抱肚〕吾心牽惹，急孜孜憐花惜花，把一杯澆向花前，花知道可能鑒咱。日之夕矣不歸家，恨不得坐到黄昏再哭他。

〔皂角兒犯〕六朝春總屬虚花，三月景一番閒話，説什麼絳雪胡麻，想都是塵埃野馬。没相干，拋開罷。眼乜斜，枝頭還剩一些些。風休刮，雨莫加，殘春尚直千金價。

〔尾聲〕人生難得長瀟灑，費幾盅浪酒與閒茶。你看宋苑秦亭，又增一番新緑也。（《清波小志》）

## 《石頭記》

余於京都肆中得抄本《石頭記》三册，與通行本多有不同處。晴雯之表嫂，即多姑娘。柳五兒之死，在晴雯之先。芳官戴皮冠，反著狐裘，寶玉呼之爲「耶律匈奴」，後音轉爲「野驢子」。此類尚多。今不復省記。初欲付印行世，以册本過少，未决。辛亥秋，匆匆旋里，置之會館中。近遂失矣，惜哉！有謂《紅樓》描寫人物，脱胎《水滸》者，確也。寶釵似宋江，襲人、熙鳳似吴用，黛玉、晴雯似晁蓋，探春似林冲，湘雲似魯達，薛蟠似李逵。晁蓋中箭，宋江獨哭。晴雯被逐，襲人獨哭。李逵駡宋江，薛蟠駡寶釵，李媽媽駡襲人，乃依樣葫蘆之筆。至頑童閙書房，則以三打大名府爲藍本。金桂戲薛蝌，則師二潘之故智。又有謂《紅樓》之衍炎凉，係仿照《金瓶梅》者，亦確也。《金瓶梅》無一正人，《紅樓》亦無一正人。其人物之逼肖者，爲尤二姐之與李瓶兒。（《缺名筆記》）

《石頭記》一書（俗謂之《紅樓夢》，本書并無此名），其措詞全仿語録，而又多加助字，絶非不學之人所得而妄作也。至於摹繪人情物理，靡不盡態極妍，信能於小説家中自樹赤幟。後有留心於一代方言者，捨是其何徵哉？王雪香又爲之評贊，以輔翼之，亦文人游戲三昧也，可以并傳矣。（《窕言》）

寧藩下永寧王世子妃彭氏，奉賢人。生有國色，足極纖。江西人以彭小脚稱之，而饒勇多智，力敵萬夫。江西破，江西父子皆殉國。妃乃帥家丁數十人入閩，寓汀州。結義軍將范繼辰等，聚衆數千，克寧化、歸化等十餘州縣。大清兵極畏之。會歲饑，衆稍散，遂以順治五年爲叛將王夢煜所敗，被執不屈，絞殺於汀州靈龜廟前。其從婢二人，一名金保，一名魏真，年皆未及笄，而俱有勇力，善騎射。妃既死，保自剄，真竄山谷間十數日，兵退乃出，竊妃與保屍葬之。遂去爲尼，不知所終。此事明季諸野史俱未記載，惟見施鴻保所著《閩①雜記》中。頗疑《紅樓夢》所記姽嫿將軍即指彭。（《春冰室野乘》）

王雪香評《石頭記》，其未經道破之燈謎，皆爲釋明。惟《懷古十詩》隱俗物十件，不能全釋，余代釋之。其一赤壁，蚊子鐙也。其二交阯，銅喇叭也（雪香同）。其三鐘山，耍猴兒也。其四淮陰，納寶瓶也（喪家以瓦缶貯飯，并銅泉數枚，納諸棺中，俗謂納寶瓶，且謂冥中有惡狗村，持此無恐，語甚誕）。其五廣陵，剔牙棒也（俗用柳木爲之，謂可去風）。其六桃葉渡，門神紙也（新年與桃符并换）。其七青塚，墨斗也（雪香同）。其八馬嵬，肥皂也。其九蒲東寺，竹簾也。其十梅花瓶，紈扇也（雪香同）。此中惟耍猴兒似非物件一類。作者特於前卷先設史湘雲一謎，且云『真是俗物』，蓋留爲明眼人取决地耳！（《寃言》）

夏縣賈筱樵侍御（瑚），其尊甫字雲樵，故侍御號筱樵。北音樵、喬無別，時人作聯云：『姓名疑在《紅樓夢》，大婿曾燒赤壁兵。』余先聞此聯，而光緒乙亥丙子，侍御胞弟筱雲（璜），與余春秋同捷，

① 古典文學出版社本多『閩』字。

官兵部，侍御則外簡山東知府，余迄未晤面也①。光緒間，滬上妓女有賈探春、賈惜春、薛寶釵等名，所歡贈以聯云：『我爲黄浦江邊客，卿是《紅樓夢》裏人。』後林黛玉出，艷名尤噪，屢嫁人而復屢出爲娼。其演秦腔，全持身段活潑，所歌字句，竟不可辨。真所謂浪得名耳（此浪字作淫字解）。曹雪芹死而有知，當爲瀟湘妃子痛惜名譽矣！（《五餘讀書廛隨筆》）

劉海樹詩，清於雪伯，艷於楳史。嘗以迎候長官，一夕成②《紅樓夢》小説八韻詩二十首。余惜其無可著録，爲摘記數聯。《冷香丸》云：『冷語番番記，香心曲曲句。絪緼元有使，嫉妒最難瘳。紫柘漿盈杯，紅梨汁半甌。玉環同内熱，曾遣六宫秋。』《病中斷指甲》云：『斷筝銀甲卸，殘綫翠衾孤。笱折麻姑爪，桃香細骨臞。鸞靴搔不著，鴻雪印全誣。』《東風壓西風》云：『柳梢眠上下，帳底斗雌雄。池水干卿緑，桃花爲底紅。我憐聊復爾，婢學可能工。不竟南猶失，其凉北又風。』《芙蓉女兒誄》云：『碧落新碑樹，沉香小像薰。夢塘寒食祭，春草玉人墳。』徵引不及稗官，故非尤展成輩所及。（《摶沙録》）（未完）

（一九二七年第十六卷第二期《民衆文學》〔《小説世界》〕）

---

① 古典文學出版社本多『而光緒乙亥丙子』至『余迄未晤面也』數句。

② 古典文學出版社本多『成』字。

# 《聊齋志異》

蒲留仙《聊齋志異》脱稿後，百年無人付剛。乾隆乙酉丙戌，楚中、浙中同時授梓。楚本爲王令君某，浙本爲趙太守起杲所刊。鮑以文云：『留仙尚有《醒世姻緣》小説，蓋實有所指。書成，爲其家所訐，至褫其衿。易簀時，自知其托生之所，後至乙榜而終（留仙後生，平陽徐昆，字後山，登鄉榜，撰有《柳厓外編》，亦以文云）。歲庚子，趙太守之子曾與留仙孫某遇於棘闈，備述其故，且言《志異》有未刊者數百篇，尚藏諸家。（《夢蘭瑣筆》）

鮑以文廷博編《知不足齋叢書》，以《聊齋志異》爲之殿。或疑《聊齋》小説，可列諸叢書乎？予哂曰：『《漢魏叢書》《神異經》、《洞冥記》、《刀劍録》、《飛燕外傳》，皆小説也。唐代叢書中，則小説尤夥。君未畢覽，而以《聊齋》爲疑，得無爲一言之不智與？』注經、注史、注子、注集，自古難言之矣。然有一善處之法，莫若自任爲略，預存一待正於天下後世之心，非必爲彊謗訐也。有若無，實若虚，學問之道，固宜爾爾。近見有妄男子二，其一爲石韞玉，其注隨園駢文也，不曰箋略，而曰箋正，將以正簡齋之誤也？乃不知鴛漿之典，注作盎漿，竟似未讀善長《水經注》者。謭陋如此，自正不暇，而顧欲正人也乎？可謂妄矣！其一爲吕湛恩，其注《聊齋志異》也，不曰注略，而曰詳注，將謂得柳泉之詳也？乃不知多車之典，缺焉無注，竟似未讀漆園《南華經》者。謭陋如此，未詳實多而顧稱己詳

也乎？ 亦可謂妄矣！ （《窕言》）

## 《閲微草堂五種》

卧閲《閲微草堂五種》，文勤此書，專擬干令升、顔黄門一流，而識議名雋過之。其字句下，間附小注。原本六書雅馴，一字不苟，是經生家法也。紀文勤《槐西雜志》云：『世傳推命始於李虚中，其法用年月日而不用時，蓋據昌黎所作《虚中墓志》也。其書《宋史·藝文志》著録，今已久佚。惟《永樂大典》載《虚中命書》二卷，尚爲完帙。所説實兼論八字，非不用時，或疑爲宋人所僞托，莫能明也。然考《虚中墓志》，稱其最深於五行書，以人始生之年月日，所直日辰支干相生，勝衰死生王相斟酌，推人壽夭、貴賤、利不利云云。按：天有十二辰，故一日分爲十二時。日至某辰，即某時也。故時亦謂之日辰。《國語》「星與日辰之位，皆在北維」是也。詩：「跂彼織女，終日七襄。」孔穎達疏：「從旦之暮，七辰一移，因謂之七襄。」是日辰即時之明證。《楚辭》：「吉日兮辰良。」王逸注：「日謂甲乙，辰謂寅卯，以辰與日分言，尤爲明白。」據此以推，似「所直日辰」四字，當連上「年月日」爲句。後人誤屬下文爲句，故有不用時之説耳。余撰《四庫全書總目》，尚沿舊説。今附著於此，以志余過。』按：《文勤五種》雖事涉語怪，實其考古説理之書。其中每下一語，必溯本原，間及考證，無不確核。又每事必具勸懲，尤爲有功名教。録此一條，幸後人勿以小説視之也。

《雜志》又言：『《永樂大典》載李芳樹《刺血詩》云：「去去復去去，凄惻門前路。行行重行行，輾轉猶含情。含情一回首，見我窗前柳。柳北是高樹，珠簾半上鈎。昨爲樓上女，簾下調鸚鵡。今爲墻外人，紅淚沾羅巾。墻外與樓上，相去無十丈。云何咫尺間，如隔千重山。悲哉兩决絶，從此終天别。别鶴空徘徊，誰念鳴聲哀。徘徊日欲晚，决意投身返。手裂湘裙裾，泣寄稿砧書。可憐帛一尺，字字血痕赤。一字一酸吟，舊愛牽人心。君如收覆①水，妾罪甘鞭箠。不然死君前，終勝生捐棄。死亦無别語，願葬君家土。倘化斷腸花，猶得生君家。」芳樹，不著朝代，亦不詳始末。其次在韓蘄王《孫女》詩前，必是宋人。其詩世無傳本，纏綿悱惻，可泣鬼神。予謂此詩一句一轉意，兩句一轉韻，其音調氣韻，置之六朝三唐，亦爲傑作。楊升庵《丹鉛録》舉『門外猧兒吠，知是蕭郎至』一詩，以爲一句一轉，古人所少。然彼止八句，且不過男女相悦之詞。以視此詩，且去何止數等耶！（《桃花聖解盦日記》）

夜閲紀文達《灤陽續録》。文達極惡講學家，故多以微文譏刺宋儒，見之《四庫提要》。其言有未盡者，悉發之於此五書。是録成於嘉慶三年，年已七十有五矣。（《荀學齋日記》）

有謂《閲微草堂》爲報復南皮張大復《秋坪新語》而作者。《秋坪新語》，吾未之見。《閲微草堂》

---

① 古典文學出版社本『收覆』作『覆收』。

亦只有與張氏辨證其子負債事。復有紀張氏婦思夫留影一則，亦不類詆之者。蓋辨責一事，既作斯書，即不能不辨。若云爲斯事而作斯書，吾未之深信也。（《缺名筆記》）

## 《旗亭記》

《旗亭記》作王之渙狀元及第，語雖荒唐，亦快人心之論也。沈歸愚尚書題詞云：『特爲才人吐奇氣，鵷雛卑伏忽飛騫。科名一準方干例，地下何妨中狀元。』按：《琵琶記》以蔡邕爲狀元，彼時原無此名，故令閱者爲之絶倒。唐時雖已有狀元之名，其實授官始終於宋代。初階不過僉判庭評。歷俸既深，然後入館承制。馴至宰執，非若今之狀元。甫經釋褐，即踐清華如登仙，爲科名之冠也。然則唐之狀元，於之渙何關輕重。作是曲者，亦如尤西堂之扮李白登科，徒爲多事矣。顧青蓮不必登科，而以玉環考試，則不妨作第一人想。若『黄河遠上』之詞，雙環久具只眼，又何論之渙之狀元不狀元乎？（《藤花曲語》）

## 《鵑紅記》

《四川通志》云：『鵑紅，不知何姓氏，於富莊驛題壁，自署蜀女。有序云：「妾生於劍外，死別刀環、鋒鏑之餘。全家失所，慈親信絶，夫婿音訛。依於所親，挈之薊州，遂偕南下。妾意稍遲玉碎，猶冀珠還。期秋扇之重圓，願春暉之永駐。流離數月，甫達此間。嗟乎！陌頭楊柳，總是離愁；門外枇杷，都弄鄉景。望齊門而泣下，思蜀道以魂歸。阿鵑阿鵑，生何如死！扶病夜起，勉書數絶。郵塵信宿，便入江南，當是薄命人斷送處也。」詩云：「萬里飄零百劫哀，青衣江上别家來。朝雲暮雨番番看，一路山眉掃不開。」「深閨一命弱於絲，金鼓聲中怯幾時。妾恨也同花蕊恨，阿誰馬上是男兒。」「阿母音書隔故關，兒身除有夢飛還。年年手濯江邊錦，不够人間拭淚斑。」「稿砧望斷路盈盈，敲罷金釵憶定情。妾自馬嵬坡下住，此生只待卜他生。」「小婢嬌癡代理裝，窮途怕檢女兒箱。兒時愛譜江南好，怕到江南已斷腸。」「霧鬢風鬟一段魂，喘絲扶住幾黄昏。殘燈背寫傷心句，界亂啼痕與粉痕。」』按：常州陸祁孫崇《百藥齋詩集》中有三絶句，序云：『辛酉正月，偕劉大嗣綰、洪大飴孫宿富莊驛，寒夜被酒，戲聯句成六絶題壁上，署曰蜀中女子鵑紅，已而傳和遍於京師。兩君戒余勿言。頃來平梁，有王秀才塝，以行卷來質，則《悲鵑紅》詩在焉。既爲失笑，而死生今昔之感，不能無愴於懷。書此寄劉大都中，并邀同作。詩中自注曩題壁詩有「年年手濯江邊錦，不够人間拭淚斑」等句。』則鵑紅身世，無待更考。前輩風流，可稱雅謔。又吴蘭雪香《蘇山館集》亦有絶句四首，叙云：『嘉慶六年，富莊驛有蜀中女史鵑紅《題壁詩》六首，趙君野航見而和之。且爲譜《鵑紅記》院本八齣，屬題其後。』然則野航之癡，更甚於平梁王秀才矣。附記於此以左諧笑，且使後之讀鵑紅詩者，不至有撲朔迷離之感也。（《然脂餘韻》）

## 《諧鐸》

沈蕢漁，名起鳳，吴縣人。工詩，長於詞曲。所著《才人福》、《報恩猿》、《伏虎韜》等劇，傳播歌場，時伶爲之增價。里中鞠部師，直欲範金事之，而《諧鐸》一書，風行海内外①。其中記載，頗多徵實。非若近代稗官，徒以駕虚張誕，眩人耳目者可比。（《摶沙録》）

（一九二七年第十六卷第三期《民衆文學》〔《小説世界》〕）

## 《鏡花緣》

尤袤《全唐詩話》：『天授二年臘，卿相欲詐稱花發，請幸上苑。許可，尋復疑之。先遣使宣詔曰：「明朝游上苑，火速報春知。花須連夜發，莫待曉風吹。」凌晨百花齊放，咸服其異。』李松石汝珍撰章回小説名《鏡花緣》，言武后時百花齊放事，本此。松石即撰《李氏音鑑》者。（《惠風簃二筆》）

① 古典文學出版社本無『外』字。

燈謎，小道也。自廣陵列爲十二格，頗亦具有別腸。李松石《鏡花緣》中載數則，并皆佳妙。惟有一則云：『三七（藥名），打《四書》二句。』乃二之中四之下也。雖經射出，而人莫識其故。迄今亦無有解者。予解之曰：『此碑版中通借之法，非燈謎家所習用也。仲可省作中，故借中爲仲二之仲，豈非三乎？古文四六相近，故借四爲六，豈非七乎？』此本不難解，但不諳金石之學者，則百思不得耳。（《窕言》）

## 《石榴記》

《石榴記》，如臯黄瘦石振作也，詞白都有可觀。《神感》諸折，暗以《牡丹亭》作譜子，至《圓夢》折，則明白落玉茗窠臼。顧其自然情韻，即未必青出於藍，而模山範水，庶幾亦步亦趨也。（《藤花曲語》）

## 《擁艷三種》

陽羨萬紅友樹，寢含元人，深入堂奥，得其神髓，故其曲音嘹亮，正襯分明。吴雪舫稱爲六十年第一手，信知言也。生平所作甚富，如《錦塵帆》、《十串珠》、《黄金甕》、《金神鳳》、《資齊鑑》、《珊瑚球》、《舞霓裳》、《藐姑仙》、《青錢賺》、《焚書鬧》、《罵東風》、《三茅宴》、《玉山庵》等作，幾於汗牛充棟，而稿多散失不存。今世合刻者，《空青石》、《念八番》、《風流棒》，稱《擁艷三種》而已。紅友爲吴石渠之甥，論者謂其淵源有自。其實平心論之，《粲花三種》情致有餘，而豪宕不足①。紅友如天馬行空，别出機杼，宗旨固不同也。紅友關目於極細極碎處，皆能穿插照應，一字不肯虚下，有匣劍帷燈之妙也。曲調於極閒極冷處，皆能細斟密酌，一句不輕放過。有大含細入之妙也。非龍梭鳳杼，能令天衣無縫乎？紅友之論曰：『曲有音有情有理，不通乎音弗能歌，不通乎情弗能作，理則貫乎音與情之間，可以意領，不可以言宣。此則如破竹建瓴，不則終隔一膜也。』今觀所著，莊而不腐，奇而不詭，艷而不淫，戲而不虐，而且宫調諧協，字誼明晰，尤爲慣家能事。情、理、音三字，亦惟紅友庶乎盡之。（《藤花曲語》）

## 《分緑窗》

朱小岑有《吊柳》雜劇，《九芝草堂詩·泊儀徵》云：『錫香粥白曉鶯天，紅豆烏絲記少年。今日真州仙掌路，更無杯酒酹屯田。』諸暨郭春林毓，爲小岑序《分緑窗》雜劇，以青藤爲比。（《香東

① 古典文學出版社本多『紅友爲吴石渠之甥』至『而豪宕不足』數句。

漫筆》）

## 《雙鴛詞》

番禺令仲拓庵振履卸事後，寓省垣，作《雙鴛詞》八折，即別駕李亦珊事也。起伏頓挫，步武井然。惜《點譜》一折，入手太閒。《歌賽》一折，收場太重。通體八齣，雜劇則太多，傳奇又太少。古今曲家，無此例也。（《藤花曲語》）

## 《懷沙記》

金陵張漱石《懷沙記》，依《史記·屈原列傳》而作。文詞光怪，全部楚詞檃栝言下。《著騷》、《大指》、《天問》、《山鬼》、《沉淵》、《魂游》等折，皆穿貫本書而成，洵《曲海》中巨觀也。惟尤西堂《讀離騷》不屑屑模文範誼①，通其意而肆言之，陸離斑駮，不可名狀。至云：『便百千年難打破悶乾坤，只

① 古典文學出版社本『誼』作『義』。

兩三行怎吊盡愁天下。』發千古不平於嬉笑怒駡中，悲壯淋灕，包以大氣，與《懷沙》立意不同，然固異曲同工也。（《藤花曲語》）

## 《玉獅墜》

漱石又有《玉獅墜》，設想甚奇，其《毀奩》一折，如蟻穿九曲，愈折愈深，如云：『你要我無瑕體自比玉潔，便河東吼不迭，豈真有竹杖爲龍那便捷，擬寫成鳬，没些差别。負的我騰空飛越。管籠禽脱離羈曳，怕終做不分玉石焚身烈。提掇向樓前墜也。』一玉獅耳，想出如許情緒。第一猜教其守貞，二猜可以因而脱稿，三猜默示以身殉。魯公書筆力透紙背矣。（《藤花曲語》）

## 《南陽樂》

錢塘夏惺齊綸，作六種傳奇，其《南陽樂》一種，合三分爲一統，尤稱快筆。雖無中生有，一時游戲之言，而按之直道之公，有心人未有不拊掌呼快者。第三折誅司馬師，一快也。第四折武侯命燈倍明，二快也。第八折病體全安，三快也。第九折將星燦爛，四快也。十五折子午谷進兵，偏獲奇勝，五快也。十六折殺司馬昭，六快也；擒司馬懿，七快也。十七折曹丕就擒，八快也；殺華歆，九快也。十八折掘曹操疑塚，十快也。二十二折誅黄皓，十一快也。二十五折陸伯言自裁，十二快也；孫權投降，十三快也；孫夫人歸國，十四快也。三十折功成歸里，十五快也。三十二折北地受禪，十六快也。立言要快人心，惺齋此曲，獨得之矣。（《藤花曲語》）

## 《丁壬煙語》

作書致苻翁，還其鄉人寶慶李洽《丁壬煙語》一册。洽，道光丙午舉人，有文辭而好冶游。丁壬者，乃丁未至壬子所記，皆都中北里事也。文筆頗潔，間載詩詞，亦頗清雅。其議論往往歸之於正，雖諷一勸百，尚不涉於①淫媟。其紀河南李仁元事。李嘗自號倩芙生，於曲中娶楊姬爲妾，赴官江西。李旋以知樂平縣，死粤寇之難。楊亦殉節。李工詩，余嘗採其集中佳句，載《庚申日記》中。（《荀學齋日記》）

---

① 古典文學出版社本多『於』字。

## 《夜談隨録》

本朝小説家，《聊齋》以雋詞勝，《閲微》以精理勝。可謂各佔一席，并有千古。其他先後迭出者，如《茶餘客話》、《秋坪新語》、《螢窗雜記》、《翼駧稗編》、《秋燈三話》、《金壺七墨》，皆魯衛之政已。有《夜談隨録》者，其書校諸家爲差强，特非蒲、紀二氏比耳。斯之謂庸中之佼佼，鐵中之錚錚。（《窕言》）

## 《青湘樓》

毛國翰，字大宗，號青垣，湖南長沙人。性純孝。幼讀書，穎悟强記，能暗誦《佩文韻府》，不遺一字。尤工詩，赴縣試，見知於縣令陳光照。其子沅，奇國翰文，願納交。招之不往，親之其家，結歡而去。補縣學生。鄉試屢黜。長沙城北有黑麋峰，水西南流入於湘，其水會謂之麋湖口。國翰卜宅，當山水間，因名曰麋園，屏居其中。益肆力於詩，以抒其侘傺無聊，往往多幽憂之思，凄苦之響云。與鄞沈道寬爲文字交。道寬宰鄠縣，聘國翰教其子十餘年。道寬權知茶陵州，虧帑數千金，被劾勒追，國翰赴鄠稱貸，人以道寬廉惠，又見國翰勇於爲義，咸感舊，竟運致錢谷，不一月而集事。道寬得復官，走謝國翰。國翰曰：『公澤在鄂，其邑人急父母之難，吾何力之有？』湖廣總督裕泰招致幕府數年。道光二十六年丙午，以微疾没於署，年七十五。著有《廩園詩鈔》八卷，《天顯紀事》三十二卷，《青湘樓》傳奇若干卷。（《虚受堂集》）（未完）

（一九二七年第十六卷第五期《民衆文學》〔《小説世界》〕）

# 《紅樓夢傳奇》

《紅樓夢》工於言情，爲小説家之别派，近時人艷稱之。其書前夢將殘，續以後夢，卷牘浩繁，頭緒紛瑣。吴洲仲雲澗，取而删汰，并前後夢而一之，作曲四卷。始於《原情》，終於《勘夢》，共得五十六折。其中穿插之妙，能以白補曲所未及，使無罅漏。且借周瓊防海事，振以金鼓，俾不終場寂寞，尤得本地風光之法。惟以副净扮鳳姐，丑扮襲人，老旦扮史湘雲，脚色不甚相稱耳。近日荆石山民亦填有《紅樓夢散套》，題止《歸省》、《葬花》、《警曲》、《擬題》、《聽秋》、《劍會》、《聯句》、《癡誄》、《顰誕》、《寄情》、《走魔》、《禪訂》、《焚稿》、《冥升》、《訴愁》、《覺夢》，十六折而已。其實此書中，亦究惟此十餘事。言之有味耳，其曲情亦凄婉動人，非深於四夢者不能也。（《藤花曲語》）

## 《鶴歸來》

稼軒之殉節粤西也，其孫昌文，間關萬里，負骸骨歸。抵家之先一夕，有大鳥二，翔集會元坊上，相對飛鳴，久之始去。其裔孫瞿菊亭所以有《鶴歸來傳奇》之作也。會元坊爲稼軒祖文懿公景淳建者。（《龍禪室摭談》）

## 《芝龕記》

香山何曰愈子持《存誠齋文集》書明都督總兵秦良玉佚事。明都督總兵秦良玉者，奇女子也。其征播、征蜀、征遼、征奢崇明，復重慶，屢敗張獻忠、羅汝才，平紅厓、觀音寺、青山墩諸大寨。蜀賊底定，征播之役，一日連破金築等七寨，爲南川路功第一，累遷至都督總兵。及張獻忠犯重慶，玉獻策，請保十三隘。撫臣邵捷春不聽。又請盡起溪洞兵，懇給廩餼，捷春與陳士奇皆不許。獻忠遂長驅大進，全蜀遂陷。《明史》已大書特書之矣。然玉之始末，未得而詳。余官蜀年久，嘗求其佚事而不得。道光庚戌，余權新都篆，廣文劉石溪言嘗見《石砫志》及《馬氏家乘》於陳鶴亭處。因述所聞，得梗概焉。玉生於忠州之鳴玉溪，字貞素。年方毁齒，聰慧絶倫。父葵，歲貢生。兄弟三人，尤鍾愛之。幼課以章句，長通經史，曉大誼。當萬曆時，盜賊蜂起，葵知天下必亂，以兵法部勒子弟，且謂玉曰：『汝雖弱女子，盍亦習兵，毋徒爲寇魚肉。』玉欣然，與兄邦屏，弟邦翰、民屏，同習騎射擊刺之術。葵又授以韜略，學成，而玉尤精其法。葵嘗語諸子曰：『惜不冠耳，汝兄弟皆不及也。』玉曰：『錦傘錦車，曷嘗冠哉？使兒得掌兵權，夫人城，娘子軍，不足道也。』葵益奇之。緣是問名者皆未肯輕許。石砫馬千乘慕其名，求委禽焉。葵許之。于歸後，千乘敬之如賓。一日，語千乘曰：『今四海多故，石砫界楚黔之交，不可無備，且男兒當求樹勛萬里，奚用坐守爲？』千乘然其言，遂與玉治兵。斬白木爲杆，號令皆商之玉。其下亦敬畏玉，至不敢仰視。萬曆二十八年正月二日，賊夜襲官軍，諸營皆潰。玉與千乘先期令於軍中曰：『有解甲弢戈者斬。』夜半，寇大至，玉與千乘首尾夾擊，大敗之。督臣李化龍匿不以聞。玉口不言功，而白杆兵由是名聞天下。千乘以論開礦事，忤内監丘成①雲。逮雲安獄，庾死。子祥麟未壯。玉奉命襲職，遂卸裙釵，易冠帶。家將文指揮妻白氏，祥麟婦張鳳儀，暨左右侍婢，皆男裝雄服，隨玉征戰。奢崇明之圍成都也，畏白杆兵，遣使樊定邦齎金求助。玉大怒曰：『賊奴敢汚我耶？』遂斬其使，焚書，以金帛犒賞三軍，望②援成都。適四川布政使朱燮元破崇明呂公車，會玉兵至，獲斬無算。崇明大敗遁去，圍遂解。玉旋復重慶，蜀平。玉之奉命援遼也，杳

---

① 古典文學出版社本『成』作『乘』。
② 古典文學出版社本『望』作『往』。

山之戰，洪承疇敗績，劉綎全軍覆没，玉獨完師還。玉入都，上召見，賜一品服，御制詩三章褒美之，有『世間不少奇男子，誰肯沙場萬里行』之句，朝野榮之。都人聞白杆兵至，聚觀者如堵，馬不能前，玉馭軍嚴，秋毫無犯。至今京師虎坊橋西迤北，都人呼爲四川營，以玉得名也。獻忠之未入蜀也，蹂躪大江南北，武昌魚幾不可食。楊嗣昌欲誘之使入蜀以困之，知其畏玉，遂解玉兵柄。獻忠知玉不用，遂犯蜀。捷春、士奇，復不用其策，而全陷蜀且屠矣。子婦張鳳儀、張忠烈銓女，與夫祥麟守襄陽，孤軍與賊戰於嚴家莊，援兵不至，皆没於陣。祥麟亦有勇略，屢立戰功，仕至指揮使、晋宣撫使。祥麟之殉襄陽也，先與其母書，言兒誓與城存亡，願大人勿以兒爲念。玉批其旁：『好好，真吾兒！』其書今尚存。玉既罷職閒居，甲申之變，聞帝殉節煤山，衰絰望闕大慟，氣絶者再。時獻賊屠蜀，獨不敢犯石砫。避難於其境者，皆藉保全。每聞慘殺，輒痛憤不勝，嘆當道失策。以順治五年戊子，疾卒於家，年七十有五。明永曆四年也，葬城東之回龍山。將卒，戒祥麟子萬年曰：『今蜀惟石砫完，以我在故也。我死，寇必至。城東南萬壽山，險阻可守。吾已預備糗糧軍備於此，有警可帥軍民守之，勿以資寇。踰二年，賊將譚宏等果大至，焚掠一空。萬年遵遺命，先帥軍民保守萬壽山。幸糧足，賊屢攻不克。順治十六年，王師平蜀，遂率衆納款，賜勅印，如前明故事。萬年卒，傳洪裔，裔傳宗大，大傳光裕。裕無子，妻陳氏青年守志，拊侄光裁爲嗣。乾隆初，以不謹降通判，尋改土歸流。馬氏自宋建炎以來，拊有境土六百餘年，珍藏頗充，每春秋陳設，照耀庭中。廳丞某涎之，與幕賓劣生數人，緣事藉其家，未盡者爲族子光緒乾没，而馬氏家藏罄矣。無何，丞晝見女將金甲腰弓矢，怒目視曰：『汝何破吾家？』抽矢貫其胸而仆。幕賓劣生，亦相繼暴卒。光緒裂腹死。馬氏家藏既盡，惟御賜葬玉一品服，今尚燦然如新云。後爲盜竊之江右，官詰，知爲上賜玉物，賚還其家。玉用法嚴，有犯，雖親族不少貸。料敵如神，緣見沮於當道，未竟其用，使終老牖下。盜賊喋血而游①，嗣昌、捷春、士奇，不得辭其咎矣。嗚呼！玉生而忠勇，没獻靈異，子若婦皆慷慨捐軀，豈非有以教之哉！真近代奇女子也。陳鶴亭又言：『《石砫志》及《馬氏家乘》，玉墓碑書「明忠貞侯太子太傅字於都督總兵上」。』鶴亭嘗親謁其墓，洵然。末書『永曆四年某月日葬』云。考《明史》，無封侯及加宫銜事，豈永曆追贈之耶？不然，萬年豈不謬哉！姑存之，以俟博覽者考證焉。兄邦屏亦殁於陣，贈都督僉事，賜世爵。弟民屏都督僉事，晉副總兵。葵嘗戒諸子曰：『汝曹能荷戈，不忠於明者，非吾子孫也。』皆唯唯。晚年自號玉溪遺老。當萬曆之時，天下尚未大亂，而教諸子皆成干城，一家馳驅王路，以紓國難。女爲奇女子，男爲烈丈夫，忠烈出於一門，彪炳史册，葵實教之，何其賢也！因并書之。以補史傳之缺。青垞曰：『張南林《對雪亭文集》，有《乾隆三十八年代石砫同知，祭秦良玉文》，稱秦銜亦云「明少保、前軍都督府都督同知、鎮東將軍、石砫宣慰使司、忠貞侯、秦夫人之墓」。』可證忠貞侯確爲永曆朝贈爵。今京師四川營，於光宣中設女學，其額亦書『秦少保』，則良玉不第贈宫傳，

① 古典文學出版社本『游』作『逝』。

且贈少保矣。少保當亦爲永曆追贈之銜。《芝龕記傳奇》演秦氏事，力辨面首之誣，誠爲卓見。觀於此文，其庭訓凛凛，知其父乃純儒之有用者。宜其一門烈烈，豈復有立身不潔之事？爲此語者，殆因土司喬野，不甚别男女，故疑秦氏染其習。烏知其乃出身儒門閨秀，風誼凛然，迥非尋常女子可比？輕薄文士，何足以測之！（《虞初文志》）

## 《翻西厢》

戲曲之存於今者，以《西厢》爲最古，亦以《西厢》爲最富。宋趙德麟令畤，始以《商調蝶戀花》十二闋譜《會真記》事。南宋官本雜劇段數，有《鶯鶯六幺》一本。金則有董解元之《絃索西厢記》，元則有王實甫、關漢卿之《北西厢》，明則陸天池采、李君實日華，均有《南西厢》，周公望公魯有《翻西厢》。國朝則查伊璜繼佐有《續西厢》，周果庵坦綸有《錦西厢》，又有研雪子之《翻西厢》。叠床架屋，殊不可解。（《録曲餘談》）（未完）

（一九二七年第十六卷第七期《民衆文學》〔《小説世界》〕）

## 《續琵琶記》

近日高伯陽作《續琵琶記》，空虛結撰，出奇無窮，一雪中郎之冤。吴穀人先生爲之序云：『伯陽借一家之衣鉢，拓千古之心胸，誇飾勝緣，掞張盛事。如織女之酬郭合，如青洪之贈歐明，遂使銀鹿作兒，金龜得婿，科名草長，旌節花開。但争春夢之長，不厭夏云之幻。』數語，曲中大致包括無遺矣。（《藤花曲話》）

## 《甦香記》

侯雙林，吴人，住祁望街前，年十三四。曳茜紅胡蝶履，禿衿窄袖，辮髮黝然如漆，亭亭嫋嫋。誠哉既含睇兮，又宜笑也。後一年，再見於春波樓，倏已頎身玉立。與里中施郎善。施固小經紀，亦傾心於姬，而假母方以姬爲錢樹子，迨施之囊橐垂盡，假母便不假以詞色。一日，施自姬家卯飲回，忽咆哮，若中毒狀。家人方馳赴姬處，詢之，乃姬亦玉碎花殘，香魂如①屬縷。蓋姬與郎計事終難諧，秘謀飲酖，同就地下爲連理枝耳。蜀中蔡公子爲經營斂具，始得瘞於雨花臺。吊之者，詩詞如束筍。張蠡秋爲譜《甦香記傳奇》。凌芝泉題句有云：『煩君多煉媧皇石，盡補人間離恨天。』（《快園詩話》）

## 《荔枝記》

潮城西郊有蔚園，古云林木蔚然，今人轉稱曰花園。明時，富户黄氏居此。其富翁曰『九公』。翁有二女，曰五娘、六娘。五娘者，國色也。城中西街武生林大閎聘之，俗傳爲林大鼻。閩之泉州有陳伯卿者，行三，俗傳爲陳三。其兄以進士官廣東運使，三時未娶。自閩送嫂之兄任，過潮，而潮郡守乃其兄同年友，款留之。時直春月，三出游蔚園，於綉樓間見五娘殊麗，思聘之。而聞其許林家，欲計得之。謀諸郡幕，幕中人曰：『渠有姊妹乎？』曰：『有。六娘未字。』曰：『何不聘六娘？』三蹙然曰：『吾此之詢，而君以彼對，何計之左耶？』人曰：『特患吾未有計耳。吾有計，又烏見彼之不即爲此哉！爾自聘定六娘可也。』三如計，請郡伯爲主婚人，曰：『爾可之

① 古典文學出版社本多『如』字。

乃兄任，數月後還，娶無不得。』蓋五娘、六娘年相亞，皆可出閨期也。瀕行時，詭揚聲於外曰：『陳三聘五娘。』林異之，倩媒詢黄翁。翁笑曰：『渠聘六小女耳。』三如期反潮，且擇吉親迎矣。又揚聲於外曰：『迎五娘。』林益大駭，并托親友詰黄翁。翁怒曰：『林家狂夢耶？彼，我長者也。安有此無禮亂俗之事？且婚六小女者，陳運使之弟；主婚者，黄堂之府尊；問名卜吉，婚貼俱在，何來此浮游之談哉？』林不敢言。親迎時，三在府署，詭借民壯鄉勇衛諸途，又多帶親丁，俟黄大門外，行奠雁禮畢。六娘既登輿，密令人揚聲於城中曰：『陳三已奪得黄五娘矣。』林自爾日請黄，遭黄責。兩家若有郄，音問不甚通。忽聞此訛，其家衆皆曰：『彼雖貴，旅人也。吾土著，力能奪取之。時不可失。』三亦陰令心腹人煽林來奪，故遲遲其行。黄翁老重，亦自信舉動皆如禮，萬無意外變。間有異言，若不聞也。屆中途，林家衆來云：『爾等何無理，越取吾五娘？』三衆陽與争，且佯不勝，送與林取去。至①林家啓花轎視之，則非五娘，固六娘也。方驚訝間，府縣差已奉奪婚票至，拘林去。官責林曰：『渠自娶所聘六娘，爾聘五娘，何故聘人姊而奪人之妹耶？』詞屈議罪，莫知所爲。托人關説，乃曰：『必要免議，將錯就錯，可耳。』於是，林娶六娘，而五娘果歸於陳三。又傳五娘有妾洪益春亦殊色，五娘孅而無子，益春有子。後陳家有大難，變姓逃，其

① 古典文學出版社本多『至』字。

子孫皆冒母家姓，昭代大貴人洪某乃其後云。又考李笠翁有《王五娘傳奇》，訛其姓，其事與此迥異。潮人演《荔枝記》，則與笠翁本相近，亦與此殊。此①所載聞諸黏山長，黏泉人云：『得其實如此。』（《韓江見聞録》）

## 《笏山記》

顧廷培《雲庵遺文》記三盤坡云：『涿州之屬，有三盤坡。名上盤、中盤、下盤，地處西山深處。傳元末順帝北竄，徐達破京師，蒙古人等挈家逃至此，見杳無人迹，結茅居焉。遂墾地、事稼穡，自種自食，百有餘年，并無所屬，亦無查問者。至明中葉，生齒日繁，漸與外人交通。客有問其籍隸何州縣。對曰：「無之。」客曰：「世豈有不屬州縣之野民乎？」坡民恐，遂出山，投房山縣。房山不收，投良鄉，亦不收。乃投涿州，適州牧好事，收隸州屬。其實，相離甚寫，中隔房山，竟不聯絡也。查其處，三盤坡之三層也。居民幾及千家，所種之地，約略升科，每年徵地丁銀四百五十餘兩。出入道路，冬春小溪水涸，從房山縣入山，由小路徒行三四日可到。若夏秋時，須從盧溝橋對面進山，行不百里，則外之騾馬

① 古典文學出版社本多『此』字。

不能進。若官長因公到坡，則有坡民攜騎接換，方得到坡，往返約須半月。因出入艱難，每坡擇殷實知事者一人，稱爲「老人」，其實皆壯年人也。給與竹板，有賭博鬥毆等事，令「老人」管理。理曲者，許責數板，即命案，每多私和，亦置不問。錢糧無催科之煩，亦令「老人」代收。至臘月，三「老人」攜之州，一并交納。完後，於州大堂飲酒披紅，鼓樂送之出城。歷來如是。言其處，木植甚賤，房屋俱磚瓦蓋造，極其崇焕。婦女均大足，無行纏。土産胡桃、蜂蜜、炕氈最佳。由此再西，出山則與蔚州相近。』按：此雖密邇京師，百餘年人迹罕到。惜哉！客之饒舌，不然又成一桃源矣。青坨曰：『畿甸之中，有此世外桃源，惟吾國始能得之，西歐斷不能有此。』吾觀董方立所輯之《咸寧縣志》，圖中所轄地，亦恰有如涿州之遠轄三盤者。因此，始悟當日之有此華離犬牙之奇觀，乃因人而隸屬，非因地而生此關係也。近世有小説一種曰《笏山記》，玩其所衍，似是從此事脱胎。（《虞初支志》）

## 《活世生機》

《藍鼎元公案》偶記兄弟訟田一則云：『故民陳智有二子。長阿明，次阿定。少同學，長同耕。兩人相友愛也。娶後分産異居。父没，剩有餘田七畝。兄弟互争，親族不能解，至相争訟。阿明曰：「父與我也。」呈闔書閲之，内有老人百年後，此田付與長孫①之語。阿定亦曰：「父與我也。」有臨終批囑爲憑。余曰：「皆是也。曲在汝父，當取其棺斫之。」阿明、阿定皆無言。余曰：「田土細故也，兄弟争訟大惡也。我不能斷，汝兩人各伸一足，合而夾之。能忍耐不言痛者，則田歸之矣。但不知汝等左足痛乎，右足痛乎？左右惟汝自擇，我不能强，汝兩人各信一不痛之足來。」阿明、阿定答曰：「皆痛也。」余曰：「噫！奇哉！汝兩足無一不痛乎？汝之身，猶汝父也。汝身之視左足，猶汝父之視明也；汝身之視右足，猶汝父之視定也。汝兩足尚不忍捨其一，汝父兩子，肯捨其一乎？此事須他日再審。」命隸役以鐵索一條，兩縶之，封其鑰口，不許私開。使阿明、阿定同席而坐，聯袂而食，并頭而卧。行則同起，居則同止。便溺糞穢，同蹲同立，頃刻不能相離。更使人偵其舉動詞色，日來報。初悻悻不相語言，背立側坐至一二日，則漸漸相向，又三四日，則相對太息。俄而相與言矣。未幾，又相與共飯而食矣。余知其有悔心也，問二人有子否。則阿明、阿定皆有二子，或十四五，或十七八，年齒亦不相上下。命拘其四子偕來。呼阿明、阿定謂之曰：「汝父不合生汝兄弟二人，是以今日至此。向使汝止孑然一身，田宅皆爲己有，何等快樂。今汝等又不幸，皆有二子。他日相争相奪，欲割欲殺，無有已時。深爲汝等憂之。今代汝思患預防，汝兩人②各留一子足矣。明居

① 古典文學出版社本『孫』作『子』。

② 古典文學出版社本多『兩人』兩字。

長，留長子，去少者可也；定居次，留次子，去長者可也。命差役將阿明少子，阿定長子，押交濟養院，賞與丐首爲親男，取具收管存案。彼丐家無田可争，他日得免於禍患。」阿明、阿定皆叩頭號哭曰：「今不敢矣。」余曰：「不敢，何也？」阿明曰：「我知罪矣。願讓田與弟，至死不復争。」阿定曰：「我不受也。願讓田與兄，終身無怨悔。」余曰：「女二人皆非實心，我不敢信。」二人叩首曰：「實矣。如有悔心，神明殛之。」余曰：「汝二人即有此心，二人之妻亦未必肯，且歸與婦計之。三日來定議。」越翌日，阿明妻郭氏，阿定妻林氏，邀其族長陳德俊、陳朝議，當堂求息。娣姒相扶攜，伏地涕泣，請自今以後，永相和好，皆不受田。阿明、阿定皆泣曰：「我兄弟蠢愚，不知義理，致費仁心。今如夢初醒，慚愧欲絶，悔之晚矣。我兄弟皆不願得此田，請捨入佛寺齋僧，可乎？」余曰：「噫①！此不孝之甚者也。言及捨寺齋僧便當大板撲死矣。汝父汗血辛勤，創兹産業。汝兄弟鷸蚌相持，使禿子收漁人之利。汝父九泉之下能瞑目乎？爲兄則讓弟，爲弟則讓兄，交讓不得，則還汝父。今以此田爲汝父祭産，汝弟兄輪年收租備祭，子孫世世永無争端。此一舉而數善備者也。」於是，族長陳德俊、陳朝議皆叩首稱善，教阿明、阿定、郭氏、林氏悉歡欣感激。當堂七八拜，致謝而去。兄弟妯娌相親相愛百倍曩時。民間遂有言禮讓者矣。』青坨曰：『《履園叢話》載，陸清獻公宰嘉定，有兄弟争訟不休，

① 古典文學出版社本多『噫』字。

公①謂之曰：「兄弟不睦，倫常大變。予爲斯民父母，皆予教訓無方之過也。」遂自跪烈日中。訟者感泣，自此式好無尤。此蓋以至誠惻怛動之也。錢氏謂爲道以德、齊以禮，而有耻且格者是矣。鹿洲先生之判此事，與清獻異用而同功，專以聳動其天良爲心而已。陸以恬《冷廬雜識》節録此事，以示折獄良法。而閩人林君琴南《鐵笛亭瑣記》亦述此事，但與先生所自述互異。以鐵索兩縶，鑰封其口，爲以竹筒通鐵繩於筒中。兄弟相去二尺，其後，判其二子爲丐，及令二人各與其妻計議等事，林氏所述，均與先生自序不甚合。蓋出自胸臆，未檢公案原書也。近出稗說曰《活世生機》者，亦載入此事，中間補入阿明、阿定歸家各與其妻互商追悔情節，雖屬虛構，亦復入情，而又衍以白話。淺人都能讀，亦可訓俗也。（《虞初支志》）

## 《列國志》

說部之書，以話說字起者，至今漸益多。有憑虛結構者，亦有依傍古事而裝點者。大概皆爲說書人而撰，多成於粗鄙之人，或閒放之士，儒者不屑道，故其籤帙不登於架。然此亦別是一家筆墨。

① 古典文學出版社本多「公」字。

其流總出於稗官野史也。凡於各朝代之興衰治亂，皆有叙述。而《三國衍義》最稱。其次，則《東周列國志》。予謂爲《列國志》者尤難。蓋國多則頭緒紛如，難於聯貫；又列國時事多首尾曲折不具詳，難於敷衍，未免使覽者厭倦。今觀其書，於附會處，每多細意體會。如齊襄公之弒，依《左傳》從獵貝丘起，見大豕人立而啼，從者謂是公子彭生，懼而墜車，喪履之下，添豕銜屨去之語。及賊入，尋公不見，而見一屨於複壁下，乃得而弒焉。謂蓋彭生厲魂化豕，取屨置壁下以報公也。得此而前者豕之見、屨之喪，及誅屨弗得，始爲有因。不拘泥於左氏，見公足户下之言，斯爲善解左文者矣。豈妄爲添飾之比哉！（《常談叢録》）（未完）

（一九二七年第十六卷第九期《民衆文學》〔《小説世界》〕）

## 《列國志》

東周列國之際，人事繁複極矣。衍爲小説，只能以編年之法行之，遂不免板滯不靈之病。而作者之才，恰只能循題敷衍，故《列國志》一書，雖無大不佳之處，而實不見其妙處。《左傳》、《國語》、《戰國策》諸書，其紀事、紀言可謂佳絶、妙絶，《列國志》一一取而充塞其篇幅，乃不免有手忙脚亂之譏。此可見作者無提綱挈領之魄力，尤可見穿插剪裁之間，不甚得法也。

《列國》佳處，只有晋公子重耳出亡一段，其事妙，故其文亦不能不佳。其餘則平鋪直叙，了無警策

動人之處。然作歷史小説而能平鋪直叙二百餘年之事，作者之苦心毅力亦不可及也已。（《缺名筆記》）

開歲無俚，兒輩案頭有《東周列國演義》。偶一幡紙，是書起周幽迄秦政，臚叙事實與《左》、《國》、《史》、《鑑》十九符合，絶無向壁虚造之言。其第八十三回有云：『勾踐班師回越，載西施以歸。越夫人潛使人引出，負以大石，沉於江中，曰：「此亡國之物，留之何爲？」後人不知其事，訛傳范蠡載入五湖，遂有「載去西施豈無意，恐留傾國誤君王」之句。』按：范蠡扁舟獨往，妻子且棄之，况吴宫寵妃何敢私載乎？又有言范蠡恐越王重迷其色，乃以計沉之於江，此亦謬也（演義止此）。曩余輯《證璧集》（元名《詳福集》，取語『能①作吉祥能載福』句義。凡爲昔人辨誣之文，皆吉祥文字也），辨西施隨范蠡之誣，語兒亭舊説之非，并極詳確。唯西施負石沉江，越夫人實主之，則僅見於是書。是亦《證璧》之一説。惜未詳其所本耳。（《餐櫻廡隨筆》）

## 《封神傳》

俗傳王弇州作《金瓶梅》爲朝廷所知，令進呈御覽。弇州懼，一夜而成《封神演義》，以此代彼，因

① 古典文學出版社本無『能』字。

之頭白。此與云王實父撰《西厢》至『碧云天，黄花地』一曲，思竭而死，同一無稽。然《封神》一書，實類倉卒而就者。（《缺名筆記》）

春秋戰國以前，婦人則必著其姓，男子但冠以氏，而不稱姓。當時各國於氏族皆有專官，氏雖異而同出一源者，彼此無不知之，亦不待標舉本姓也。（正因同姓人太多，冠姓於名反難區别，不如用氏之易知。）太公本姜姓，吕乃封國，以國爲氏者也。是以子史各書，均非吕望，或稱吕尚，從無稱姜望、姜尚者。後世忽稱爲姜太公，皆誤於《封神演義》。其實起古人於九原而問之，并不知有姜太公其人也。（今則三尺童子皆知姜太公，積重難返矣。）試思太公之上，若須冠以姜字，則仲尼當稱子夫子，孟子當稱姬夫子矣。至太公之名，自以『望』爲定。其稱『尚父』乃係尊稱，尚者上也，與太同意。尊之爲父爲師，亦與公字同意。（《史記》稱名尚，又引文王之言，『吾太公望子久矣』，尤謬。文王所稱太公即太王也；尚父遇文王，年已八十，或者當太王之世已聞名興慕，亦未可知。然當時尚無君賜臣名之例，况文王尊禮甚隆，豈有以己意即爲改名之理乎？）惟尚父字子牙故，韓非子稱爲吕牙。（韓非《用間篇》：商之興也，伊摯在夏周之興也；吕牙在殷，太公嘗仕紂。）（《五餘讀書廛隨筆》）

## 《包公案》

《宋史·包拯傳》言其權知開封府時，貴戚宦官爲之斂手，聞者憚之。人以拯笑比河清，童稚婦女亦知其名，呼曰包待制。京師爲之語曰：『關節不到，有閻羅包老。』然又曰：『惡吏苛刻，務敦厚，雖甚嫉惡而未嘗不推以忠恕。』是孝肅，非任威刑者。其折獄，史惟載其知天長縣，察盜割牛舌一事。然此事《穆衍傳》亦載之，又以爲衍宰華池時事。至孝肅因連劾罷三司，使張方平、宋祁遂權使職。歐陽文忠至，比之奪蹊田之牛，其詞甚厲。而《胡宿傳》云：『涇州卒，以析支不時給，出惡言，且欲相扇爲亂。既置於法，乃命劾三司吏、三司使。包拯護弗遺。宿曰：「涇卒，固悖慢。然當給之物，越八十五日而不與，計吏安得爲無罪？拯不知自省，公拒制命，紀綱益廢。」拯懼，立遣吏。』則希仁亦非真關節不到者矣。（《荀學齋日記》）

## 《楊家將》

錢竹汀氏嘗言：『近世有小説之學，凡市井僞造故事，傳之優伶，最足以惑耳目而壞心術。』此篤論也。安溪李文貞有《請正樂府疏》，欲選擇翰林諸員能文詞者，取古來可感發之事，被之管弦，令天下傳演而悉禁誣妄淫褻諸劇。其事若行，誠轉移風俗之大端。而議卒不成。余謂今日他即不能禁，而凡演古帝王聖賢者，會典律例，俱有嚴科。今梨園中於漢世祖、唐太宗、宋太祖、宋仁宗皆本之市井稗官所謂《東漢》、《説唐》諸書，極意誣衊。而於唐僞造薛仁貴家世事，以仁貴爲江夏王道宗所陷，於宋僞造楊業、呼延贊家世事，以潘美爲巨奸，尤爲悖謬。此有地方之責者，出一紙嚴禁即可立止，而莫之爲意，不可解也。近日俞蔭甫著《湖樓筆談》，謂薛仁貴、楊業兩家子孫於史無聞，則又大誤。仁貴子訥，相高宗、武后，謚昭定，爲名臣。其後薛嵩等，又世爲節鎮（《舊唐書》言嵩爲仁貴子楚玉之子，以時代計之，差合），此其後最顯。楊業子孫備載《宋史》，其第六子延昭之名尤著，《東都事略》亦載之。今略録《宋史》楊業、呼延贊二傳於此。以兩家爲梨園所盛稱。天下士夫以及婦孺無不知者，而其誣特甚。楊業事見諸家《續通鑑》。略讀書者，猶能知之，故録從略。呼延贊名并不載《東都事略》，惟見《宋史》及《隆平集》。世人鮮有讀二書者，故録之稍詳焉。

楊業，（《十國春秋》云：業，本名繼業，北漢睿宗賜劉姓，比於諸子。及降宋，太宗復其姓，止名業。《續通鑑》云：繼業本名重貴，劉崇改其姓名曰劉繼業，按：崇諸孫名，皆有繼字，此説是也。）并州太原人。父信，爲漢麟州刺史。（按：同時有三楊信、一楊承信。《通鑑》亦作楊信，蓋仕漢時，避隱帝承祐名，去承字。如宋承偓亦去承，止名偓也。又有瀛洲楊信，《宋史》皆有傳。今小説以業爲楊衮子，考遼有武定節度使政事令楊衮。慶曆四年，嘗將萬騎援劉崇高平之戰。軍西偏不動，獨全師而還，後自代州奔歸遼。）業任俠，善騎射。弱冠事劉崇，爲保衛指揮使，以驍勇聞，累遷至建雄軍節度使，屢立戰功，所向克捷，國人號爲『無敵』。（《東都事略》『無敵』上有楊字。按：業在晉，以劉爲氏，安得有楊無敵之稱？此當從《宋史》。又《事略·党進傳》云：開寶二年，太祖征晉陽，分置砦於四面，命進主其西偏，師未成列，太原驍將楊業領突騎數百來犯，進挺身逐業。麾下數人隨之。業走入城壕，援兵至，業援縋入城，免。《十國春秋》作劉繼業等乘晦突門，犯東西砦，敗遁歸。）太宗征太原，素聞其名，嘗購求之。既而孤壘甚危。業勸其主繼元降，以保生聚。（按：《事略》云：太宗征太原，業扞城之東南面，拒城苦戰。及繼元降，太宗聞其勇，欲生致之，令中使諭繼元以招之。業乃北面再拜大慟，釋甲來見。《宋史》之文本之當日《國史》，據《續資治通鑑長編》引《國史·楊業傳》，文與此同。又引《除鄭州防禦使制辭》有云：『知金湯之不保，慮玉石以俱焚。定策乞降，委質請命，忠於所事，善自爲謀。』以爲與《九國志》大不同。是李氏亦疑《國史》之非實。《十國春秋》云：業扞太原城東南面，殺傷宋師無算，及繼元降，業猶據城苦戰。宋太宗諭繼元招之，隨遣親信往爲開陳禍福，業乃大慟。云云。亦從《九國志》及《事略》。考諸書皆言勸降者爲繼元故樞密使馬峰，無云業者。）繼元既降，帝遣中使召見業，大喜，以爲右（《事略》及《十國春秋》皆作左）領軍衛大將軍。師還，授鄭州刺史（《事略》作鄭州防禦使）。帝以業老於邊事，復遷代州，兼三交駐泊兵馬都部署。會契丹入雁門，業領麾下數千（《事略》作百）騎由小陘至雁門北口，南向背擊之。契丹大敗。（《續通鑑》云：殺其駙馬侍中蕭咄李，獲其都指揮使李重晦。咄李今改譯多羅。《十國春秋》惟云殺其將蕭咄李，無李重晦。按：其事在太平興國五年三月，即業降之次年。）以功遷云州觀察使仍判鄭州、代州。自是契丹，望見業旌旗，即引去。主將戍邊者多忌之，有潛上謗書者，帝皆不問，封其奏以付業。雍熙三年，大軍北征，以忠武軍節度使潘美爲雲應路行營都部署，命業副之，以西上。閤門使、蔚州刺史王侁（按：侁字秘權，開封浚儀人，周樞密使樸之子，宋史有傳），軍器庫使、順州團練使劉文裕護其軍，連拔雲、應、寰、朔四州，師次桑乾河。會曹彬之師不利（《事略》作曹彬敗於歧溝），諸路班師，美等歸代州。詔遷四州之民於内地，令美等以所部之兵護之。時契丹國母蕭氏與其大臣耶律漢寧、南北皮室及五押惕隱，領衆十餘萬，復陷寰州。侁等逼業赴敵。業將行，泣謂美曰：『此行必不利。業太原一降將，分當死。』因指陳家谷口曰：『諸君於此張步兵强弩，爲左右翼以援。俟業轉戰至此，即以步兵夾擊救之。不然無遺類矣。』美即與侁領麾下兵陳於谷口。自寅至巳，侁使人登托羅臺以望之，以爲契丹敗走，欲争其功，即領兵離谷口。美不能制，乃緣交河西南行二十里。俄聞業敗，即麾兵却走。業力戰至暮，果至谷口，望見無人，即拊膺大慟。再率帳下士力戰。身被數十創，士卒殆盡，猶手刃數十百人。馬（《事略》作因）重傷不能進，遂爲契丹所擒。其子延玉亦没焉。業不食三日死。帝聞之，痛惜甚。贈太尉、大同軍節度使，賜其家布帛千匹，粟千石。大將軍潘美降三官，王侁除名，隸金州。劉文裕除名，隸登州。業不知書，武勇有智謀，練習攻戰，與士卒同甘苦。代北苦寒，人多服氈罽。業但挾纊露坐治軍事，旁不設火。侍者殆僵仆，而業怡然無寒色。朔州之敗，麾下尚百餘人。業謂曰：『汝等各有父母妻子，與我俱死無益也。可走還，報天子。』衆皆感泣，不肯去。淄州刺史王貴殺數十人，矢盡遂死。（附傳：貴，并州太原人，從業爲遼兵所圍，矢盡，張空拳又擊殺數人，遂遇害，年七［疑字有誤］，十三。）餘無一生還者。朝廷録業子，供奉官延郎，爲崇儀副使。次子殿直延浦、延訓并爲供奉官。延環(《十國春秋》作瓌)延貴、延彬并爲殿直。(業娶府州永安軍節度使折德扆女,今山西保德州折窩村有大中祥符三年折太君碑,即業妻也。西北人讀折音如蛇,故稗官家作佘太君,以折窩村爲社家村,又附會爲蛇太君,委蜕不死。)(未完)

(一九二七年第十六卷第十二期《民衆文學》〔《小説世界》〕)

## 《楊家將》

延昭本名延朗,後改焉。(《事略》云:下一字犯聖祖名,改昭。)幼沉默寡言。爲兒時,多戲爲軍隊。業嘗曰:『此兒類我。』每征行,必以從。業攻應、朔,延昭爲其軍先鋒。戰朔州城下,流矢貫臂,鬥益急。以崇儀副使出知景州,爲江淮南都巡檢使,改崇儀使,知定遠軍。徙保州,緣邊①都巡檢使,就加如京使。咸平二年冬,契丹擾邊,延昭時在遂城。城小無備,契丹攻之甚亟,衆心危懼。會大寒,汲水灌城上,旦悉爲冰,堅滑不可上。(按:《事略》

① 古典文學出版社本多『邊』字。

『城上』作『城外』，『不可上』作『不可近』，是也，惟灌於城外乃能護城；若灌城上，則已兵亦不能上矣。）契丹遂潰去，獲其鎧仗甚衆，以功拜莫州刺史。時真宗駐大名，乃①召延昭赴行在。屢訪以邊要，帝甚悦，指示諸王曰：『延昭父業爲前朝名將，延昭治兵護塞，有父風，深可嘉也。』厚贈遣還。是冬，契丹南侵，延昭伏鋭兵於羊山西，自北掩擊，且戰且退，及山西伏發，契丹衆大敗，獲其將（《事略》作名王），函首以獻。進本州團練使，與保州楊嗣并命。五年，契丹侵保州，延昭與嗣提兵援之，未成列，爲契丹所襲，軍士所②喪失，命代還宥之。六年夏，復用爲都巡檢使，又徙寧邊軍部署。景德元年，詔益延昭兵萬人。延昭上言：『契丹頓澶淵，去北境千里，人馬俱乏，雖衆易敗。願飭諸軍，扼其要路，衆可殲焉，即幽、易數州可襲而取。』奏入不報，乃帥兵抵遼境。破古城，俘馘甚衆。命知保州，兼沿邊都巡檢史。二年，進本州防禦使，俄徙高陽關副都部署。在屯所九年，延昭不達吏事，軍中牒訴，嘗遣小校周正治之，頗因緣爲奸，帝斥正還營，而戒延昭焉。大中祥符七年卒，年五十七。延昭智勇善戰，所奉賜悉犒軍，未嘗問家事。出入騎從如小校，號令嚴明，人樂爲用。在邊防二十餘年，契丹憚之，目爲楊六郎。及卒，帝嗟悼之，遣中使護櫬以歸。河朔之人，多望櫬而泣。録其

① 古典文學出版社本無『乃』字。
② 古典文學出版社本『所』作『多』。

三子官，其常從門客，亦試藝甄叙之。子文廣。文廣，字仲容，以班行討賊張海有功，授殿直。范仲淹宣撫陝西，與語奇之，置麾下。從狄青南征，知德順軍，爲廣西鈐轄。知宜、邕二州。累遷左藏庫使，帶禦器械。治平中，擢成州團練使，龍神衛四厢都指揮使，遷興州防禦使，秦鳳副都總管。韓琦使築篳篥城，文廣聲言城噴珠，帥衆急趨篳篥。比暮，至其所，部分已定。遲明，敵騎大至，知不可犯而去。遺書曰：『當白國主，以數萬精騎逐汝。』文廣遣將襲之，斬獲甚衆，詔書褒諭，賜襲衣帶馬，知涇州，鎮戎軍，爲定州路副都總管，遷步軍都虞侯。遼人争代州地界，文廣獻陳圖，并取幽燕策，未報而卒。贈同州觀察使。（按：《東都事略》無《文廣傳》，《宋史》卷三百《楊畋傳》云：畋字樂道，保静軍節度使重勳之曾孫，進士及第，歷官至吏部員外郎，三司户部副使，奉使契丹，以曾伯祖業嘗陷虜，辭不行，考重勳。《宋史》無傳。錢氏大昕曰：『《宋史》二百七十三有楊美，并州文水人，官至保静軍節度使。疑即重勳。』慈銘案：史言太祖與美有舊，党進等征太原，美爲行營馬軍都虞候，未必爲業兄弟也。畋傳言，畋出於將家，則自爲業子姓後人。）

呼延贊，并州太原人。父琮周，淄州馬步都揮使。贊少爲驍騎，卒，太祖以其材用補東班，長入承旨。遷驍雄軍使。後①從王全斌討西川，身當前鋒，中數創，以功補副指揮使。太平興國初，太宗親選軍校，以贊爲鐵騎軍指揮使，從征太原。先登乘城及堞而墜者數四，面賜金帛奬之。七年，從崔翰戍定州。翰言其勇，擢爲馬軍副都軍頭，稍遷内院察直都虞候。雍熙四年，加馬步軍副都軍頭，嘗獻陣圖兵要，及樹營砦之策，求領邊任。召見，令之作武藝。贊具裝，執鍵、馳騎、揮鐵鞭、棗槊，旋繞庭中數四。又引其四子，必興、必改、必求、必顯以入。疊舞劍盤槊。賜白金數百兩，及四子衣帶。端拱二年，領富州刺史，俄與輔超并加都軍頭。淳化三年，出爲保州刺史，冀州副都部署。至屯所，以無統御材，改遼州刺史。又以不能治民，復爲督軍頭，領扶州刺史，加康州團練使。咸平二年，從幸大名，爲行宫内外都巡檢。真宗嘗補軍校，皆叙己功，或至讙嘩。贊獨進曰：『臣月俸百千，所用不及半，忝幸多矣。自念無以報國，不敢更求遷擢，恐福過灾生。』再拜而退。衆嘉其知分。三年，元德皇太后園陵命掌護儀衛，及還而卒。贊有膽勇，鷙悍輕率，常言『願死於敵』，遍文其體，爲『赤心殺賊』字。至於妻孥僕史皆然。諸子耳後别刺字曰『出門忘家，爲國臨陣，忘死爲主』。及作破陣刀，降魔杵，鐵折上巾，兩旁有刃，皆重數十斤。絳帕首，乘騅馬，服飾詭異。（按：《隆

① 古典文學出版社本無『後』字。

平集》言贊好以絳帕首，持鐵鞭，嘗請太宗圖其形，傳示四方，以威契丹。太宗惡其怪誕，屢欲誅之，惜其勇而止。）性復鄙誕不近理，盛冬以水沃孩幼，冀其長能（即耐字），寒而勁健。其子嘗病，贊封股爲羹療之。贊卒後，擢必顯爲軍（軍上當有『馬』字或『步』字）副都軍頭。（《荀學齋日記》）

潘美本宋初名將，以功名令終。近世小説所謂《楊家將》者，獨醜詆之不遺餘力。或以爲楊業之死，潘與有責焉。按：李廣之死，責在衛青。後世不聞詆青以伸廣者，潘美乃無端蒙惡名，誠所謂有幸有不幸哉！按：潘美性最平易近人，有功益謹慎，能保令名以終者，非無故也。王鞏《隨手雜録》紀其遺事云：『太祖皇帝初入宫，見宫嬪抱一小兒，問之，曰：「世宗子也。」時美與范質、趙普皆侍側。太祖顧問普等。普等曰：「去之。」潘美與一帥在後不語。太祖召問之，美不敢答。太祖曰：「即人之位，殺人之子，朕不忍爲也。」美曰：「臣與陛下北面事世宗，勸陛下殺之，即負世宗；勸陛下不殺，則陛下必致疑。」太祖曰：「與爾爲姪。」美遂持歸。後太祖亦不問，美亦不復言。以善詞全人之後，良足多者。美同時諸節度皆解兵柄，獨美不解。每赴鎮，留妻子，止攜數妾往。或有子，即遣其妾與子歸宗，仍具奏乞陛下特照管云。』是與王翦多請田宅，汾陽不分内外之意相等。處功高震主之地，而能謹慎，宜乎保令名以終也。獨其身後無端之毁，不知從何而來。『身後是非誰解得，沿村聽唱蔡中郎。』天下事固多如是者乎？（《居聞見録》）

直隸安肅縣北河店即河陽渡，國初大破李自成於此。河之下流曰『白溝』，有『六郎堤』。宋楊延昭守益津關所築也。今新城北有孟良營，雄縣有焦瓚墓。稗官非盡杜撰，惜史無可考耳。近人詩云：『巨馬河邊古戰場，土花埋没緑沉槍。至今村鼓盲詞裏，威鎮三關説六郎。』、『亞古城荒焦瓚墓，桑乾河近孟良營。行人多少興亡感，落日秋煙畫角聲。』（《秦輶日記》）

## 《飛龍傳》

《飛龍傳》爲述宋太祖龍興時事，叙世宗登極及陳橋兵變，似是而非。至云太祖有鸞帶一條，伸之即爲巨棒，此與孫悟空耳中金箍棒事相埒。余家居時，門臨池上，毗舍即爲社公之廟，戲臺高出池上，凉陰四合。有陳華者，日講衍義，雅有聲色。余亦時就聽之。鄉有老人，年八十二矣。忽謂余曰：『趙匡胤能使棒耶？』余前數日①，適觀《鐵圍山叢談》，即應之曰：『宋徽宗講漢武帝期門故事，出時宦者必攜從二物，一爲玉拳，一爲鐵棒。鐵棒者乃藝祖仄微時，以至受命後，所持鐵桿棒也。據此以觀，則使棒事或有之。』小説家用孫悟空事稱爲鸞帶所化，謬矣。（《畏廬瑣

① 古典文學出版社本『日』作『月』。

記》）（未完）

（一九二七年第十六卷第十六期《民衆文學》〔《小説世界》〕）

## 《梁山伯》

《毗陵志》云：『祝陵即祝英臺墓，在宜興善權山。』《鄞縣志·冢墓志》引《乾道圖經》云：『梁山伯、祝英臺墓在縣西十里，接待院後有廟。』又云：『俗傳以墓土置竈上，則蟲蟻不生。』又《職官表》：『晋梁處仁，鄞令。』《壇廟志》：『義忠王廟□□□①聖君廟，在縣西十六里，接待寺西。』宋大觀中，郡守李茂誠撰記載梁祝事，皆信史，非虞初九百之言也。略云：神諱處仁，字山伯，姓梁氏，會稽人。母夢日貫懷，孕十二月，東晋穆帝永和壬子三月一日分瑞而生。幼聰慧有奇，長就學，篤好墳典。嘗從名師，過錢塘，道逢一子，容止端偉，負笈擔簦，渡航相與坐，而問曰：『子爲誰？』曰：『祝姓，名貞，字信齋。』曰：『奚自？』曰：『上虞之鄉。』『何適？』曰：『師氏在邇。』從容與之討論旨奥，怡然相得。神乃曰：『家山相連，予不敏，攀鱗附翼，望不爲異於是。』樂然同往，肄業三年。祝思親而先

① 古典文學出版社本『□□□』作『一名梁』。

返。後二年，山伯亦歸省。至上虞，訪信齋，舉無識者。一叟笑曰：『我知之矣。善屬文者，其祝氏九娘英臺乎？』踵門引見，詩酒而別。山伯悵然，始知其爲女子。慕其清白，告父母求姻。奈何已許鄮城廊頭馬氏，弗克如願。後簡文帝舉賢良，郡以神應召。詔爲鄮令，嬰疾弗瘳，囑侍人曰：『鄮西清道源九隴墟爲葬之地。』瞑目而殂。寧康癸酉八月十六日辰時也。郡人不日爲之塋焉。明年乙亥暮春丙子，祝適馬氏，乘流西來，波濤勃興，舟航莫進。駭問篙師，指曰：『無他，乃山伯梁令新塚，得非怪與！』英臺遂臨塚奠，哀慟地裂而埋璧焉。從者進引其裙，風裂若云飛，至董溪西嶼而墜之。馬氏言官開槨，巨蛇護塚，不果。郡以事異，聞於朝丞相謝安，奏請封義婦塚，勒石江左。至安帝丁酉秋，孫恩寇會稽及鄮，妖黨棄碑於江，太尉劉裕討之。裕乃夢神以助。夜果烽燧熒煌，兵甲隱見，賊遁入海。裕嘉奏聞，帝以神功，褒封義忠神聖王，令有司立廟焉。越有梁王祠，西嶼有前後二黃裙會稽廟。民間旱澇疫癘，商旅不測，禱之輒應。宋大觀元年春，詔集九域圖志及十道四番，志事實可考，以紀其傳不朽云。梁祝故事，千古艷稱。善權山祝陵之說，要亦引以爲重耳。今海上貝勒路迤北有梁山伯廟。（《餐櫻廡漫筆》）

## 《三笑姻緣》

山東解元王化發解時，年甚少，不矜細行，綢繆二娼，遂不娶。久之，不爲人齒，乃挈二娼直抵杭州，籍之爲衣食。杭劇郡也，守日夜迎賓水次，逮夜方歸。有子年十七八，日私出衙，與娼狎，夜必歸曰：『欲了師父課程耳。』化令且帶題來，爲之代作。居踰月，師異其筆大進，以呈諸守曰：『某且愧爲師矣。』守索視之，信。呼面試之，子既凡筆，又荒落之久，不能下一詞。詰其自來，勢不可隱，具言之。守乃逮化及二娼至。異其狀，叩以來歷。化請屏人言曰：『某山東王化，正德八年解元也。』守矍然罵曰：『畜生，何至是？』則曰：『爲昵二娼，遂忘羞耻。』守乃立遞二娼去，即日新其衣冠，置之師席，令誨其子，不聽出入。又一年，赴會試，得第，選爲御使，巡監浙江。每赴席，當筵輒狎歌童，或爲按拍，其不矜細行，卒不改云。村老曰：『此事今有傳奇，俚甚，不足觀。且以爲郡人唐解元子畏事，遂不知有王化。』余得之連抑武先生，所紀當不謬。（《花當閣叢談》）

## 《孟姜女》

《春秋傳》：『齊侯襲莒，杞梁死焉。齊侯迎歸，遇杞梁之妻於郊。使吊之，辭曰：「殖之有罪，何辱命焉？若免於罪，猶有先人之敝廬在。下妾不得與郊吊。」齊侯吊諸其室。左氏之文不過如此而已。』《檀弓》則曰：『其妻迎其柩於路而哭之哀。』《孟子》則曰：『華周杞梁之妻善哭其夫，而變國俗。』言哭者，始自二書。《説苑》則曰：『杞梁、華舟進鬥，殺二十七人而死。其妻聞之而哭，城爲之阤，而隅爲之崩。』《列女傳》則曰：『杞梁之妻無子，内外皆無五屬之親，既無所歸，乃枕其夫之屍於城下而哭。道路過者，莫不爲之揮涕。十日而城爲之崩。』言崩城者，始自二書。夫左氏、《檀弓》俱言有先人之敝廬，何至枕屍城下？且莊公既能遣吊，豈至暴骨溝中？子政之言，没其知禮，而憐其盡哀，此殆於細人之見也。然其崩者城耳，未云長城。長城築於宣王之時，去莊公百有餘年。而齊之長城，又非秦所築之長城也。後人相傳，乃謂秦築長城，有范郎之妻孟姜送寒衣，至城下，聞夫死，一哭而長城爲之崩，則與杞梁之事，全不相蒙矣。夫范郎者，何人哉？秦①操曰：『范杞梁妻嘆者，齊邑范梁殖之妻所作也。』杞而加之以范，蓋自此始，而轉爲秦代之人，則又不知其傳譌之所自矣。余過長清縣之長城鋪，見有杞梁妻祠，乃列聖母娘娘諸像，不下十數，而人尚呼之爲姜女廟。又杞梁死地當在今之莒州，非長清也。因書此以待後之明君子正焉。（《山東考古録》）

盲詞《孟姜女》，余前輩考之詳矣。李越縵先生《荀學齋日記》載《琱玉集·感應篇》引《同賢記》一條云：『杞良，秦始皇時北築長城，避苦逃走，因入孟起後園樹上。起女仲姿浴於池中，仰見杞良而唤之，問曰：「君是何人？因何在此？」對曰：「吾姓杞名良，乃燕人也。但以從役而築長城，不堪辛苦，遂逃於此。」仲姿曰：「請爲君妻。」良曰：「娘子生於長者，（按：此長者謂富

① 古典文學出版社本『秦』作『琴』。

貴家也，乃漢魏間古義。）處在深宮，（按：深宮通指上下，亦漢以前古義。）容貌艷麗，焉爲役人之匹？」仲姿曰：「女人之體，不得再見丈夫，君勿辭也。」遂以狀陳父，而父許之。夫婦禮畢，良往作所。主典怒其逃走，乃打殺之，并築城内。起不知良死，遣僕欲往代之。聞良已死，并築城中。仲姿既知，悲哽而往，向城啼哭，其城當面一時崩倒。死人白骨交横，莫知孰是。仲姿乃刺指血以滴白骨云：「若是杞良骨者，血可流入。」即瀝血。果至良骨，血徑流入，便將歸葬之也。』按：此記所言，尤與盲詞闗目合。窺浴一節，始以爲笑談，不謂正自有本。世俗小説固多鄙陋誣妄，然亦何可輕議耶？孟女名仲姿，父名起，今人蓋無知者，尤足以佐。《譚麈日記》云：《琱玉集》書名見《宋史·藝文志》及《通志·藝文略》，究不定其爲誰作。此刻出自日本人舊鈔卷子本，云，原十五卷。今僅存十二、十四兩卷。每卷末有記云：天平十九年，歲在丁亥寫。天平十九年，唐玄宗之天寶六載也。其書分類係事，各題篇名。十二卷分聰慧、壯力、鑒識、感應四篇。十四卷分美人、醜人、肥人、瘦人、嗜酒、别味、祥瑞、怪異八篇。其書掇拾奇零，絶無條理，重誤貤謬，不勝指摘，蓋是六朝末季底下之書。（《花朝生筆記》）

（一九二七年第十六卷第十八期《民衆文學》〔《小説世界》〕）

## 《老殘游記》

近來新撰小說風起雲涌，無慮千百種。固自不乏佳構，而才情縱逸，寓意深遠者，以《孽海花》爲巨擘，惜乎全豹未窺。使人有曲終人渺之感，亦藝林之缺陷也。其略足比肩者，有《老殘游記》，雖篇幅稍短，而意趣淵厚，取境遹奇，底是作手。雖立言誕怪，不免貽譏，而文字固不以此高下。著者自署洪都百煉生。聞之人云係劉姓名鶚，字雲湍，丹徒人。倜儻不群，負異才①，嘗寓稷下金泉精舍。賓友還□，有所作，操筆立就，亦壯歲隕折。天公忌才，真果爾乎？（《負暄絮語》）

## 《天方夜談》

《天方夜談》，不知何人所著。其書言安息某國王以其寵妃與奴私，殺之。後更娶他妃，御一夕，天明輒殺無赦。以是國中美人幾盡。後其宰相女自言願爲王妃。父母涕泣，閉拒之，不可，則爲具

---

① 古典文學出版社本多『負異才』三字。

盛飾進御。夜中，鷄既鳴，白王嘗爲女弟，道一古事未盡願，得畢其説就死。王許之。爲迎其女弟宫中，聽姊復理前語，乃其説既吊詭新奇可喜矣，且抽繹益長，猝不可罄。則請王賜一夕之命，以賡續前語。入後轉勝，王甚樂之。如是者至一千有一夜，得不死。其書爲各國傳譯，名《一千一夜天方夜談》，誠古今絶作也。且其書多識西域回部制度、風俗、教理、民情之事，故爲通人所重也。（嚴譯《穆勒名學注》）

《天方夜譚》爲回教國最古之説部，所列故事多涉俶詭奇幻，近於《搜神》、《述異》之流。譯者姓名弗著。其《龍穴合窆記》，尤多情至語。非深於情不能道，其旨可通於填詞。如妃謂宰侯『子慧心人，當知予意，勿辜所托，苟棄予命，以爲予憂，則怨將終其身。誓不復與子見』，其言徑情直遂，視情外如無物，詞之質，筆似之。又比客呼妃名，自語曰：『予念即不見諒於卿，亦終不能釋。雖形消骨化，此區區之忱，不與俱泯。』詞有不嫌説盡者，斯語似之。又比客謂宰侯『余之戀戀，實彼有以召之。一望其神光離合，即心摇摇不自主』，遂自呼名而對曰：『比客，子何妄；獨不慮如膏之煎，徒自苦耶？』又對宰侯曰：『君誤我，偕余至此，非紓我繾綣，直益我磨折耳。』復舉手謝曰：『此行實自至昏瞀中，誣君爲道引，余過矣，余過矣①。』語未畢，淚墜如雨，哀抑不自勝。若癡若狂，百態交作。其言胡天胡帝，愈轉愈

① 古典文學出版社本多『余過矣』三字。

深。詞筆之變化，或流於怨懟激發而不可以爲訓。如昔賢之論靈均書，辭其斯旨乎！又妃就坐，目專注比客，與比客言輒托興於物而隱寓其心愫，脈脈然相通無間也。既互睫遞意，妃益信比客爲深於情者。雖耳目衆，未能罄所懷，而方寸間蹲蹲歡舞，自流露於眉宇。覺人生之樂，無有踰此者。又妃顧比客，赧頰而言曰：『余方寸已亂，口不能掬余懷。君之見愛於余，余深信君用意之篤。第君雖情重莫匹，余以意度君，知君當不疑余之鍾情於君，不如君之甚也。』又比客唏嘘而對曰：『即使卿不諒予衷，不列余於没齒不二之臣，是予不足以感動高深，亦唯自怨自艾，矧卿之於予，乃固結若此耶？予自念一見顔色，即不復自知有生命。利劍之刃不能斷予一縷之①愛絲。』皆以至曲之筆傳至深之情，生命不自知，利劍不能斷。作詞有三要，曰重、拙、大。斯其所謂重乎？又妃默呼比客之名曰：『比客乎，使斯時予膝爲君而屈，固禱祀以求。無幾微怨意也。』又比客甫入船，左手遥指妃，右捧其心，顫聲曰：『卿乎！余相愛之情凝於掌，其將去。』語似質而近拙，而情彌真。求之詞中，惟清真間有之，而未易多覯也。小説可通於詞，《天方夜談》而外，殆不能有二也。（《餐櫻廡漫筆》）

① 古典文學出版社本多『之於予』至『不能斷予一縷之』數句。

## 《婀娜小史》

《婀娜小史》爲托爾斯太名著，結構頗似《石頭記》。布局命意，都有相似處。惟《石頭記》稍不如此書之逼真耳。《婀娜傳》甚不易讀，其所寫皆家庭及社會纖細瑣事，至千二百頁之多，非有耐心，不能終卷。此書寫俄國貴族社會之淫奢無耻，可謂鑄鼎照奸。書中主人李問，蓋托氏自寫生也，其人由疑而復歸於信仰。一日聞一田夫之言，忽大解悟，知前此種種思慮疑問都歸無用。天國不遠，即在心中，何必外求？此托氏之宗教哲學也。其説亦有不完處，他日當詳論之。托氏寫人物之長處，頗似蕭思璧。其人物如婀娜，如李問夫婦，如婀娜之夫，皆亦善亦惡，可褒可貶。正如蕭思璧之漢姆勒特王子、李耳王、倭色羅諸人物，皆非完人也。迭更司寫生，褒之欲超之九天，貶之欲墜諸深淵，此一法也。薩克雷寫生則不然，其書中無一完全之好人，亦無一不可救藥之惡人，此又一法也。以經歷實際證之，吾從其後者，托氏亦主此法者也。（《缺名筆記》）

# 雜記

小説家流，出於稗官。班志所列者十餘家，今①咸失傳，惟孔安國《秘記》（《至理篇》引）、董仲舒《李少君家録》（《論仙篇》引）、陳仲弓《異聞記》偶見引於葛洪《抱朴子》。六朝以降，作者日增。蓋中國人民喜言神怪，而莊言讜論又非婦孺所能通。故假談諧、鬼怪之詞，出以鄙俚，而勸懲之意，隱寓其中，亦感發人民之一助也。然古代小説家言，體近於史，爲春秋家之支流，與樂教固無涉也。唐代士人始著傳奇小説，用爲科舉之媒，如《幽怪録》，傳奇是也。宗人《云麓漫鈔》稱其文備衆體，足覘詩筆史才。（《云麓漫鈔》曰：『唐之舉人，先藉當世顯人，以姓名達之主司。然後以所業投獻，踰數日又投，謂之温卷。如《幽怪録傳奇》等是也。蓋此等文備衆體，可以見史才、詩筆、議論。至進士則多以詩爲贄，今有唐詩數百種行於世者是也。』）予按：詩三百篇，如《六月》、《採芑》、《大明》、《篤》、《公劉》、《江漢》諸作，皆爲叙事之詩。而漢人樂府之詩，如《孔雀東南飛》數篇，咸雜序閭里之事，序事者，春秋家之支派也。樂府者，又樂教之支派也，是爲春秋家與樂教

① 古典文學出版社本多一『今』字。

合一之始。(唐杜甫之詩亦稱詩史。)此即金元曲劇之濫觴也。蓋傳奇小説之體,既興於中唐,而中唐以還,由詩生詞,由詞生曲,而曲劇之體以興,故傳奇小説者,曲劇之近源也。叙事樂府者,曲劇之遠源也。樂府之詩,或由一解至數解,即套曲之始也。樂府之句,或由三字至七字,即長短句之始也。且樂府之中,如《孔雀東南飛》諸篇,非惟序衆人之事,亦且序衆人之言。此又曲劇描摹口吻之權輿也。特曲劇之用,聲容相兼。聲出於雅,雅訓爲正,乃聲音之不失其正者也。容出於頌,頌容互訓(頌字從公得聲,容字從谷,得聲。本屬一音之轉,又頌字從頁,即象人身之形,與夏字同。九夏之樂,多屬於舞,故頌亦屬於舞,即古人所謂文舞、武舞二種也),乃用佾舞,以節八音者也(見《左傳·隱五年》)。曲劇之興,實兼二體。元人以曲劇爲進身之媒,猶之唐人以傳奇小説爲科舉之媒也。明人襲宋元八比之體,用以取士。律以曲劇,雖有有韻無韻之分,然實曲劇之變體也。如破題、小講,猶曲劇之有套數也。領題、出題,段落猶曲劇之有賓白也。而描摹口角,以逼肖爲能,尤與曲劇相符,乃習之既久,遂自詡爲代聖賢立言。然金元曲劇之中,其推爲正旦者,曷嘗非忠臣孝子貞夫義婦耶?故曲劇者,又八比之先道也。吾人既以傳奇曲劇爲進身之媒,則後世以八比爲取士之用者,曷足怪乎?(章世純《治平要·續爵禄》篇曰:『中産以上之家,無不教子。六歲即延師,教以對偶,取青對白,取一對二,取山對水,取仄對平,牽此扯彼,使整齊可觀,高下可誦,此何謂也。積之,則爲表聯判語也。衍之,則時文法也。據此以觀,足徵八比之用,與曲劇同,故整齊可觀,高下可誦也。』)故知八比之出於曲劇，即知八比之文，皆俳優之文矣。乃近數百年之①間，視八比爲至尊，而視曲劇爲至卑，謂非一代之功令使之然耶？昔王維奏《鬱輪袍》以進身，頗爲正直所鄙。明代以降，士人咸憑八比以進身，是驅天下之人而盡爲王維也。噫！（八比一體，當附入曲劇之後。）（《論文雜記》）

傳奇一語，代異其義。唐裴鉶《傳奇》，乃小説家言，與戲曲無涉。《武林舊事》載諸色伎藝人、諸宮調傳奇，有高郎婦、黄淑卿、王雙蓮、袁太道等。《夢粱録》亦云：『説唱諸宮調，昨汴京有孔三傳編成傳奇、靈怪，入曲説唱。』即王灼《碧鷄漫志》所謂『澤州孔三傳者，首唱諸宮調古傳。士大夫皆能誦之者』是也。則宋之傳奇當與今之彈詞相似。至元尚有諸宮調之名，如石君寶、戴善甫均有諸宮調《風月紫雲亭》，鍾嗣成編入雜劇中。又楊廉夫《元宮詞》云：『屍諫靈公演傳奇，一朝傳到九重知。奉宜齋與中書省，諸路都教唱此詞。』按：《屍諫靈公》乃鮑天祐所撰雜劇，則元人以雜劇爲傳奇也。明中葉以後，傳奇之名專指南劇，以與北曲之雜劇相别，則此二字之義，凡四變矣。（《録曲餘談》）

説部中有不可解者，如稱人之美必曰潘安，將仁字斥去。稱潘美必曰潘仁美，却增一仁字。余

① 古典文學出版社本多『之』字。

前已論過矣。至於岳雲，《宋史》列傳爲飛養子，從張憲戰，多得其力，軍中呼曰『贏官人』。每戰以手握鐵錘，重八十斤，而説部偏以爲忠武所生子。關興者，壯繆子也，而衍義復以爲養子，何所見而然，殊不可解。（《畏廬瑣記》）

《宋史》載劉豫降金，殺其驍將關勝，勝不從逆故也。按：《水滸》有關勝。《癸辛雜志》龔聖與作關勝贊云：『大刀關勝，豈雲長孫。雲長義勇，汝其後昆。』以其時考之，宋江作亂，正在宋末。然則劉豫所殺之關勝，即《水滸》之關勝耶？世之圖關勝者，赤面大刀，其狀似壯繆，於是凡關姓者，匪不赤面，匪不①大刀。而《施公案》之關太出矣，太號小西，蓋自命爲山西人，似即壯繆之後。小説家無識，盜襲可笑。（同上）（完）

（一九二七年第十六卷第二十期《民衆文學》（《小説世界》））

---

① 古典文學出版社本多『赤面匪不』四字。

# 附録[1] 戲劇續考

## 《戲崇臺》

介唐邀同敦夫、弢夫詣三慶園觀三慶部，挈僧喜同去。是日演《戲崇臺》一齣。晋郤克聘齊及搴之戰也。本之《列國志演義》，全用《穀梁傳》。以郤克爲眇，孫良夫爲跛，與《左傳》、《國語》不合。夜與僧喜輩講三傳，因爲坐客言：『即此一事觀之，可知公、穀皆不免道聽途説，遠不如《左傳》。而《穀梁》又因《公羊》而附會之，愈失其真。是時衛、齊方相仇，并無四國同聘齊之事。《左氏傳》惟云：『郤子登，婦人笑於房。』雖不明言跛而跛可見。《國語》亦只云：『郤子聘齊，婦人觀而笑之。』《公羊》云：『郤克與臧孫許同時而聘於齊，或跛或眇。』則增一同聘者，而以眇屬臧宣叔。《穀梁》更益其事，同於兒戲。唐陸質以街談巷議訾之，是也。蕭同叔子，《穀梁》皆作蕭同

[1] 《附録》部分係古典文學出版社本所加。

侄子。范氏集解不知蕭同叔爲蕭君之名，而曰同姓也，侄子字也，固謬。至云其母更嫁齊惠公，生頃公，宣十二年，楚人滅蕭，故隨其母在齊，此語必有所本，非武子所能造。左氏但云『帷婦人使觀之』，不言何人。其後頃公朝晋，郤克曰：『此行也，君爲婦人之笑辱也。』先曰『婦人』曰『使』，其爲非母可知。郤克之對頃公，斥言婦人，亦非其母可知。《國語》亦止謂『齊頃公使婦人觀』，是左氏并不以笑客爲齊侯母。後人因其下言郤子欲以蕭同叔子爲質，而國佐稱爲寡君之母，遂以笑客者爲即頃公之母。《公羊》從而實之曰：『蕭同侄子者，齊君之母也，踊於棓而窺客。』國君之母，何至上躡懸絶之板以窺人（據《何氏解詁》）？是直齊東野人之言。《穀梁》先云蕭同侄子處臺上而笑之，後云以蕭同侄子之母爲質，所叙較《公羊》爲近理。范注：『齊侯與侄子同母異父昆弟，不欲斥言齊侯之母，故言蕭同侄子之母，兼忿侄子笑。』其語亦有斟酌，蓋郤克忿其女之笑，因欲質其母以脅齊侯。誠以笑客之婦人不足爲輕重也。《國語》載齊侯朝晋，郤子有以慭御人之言。韋注：御人，婦人也。願以此報君御人之笑已者，是并不以婦人爲君母也。左氏以蕭同叔子指頃公之母，《穀梁》以蕭同侄子之母爲頃公母。亦傳聞異詞。近人歸安董氏增齡《國語補注》謂：《左傳》兩『蕭同叔子』下，俱脱『之母』二字，亦近臆説。鍾氏文蒸《穀梁補注》，以《穀梁》兩『之母』字爲衍文，尤誤。蓋過信《公羊》也。《史記》大抵本《左傳》，而亦參用《公羊》，故改『帷婦人』曰『使夫人幃中』，改『婦人笑』曰『夫人笑』，失輕重之倫矣。鍾氏又謂《穀梁傳》『季孫行父秃』云云。姑廣異聞，元不深信，此猶《公羊》以叔術妻嫂爲賢。孔顨軒《通義》謂自顔夫人者，嫗盈女也句以下，皆傳所不信，聊廣異聞，皆曲護本經之詞。然《公羊》彼傳下文，載公扈子曰『惡有言人之國，賢若此者』云云，則猶可謂傳所不信。若《穀梁》此傳，自冬十月下，鄭重言之，尚得謂姑廣異聞乎？《左傳》止云『郤子怒』。《公羊》云『二大夫出，相與踦閭而語移日，然後相去』。《穀梁》甚之曰：『客不悅而去，相與立胥閭而語，移日不解。』夫豈有謀伐人之國，而即在其國終日言之者乎？昔人謂作《穀梁傳》者，似已見《公羊》，其說是也。（《荀學齋日記》）

## 《華容道》

近日梨園好演《關云長華容釋曹公》一劇。考《蜀書》關壯繆本傳，孫權遣兵佐先主拒曹公，曹公引歸，先主收江南諸郡，以羽爲襄陽太守、蕩寇將軍，駐江北。《魏武本紀》注引《山陽公載記》：『公船艦爲備所燒，引軍從華容步歸。』均無釋曹事。《李通傳》：『關羽絶北道，通下馬入圍，援鹿角以戰。』則關公當日，特爲李通所撓，不能擒曹操耳。初非有意釋之，如劇中所演也。使關公果嘗釋操，其居心恐與慕容紹宗縱侯景相去無幾，安得爲人傑哉？且關公所絶乃北道，非華容。今湖南華容縣有鷄冠溝，謂關公追操，剪鷄祭旗於此，蓋亦附會之詞。黄氏《讀史吟・評關羽》一首曰：『許獵園中將要殺，華容道上却饒之。生來氣量包天地，直把曹公做小兒。』注言：『許田欲殺曹操，公之正也；華容不殺曹操，公之大也。合一部十七史，有如公之正大乎？』江西萬荚生太史每觀書至此，輒

笑黄氏誤以小説戲曲入之述作。人顧可不學與！（《梨園叢話》）

## 《三字獄》

近人撰岳武穆遇害事爲《三字獄》，其事迹皆比之《宋史》及《金陀粹編》，與《風波亭》大不相同。其武穆口中唱詞有『志比關張古偉人』語。考《粹編》載武穆爲偏將時，謂同列曰：『使飛得稟命於朝廷，不受制於諸將，何功績之不可立哉？飛不惜死，欲後世史册中知有岳某之名。與古之關羽張飛輩，功烈相仿佛耳！』按：此即劇文所本，非羌無故實也。惟牛臯之死，在武穆冤獄後十餘年，始於元旦宴會，爲田師中所酖。劇中逡於武穆未殁以前，不無顛倒。然已較舊有《風波亭》核實多矣。

## 《梅龍鎮》

《鳳嬉堂閒話》言：『劇中之《梅龍鎮》，亦曰《游龍戲鳳》。初疑所謂游龍者，不過言武宗爲盤游之君而已，不知二字實有所據。焦里堂《憒書》云：「泰州宫紫懸太史言十年前以重價求正德錢，一二文可值一金。云正德爲游龍，佩之渡江河，可無波濤之厄。」是劇名所本也。』蒙按：焦氏《憒書》，余未獲見。此其所徵引者，宜若可信，故録以資談助。（《慵慵孱抹》）

## 《拾釧記》

《雙槐歲鈔》有『陳御使斷獄』一條云：『武昌陳御使孟機智，按閩，有張生者殺人當死。其色有冤，詢之，生曰：「鄰居王嫗許女，我已納聘矣！父母歿，我貧無資，彼遂背盟。女執不從，陰遣婢期我某所，歸我金幣，俾成禮。謀諸同舍楊生，楊生力止我，不果赴。是夕，女與婢皆被殺。嫗執我送官，不勝拷掠，故誣服。」即遣人執楊生至。色變股栗，遂伏罪。張生獲釋，人以爲神。智有聲宣正間，至右都御使。』按：此即梨園院本《釵釧記》所從出也。小說之《聊齋志異》，有《胭脂》一事，云是施愚山爲山東提學道辨濟南諸生秋隼冤獄。又弋腔演劇有《拾釧記》亦曰《法門寺》，謂劉瑾所出冤獄者，疑皆由此附會。（《荀學齋日記》）

## 《九命奇冤》

佟世思儼若《與梅堂遺集·耳書》一則云：『癸丑秋，大司寇上獄事。河南貧民某者有一女，長已適人。少未字，頗善操家政。夫婦進香武當山，女留於家，止聾婢一人相伴女。其鄰有屠者，與書生王某者素相識。生往來屠家，女見之，謂屠婦曰：「嫁夫得王秀才足矣。」婦以語屠，屠遂昏夜冒生踰墻往。因苟合焉。次日，女之姊與其夫以父母遠出，探其妹，屠不知也。晚遂留宿於女床。女移寢他室，屠亦不知也。是夕，屠復往，於暗室中摸床有二人，心恚之。疑女有他約，亟歸取屠刀，斷兩人吭。其二頭若欲隨之者。屠倉皇無所措，遽以衣裹，踰墻出。時夜已三鼓。直墻外隻身人賣糕爲業者，聞犬吠啓户出。其人素與屠最善。屠倉皇白之。方入户密謀安置二頭處。適有販棗者，是夕投止賣糕者宅，眠方醒。屠慮事泄，遂與賣糕者并販棗者以計鋤殺之。明旦，女失其姊并姊夫，且横屍無頭。鳴之地方，隨以聞有司。有司拘女至，訊其父母出門後，有何人外來其家者。女以生對。拘生至，女竟不能辨，遂坐生死。有司因二頭終不可得，日以刑比生。生苦之。繫獄月餘，惟速死爲幸。因問計於獄之老吏，老吏曰：「予我八十金，頭可得也。」生然之。語家人鬻賣産業如數以金獻吏，得男女二頭。遂定爰書。屠既得漏網，一夕飲酒醉。與妻談往事，爲偷兒竊聽之。事遂泄。里中不平生事久矣，因代首之官，執屠往。俯首而已。究其頭，云在賣糕人竈中。執賣糕人，蹤迹埋頭處。果得二頭并一屍。鞫之，得鋤殺販棗者狀。再究生所獲頭，蓋老吏利八十金，以其家之一童一婢杖殺之，賣已以賣人者也。因出生罪，坐女與屠、老吏、賣糕人。是獄也，以一女子而死八人，生亦幸事之早白，僥幸一生於萬死。女之爲禍烈矣哉！』青坨曰：『《芸窗異草》中有一事，與此書河南獄絶同，當是襲此書而潤飾之。《聊齋志異》所載《胭脂》一事，與此亦略相近。《見聞隨筆》卷十八載《海州奇案》一則，與此事亦大同小異，稱爲同治九年春，海州居民有孀婦與室女處，因水溅一士人衣而起。屠兒之子冒士人，爲女所拒，女即遷去。而孀與女之舅家幼女同伴，夜爲屠之子所殺，懸首於豆腐店之門，店主因之又殺二人。孀與幼女事發，官鞫女。女以士人對，官拘士人，誣服。募獻頭者，一樵殺其母首乞賞。士人瘐死，州官自經。後任詢女，女稱曾有屠之子調之。事遂白。』云云。按：此書所稱癸丑秋乃康熙三年，《隨筆》所書在同治九年，云得自孫右卿太守，事在海州。而此所書則在河南，時與地懸絶，當是兩事。今劇中有《九命奇冤》一齣，大都本此緣飾之。惟《芸窗異草》決爲勦舊説而非事實。此兩事又當爲事實，而相去百數十年，情狀如一轍，可異也。哀列之以爲折獄者鑒。（《虞初支志》）

# 雜記

戲爲小道，然發源則甚古。遐稽史籍，歌舞并言（如《商書》言有『恒舞於宫，酣歌於室』，爲歌舞并文之證。又如前歌後舞、歌舞升平，皆其證也），歌以傳聲，舞以象容。歌舞本於《詩》，故歌《詩》以節舞（黄氏以周《禮書通故》云：《詩》序維清奏，古人作《詩》象舞，謂歌此詩以節其舞也），以歌傳聲（如風、雅是），復以舞象容（如三頌是）。孔子删詩，列周頌、魯頌、商頌於篇末。頌列於詩，猶戲曲列於詩詞中也。頌即形容之容（《詩譜》云：頌之言容也。《釋名》云：頌，容也。《漢書·儒林傳序》云：徐生以頌爲禮官大夫。注云：頌讀爲容。阮芸臺云：頌正字，容借字）。籀文作額，而《説文》訓貌（《説文》：頌，容貌也。從頁，公聲。籀文作額，貌字下亦云頌也）。儀徵阮氏謂《詩》有三頌，頌與樣同。《詩大序》云：頌者，美盛德之形容，以其成功告於神明者也。蓋上古之時，最崇祀祖之典

（即祖先教也）。欲尊祖敬宗，不得不追溯往蹟。故《周頌》三十一篇所載之詩，上自郊社明堂，下至籍田祈穀，旁及岳瀆星辰之祀（即《烈文》、《有容》諸篇，亦因諸侯助祭而作，《閔予小子》則朝廟之詩也），悉與祭禮相同（即《魯頌·閟宫》篇，亦爲追祀先公而作。《商頌·常發》諸詩，則皆祭祀之詩矣），是爲頌也者。祭禮之樂章也。非唯用之樂歌，亦且用之樂舞。古代惟饗用舞。大司樂言舞《雲門》以祀天神，舞《咸池》以祭地祇，舞《大磬》以祀四望，舞《大夏》以祭山川，舞《大濩》以享先妣，舞《大武》以享先祖。又言冬日至圜邱，奏樂三變，用《雲門》之舞；夏日至方丘，奏樂六變，用《咸池》之舞；宗廟奏樂九變，用《九聲》之舞。在古爲夏，在周爲頌（商亦有之），夏頌字并從頁。有首之象（夏字從夊，并象手足），夏樂有九（即《周禮》所謂王夏、肆夏、昭夏、納夏、章夏、齊夏、族夏、頌夏、鷔夏也），至周猶存，宗禮賓禮皆用之（杜子春《周禮注》云：王出入奏王夏，屍出入奏肆夏，牲出入奏昭夏，四方賓客來奏納夏，臣有功奏章夏，夫人祭奏齊夏，族人侍奏族夏，客醉而出奏頌夏，公出入奏鷔夏，以金奏爲之節。《周禮》鐘云：以鐘鼓爲之節），蓋以歌節舞。復以舞節音（《左傳》云：夫舞，所以節八音以行八風），猶之今日戲曲以樂器與歌者舞者相應也（阮氏曰：古人非後舞不稱奏）。後世變夏爲頌（《周禮》鄭注云：夏，頌之族類也），而頌之作用，并主形容。維清者，象舞也（《墨子》云：武王因先王之樂而自作樂，名曰象），酌桓負般（《小序》云：酌告成大武也。内則十三舞勺，勺爲武舞，故隨武子以勺武并言。勺、酌古字通），爲大武之舞也（又《樂記》云：舞莫重於《武宿夜》。熊王謂《武宿夜》是大武樂章之名。皇氏謂武王伐紂，至於商郊，士卒皆驩樂，歌以待旦，因名焉。即武王伐紂之事）。周代之時，以夏樂與大武并重，頒之諸侯（如諸侯舞大削是也），并以之教民。象武也爲武舞，器用干戚；夏籥爲文舞，器用羽籥（《内則》：十三舞勺，成童舞象。二十舞大夏。注云：先學勺，後學象，文武之次。大夏，樂之文武備者也。《文王世子》云：春夏教干戈，秋冬教羽籥，皆於東序。注：干戈萬舞，象武也。羽籥文舞，象文也。《公羊傳》云：萬者何？干舞也。籥者何？籥舞也。是舞分文武之證）。此皆因《詩》而呈爲舞容者也。象武陳武王伐紂之功（《禮記·文王世子》：下管象，舞大武。注云：象，周武王伐紂之樂也。以管播其聲，又爲之舞。《明堂位》云：下管象。《祭統》云：下而管象。《詩·維清》箋云：象舞，象用兵時刺伐之舞。武王制焉。《武》篇箋云：大武，周公作樂所爲舞也），猶之後人戲曲，侈陳古人戰迹耳。《仲尼燕居》篇云：下而管象，示事也。示事者，有容可象之謂也。此即古代戲曲之始。觀《樂記》之言大武也，謂先鼓警戒，三步見方。再始著復，往亂飾歸。奮疾不拔，極幽不應。至推之君子好善，小人取過。《樂記》又云：執其干戚，習其俯仰屈伸。容官得莊焉。行其綴兆，要其節奏，進退得齊也。非即戲曲持器操械之始乎（《記》言：朱干玉戚冕而舞大武，皮弁素積而舞大夏）？又《樂記》載孔子告賓牟賈云：夫舞者，象成者也。總干山立，武王之事焉。發揚蹈厲，大公之志也。武亂皆坐，周召之治也。又考之《尚書大傳》，則古制樂歌，皆假設賓主（《尚書大傳》云：惟五祀，奏鐘石，論人聲，招樂興於大麓之野。然乃作大唐之歌。招爲賓客，雍爲主人，始奏肆夏，納以考成，亦舜爲賓客，而禹爲主人）。而武王克殷，亦雜演夏廷故事（《佚書》：周武王克商告廟，進《萬》，獻《明明》三終，籥人奏《崇禹生開》三終，即演夏代故事也），非即戲曲裝扮人物之始乎？是則戲曲者，導源於古代樂舞者也。古代之詩，雅、頌可入樂舞。此頌字所由訓爲貌也。樂舞之制始於古初（《吕氏春秋》云：葛天氏之樂，三人摇牛尾，投足以歌八闋。而《書經》『簫韶九成』亦指舞言，是樂舞甚古），至春秋之際，其制猶存（《左傳》襄公二十九年，季札請觀國樂，見舞象箾、南籥，見舞大武，見舞韶夏，見舞大夏，見舞韶箾，皆樂舞存於周末之證），由帝王祭禮以推行於民庶，推行綴佾列，數以位差（如天子八佾，諸侯六、大夫四，士二是也），形以時異（如《春秋繁露》云：法商而王舞溢員，法夏而王舞溢方，法質而王舞溢橢，法文而王舞溢衡），然以歌節舞，以舞節音，則固與後世戲曲相近者也。况考之《周禮》，樂師爲旄禮（毛爲氂牛尾，餘杭章氏謂即葛天氏之制），舞師教皇舞（前篇云：皇舞者，以羽冒覆頭上，衣飾翡翠之羽，四方以皇），而宋以桑林享晋侯，題以旌夏。懼而發疾（餘杭章氏云：謂舞者即以旌夏戴頭也），蓋舞者殊形詭象（與方相氏熊皮金目類），致睹者生恐怖之心，猶之後世伶官面施朱墨也。在國則有舞容，在鄉則有儺禮（儺雖古體，然近於戲）。後世鄉曲偏隅，每當歲暮，亦必賽會酬神，其遺制也。蓋樂舞之制，其利實蕃。大之可以振尚武之風（如武舞是），小之可以爲養生之助（如升降疾徐，可以勞筋骨，宣血氣是），而徵引往迹，雜陳古事，則又抒懷舊之蓄念，發思古之幽情，爲勸誡人民之一助。其用顧不大哉！故用之偏隅則有味任侏之樂（《周禮》言祭祀則舞四夷之樂），傳之後世，猶有魚龍舍利之名（後漢以此戲示四夷）。此皆古籍之彰彰可考者也，故推原其終始而論之如此。（《原戲》）

戲曲至隋始盛。在隋謂之康衢戲，唐謂之梨園樂，宋謂之華林戲，元謂之生平樂。其元人雜劇則有十二科名目，曰神仙道化，曰林泉丘壑，曰披袍秉笏，曰忠臣烈士，曰孝義廉節，曰叱奸罵讒，曰逐臣孤子，曰拔刀趕棒，曰風花雪月，曰悲歡離合，曰煙花粉黛，曰神頭鬼面。今優人登場搬演所謂古戲新戲者，多法元人院本，不能出其範圍於十二科之外，若夫扮演逼肖處，能令觀者色動神飛，乍驚乍喜，甚至有簾幕中人，淚漬襟袖者。蓋彼渾忘其當場之假，而直仞爲現在之真矣。填謂凡古今善惡之報，筆之於書以訓人，反不若演之於劇以感人爲較易也。然則梨園一曲，原不徒爲娱耳悦目而設。有志斯民者，誠欲移風易俗，則必自删正傳奇始矣！（《巾箱説》）

戲曲者，謂以歌舞演故事也。古樂府中，如《焦仲卿妻詩》、《木蘭辭》、《長恨歌》等雜咏故事，而不被之歌舞，非戲曲也。《柘枝》、《菩薩蠻》之隊，雖合歌舞而不演故事，亦非戲曲也。唯漢之角抵於魚龍百戲外，兼般戲古人物。張衡《西京賦》曰：『東海黄公，赤刀粤祝，冀厭白虎，卒不能救。』又云：『總會仙倡，戲豹舞羆。白虎鼓瑟，蒼龍吹篪。女娥坐而長歌，聲清暢而委蛇。洪厓立而指麾，被毛羽之襳灑。度曲未終，雲起雪飛。』則所搬演之人物，且自歌舞。然所演者，實仙怪之事，不得云故事也。惟唐昭宗光化中，孫德昭之徒刃劉季述，始作《樊噲排闥》戲（見陳暘《樂書》第一百八十六卷），此爲演故事之始。又宋孔道輔奉使契丹，契丹宴使者，優人以文宣王爲戲，道輔艴然徑出（《宋史·孔道輔傳》），此亶衍故事，不聞繼以歌曲。又祥符天禧中，楊大年、錢文僖、晏元獻、劉子儀以文章立朝，爲詩皆宗李義山，後進多竊義山諸句。嘗内宴，優人爲義山者，衣服敗裂，告人曰：『吾爲諸館職挦撦至此。』聞者歡笑（劉攽《中山詩話》）。是有説白矣，然亦不聞有歌曲。要之雜劇、傳奇之創

作前，中國尚未有真戲曲也。(《戲曲考原》)

元院本舊制，以副末開場，爲領班。其次則老生、正生、老外、大面、二面、三面七人，謂之男脚色；老旦、正旦、小旦、貼旦四人，謂之女脚色。打諢一人謂之雜(今俗稱插科)。明以來仍之，總稱江湖十二脚色(今俗稱角色非也)。人數不多，故富貴家争買歌童蓄之。稍長則儼然成一雅部矣。明季此風盛行，不特阮家豪奢，誇於南都。即前時如顧東橋輩，風流之譽，已沸四門。而同時若徐九一先生汧，吴竹亭昌時，亦頗耽情絲竹。觀梅村鴛湖王郎二曲，可信已。吴、徐本兒女姻婭，惟一遭嚴譴，一則殉國。末路榮辱，大異霄壤。此君子所由貴自克也。(《五石脂》)

元劇角色之分配，據明初寧獻王之説，凡九種。一正末，當場男子能指事者也，俗謂之末泥。二副末，執磕爪(或作瓜)以撲靚，即古所謂蒼鶻是也。三狚，當場之伎者也。狚，猿之雌者，其性好淫，今俗爲旦。四狐，當場之裝官者也，今俗訛爲孤。五靚，傅粉墨獻笑供謟者也。古稱靚妝，故謂之妝靚色，今俗訛爲净。六鴇，妓女之老者也。鴇似雁而大，無後趾，虎文，喜淫而無厭，諸鳥求之，即就。世呼獨豹者是也。七猱，凡妓女總稱也。猱亦猿屬，喜食虎肝腦。虎見而愛之，輒負於背。猱乃取虱遺虎首。虎即死，取其肝腦食焉。以喻少年愛色者，亦如虎之愛猱然，不至喪身不止也。八捷機，古謂之滑稽。雜劇中取其便捷譏謔，故名。九引戲，即院本中之狚也。寧王生於渥奇末季，其言自屬可據。今按：正末即正生，副末至今尚存。狚即正旦，狐即外，靚即净，鴇即老旦，猱即貼旦，捷譏即丑，引戲即雜旦。就南曲中角目一一加以考訂，較然明白。特考原本《西廂》。只末、旦净、外四名，且元人曲中亦頗不一定。例如《任風子》劇，冲末扮馬丹陽。《碧桃花》劇，冲末扮張珪。《貨郎擔》劇，冲末扮李彦和，小末扮李春郎。可知正末、副末之外，尚有小末一種。又如旦有正旦、老旦、大旦、小旦、貼旦、色旦、搽旦、外旦、旦兒等名。《中秋切膾》劇，正旦扮譚姐兒，旦兒扮白姑姑。《碧桃花》劇，老旦扮張珪夫人，正旦扮碧桃，貼旦扮徐端夫人。《張天師》劇，搽旦扮封姨，旦兒扮桃花仙，正旦扮桂花仙。《救風塵》劇，外旦扮宋引章。《貨郎擔》劇，外旦扮張玉娥。《玉壺春》劇，貼旦扮陳玉英。《神奴兒》劇，大旦扮陳氏。《陳摶高卧》劇，鄭恩引色旦上。《誤入桃花源》劇，小旦扮桃源仙子侍從。各劇情節不同，故旦色亦異。此外，又有徠兒，孛老、邦老、卜兒等名。如《貨郎擔》，徠兒扮李郎。《瀟湘雨》劇，外扮孛老。《薛仁貴》劇，正末扮孛老。《朱砂擔》劇，冲末扮孛老，又《合汗衫》劇，邦老扮陳虎。《盆兒擔》劇，邦老扮盆罐趙。《朱砂擔》劇，邦老扮白正。又如《金綫池》劇，搽旦扮卜兒。《秋胡戲妻》及《王粲登樓》劇，并老旦扮卜兒。《合汗衫》劇，净扮卜兒。角色之分配，漫無標準，僅就劇中情節略加區别，期醒目而已。至徠兒、孛老、邦老、卜兒則爲當時方言。徠兒爲幼童之通稱，蓋即孩子之轉。孛老爲老人之通稱，即老悖之意。邦老爲盜賊之通稱，元人謂合夥行動爲幫，遂省作邦。卜兒爲老嫗之通稱，卜即娘字之省。元詞多俗體，書娘作詩，又省作卜，殊可笑也。（《元劇略述》）

羅馬醫學大家額倫謂人之氣質有四種：一熱性、二冷性、三鬱性、四浮性也。我國劇中脚色之分，隱與此四種合。大抵净爲熱性，生爲鬱性，副、净與丑或浮性而兼冷性，或浮性而兼熱性。雖我國作戲曲者，尚不知描寫性格，然脚色之分，則有深意義存焉。《輟耕録》云：副净古謂之參軍。《樂府雜録》所謂黄幡綽、張野狐，弄參軍是也。《東京夢華録》載内宴雜劇，凡句隊、問隊、遣隊之事，皆參軍主之，則參軍似是教坊色長之類。《夢華録》又謂參軍色執竹竿子，故史浩《鄮峰真隱漫録》所載大曲，直謂之竹竿子。然副净之名，北宋固已有之。黄山谷《鼓笛令》詞云『副靖傳語木大，鼓兒裏且打一和』是也。後世脚色之名，此爲最古。旦之名始見於南宋官本雜劇目及金人院本名目。末泥始見於《武林舊事》。即《夢粱録》，若生、丑、外、貼等則更爲後起之名矣！『副靖傳語木大』，木大疑亦脚色之名。金院本名目有獃木大，恐即《朝野僉載》所謂『高崔嵬善弄癡大』者也。胡元瑞《少室山房筆叢》所考脚色甚多疏誤，兹將見於古籍之脚色名目，列爲一表如左。（《録曲餘談》）

| 古名 | 《武林舊事》 | 《夢粱録》 | 《輟耕録》 | 《太和正音譜》 | 今名 |
| --- | --- | --- | --- | --- | --- |
| | 戲頭 | 末泥（録云末泥爲長） | 末泥 | 正末（當場男子也） | 生 |
| | 引戲（院本中狚也） | 引戲 | 引戲 | 狚（當場妓女也） | 旦 |
| 參軍、副靖、竹竿子 | 次净 | 副净 | 副净 | 靚 | 净 |
| 倉鶻 | 副末 | 副末 | 副末 | 副末 | 末 |
| | | 裝孤 | 裝孤 | 孤 | |
| | | | 元曲中有搽旦、明有外旦皆是 | | 花旦 |

續表

| 今名 | 《太和正音譜》 | 《輟耕録》 | 《夢粱録》 | 《武林舊事》 | 古名 |
| --- | --- | --- | --- | --- | --- |
| 老旦 | 鴇（元曲中謂之卜兒） | | | 裝旦 | |
| | 捷譏 | | | | |
| | | | | | |
| | | | | | 癡大、木大 |

# 小說叢譚

周瘦鵑　駱無涯　編

大東書局一九二六年十月出版。這是一本小説話集。周瘦鵑、駱無涯編輯，收有姚鵷雛等十二人的十三篇小説話作品。具體的作品如下：

《小説學概論》，姚鵷雛著。姚鵷雛，見前《稗乘譚雋》介紹。本文原載《半月》一九二三年十一月二十二日第三卷第五號，主要簡析『小説』的概念。先據《莊子》所言，而認定『小説』爲『小道』，後有『文言筆記體』與『章回説話體』之別，自宋至元大行之白話小説多作章回説話體。『此外，曲本、駢體，皆小説類而別爲一體。清人小説有好以詞章入白話者，成爲文、話夾雜之體。至於近頃西籍東來，鉛槧大興，而種別大繁矣』。最後，他强調，小説儘管爲小道，但『作小説者必毋自小，而後可以言佔文學上重要部分之小説也』。

《望雲居小説話》，程瞻廬著。程瞻廬，見一九一九年《〈小説月報〉篇名雜綴》提要。本文僅六則：《明人小説》、《王望如〈水滸傳總論〉》、《達達》、《招安梁山濼榜文》、《信口開河》、《〈水滸傳〉圖像考證》，提供了若干研究古小説的資料。這些文字曾在一九二三年《半月》雜志上連載過。

《小説話》，范煙橋著。范煙橋，見一九一六年煙橋《小説話》提要。本文原載於《半月》一九二三年十二月二十二日第三卷第七號與一九二五年《商旅友報》第二十期，着眼於評論二十世紀初二十餘年間的小説創作與小説研究。對於古小説的研究，高度肯定了錢静方（泖東一蟹）《小説考證》（按：當爲《小説叢考》）的成績。而對二十餘年間的小説創作，分爲四個不同的發展階段，頗有見解。對於《小説月報》的評價與社會小説、滑稽小説、教育小説、歷史小説、言情小説、軍事小説以及長篇與短篇小説的成敗得失及代表作家和代表作品，都作了言簡意賅的點評，足資研究近現代小説者參考。

《論有價值小説》，江紅蕉著。江紅蕉，見一九二二年《〈最小〉報小説話》提要。本文原載於一九二一年十月一日《半月》第一卷第二號，作者署名鏡性。此文論小説的特性，頗有見地。作者指出『做小説第一須認定小説不是筆記，不是史乘，也不是演説』，而是應當『把一件或若干件事情，選擇裏面的一段，或一件有興味的，或者大家不注意的，或者大家心中所有、口中所無的，把它老老實實寫出來，不要參加議論或評判，讓看的人自己領會，發出一種感想出來，評判這件事』。他强調了小説裏的人和事要有『個性』，要引起讀者『美感的興趣』。

《偵探小説談》，張舍我著。張舍我，見一九二一年《自由談小説話（張舍我）》提要。此文原載一九二一年十一月二十九日《半月》第一卷第六號，題《偵探小説雜談》，原有三題，本《叢譚》收録了兩個問題：一是偵探小説的成功關鍵在於『逼真』；二談了偵探小説的功用，駁斥了『偵探小説助長社會之罪惡』的言論，認爲『社會之罪惡，由於社會組織之不良，而果非偵探小説家所能負其責也』。

《説海感舊録》，胡寄塵著。胡寄塵，即胡懷琛，見一九一九年胡季人《小説管見》介紹。本文作爲《説海感舊録》之二、之三、之四連載於一九二三年七月十四、二十八、八月十二日《半月》第二卷第二十一、二十二、二十三號。《半月》第二卷第二十號目録上有《説海感舊録》之一，但未見正文。所謂『感舊録』，乃寫了三題：《蘇曼殊》、《江山淵》、《朱鴛雛》。《朱鴛雛》篇實談及了姚鵷雛、聞野鶴。

《小説雜志叢話》，鄭逸梅著。鄭逸梅，見一九一九年《小説瑣談》提要。鄭逸梅陸續寫過有關著録小説雜志的文章，但此文發表較早，收羅的雜志也較全。最初發表在《半月》一九二四年七月二日、十六日、八月一日、一九二五年四月二十三日第三卷第二十、二十一、二十二號、第四卷第九號。全文著録了小説雜志七十四種，可以説將《新小説》以來的小説雜志網羅殆盡。有些雜志爲後來的近現代期刊目録所不載，故此文對於研究近代期刊史與小説史都具參考價值。

《説林嚼蔗録》，黄厚生著。黄厚生，時任上海縣議會講解員，曾寄《讀〈小説新潮欄宣言〉的感想》、《調和新舊文學譚》等文給《小説月報》，其反對小説爲消閒品，得到了茅盾的肯定，而主張新舊的調和，遭到了鄭振鐸的否定。本文原載於《半月》一九二一年十月一日、十一月十四日第一卷第二、五號，一九二二年一月十二日第一卷第九號。主要記録了李涵秋等中外小説家的趣聞逸事，提出『小説家宛然一創造美人之工匠』之説，實則認爲塑造的人物形象要做到『内實』與『外象』均美，這樣纔能有『生氣』，引起讀者的興趣。

《兒童與小説》，黄厚生著。本文原載《半月》一九二二年四月二十七日第一卷第十六號。作者認爲教育兒童不能用『注入式』的方法與『訓戒式』的教材，而當使兒童感到興趣，感到『生活更加愉快』。小説就是最好的兒童讀物。他從『養成科學之興趣』、『增加想像之能力』、『涵養高尚之道德』、『養成讀書之習慣』、『增强發表之能力』五個方面談論了小説在兒童教育中的作用。

《説觚》，周瘦鵑著。作者介紹見前《小説雜談》提要。《説觚》一文主要談了在當時中國流行的一些歐美小説，間或與中國小説如《石頭記》等進行比較，也介紹了一些包括他個人在内的當時的小説家的資料。其中有的内容已見於一九一九年五月至十二月在《申報·自由談》上連載的《小説雜談》。

《説海珠璣》，錢釋雲著，周瘦鵑選。錢釋雲，曾與程小青一起主編《新月》雜志。此文原載於《半月》一九二三年十一月八日第三卷第四號、十二月二十二日第三卷第七號，係林譯小説《紅礁畫槳録》、《玫瑰花》、《恨縷情絲》、《花因》中佳句的摘編。

《海天雋語》，李澄編。此文係將周瘦鵑所譯《歐美名家小説集》中的雋語摘編。

《大東書局出版小説筆記提要》，駱無涯述。駱無涯（一八九八——二十世紀三十年代前後在世），紹興人，筆名荒唐生、無涯室主人等。主編小報《荒唐世界》，出版《荒唐大觀》，曾任大東書局編輯，有社會小説《如此上海》、《荒唐夢》等。此提要當爲駱氏任職於大東書局時作，雖然具有廣告的性質，但保存了不少當時小説的可貴資料。其中《亞森羅蘋案全集》、《福爾摩斯新探案全集》、《偵探小説叢書》是當時很有影響的偵探小説作品叢書。《新小説叢書》、《名家小説叢刊》、《半月叢書》、《名家説集》、《袖珍説集》及不少單行本，則介紹了當時活躍的一些小説家的作品，也具一定的資料價值。

# 小說學概論

姚鵷雛

數年前，常州惲鐵樵主商務《小說月報》，多爲莊論，不佞嘗戲目其所編爲『大說』。斯言固戲，然可知凡爲小說，必有所以别於大說者。究竟小說云者，其得名所由、與夫定義云何、範圍奚若，皆我人所當研究者也。

章太炎先生謂，小說二字見諸載籍，莫古於《莊子》之『飾小說以干縣令』一語。然此之小說，特指鄉邑小利害之談，如今之干與地方公事者爾。若確考作述列爲流類者，當始於劉向《七略》及《漢書·藝文志》。《藝文志》曰：『小說者流，蓋出於稗官，街談巷語、道聽塗說者之所造也。』細米爲稗，稗官，小官也。王者欲知里巷風俗，故立稗官使稱說之。是稗官之義等於里諺所謂芝麻緑豆之官云爾。職掌其事之官既是小官，故其所掌乃爲小說。

依『街談巷語道聽塗說』句觀之，小說所載當然多屬『閒談奇事』。惟劉向《七略》所録《鬻子》、《宋子》、《青史子》、《周紀》、《周考》都在小說家，《隋書·經籍志》所録《辯林》、《古今藝術》、《魯史欹器圖》、《器準圖》都在小說家。是以章太炎先生以爲大概平等的教訓、簡要的方志、常行的儀注、會萃的札記、奇巧的工藝，均應在小說界著録，否則便配不上九流之資格。由此觀之，凡各著藝術立說稍平常而範圍略小巧者，皆可歸於小說家。《藝文志》又曰：『孔子曰：雖小道，必有可觀者焉，致遠恐泥。是以君子弗爲也，然亦弗滅也。閭里小知者之所及，亦使綴而弗忘，如或一言可採，此亦芻蕘狂夫之議也。』曰小道、曰小知所及、曰一言可採，明其爲説無當高深。曰君子弗爲，則明爲學者弗道也，此就小説之所包舉者言。其所包舉無非小道，故曰小説。

綜上二説，其視小説一道，可謂卑之無甚高論，可以代表吾國古人不重視小説之思想。上文『不爲也亦弗滅也』一語，尤足以現明當時學者對於小説之態度。蓋純乎聽其自生自滅，其至焉者不過有一言之可採而已，決不期其有湛深之學理、精美之文學也。當時學者心理對於小説薄視如此，後世作小説者遂自待菲薄，不復自命爲學術。所謂托體既卑，無以語高也。於是而小説之書之流弊生焉。或向壁虚造、純乎語怪，或附會正史、顛倒支離，或似是實非，或隱名攻訐，蓋自命既卑，爲之者斯雜。文人學士既薄而不爲，傖夫俗子遂多僭焉爲之矣。

小説之書，著録於《藝文志》者凡十五家、千三百八十篇。惟《虞初周説》九百四十三篇爲最著，然其書亦不傳。推測言之，虞初在武帝時以方士侍郎號黄車使者，則當有採風問俗以著竹帛之任。其書曰《周説》，謂以《周書》爲本也。故小説之最古者，大率體近於史而微爲僻野，自漢魏以至唐宋皆然，所謂文言筆記體也。宋仁宗時，以四方無事，日進一奇異之事以爲娱。頭回之後繼以話説，是爲章回體小説之始。其時宮中雜劇，皆演扮故事，滑稽風刺，而民間亦有演説故事，街巷聚聽，如今之説書者。觀陸放翁『斜陽古柳趙家莊』一詩可知也。後之白話小説多作章回話説之體，亦實便於説書。自宋後至元明，而白話小説大行，以迄於今。

此外曲本駢體皆小説類，而别爲一體。清人小説有好以詞章入白話者，成爲文話夾雜之體。至於近頃，西籍東來，鉛槧大興，而種别至繁矣。要之，作小説者必毋自小，而後可以言佔文學上重要部分之小説也。

# 望雲居小説話

程瞻廬

## 明人小説

明人小説散見於商務印書館出版之舊小説中，無慮數十種。而瞿宗吉（祐）之《翦燈新話》、李昌祺（禎）之《翦燈餘話》，均未採入，兩書均有單行本。按原序，瞿書成於洪武戊午，李書成於永樂庚子。瞿書之目凡二十：曰《水宫慶會録》，曰《金鳳釵記》，曰《聯芳樓記》，曰《鑒湖夜泛記》，曰《緑衣人傳》，曰《令狐生冥夢録》，曰《永州野廟記》，曰《滕穆游聚景園記》，曰《牡丹燈記》，曰《渭塘奇遇記》，曰《富貴發迹司志》，曰《天台訪隱録》，曰《申陽洞記》，曰《愛卿傳》，曰《翠翠傳》，曰《龍堂靈會録》，曰《太虚司法傳》，曰《修文舍人傳》，曰《三山福地志》，曰《秋香亭記》，大旨描寫風情，間以神怪故事。瞿本山陽名宿，文筆娟秀，不讓陶宗儀之《元氏掖庭記》、黄九煙之《張靈崔瑩合傳》。李書之目凡十有五：曰《長安夜行録》，曰《月夜彈琴記》，曰《聯句説》，曰《秋夕訪琵琶亭記》，曰《鸞鸞傳》，曰《連理樹記》，曰《聽經猿記》，曰《青城舞劍録》，曰《武平靈怪録》，曰《瓊奴傳》，曰《江廟泥神記》，曰《芙蓉屏記》，曰《鳳尾草記》，曰《鞦韆會記》，曰《賈雲華還魂記》，大旨與瞿作相似，穠華豐蔚疑又過之。就中《聯句記》、《芙蓉屏記》兩種，曾採入《今古奇觀》説部中。《鞦韆會記》一種，曾採入《西湖佳話》説部中。其他諸作曾未經選家採録，即近日出版之《香艷叢書》搜羅頗廣，卷帙亦夥，而獨於二書不少甄録，抑又何也？

## 王望如《水滸傳總論》

坊本《水滸傳》，僅有《聖歎外書》及《讀法》而已。吾讀醉耕堂《水滸傳》，《聖歎外書》之前有王望如之《總論》，凡六則。語多冷雋，兹擇尤録之。第三則曰：入梁山人如此之多者，非爲盗也，將爲官也。以盗爲官，故梁山一席，如海中江瑶柱，能令不事口腹人見之朵頤。若秦明、關勝、呼延灼、花榮、韓滔、彭玘、董平、張清、徐寧、楊志、黄信、宣贊、郝思文、單廷珪、魏定國、淩振、龔旺、丁得孫，皆宋朝之官，食君之禄，事君之事，乃捨官而爲盗，吾不知其心爲何心。第四則曰：李鐵牛所殺之韓伯龍，爲盗而爲盗所殺，爲真盗而卒以假盗殺，吾甚惜之，吾甚恨之。惜之者，惜其已投梁山而不得與於天罡地煞之數；恨之者，恨其未投梁山而輒欲竄入於天罡地煞之中。憶昔啓、禎朝雅尚聲氣，一時高才生多出詩古文詞以要聞譽，雖不可謂無名心，然實主而名賓莫得而非之也。嗣則紈袴家兒，剿襲時髦之字句，災梨仇棗，結社邀盟，未登范滂之堂，輒附李膺之黨。竊恐此輩終不免爲韓伯龍，但未遇鐵牛持板斧耳。

## 達　達

《金瓶梅》小說屢言『達達』，此東魯人呼人之稱。或稱達，或稱達達，婦人向人自稱其夫曰孩子達，猶言孩子的父也。

## 招安梁山濼榜文

宋張忠文公叔夜招安梁山濼榜文云：有赤身爲國，不避凶鋒，拿獲宋江者，賞錢萬萬貫，雙執花紅；拿獲李進義者，賞錢百萬貫，雙花紅；拿獲關勝、呼延綽、柴進、武松、張清等者，賞錢十萬貫，花紅；拿獲董平、李進者，賞錢五萬貫有差。見王漁洋《居易録》。按：盧俊義作李進義，呼延灼作呼延綽，與今本《水滸傳》不同，與《宣和遺事》恰合。

## 信口開河

自《紅樓夢》有村老老信口開河之語相傳至今，凡言人之信口亂談者，輒曰信口開河，而此四字之究作何解，迄無定論。余謂信口開河係信口開合之訛。信口開合，見元曲《西厢記》，其說由來已久。世俗音訛，讀合爲何，蓋合與河爲雙聲，同屬喉音匣母。讀者稍一不清，便易舛誤，訓詁家所謂一聲之轉也。

## 《水滸傳》圖像考證

明人作《水滸傳》圖像者，有陳章侯、杜菫二家，均極佳妙。張岱（明人，别署陶庵老人）《夢憶》云：『古貌、古服、古兜鍪、古鎧胄、古器械，章侯自寫其所學所問已耳。而輒呼之曰宋江，曰吴用，而宋江、吴用亦無不應者，以英雄忠義之氣鬱鬱芊芊，積於筆墨間也。周孔嘉丐余促章侯。孔嘉丐之，余促之，凡四閲月而成。余爲作《緣起》曰：余友章侯，才足掞天，筆能泣鬼。昌谷道上，婢囊嘔血之詩；蘭渚寺中，僧秘開花之字。兼之力開畫苑，遂能目無古人。有索必酬，無求不與，既蠲郭恕先之癖，喜周賈耘老之貧。畫《水滸》四十人，爲孔嘉八口計，遂使宋江兄弟，復睹漢官威儀。伯益考著《山海遺經》，獸毨鳥氄，皆拾爲千古奇文。吴道子畫地獄變相，青面獠牙，盡化作一團清氣。』觀此，則章侯之畫在當時已擅盛名。近見醉耕堂本《水滸傳》（清初本），所有出像（按醉耕堂本，名曰《出像水滸傳》）均題陳章侯畫。自宋江至徐寧，凡四十人，鬚眉生動，知《夢憶》之説非誣。像各有贊。魯智深像贊云：『老僧好殺，晝夜一百八。』扈三娘像贊云：『桃花馬上石榴裙，錦傘英雄娘子軍。』柴進像贊云：『哀王孫，孟嘗之名幾滅門。』武松像贊云：『申大義，斬嫂頭，啾啾鬼哭鴛鴦樓。』吴用像贊云：『彼小范老，見人不早，曳石悲歌，張元吴昊。』顧大嫂像贊云：『提葫蘆，唱鷓鴣，酒家胡。』均敏妙可誦。杜堇所繪之像，都一百零八人，廣百宋齋有鈎摹本。百八人各有特殊姿態，英風義概，奕奕如生。像各有贊録，其尤佳者，關勝像贊云：『無念爾祖，率西水滸。』運用成語，寓有皮裏陽秋之意。魯智深贊像云：『焉知圓寂，佛祖不識。一棒打殺，并狗子吃。』武松像贊云：『殺虎未爲武，邱嫂猛於虎。』措詞均極恢奇。李逵像贊云：『袒裼暴虎，毋破我斧。』王英像贊云：『長不滿五尺，貪財更好色。』運用成語，抑何巧妙乃爾。余尤愛扈三娘像贊云：『罔談彼短，靡恃己長；天壤之間，乃有王郎。』天造地設，巧不可階，直是滑稽之雄。安道全像贊云：『活一人，殺萬人；夏無且，秦越人。』語有包孕，寥寥十二字，可作一篇史論讀。

## 小説話

范煙橋

我國小説雖濫觴於《虞初》，實發揚於北宋，惟思想不及今人之深透。故其上者爲野史之屬，次者則筆記，最下乃陳腐舊套之狀元團圓體小説也。泖東一蟹撰《小説考證》，於從來小説之考據甚爲詳備，亦稗官記室之上乘也。

維新以來，小説蜂起。二十年間，盛衰之迹有足述者，而其文體亦前後迥乎不同。第一時期，其體似從東瀛來，開手往往作警嘆之詞，或諧其聲、或狀其象，當日《時報》中多載之。其思想之範圍，多數以政治不良爲其對象。第二時期，喜以詞采作引子，每節之首，駢四儷六，至爲華美，展初年之《小説月報》可以見之矣。第三時期，重詞章點染，時海上雜志風起雲涌，大有旌旗蔽空之概，一時載筆，争奇鬥勝，各炫其才富，於是一時之作，典實累綴不厭飣餖。第四時期，則三年來小説界之趨勢矣。十二齡之《小説月報》，今以語體文歐化爲倡，於是小説界别開生面矣。以自然主義爲幟，故其背景并不加以深濃之烘染，在讀者之細昧，與四圍小説大異其的。人有毁譽之論，余則以爲不在文體而在内容，猶之道德高尚、學問深邃者，馬褂長袍無妨也，呢冠革靴亦無不可耳。

社會小説最難大氣包舉。涵秋足以繼南亭佛山而有餘，其他則娑婆生、海上説夢人、漱石、瞻廬也。然而《留東外史》移其觀察於國外，益見其獨具隻眼，炯炯有神，爲中國社會小説中之異軍蒼頭矣。

滑稽小説卓呆頗稱擅長，蓋渠於新劇，亦有語妙天下之目，發人大噱。須俗不傷雅，謔而不虐，斯爲美矣。

教育小説，天笑可以佔首席。其所著《馨兒就學記》尤爲天趣横生，描寫如畫。中間形容頑童之頑，令人忍俊不禁。即《童子偵探隊》，譯筆亦足以融和中西文學之美，而無配合之渣滓者也。此等小説最足以感動人心，青年讀之，勝受三年教師之教訓矣。

歷史小説允推指嚴。其恣談掌故，有羚羊掛角之妙，惟有時或病其奇詭過常情耳。當日東亞病夫有《孽海花》，僅出初集，如曇花一現即逝。若假指嚴以時日，羅列五十年來筆記野乘，供其寢饋，於是續而完之，其功不在清史館長下也。

言情小説作者如林，而西方乘舶而來者，亦以此類爲最夥。平心論之，西方作者於個性觀察甚詳，故刻畫入情理，且西方愛情神聖，戀愛自由，其男女間交際方式至多，非若我國之千篇一律也。因此我國之工言情者，前者以詞采爲工，近則以悲苦相尚，欲高尚純潔之作，須於譯本中求之矣。彼於情之一字，細針密縷，用十二分心思筆力者也。

軍事小説、科學小説、政治小説皆不易着筆者，蓋非有宏通之學識不可。苟有宏通之學識，於軍事科學政治之舞臺，必有還旋之分，則誰復肯討生活於故紙堆中乎？今世惟求幸福齋主人，爲軍事政治之過來人，方倦於是，而欲以文字問世，則正可爲此等不易着筆之工作。顧主人以信陵自許，寧以盾墨畫眉尖矣，惜哉！

長篇小説似不甚切合於時代之要求，故短篇小説爲近代文學家所風尚，猶之劇本尚獨幕也。惟其短也，結構密、背景足，其興奮性亦倍有力。若欲多所描畫，則分節爲之，自爲起迄，中間以綫索貫之，然至多亦不宜逾十萬言耳。今之日報往往載長篇者，取其有訂定之稿件不至饑荒也。

## 論有價值小説

江紅蕉

做小説，第一須認定小説不是筆記，不是史乘，也不是演説。做筆記是把一件情節從頭至尾詳細的記出，既不要議論，又不要剪裁，完完全全的寫着，好似一株野樹生在地上，只要説明這株樹是什麽樹、有多少高、圓徑有多少、有幾枝大枝、還是活着還是已死，那就够了。至於這樹性質如何、可以做什麽東西、可以做多少東西，不必你筆記來説。做史乘的却是不然，就再要説明這樹那一年種的，從前這一種樹大家都把他做什麽東西的，或者説明這種樹簡直是無用，可以伐去，這地方就可以種别項東西了，伐下來的樹，或者當柴燒，這都是史乘的筆法。在記事的裏面，暗暗的含着議論。至於小説是不能如此的。應當把一件事情或若干件事情選擇裏面的一段，或一件有興味的、或者大家不注意的、或者大家心中所有、口中所無的，把他老老實實寫出來，不要參加議論或評判，讓看的人自已領會，發出一種感想出來，評判這件事情。以後他對於這一類事情如遇見了，就起一種注意，或者提倡或者阻止。但是寫這類小説的時候，雖然説要老實，但也不可没有曲折。譬如一件事情，結果很平常的，最好設法避去，或者夾寫在中段，在小説裏的一個人物，隨便在口裏帶了一句。或者一件事情的原因是很奇特的，做書的不忍把他開場時用去，就應當設法寫在一篇的結末。大概倒叙體的小説，總比順叙體的小説出色，并且容易做，有時可以把一件事情的原因變寫成了結果。還有一件事情主要的成分并不寫出，却暗暗的藏在裏面，但是看小説的人却明明見得到，好似活現在上面。要説一件事情，最好把别件事引出，不要實説，實説了就是筆記。即使作者對於這件事情，另有一種見解要指示讀者，也不可停了正文，參加論調進去。吾常見有許多小説都犯着這個毛病：有的夾叙在中間，有的在篇末加一段，雖有許多是評議得不錯，但是已令讀者有了一層成見，不肯自已去研究或評判。這篇小說絲毫没有影響於讀者，休說衝動他的美感，還要墮落他的個性呢，所以只能暗暗的指示，不可明說。從前自然派和舊浪漫派的小說還不免要犯這規律，并且寫一件事情或一個人，說他是好的或不好的，都寫得淋漓盡致，各趨極端，現在新浪漫派却要把他調和一篇之中，也有好也有歹，只在意中暗示讀者這件事情是偏重好的一方面或歹的一方面。這一層吾們做小說最要注意的，但是也不必拘泥。往往有件事情寫他好處，其本意却在彼方，也有瞧來好似寫的歹處，但是一鱗一爪，實在是講的好處，讀者自能領會。以上所說的，都是做小說以前須知者。在事情也有了、宗旨也定了、剪裁也完了，就須提筆寫出來。寫完了再定題目，先定了題目，那就要被他拘束。但是未定題目以前，也須要個理想的題目纔能有範圍，有了範圍就要防獸。譬如說下雨最好先說起風，說了下雨，可以說雨停了，一刻兒又下了。在這時候，可以插進一個人物，或者冒雨而行，或者躲雨，都可以，讀者就容易注意了。其實做小說真容易，他所寫的都是社會上的實事，如攝影般攝一攝罷了。但是怎樣攝法，或者在什麽時候，或者攝那一部分，攝得清楚不清楚，那就在乎攝的人了。總而言之，做一篇小說一定要寫明白一個人或若干人，一件事或若干件事的個性。就各個性合成一篇的個性，像凑七巧板那般的心思拼起來。不要隨意的亂置，說明了這個形成是什麽東西，讓讀者去研考，但是要暗示他研考的一條路徑，引起他美感的興趣。既然如此，那麽這篇小說一定有價值了。

# 偵探小説談

張舍我

吾人之讀偵探小説者，殆莫不知有福爾摩斯其人。然此不過柯南道爾勛爵腦筋中産生之英國大偵探耳，所謂子虛烏有之類也。而不察者往往以爲實有其人、實有其事，津津樂道，若有餘味。此不特華人爲然，即歐美人士亦未嘗不然。事雖近乎不智，而以是愈足以見柯南道爾之理想與筆力。其深邃雄偉，實非前此之作者所能夢想幾及。蓋小説能否動人，全視其立事布景之能否逼真，假使此小説中之人與事與一般讀者相見，而一般讀者能不期然而信其有此人有此事，則作者之筆力自可想見，而作者之目的與小説之命意，亦隨之而達現矣。今柯氏理想中之大偵探，竟爲一般人認爲人生中之大偵探，而盛道其事弗止。噫，是豈尋常作者所能望其項背乎！

偵探小説能益人智慧、啓人靈思，而養成善於察物觀微之習慣，故於讀書實不能謂爲無補。或謂偵探小説專言奇秘不測盜賊胠篋殺人之術，其勢足以誨盜而助長社會之惡，故宜置之禁例。使此言而果確，則英國之偵探小説，其發達之歷史已近二十年，其説部之多、横列書肆之書架間者，正不知其幾千萬部，社會人心所受之影響當必甚巨，而其道德之程度當較前爲退步，其國人當常發『世風不古』之論調，負社會教育責任之官史亦當設法查禁此種書籍。然凡此種種，吾皆未之一聞，亦未見有人證其説之確。而以偵探小説著名全球之柯南道爾氏，英王且以其文字之功而賜勛爵之位。我國之偵探小説尚在幼稚之時代，譯本既不爲多，作者更屬寥寥，而社會中罪惡之程度較之歐美，正不知高出幾倍，况彼作奸犯科之流未必盡能讀偵探小説者，然則吾人能謂讀偵探小説足以助長社會之罪惡乎？ 抑社會之罪惡由於社會之組織不良，而果非偵探小説家所能負其責也？

# 説海感舊録

胡寄塵

## 蘇曼殊

蘇曼殊并不是個專門小説家，不過他做的幾部小説都很好。大概他的小説裏都有他自己的小影在裏面，我决不敢説他完全是實事，然隱隱約約總有一些是實事。

他的畫、他的詩、他的小説，都别有一種風致。有人説他的畫是融化中國畫和東洋畫而成的，實則他的畫在中國和南宋馬遠很相似，詩略近晚唐。總之高逸有餘，雄厚不足。説他是東洋風氣也不爲過，詩畫如是，小説也如是。

就畫册而論，《吴門道中聞笛》、《拿舟金牛湖》、《韜光聞鵑》等幅爲佳，因爲畫筆和情景恰恰相稱。若《衡山》一幅，但作一角，未免太薄弱了。我前年游蘇州，作詩數首，中間一首云：『數家臨水不成村，細雨輕煙淡有痕。絶似曼殊當日畫，羸驢破衲入吴門。』便是説《吴門道中聞笛》的一幅畫，然不是吴門山水明媚，也和他的畫不相稱了。

曼殊的生平，見於章太炎所作的《曼殊傳》及柳亞子所作的《曼殊傳》。但我再聽説有一件逸事是二傳中所不載的。當曼殊病故之前，有一皮包寄存在上海虹口某旅館中。曼殊既死於某醫院，無人能知道該旅館的名字，所以這皮包便不可復得。據云，這皮包中所藏的多半是紀念品，其中有一條手巾是他情人送給他的，上面還有他情人的淚痕。

我認識曼殊，在民國元年的冬天。那時剛是《太平洋報》停刊的時候。後來民國二年，在《中華民報》館裏見過幾回，以後便没有相見了。

曼殊的遺著，小説有《焚劍記》、《絳紗記》、《斷鴻零雁記》、《慘世界》共四種。《慘世界》係署囂俄原著，實則其中多鼓吹排滿革命的話，半是曼殊杜撰的，囂俄決没有這樣的話。此書出版頂早，係在前清時，現在泰東書局的翻印本改名《悲慘世界》（鵰按：曼殊小説尚有《碎簪記》一種，見《新青年》；《非夢記》一種，見《小説大觀》）。

詩歌有《拜輪詩選》、《潮音》、《文學因緣》、《英漢三昧集》、《燕子龕詩稿》共五種。

遺畫有《曼殊上人墨妙》一册。

## 江山淵

江先生名瑔，字山淵，廣東廉江人。我和他認識在民國五年，大家同在進步書局擔任編輯事，江先生於經史子集之書無所不讀，曾著《讀子卮言》一書，由商務印書館印行，直到現在仍風行於世。先生對於小説也做得不少，當惲鐵樵編《小説月報》的時候，常有先生的短篇在那裏發表，大概都是明清間的野史，然事有來歷，并非憑空構造，所以比較的爲有價值。同時，《婦女雜志》及《小説新報》中也常有先生的小説，此外有一單行本，名曰《芙蓉淚》，由泰東書局出版。

我和江先生訂交時，曾贈他一首詩道：『談經嶺海稱家學，説稗江湖算異才，别有傷心來塵底，大明舊事劫餘灰。』那時候我們的交情很好。不多幾時，江先生便往北京去了，因爲他本是國會議員。國會被袁項城解散了，所以他跑到上海來賣文，這時候共和復活，國會恢復原狀，他當然要往北京去。民國六年的春天，我在天津擔任事務，兩次入京，都因時間匆促，没有和江先生相見。不多幾時，聽説江先生在京病故了。

從民國六年到現在，政治上經過許多變遷，文學上也經過許多變遷，便説江先生不死，他做議員也不知要擔受多少風波，他做小説也未免有美人遲暮之嘆。獨是《讀子卮言》一書有永久的價值，在三百年内必不消滅，然而江先生一生心血也都消耗這兩本小册子上頭了。當日勝游，依然在目，對此遺著，能不凄然！

## 朱鴛雛

朱鴛雛和姚鵷雛、聞野鶴三位都是松江人，作小説也都是一樣的派别。三人之中，鵷雛年歲比較的長些，鴛雛、野鶴年紀都很小，但是在民國三四年間，他們早已負盛名了。我和鵷雛相識頂早，交情頂深；次則野鶴；至於鴛雛，并未識面，不過神交罷了。

鵷雛作小説，極似林琴南先生。因爲他在北京大學時，嘗從林先生受業，所受林先生的感化很深。鴛雛、野鶴皆和鵷雛同里，年紀又稍輕，所作小説都以鵷雛爲法，弄到後來三人的作品幾乎分不出誰是誰的。而鵷雛所作又絶似林先生，因此可説四人的作品是一路的，不過以年紀大小的關係，稍有蒼老稚弱的不同，然非極精細的眼光也看不出。我和鵷雛相識在民國元年，在《太平洋報》同事三五個月，民國五六年間，同住在西門大吉里，彼此往來更勤。在那時候，鵷雛介紹我認識野鶴，獨没有認識鴛雛。今鵷雛居南京，頗自適。野鶴來往於松滬之間，我因文字的關係，雖和他通信，然不常見面，而鴛雛獨於數年前死了。生離死别之感往來於胸中，不能自已，隨筆寫出，也不知是無聊的文字或有聊的文字。

我和鵷雛同居在一條弄子裏時，趣事甚多。有一天，他約我吃蟹，我剛有一點小病，人家都説我不能吃蟹，吃了蟹説不定要死。我道：『古人云「捨命吃河豚」，明知吃了要死，也要捨命一試，何況我吃了蟹説不定要死，説不定還可以不死，何妨冒險一嘗。』説罷大嚼而歸，竟没有死。

鵷雛性情疏懶，不修邊幅，比我更甚。那時候他常赤脚不着襪，只着了一雙鞋子，同我往黄家闕一帶馬路上去散步。我覺得這樣情形在上海是少見的。他又常常被人家逼迫不過，伸紙磨墨來作小説，四處尋筆却找不着，臨時差娘姨或小孩子往我家裏來借。這雖是極小的事，然很可以看得出他的性情習慣了。這種情形到有一種天然樂趣，不受一切的束縛，但是住在上海總有些不相宜罷。

鵷雛在前數年，也有小說雜詠之作。關於我的一首云：『兩家清絕白雲邊，門掩疏花晚悄然。記得耐庵蕭瑟語，但娛朋好不須傳。』第一句所云白雲邊，係指西門白雲觀，因大吉里與白雲觀相近，故他如此云云。其後數年，大吉里改名永吉里，今永吉里之房屋又已拆去重建，而我則遷居東安里，和白雲觀貼隔壁。每過白雲觀，便記起鵷雛的詩來了。六七年來，世事經過許多的變更，便是當年大吉里的房屋，也三易主人，左右曠地荒墳，今已盡變爲生人的住宅。設使鵷雛重來西門，已認不得當年故居。人事滄桑，轉眼萬變，怎得教人不老且死麽？鴛雛一死倒也完了，像我們没死的人，還不知要看見世上多少新奇事哩。

# 小說雜志叢話

鄭逸梅

小說雜志，汗牛充棟，難以盡列。不敏的叢話，不過把一己所知的寫些出來罷了。拉拉雜雜，没有先後次序，或有纏誤失考的地方，還望雜志之老讀者加以指正。

《**春聲**》

姚鵷雛輯，五號鉛字排印，挺厚的一册，内容豐富極了。鵷雛是南社巨擘，所以該志多南社名人，如亞子、小鳳、寄塵的作品。瘦鵑譯作也有好幾種，可惜五期即止，許多長篇小說都没有結束，閱者有全豹未窺之憾。

《**小說林**》

發行很早，還在民國紀元以前。是東海覺我編輯的，有天笑的長篇《碧血幕》。膾炙人口的《孽海花》也在該志刊過。後來覺我病死，該志十二期就停刊了。

《**繡像小說**》

李伯元輯，爲一種半月刊，七十二期停止。内容很好，不過『繡像小説』四字爲雜志的名稱，覺得不甚妥切，由此可知那時尚講求實際，不像近今專靠奇特名稱、艷麗封面賣錢呢。

《**小世界**》

姚民哀近和丹斧倆辦《世界小報》，擬刊一彙編，爲雜志性質。他從前又曾輯過一種小本旬刊，名《小世界》，有寒雲、丹翁、病鶴、宣古愚諸子作品，然印刷不考究，内容不豐富，所以銷數有限，二一期便止了。

《**白相朋友**》

胡寄塵主任，廣益書局出版的。小説、筆記、詩詞、文虎，應有盡有，然壽命也不長久。

《**星期**》

包天笑輯，爲一種周刊，專尚白話。選材很精，短篇小説如天笑《墮落之窟》、《愛神之模型》，海鳴《倡門送嫁録》，雋美極了。倚虹也有多篇聚精會神的傑作。紅蕉撰一長篇，描寫交易所的現形，他化名老主顧，不署真姓名，大約當時有所顧忌罷。不肖生自從撰了《留東外史》後，社會上久不見他的大作了。《星期》風行，又引起了他的文興，刊了好多篇。如今日報雜志都有他的長篇作品，大有涵秋第二之概，飽了閱者多少眼福，這不能不感謝《星期》的功呢。封面用鳳竹的滑稽畫，很足使人發笑。五十期結束（結束的一期，適爲武俠號。《快活旬刊》也是出了武俠號就停止的。當時逸梅曾草了一篇諧文《不祥之武俠》，刊在某文藝報上）。

《**快活世界**》

莊乘黄編輯，刊沈肝若之作品很多。如今肝若遠游，不彈此調有十年之久了。

《**秋星**》

爲一種大本雜志，輯者何人，失憶待考。

《**滑稽**》

仿歐西潑克 Puck，天笑主編的，共出兩輯，大東書局發行。有天笑、瘦鵑、卓呆、寄塵的小説。

《**新小説**》

清光緒間，梁任公在日本發行的，廿四期止。有吴趼人、周桂笙的作品。這真是小説界的老前輩。

《**武俠世界**》

平襟亞輯，劍客、畸人，躍然紙上。海鳴的《平泉大俠劫富記》，尤覺有聲有色。數期便止。

**《家庭》**

本爲半月刊，後改爲按月出版，紅蕉主輯。排法新穎、花樣層翻，每篇之前加編者的評語，或將作者的深意揭發出來，這也是該志的創格。那時適值《星期》停止，一般愛讀天笑小説的，很有一種如饑如渴的樣子。天笑和紅蕉因至戚關係，常把短雋作品給《家庭》刊布，讀者爲之大慰。出過三次特刊：裝飾號、婦醫號、脾氣號，尤以裝飾號爲最饒趣味。封面是謝之光、丁慕琴的時裝仕女，用三色版印，美麗的很。十二期停止。長篇如倚虹的《苦惱家庭》、紅蕉的《嫁後光陰》，没有刊完，是很可惜的。

**《月月小説》**

吴趼人、周桂笙主編的。天虚我生的《淚珠緣》曾刊在該志上，二十四期停版。

**《鴛湖雜志》**

沈劍濡輯，在嘉興出版，印刷不甚精美，所刊作品除西神、卓呆外，餘皆新進作家。三期停止，今改出單張的小報了。

**《新世界小説社報》**

輯者警僧，九期止。也是前清發行的老雜志。

**《新新小説》**

冷血輯，十期結束，刊天笑的小説很多。

《**新華**》

劉卍盦諸子輯，新華書局發行，一期便輟。有豁公、民哀、哲身、靈園作品，封面亦用三色版，爲張光宇之半裸體美人，姿態絶媚。銅圖皆伶人戲影，頗有可觀。

《**十日小説**》

環球社發行，隨《圖畫日報》附送，共出十二期。

《**白話小説**》

爲一種月刊，兩期止。

《**眉語**》

許嘯天、高劍華夫婦合輯。插圖多裸體畫，小説雜著亦偏重艷體，旋被當道禁止。吾友明道是該志的撰述者，曾化名梅倩女士，連刊幾篇小説，竟有人投以情書，并索玉影。梅倩就寫了一封若即若離的信覆他，真是一重笑話。

《**婦女時報**》

有正書局出版。多女學界的著作及倩影，瘦鵑也常撰稿，有時署名周國賢。

《**鶯花雜志**》

内容豐富，册子很大，數期停止。『鶯花』二字何等的旖旎，如今王天恨辦一種文藝報，也把『鶯花』二字爲報名。

**《小説時報》**

有正書局編輯，冷血、倚虹編輯，若干期停。直至前年復活了，縮小册子，由涵秋主持，編制取材沉悶的很，所以有人説涵秋能著作而不擅編輯。這也許是涵秋筆政很忙，不能全神貫注罷。

**《競立社小説月報》**

亞東破佛編，兩期就止了。有我佛山人的《剖心記》，也是在前清時出版的。

**《華北叢書》**

天津華北新聞社出版社，爲一種月刊，有天笑、涵秋、丹斧、馬二、春帆著作，也不過數期壽命。

**《小報》**

初爲單張，後改爲小册雜志，錢釋雲編輯，七期後由謝鄂常續編了。長篇小説也有一二種，不很高妙。短篇有丹斧、枕亞、民哀、塵父、煙橋、眠雲諸作品。逸梅也有滑稽小説《乾坤會》刊入，這不過充數罷了。十期輟止。

**《紅雜志》**

獨鶴、濟群編輯，仿《星期》式，爲一種周刊。有海上説夢人的《新歇浦潮》，號召不少閱者。小品文字，瞻廬獨多，花樣層翻，俗不傷雅，的是解頤妙品。一百期結束，改名《紅玫瑰》。

**《半月》**

周瘦鵑編輯，袁寒雲主撰。不敏曩在《蘭友》上評爲雜志中第一，這不是不敏的諛詞，實在瘦鵑匠心獨運，始終不懈，令人閲之自起一種審美觀念。且每期有一二種特載，都是很名儁的，那自然受社會的歡迎了。

《**小説叢報**》

徐枕亞主任。時枕亞以《玉梨魂》蜚聲説界，乃别撰《雪鴻淚史》，托爲《何夢霞日記》，刊諸《叢報》，且名流如雙熱、箸超、天嘯、醒獨、定夷、儀鄦、鐵冷、南村、水心、東訥諸子，各揮彩管，盡力襄助，遂蔚爲大觀了。長篇中獨鶴的《小説迷》、雙熱的《學時髦》都是很詼諧的，箸超的《琵琶淚》亦覺哀感動人。《淚史》刊完，枕亞又續撰《棒打鴛鴦録》（今已出單本，改名爲《雙鬟記》），不啻《紅樓》縮影。再有西神、鵷雛的傳奇，豐麗之至。出至廿二期，改大本爲中本，雙熱編輯一年後，又由枕亞主政，恢復舊觀。旋因同人嫉擠，即辭輯務去，復爲雙熱編輯九期停止。一種小小的雜志，也有如許變故，毋怪那世變滄桑，令人興感了。

《**小説季報**》

枕亞脱離叢報社，創設清華書局，編輯《小説季報》。布面蝴蝶裝，金字燦然，頗爲美觀。然成本甚巨，定價不得不昂，銷數因此而滯了，四期結束。諸稿如枕亞之《讓婿記》、涵秋之《還嬌記》、塵因之《神州新淚痕》等長篇，皆屬完璧，有始有終，很是難得呢。

《**偵探世界**》

爲一種半月刊，由小青、獨鶴、濟群、澹盦合輯，後澹盦脱離，苕狂承之。然小説界中，偵探作手不多，所以徵稿很不易，不得已兼刊武俠、冒險諸作品，以充篇幅，廿四期止。

《**紫蘭花片**》

周瘦鵑創格的個人雜志，嬌小玲瓏，很覺可愛，内容清靈雅雋，迥異尋常。第一集書爲縱式，封面爲丁慕琴、謝之光、胡亞光的美人，畫裏真真呼之欲出。第二集書爲横式，封面爲潘雅聲的仕女，古色古香，别有致趣。曾有美人號、戀愛號特刊，馨逸凄麗，仿佛紙上也襲有紫蘭香呢。

《**消閒鐘**》

李定夷編輯，爲《小説新報》的副本，壽命不長，内容多定夷自己作品。

《**婦女畫報**》

朱鴛雛、平襟亞編，二期便止。多歐化文字，當時不敏亦爲特約撰述之一。

《**紅玫瑰**》

嚴獨鶴、趙苕狂主輯，是繼《紅雜志》發刊的。長編除原有之不肖生《江湖奇俠傳》外，又刊李涵秋遺著《新廣陵潮》（瞻廬續成全編）。其餘小品文字亦皆取材新穎、方興未艾，竊爲該志慶祝。

《**社會之花**》

王鈍根編輯，爲一種旬刊。封面大半爲杭穉英作，用三色版印，很覺嬌麗動人。内容多沈禹鐘、張碧梧、羅晴淵、馬二先生的作品。鈍根有時亦自撰短篇小説，雋妙之至。最可發笑的就是《軟玉温香館爛脚記》和《我與文艷親王之情史》。《我與文艷親王之情史》，更引起一般讀者的好奇心，不料揭書一讀，却大大的上他一個老當，原來那文艷親王不是共舞臺的雌兒張文艷，是調謔小說界的雄獅周瘦鵑而作的，狡獪手段，真令人可惱亦可喜呢。

**《滑稽畫報》**

錢化佛諸子輯，擔任繪畫撰述的有數十人之多，可謂人材濟濟了。旋因各有意見，一期即輟。

**《笑雜志》**

平襟亞輯，東方書局出版。爲一種小本雜志，内容多滑稽作品，兼刊時調山歌以迎合中下等社會的心理。第五期後改爲東陸書局發行，由李龍公主政，一期便止。特刊有風凉號、笑話號，是很豐富的。

**《中華小說界》**

中華書局出版，爲一種月刊。擬與商務印書館之《小說月報》抗衡，然魔力遠不能及。撰述者如琴南、瘦鵑、天笑、枕亞、卓呆外，餘皆碌碌。十餘期停。

**《中華新小說界》**

《中華小說界》停版後，又續刊《中華新小說界》，若干期亦止。

**《情雜志》**

許廑父編輯，爲小本雜志，二期即停。有枕亞之《泣珠記》說部，未刊完。

**《梨花雜志》**

鄭醒民編輯，遠東書局出版。多評劇文字，長篇小説有《傀儡寫真記》，是楊塵因的手筆。

**《快活》**

是一種周刊，張雲石編輯，并借李涵秋爲幌子，挂名爲編輯主任。書爲袖珍本，攜帶極便，取材瑕瑜互見，未能盡善。長篇有涵秋的《近十年目睹之怪現狀》、枕亞的《燕雁離魂記》、塵因的《老殘新游記》、碧梧的《毒瓶》和《水裏罪人》。特刊有婦女號、新婚號、滑稽號、偵探號、離婚號、武俠號、羅致名家，不遺餘力。三十六期結束。時因婦女著述很受社會歡迎，所以特刊號外《香閨花影》。三期後由陶鳳子編輯了。

**《心聲》**

劉豁公、鄭子褒編輯，是心心照相館出版的，故銅版照片很多，式仿《半月》，内容也很豐富。惟取材稍覺沉悶，不甚鬆雋罷了，曾特刊一種戲劇號。

**《東海》**

小説雜志，徐枕亞、徐卓呆、徐碧波、徐鵑雲四人合輯，全屬姓徐的文字，是怪有趣的，并且還是一種創格咧。

**《白雪》**

香谿、馮秋農、柳他園編輯。排式是很新穎的，有瞻廬、煙橋、眠雲、明道、民哀、轉陶、碧波、少芹、楓隱、東園諸子作品。頗有可觀，惜乎曇花一現便萎謝了。

**《星光》**

眠雲、煙橋發刊。《星報》光鋩萬丈，照耀吴天，頗得社會美譽，出至廿五期後，更廣徵諸文友作品，刊爲《星光》。計出兩册，每篇小説之首，刊有著者玉影和小傳，是很足以慰一般景仰小説家的讀者的渴望。

**《小説新潮》**

中央印刷公司發行，鐵生編輯，式如復活之《小説時報》。有指嚴、涵秋、少芹小説，銅鋅版印寒雲、丹斧《論金石書真跡》，又有武化一門，插圖很多，然没有什麽趣味。三期停止。

**《東方朔》**

沈禹鐘、吴靈園編。文字新舊兼刊，舊文字中有亞子、鴛雛諸作品，并有文壇消息欄報告著作家狀况。第二期改爲大本，銷滯，也就輟止了。

**《小説雋報》**

未詳他的内容。

**《揚子江小説報》**

前清宣統時出版，爲一種月刊，胡石庵編輯，在漢口發行的。

**《滑稽新報》**

平襟亞編輯，多雙熱、民哀、飯牛諸子作品。內容不很豐富，也是一期停止的。

**《粲花》**

吴綺緣編輯，在毗陵出版。爲一種小本雜志，有卓呆、煙橋、天憤、少芹、寄塵諸子短作品，一期即停。

**《小説世界》**

商務印書館出版，葉勁風主輯。爲一種周刊，定價低廉，不過取材駁而不純，那是閲者很引以爲憾的。前清時也有一種雜志取名《小説世界》，爲半月刊，二期停止，編者何人，不能追憶了。

**《電光雜志》**

范春生編輯，没有精彩，無可稱述。

**《游戲世界》**

瘦鵑、苕狂編輯，爲一種月刊，印刷很好，排法也新穎有致。小説尚白話，各種雜文應有盡有，伶人的照片極多，評劇文字也不少。每三期一革新，愈革愈精，有倒啖甘蔗之妙。二十四期結束。

**《小説新報》**

該報創辦多年，雜志中可算老前輩了。初由李定夷主政，後來定夷因事遠行，許指嚴、包醒獨繼續編輯，至六年停止。前年雜志有中興氣象，《新報》也乘此時機復活，請貢少芹主編，體例一如其舊。一年後少芹脱離，繼之者爲天台山農、朱大可、徐哲身，都是抱蕭規曹隨主義的，没有什麽變更。封面用前人花卉山水真跡，一色銅版印，雖屬古雅，然總不及畫裏真真的動人愛賞。且出版延期，有失信用，致銷數大受影響，逐漸减少。所以辦雜志非萬不得已，决不可延遲出版日期，使閱者有秋水望穿之憾呢。

**《小説月報》**

商務書館出版，有十多年了。王蒓農、惲鐵樵相繼編輯，早已有口皆碑。後來由沈雁冰主任，一變而爲新文化，另有一種色采了。

**《小説革命軍》**

胡寄塵編輯，爲革新文學的先導。小説、筆記有好多種，三期停止。

**《五銅圓》**

天嘯、枕亞、雙熱諸子編輯，爲一種周刊。每本賣五銅圓，故就把這五銅圓三字爲名，很覺得直截爽快。文字尚滑稽，長篇有雙熱的《快活夫妻》（後由枕亞加評，刊爲單本），爲滑稽艷情，很有趣味。時歐洲大戰，紙價驟漲，五銅圓難以支持，不得已略加資料，倍其售價，稱爲『雙料五銅圓』。銷數不多，不久也就停止了。

**《女子世界》**

中華圖書館發行，天虚我生編輯。大都刊女界的著作，文字優美，頗有價值。兼刊家庭常識、雜藝等，又是很切實的。六期停止。

《**繁華雜志**》

海上漱石生編輯。本子很大，也有銅版插圖。撰述者如朱瘦菊、許指嚴、錢香如諸子，香如擅科學游戲，故該志中刊香如魔術很多，如今都爲遺著了。没有出滿十期便停。

《**禮拜花**》

聞野鶴、趙赤羽諸子輯。仿《禮拜六》式，每逢星期日出版，取材尚佳。二期即輟。

《**雪花**》

馮秋農編輯，胡亞光繪圖，爲一種袖珍小本。有民哀、楓隱、守拙、東園諸短作品，不甚豐富，令人有一覽無餘之憾。

《**紅雨**》

潘寄夢、劉恨我輯，也是一種小刊物，編制尚佳。有瘦鵑、民哀、明道、眠雲、天憤、碧波、天恨、慶霖、釋雲、鄂常、巽觀諸子作品。一期停止，是在浙江袁花發行的。

《**月月**》

唐忍庵編輯，在梁溪發行。有海鳴、丹斧題字，煙橋、雙熱、明道、賡夔、菊高、天石、北野、石予諸子作品。兼刊新體文字。該志命名《月月》，是按月發行的，但爲經濟問題，一期就止。

《**盍簪**》

洪公素編輯。內容除卓呆、舍我、耳似外，無甚名作。封面爲丁慕琴繪，羽扇輕縠，姿容絶媚，用三色版精印，配以袁寒雲題簽，更覺得出色當行了。

《**千秋**》

問題小説家舍我編輯，是繼續《盍簪》出版的，寒雲、瞻廬、煙橋、卓呆、海鳴、瞿安、寄塵、眠雲皆有作品刊入，小青的那篇霍桑探案《鸚鵡》幾佔全書三分之一。篇目用木刻留真，封面是謝之光畫，王鈍根書。

《**禮拜六**》

中華圖書館發行，共出二百期。前一百期是鈍根、劍秋編輯，全爲小説，不刊雜文。後一百期是鈍根、瘦鵑編輯，小説、雜文兼收并蓄，精神非常飽滿。後來瘦鵑創辦《半月》，輯事委置，《禮拜六》頓無生氣，直至敷衍結束，銷數因之大跌。二百期出齊後，該書館將存書洋裝彙釘，都二十册，布面金字，很覺燦然可觀。

《**新聲**》

施濟群編輯，是雜志衰而復盛的先導。用五號字印，有漱石生、嚴獨鶴、陳蝶仙長篇。這幾位名家年來貴忙的很，雜志中很難得他們的著述。從八期起歸世界書局發行，封面用三色銅版，美麗的很，十期停止。

期停。

**《小説海》**

商務印書館出版，五號字小本，攜帶很便。取材嚴整豐富，瘦鵑、指嚴皆有小説多篇刊入。若干期停。

**《香艷雜志》**

王均卿纂《香艷叢書》，出其餘緒編此雜志，苕狂、酒丐、太癡襄助輯事。女撰述員有好幾位，不過香艷文字太少，似乎不能克副命名。有亞子、涵秋、摩西、太癡諸子詩詞駢文。小説、筆記，也有多種，無甚精彩，數期輟止。

**《眉月》**

高天棲等組織，垂成而爲事阻，未能出版。

**《潑克》**

已故畫師沈伯塵主任，圖畫文字都是很雋妙的，五期停止。

## 説林嚼蔗録

黄厚生

小説家之身世，多半窮寒；小説家之爲人，亦多跅弛自放，落拓不羈；故小説界中自多奇聞趣事，足使吾人之蔗境常甘，咀嚼有味焉。

## 一　毛柏桑之友

讀毛柏桑之著作者，自可知毛氏爲一放浪形骸外之文學家。居常對於舊制度極不滿意，與曹拉Zola氏同一懷抱，而對於神道設教之修道院，尤竭力反抗。觀於賀表姊結婚之一首八綴音之詩，即可知毛氏反對修道院之梗概矣。以是彼之朋友，多似無賴之徒，如『律師的帽子』Latogue，如『獨眼龍』N'agunnseil，如『小青』Petitoleu，如《亂的葉子》La Fenille Al'Eners等，皆毛氏之莫逆友也。實則『律師的帽子』即班囪Robetr Pinchon之綽號也，『獨眼龍』乃東公司Co De L'est之經理也，『小青』即豐登納Leon Fontaine之別名也，『亂的葉子』即小船也，故毛氏每於夕陽沉海之際，明月當頭之時，輒泛其『亂的葉子』，載其『律師的帽子』等人。手搖櫓，口講話，舌底翻瀾，思路泉涌，滑稽雋永，笑態齊陳。莫氏之大著作《蠟球》一書，即得力於此，產生於此時也。

## 二　連我也不知

我國古諺云：『有人來問我，連我也不知。』此種滑稽之語句，吾嘗玩味之，以求其實例。今竟於俄國大文學家——空想的詩人與神秘派象徵派之小説家——梭羅古勃Sologub口中得之矣。梭羅古勃之作品，既不用哲學的格式以從事思考，又不欲其作品令人人都解，以是曲高和寡，見淺於俗人之目。或有出其作品問其所以然，叩其何所謂，梭羅古勃則答曰：『著書作文，全恃一時之感興。當感興勃發時，所成之文字，且不能令人了解，况感興已過、幻象消失之時乎？君來問吾，吾又向誰問哉？」

## 三　無非賺錢耳

文學非職業，而爲最高尚最純潔之物品也，然亦有時爲貧爲錢者也。孔子聖人也，彼亦嘗爲委吏，嘗爲屯田，以爲禄仕焉。蓋無金錢，則生活不能，而欲卓然有所樹立也難矣。是故當福禄培爾Flaubert(毛柏桑之師)得書肆中出其三種著作之酬金一千佛郎支票時，作極誠懇之聲調，向友人曰：『文學原可以賺錢乎？』友人聞之不禁拊掌大笑。至毛柏桑則不然。毛氏對於生命之欲望，雖不以金錢爲生命之目的，然亦承認其爲完成生命之工具，故彼曾作詼諧之語曰：『著書無非爲賺錢耳。』

## 四　莎翁之醜婦

距今三百五十七年前之莎士比亞，吾國人稍具世界眼光者，稍讀幾册文學書者，幾無一人不知其爲大戲曲家也。其文字之典雅，思想之高深，尤爲人所景仰。當莎翁年三十時，家道中落，老莎翁爲債所逼，遂質其妻之奩田以償之，故里中女子都鄙爲窮酸子，莫肯與之訂婚約。惟莎翁獨鍾情於鄰女密斯哈司。女長於莎翁八齡，貌殊不揚，仿佛東施也。故有人謂約翰孫娶老醜之婦人，至白首猶相愛不能忘，莎翁亦其倫也。

## 五　觀察十個車夫

自寫實派小説之旗幟樹立以來，而小説界之一般趨勢，僉以如來實現之作品爲可貴。故小説家競以描摹深刻、觀察明了爲無上之天才，而社會上一切形形色色之魑魅魍魎、丑態畸形，均和盤托出。試一翻毛柏桑之説集，幾於盡法蘭西之新聞、官吏、社交、鄉間諸種情形，皆表而出之矣，誠可謂小説界之大手筆矣。然考其由來，則得力於其師福禄培爾之教訓也。當毛柏桑初學爲文時，弗氏雅不欲其溺於典籍，摹古爲高，更不欲其放意肆志，言大而誇。惟謂之曰：『汝不欲有所成，則唯汝心之所欲；苟欲有所成，汝當從自然界觀察着手起。』故弗氏之課題，嘗令毛柏桑以百字描摹十個車夫之各個形狀。及其既久，凡一切現象皆羅列於毛氏小簿中（毛氏出遊時，如遇有所感觸，及可爲題材之事實，悉記於小簿中，以爲小説之資料），率爲世界短篇小説之王。其造詣不爲不高，實則觀察十個車夫爲其根本學術也。

## 六　不過能言人之不能言者耳

江都李涵秋，當今小説家也。當執教鞭於省立第五師範學校時，嘗謂其學生曰：『吾邇來困頓極矣。郵件紛至、筆債猬集，終日潦倒於字裏行間、筆鋒硯池之下，一若天之生吾，不欲吾卓然樹立、建赫赫之勛功，但願吾爲人間世之書吏，以吾臭腐之文章，記載一切之歷史也。然吾自顧形醜，所撰各稿實不值一笑。然而一般人對於我之文章不特不加拒絶，且視爲奇貨，争先恐後，一日而數索，吾誠愧懟無方，惟有忍辱含羞，戴上一副面具，與世人以謁見。乃吾有足慰者，即在唯心所欲，令之縱則縱，令之收則收，令之翻騰盤旋則翻騰盤旋，復有稍從人意之處。故吾之私念，以爲我無他長，不過能言人之所不能言者耳。』

## 七　創造美人之工匠

吾嘗謂小説一道，精研日久，自覺意味深長，如同嚼蔗。蓋小説固一傾國傾城、絶色之佳人也。有巧笑倩兮之嬌面，有美目盼兮之明眸，歌哭不常，喜怒倏變，施朱敷粉，愈覺嫵媚，點睛畫眉，信能傳神。而窈窕之姿態與纏綿之情絲，尤在於作者之能爲調度，善爲構思以爲斷。是則小説家宛然一創造美人之工匠也。創而善，則美人之一言一動，美人之一笑一顰，俱足引起群衆之注目，能得無量數之同情。創而不善，則一僵卧之木偶與泥像，奄奄無生氣矣。縱或外加雕斫與修飾，亦不過渾淆愚夫愚婦之耳目而已，供人之弄玩而已，有何價值之可言！是故專事刻畫而不講求内實之小説家，非創造美人之好工匠也。若僅致意於内實而不顧及外象之小説家，是猶嫫母、東施，亦不能謂爲創造美人之好工匠也。

## 八　無家庭之小説家

俄國大小説家高爾基（Gorky）幼失怙恃，惟承歡於祖父母之膝前，而輾轉於二蠻叔威權之下。高氏初學徒於鞋鋪，繼復爲某船之厨房助手。叔見其不肖，遂推高爾基於池塘之内。幸上天愛才，不忍以震爍一世之文學家，掩跡消聲於未大成之際，卒獲救以幸生。叔益怨恨，逼祖父分爨以居，逐出高爾基。賴祖母慈祥，百出奇方以保護之。故高爾基曰：『當吾祖母未至之時，吾惟倦伏而慴戰，潛形於屋角門旁之間。及見祖母，始渡吾驚悸之靈魂，入於極狹隘之光明境地。蓋祖母對於凡物之愛情，實滋養吾生命之妙品也。』迨高爾基漸長後，遂飄泊流離，嘗爲面包店之工徒，車站碼頭之苦力，沿街叫賣之販夫，隻影單形，幾無家庭之可言矣。

# 兒童與小説

黄厚生

舊時教育對於一般兒童咸以『注入的』、『摘出的』方法，將一切知識盡量灌輸於兒童腦筋之中，固不問兒童之興趣何似，更不問兒童之能否領悟，均一味輸將，儼以兒童爲裝儲知識之皮囊、成人之預備、社會之候補員。實則兒童於兒童時期之中，有兒童生活之狀態，有兒童生活之興趣。不觀夫兒童之騎竹作馬、堆土成山、削木爲刀乎？自成人視之，極無意趣，然兒童爲之，甚覺有味，碌碌不休。是故今之教育家遂盛倡設計教學，以兒童爲主位，教師僅處於『轉導的』、『被動的』地位，必欲使兒童之生活更加愉快，更加有意識而後可。然欲兒童生活更加愉快而有意識之道維何？曰：增加兒童讀物之數量而已。

增加兒童讀物數量之舉，豈易言哉！一則因一般墨守之士，均認兒童爲無知的偶像；二則因吾國兒童讀物之作家不多；三則因提倡之呼聲不高。若欲捨此三者，自不可不研究兒童讀物與兒童之關係。然兒童讀物之中又以兒童小説爲最，故吾僅述兒童與小説之關係如次：

**一、養成科學之興趣**

文學之創作必經科學之洗禮始成。俄國托爾斯泰曰：科學與藝術之關係，如肺與心之密切。……若科學所經之路徑誤謬，則藝術之途徑亦隨之虚僞。是可知真正文學作品，靡不經科學之洗禮，含有科學之意味。吾此時且不言彼標明爲科學小説之作品，當以科學爲本位外，即小説中所叙之一草一木、一花一卉、一山一水、一鳥一獸之時，亦不能離科學的旨趣而獨立。況第四度空間之發明，大文學家威爾斯（H. Wells）所著述之《空中戰争》（*The War in the Air*）及《空間與時間之故事》（*The Tales of Space and Time*）亦與有力焉。且兒童之好奇心極爲發達，吾人若使其把玩文學作品，自能妙趣横生，而以小説爲研究科學之出發點。

**二、增加想像之能力**

法國小説家柏依特（P. Bourget）曰：『文學有唯一要素，名曰想像。』美儒愛末生 Emerson 曰：

『文學爲最好思想之結晶。』是故小説之所以能動人情感、描摹深刻者，皆想像爲之也。故兒童讀《魯濱孫荒島飄流記》，即可想像英雄戰勝天公之情形；讀《大拇指》、《小人國》，即可眉飛色舞、心往神游矣。不然兒童之思想界中，曷克具此印象？

### 三、涵養高尚之道德

小説之所描寫多半爲江上之清風、山間之明月、孤兒寡婦之哭聲、勞工被害之呼籲，兒童讀之，固足以引起兒童之美感。若所描寫者爲窮凶極惡、頑鈍卑劣之徒，亦能觸動兒童向善之心，表示無限之同情。羅素曰：『人類行爲之動機，乃創造與佔據衝動之表現。』吾以爲人世之擾擾，皆佔據衝動之作祟。是故有曹氏之欲一匡天下而三國分立，有桓公之欲稱霸諸侯而天下大亂。若人人有創造之思想，則蠅營狗苟之倫自可絶跡。而養成創造思想之工具，其惟小説。歐西某教育家曰：『欲道德之高尚，當着以藝術之衣。』蓋小説爲破壞舊道德、創造新道德之冶爐也。

### 四、養成讀書之習慣

小説之魔力，往往引人入勝，致把卷不釋，甚有廢寢忘餐、無分晝夜以誦讀者。故吾以爲兒童如能多讀有趣味之小説，則對於書本之感情，必日加濃厚，及其既久，讀書遂成爲一種良好之習慣。此所以歐美人旅行時，雖於乘電車之短時間内，亦開卷瀏覽也。

### 五、增强發表之能力

小説措詞靡不整齊修潔、秀色可餐，兒童讀之，固易生欣賞的審美之心。有欣賞之心，則摹仿之熱情勃然以起，故兒童於幼時莫不喜舞文弄墨、發抒己見（此種現狀吾邇始發覺，因目下各小學校均採用語體文，兒童之所發表較舊時爲明白，故信舊時之格格不吐者，因文言文難於摹仿，未若語體文之天籟自然也）。況今者小説之趨勢，漸崇語體，尤便於兒童之摹仿。他時發表能力之增强，自非可逆睹已。

捨上列五項外，小説之最有功於兒童者，莫若引起兒童之興趣與兒童以大多數之愉快。故吾以爲今之老師宿儒，極端反對兒童之誦讀小説、厠身劇場中者，固不足與道教育。即今之主張採用『訓戒式』的小説爲教材者，亦不足與言教育也。蓋訓戒式的小説多半千篇一律，無非講道德、説仁義，讀未終卷，即可預測其背景，毋乃太形板滯，曷言引起興味乎？

小説與兒童之關係既如右述，然則以何種小説爲最適宜乎？曰：當以根據原始思想與禮俗及切近兒童生活之小説爲最。若安得列夫之《殘花》，臺峨爾之《歸家》，梭羅古勃之《捉迷藏》、《飛翼》，梅德林之《青鳥》，蘇特曼之《歡樂的家庭》，狄更司之《塊肉餘生述》、《賊史》、《孝女耐兒傳》，波拉斯佛之《闌幹上的孩子》，伏勝之《小學生季拉》，皆叙述小兒生活之狀態。戀愛也、罪惡也、痛苦也、瘋狂也，使成人讀之亦不禁大呼曰：『此吾兒時之生活，胡爲乎涌現於紙上耶！』至兒童把玩之餘，更足以怡情悦性，使生活更加圓滿，愈有意識也。吾國研究兒童教育者，幸詳加注意焉。

# 説觚

周瘦鵑

《石頭記》允爲吾國舊小説中第一傑作。其描寫細膩處，匪特繪影繪聲而已，直繪及其一毫一髮。每寫一人，必兼寫其聲光氣，筆筆有神。故幽怨如黛玉，癡頑如寶玉，富麗如寶釵，粗豪如焦大，古拙如劉老老，吾人每讀一過，即覺諸人憧憧往來於腦府心坎中，不能或忘。一若真有其人而吾曾與之把晤款接者，真神筆也。世之愛是書者，不知如千人，咸爲之纏綿顛倒而不自覺。吾友朱玄子，其封翁年六十餘矣，鬚髮皆白，居恒好讀《石頭記》，好觀《石頭記》劇（如《黛玉葬花》、《黛玉焚稿》等），往往爲之雪涕。嘗自謂數十年來，自少而壯而老，於書無所不窺，而獨嗜《石頭記》，把誦數十百次，下淚亦數十百次，迄於今遂能背其回目，不爽累黍云。據友人言，此書英國曾有譯本，出彼國通人手。憶五六年前，予嘗於別發西書肆之玻窗中見有一書顔曰『The Dream of the Red Chamber』（譯言《紅樓之夢》），未識是否此書。果爾，則歐美人讀之，當亦嘆中土作家描寫家庭、描寫情愛之細，正不讓狄根司氏之描寫社會也。

予早孤失學，讀書不多。比年從事小説家言，涉獵亦淺。憶舊時嘗讀《石頭記》至九十八回《苦絳珠魂歸離恨天》，即掩卷不能復讀。讀時在二十歲之秋，秋聲在樹，落葉如潮，凍雨敲窗櫺，恍聞書中隱隱有咽泣聲也。年來忙裏偷閒，每思卒讀其書，顧讀至九十八回，即復罷去。或曰：君終不善讀《石頭記》耳。斯言也，吾自承之。

德國大文豪貴推（Goethe），嘗以其情史草一哀情小說，曰《小韋德爾哀史》，悱惻纏綿，一時稱傑作。拿破侖生平酷嗜此書，目爲恩物，征車所至，輒挾一帙與俱。每當刁斗夜静時，必展卷讀之，字裏行間，正不知漬英雄熱淚幾許也。迨征俄時，由墨斯科引兵而退，戎馬倉皇中，書忽失去，拿破侖如喪良友，爲之弗怡者累日。乃六年前忽出現於俄國道百城一靴工家，見者咸視若至寶云（按此書近由郭沫若君譯爲《少年維特之煩惱》，予藏有英文本，讀其半，暇當畢讀之）。

言情小説布局絶難，短篇尤不易作。予頗賞天笑先生《電話》篇，别創一格。篇言二情人未締鴛盟，睽隔已久，偶爾聚合，因借電話以通辭。所謂『飛來天外纏綿意，訴盡人間宛轉心』者，正可爲此咏也。結尾語及指環，戛然而止，頗有畫龍點睛意。某君即其事爲詩云：『自問身無主，長門鎖阿嬌。三年三電話，一度一魂銷。紅雨歸時路，青蕪劫後宵。推窗望明月，隱隱度虹橋。獨見驚鴻影，亭亭玉立時。隔簾窺舊貌，握管訴相思。願作沾泥絮，休歌團扇詞。我生孤露甚，辜負好要支。何事求君子，依猶不自知。心香花瓣瓣，情淚血絲絲。小病供憐惜，佯歡慰别離。誰家三弄笛，冷月助凄其。更有難言隱，傷心二指環。丁零聲不續，惆悵月何彎。黄土埋長恨，紅潮漲素顏。韶華都夢幻，懷舊淚痕斑。』亦自可誦。微聞《電話》之作，實有影事云。

施土活夫人（Mrs. Stowe）爲美國唯一女小說家，其傑作《湯姆叔父之小木屋》（*Uncle Tom's Cabin*）一書（按即《黑奴籲天録》），凡有文字之國幾無不知之。書甫脱稿，其夫施土活博士嘗語朋輩曰：『哈荔愛（夫人小字）如能以此書易一玄色之羅衣者，則吾心滋快矣。』書出風行遍世界，所得乃千萬倍於一襲羅衣，是則夫人初料所弗及，而博士亦喜出望外矣。

《紅礁畫槳録》原名《毗亞德麗斯》（*Beatrice*），著者英國名小説家哈葛德氏（R. Haggard）。閩縣林畏廬先生譯之，悱惻哀愴，工力悉敵。日斜鐘定時讀之，大足令人腸迴也。中有情歌一闋云：『君詎飛仙耶？胡遺蜕而裹予。君爲世賢耶？乃引長裾而攬予。歡兮歡兮，我言汝如兮，我心汝如，我願遂兮。委身君手，與君而同居，思佳期而匪遥兮，吾且埋愁於荒墟。得君愛我兮，我乃飛夢而成此蘧蘧。』吾友歐陽予倩、汪優游嘗以此書編爲劇本，演之舞臺。予倩自爲毗亞德麗斯，玉泣珠啼，頗能曲繪斷腸人斷腸情景。綉幕乍揭，賺人酸淚不少也。

小説之足以動人，世之人咸公認之矣。予生而多感，好爲哀情小説，筆到淚隨，凄入心脾，以是每造孽於無形之中。今雖欲懺之，已苦不及矣。吾友芙孫，爲言其夫人有閨友某女士者，好讀予作。去夏見《禮拜六》周刊中所載《留聲機片》一篇，立動身世之感，諷誦再四，鬱鬱不自得。今春忽大病，不一月而香消玉隕矣。其致芙孫夫人書中，尚道及予之《留聲機片》。烏乎，傷已！芙孫謂女士絶艶慧，而遇人不淑，故每讀哀情之作，益增怊悵，卒促其死云。予聞其事，彌興伯仁由我之慨。

大仲馬（A. Dumas），爲法國大小説家，世之人靡不知之。當少年時，嘗爲一巴黎日報中撰一長篇小説，情文并茂，卓絶一時，讀者交口稱揚，嘆爲傑作。一日忽有某侯爵者造其廬，叩之曰：『仲馬，近君於某日報中所撰小説，已思得結穴否？』仲馬曰：『得之矣。』曰：『彼書中之女郎，殆不能逃一死乎？』曰：『然。彼女將以肺疾死，吾述其病狀已至危殆，尚安能生？』曰：『君必爲吾救之，弗令彼死。』仲馬掉首曰：『吾構思已定，不能易也。』侯爵曰：『君必易之，因吾女之生死端賴君書爲轉移，脱不易者，殺吾女矣。』仲馬怪之，亟問故。侯爵曰：『吾女患肺疾久，其病狀正與君書所述者一一相同，用是亟欲覘此書之結穴，以自決其生死。苟書中人生者，則彼借心理上之作用，或亦能生，否則死矣。君仁者，其能變易結穴，出吾女於死乎？』仲馬沉思有間，遂允如所請，立改其末章情節，謂彼女郎得名醫療治，肺疾瘥矣。後五年，仲馬遇侯爵於一宴會中，侯爵歡然迓之曰：『仲馬，吾當介君見吾女。吾女今日之生，胥拜君之賜也。』仲馬曰：『女公子安在？彼群女中昳麗若貞德者非耶？』侯爵曰：『然。彼已出閣，且誕兒女四人矣。』仲馬曰：『吾書亦已四版，然則吾與彼爲况同耳。』遂一笑而别。是又小説動人之一證也。

英國狄根司氏《孝女耐兒傳》（*The Old Curiosity Shop*）一書，爲性情之作，從來讀其書者，往往爲之雪涕。山格萊氏者（W. M. Thackcray），亦英國名小説家，所著《虚榮》一書，傳誦全歐。一日薄暮，有女友造訪。不俟通報，徑入書室。見山方伏案啜泣，一時莫審其故，踟蹰不敢進。居頃之，山忽仰顧，淚如雨下，悲聲謂女友曰：『小耐兒死矣。』女友愕然曰：『小耐兒誰也？』山曰：『然死者小耐兒也，吾讀未竟，而小耐兒竟死矣。』語次，指案頭所攤書，女友趨視之，則狄根司之《孝女耐兒傳》也。山夙以木强無情聞，而乃感動若是，是又小説動人之一證也。

作小説非難事也。多看中西名家之作，即登堂入室之階梯。一得好資料，便可着筆矣。吾人欲得資料，事亦非難，但須留意社會中一切物狀、一切瑣事，略爲點染，少加穿插，更以生動之筆描寫之，則一篇脱稿，未始不成名作。是故窮鄉僻壤，均可入小説，野叟村婆，均可作小説中人物。惟在吾人之善於掇拾、善於安排耳。狄根司之所以以長篇小説名者，即以善寫社會物狀故。毛柏桑之所以以短篇小説名者，亦即以善寫社會瑣事故。二子咸好浪游，故見聞亦廣，凡恒人所不經意之事，二子獨經意焉，於是嬉笑怒駡，皆成文章，而讀者之喜怒哀樂，遂亦授之於書而不自覺矣。予居恒好爲短篇小説，隨意杜撰。有時資料枯窘，苦思不可得，則於途中留意一切極平淡極尋常之事，歸後筆之於書，少少點染之，遂成篇幅。故作小説時不得資料，可於街頭隨處掇拾，若效董仲舒之三年目不窺園，則難乎其爲小説家矣。

晚近歐美小説界傑作數見不鮮。密吉爾范勒士（Michael Fairless）之《修路人》（*The road-mender*）其尤著者。出版後再版數十次，讀者咸擊節。而作者實爲一髫齡之少女，密吉爾范勒士其贋名也。女爲英國吉斯德府一副主教之女侄，病中百無聊賴，因草是書以自遣，九日書成而女死矣。聞此九日中女但飲冰水，不進他物，不食人間煙火之人，又安得不成咳珠吐玉之名作哉？

西方小説以能描寫社會者爲工。嚣俄（V. Hugo）爲法蘭西社會小説第一作手，傑作如《哀史》、《罪史》諸書，健筆獨扛，刻意爲苦社會寫照。悲天憫人之念一發而不可自遏，故其達之於文者，亦沉痛刻骨，如聽鵑啼中夜也。嚣俄所作，類爲長篇巨著。捨以上二書外，尚有《九十三年》、《噫有情》、《聖母廟之駘背人》諸作，均有名。論其意境，固在大仲馬上。狄根司則《賊史》一書，差足與之抗衡耳。囂俄短篇未多，求之數載，僅得《格勞葉安》(*Claude Gueux*)一作。大旨謂人生罪惡率爲社會逼迫而成，一唱三嘆，不忍卒讀。茲述其本事如下：巴黎有工人格勞葉安者，未嘗學問，而能敏多智，與尋常工人異。家有妻子，得賴以温飽焉。某年冬，格勞失業，無以贍妻子，遂去而行竊。事敗，捉將官裏去，判監禁五年，科罰與盗劫等。既入獄，日爲苦工，格勞固誠懇，頗能不辭勞瘁，勤於所事。工場中有監督某，獷人也，暴睢若虓虎。一日以輕薄語進格勞，謂其妻貌美，已居處有郎矣。格勞不與較，而疑信亦參半，由是長日緘默，不發一語，似沉沉作深思者。顧其狀貌絶威厲，似能慴伏群囚，群囚亦戴爲渠魁。格勞出一言無不遵從，如是數月，赫然王一獄矣。工場監督深嫉之，顧亦無如何也。格勞身至壯碩，健於飲啖，獄中所予面包常苦弗足，因亦常苦腹餒。會有少年囚徒亞爾平者，與格勞頗相得，每分其食食之。二人同起同息，有類手足。監督窺其狀，弗善也，故移亞爾平於他獄。於是格勞復苦饑，中心憤極，則日向監督索亞爾平。監督腹誹之，殊不之應。積日既久，而殺機動矣。一夕挾斧於懷，先向群囚演説苦衷，群囚皆泣下，復出其所有分贈之。屆時監督至，格勞仍向索亞爾平。不應，遂出斧殺監督，繼以短剪自揕其胸。創少已，官中處以死刑。格勞亦不悲，出所蓄五法郎授教士曰：『請以予貧民。』遂就刑。予嘗迻譯斯篇，名之曰『貧民血』(見中華書局出版之《瘦鵑短篇小説》)，舉其事告人，咸爲感泣云。

往歲予感於五月九日之國耻紀念，嘗有《亡國奴之日記》一作。舉吾理想中亡國奴之苦痛，以日記體記之，而復參考韓、印、越、埃、波、緬亡國之史，俾資印證。深宵走筆，恍聞鬼哭聲，而吾身似亦入於書中，躬被亡國之苦。紙上墨痕，正不辨是淚是血也。書僅萬餘言，而亡國奴之苦況抒寫殆盡。開端有二語曰：『前此有國之時，弗知愛國；今欲愛國，則國已不爲吾有。』故願吾國人乘此祖國未亡之際，共愛其國，幸勿謂作者之無病而呻也。篇末有跋語，録之以見予懷：

周瘦鵑曰：『吾草斯篇，吾悄然以思，悁然以悲，愯然以懼，吾心痛如寸劙，吾血冷如飲冰，吾四肢百體亦爲之震震而顫，吾乃自疑，疑吾身已爲亡國奴矣。魑魅罔兩環伺吾側，一一加吾以揶揄。於是吾又撫躬自問，問吾祖國其已亡也耶？然而此「中華民國」四字，固猶明明在也。吾祖國其未亡也耶？則一切主權奚爲操之他人，而年年之五月九日又奚爲名之曰國耻紀念日？吾嘗讀越南、朝鮮、印度、緬甸、埃及、波蘭之亡國史矣，則覺吾祖國現象，乃與彼六國亡國時情狀一一都肖。吾因不得不佩吾國人摹仿亡國，何若是其工也。於是吾又悄然以思，悁然以悲，愯然以懼，設身爲亡國之奴，而草此《亡國奴之日記》。吾豈好爲不祥之言哉？將以警吾醉生夢死之國人，勿應吾不祥之言，陷入奴籍耳。嘗憶十年以前，英國名小説家威廉勒苟氏草《入寇》一書，言德意志之攻陷英國。夫以英之强，苟氏尚發爲危辭，警其國人。今吾祖國之不振如是，則此《亡國奴之日記》又烏可以不作哉？吾記告成，乃在凄風苦雨之宵，擲筆汍瀾，憂沉沉來襲吾心。惝恍中似聞痛哭之聲匝於八表，并有大聲發於天曰：是汝祖國之魂也，方在泥犁中。哀其子孫，加以拯拔耳。國人乎，汝其諦聽！』

瘦鵑又曰：『此日記，理想之日記也，吾至願此理想永爲理想。』

原篇見中華書局出版之《瘦鵑短篇小説》。民國八年五月，青島問題起，國人憤激萬狀，予因請於中華書局局長陸費伯鴻先生別刊單本行世。每册售值五分，以中國紙印，叠版數次，凡銷去四五萬册。然則吾國人心目中，殆亦知亡國之可懼矣！

凡作一小説，於情節文字外，亦宜注重名稱。名稱佳者，能令人深鐫腦府，歷久不忘。歐美小説之名稱，大抵以質直爲貴，不加雕琢，如施各德之《挨文訶》、狄根司之《大衛柯伯菲爾》，均以書中主人之名作名稱。乃一經中土譯手，則不得不易其名爲《劫後英雄略》、爲《塊肉餘生述》矣。蓋吾國小説名稱率以華縟相尚，如《紅樓夢》、《花月痕》等，咸帶脂粉氣。苟能與書中情節相切合，則亦未嘗不佳，較之直用書中人姓名，動目多矣。

歐美小説名稱其質直，尚不止此。亦有以書中一部分之店或屋爲名者，如狄根司記孝女耐兒，但名其書曰《老骨董肆》（*The Old Curiosity Shop*），施土活夫人寫黑奴慘況，但名其書曰《湯姆叔父之小木屋》（*Uncle Tom's Cabin*），範圍甚小而用以籠罩全書。二書復同負盛名，爲世傳誦。苟吾人試易《紅樓夢》爲《賈氏之園》者，則讀者不將嘩笑耶！

譯本小説名稱之佳者，如《梅花落》、《空谷蘭》、《不如歸》等，均含詩意。《紅礁畫槳録》亦佳，惜太廓，不足以概括全書，蓋不過書中二主人遇合時，在紅礁下一扁舟中而已。《血華鴛鴦枕》頗妙，

『鴛鴦枕』三字之上忽著『血華』二字，大足耐人尋味。《香鈎情眼》四字，失之太艷，幾令人疑爲淫書矣。

十三年前吾國自撰小説，其言情者命名，每不脱『波』、『影』、『怨』、『魂』、『潮』、『淚』等字。一時蕩爲風氣，且每名必三字，鮮有四字五字者，今則長篇言情小説，人不多作，此風亦少替。

短篇小説命名較易。予之所自鳴得意者，有《花開花落》、《玫瑰有刺》、《紅樓別夜》、《金縷衣》、《春風楊柳》、《錦綉堆》諸名稱。又喜用兩字之名稱，如《心照》、《惆悵》、《哀弦》、《笑渦》、《舊聲》、《懸崖》、《一諾》等，不一而足。海上小説界有一時代，多以昔人詩句爲小説名稱，而始作俑者，予也。時予草一短篇哀情小説，苦思不得佳名，偶憶『恨不相逢未嫁時』句，因以名之。厥後又有《遥指紅樓是妾家》、《無可奈何花落去》、《似曾相識燕歸來》諸作，往往强以情節凑題，可憐亦復可笑。他人以爲新奇，效而尤之，於是唐詩三百首，搬運幾盡。後且惡俗不可耐，讀者嗤之。是所謂學我者死，殊不可以爲訓也。

小説之作，情節應與文字并重。情文兼茂，斯爲上乘。蓋文字爲表，情節爲裏，二者相得益彰，不可偏廢。如文字雋絶，而無絶妙之情節供其描寫，則文字雖佳，亦復味如嚼蠟。故吾人作小説，於文字外亦當講求情節。如有實事而含小説的意味者，固足資吾人取材，顧此類可作小説之實事，不常有也。於是不得不出於臆造，即腦府中鳩工庀材，造爲空中樓閣，或寫英雄，或寫美人，或寫大奸巨猾，其情景逼真處，亦宛然如實事也。

吾人構思情節各有其時，如其時，則得心應手，無不工妙。予之構思情節也，恒在清曉夢回時。曙光甫透，宿鳥乍鳴，引目凝注帳頂，空幻中若有圖繪相示者。一時腦思大動，百念紛起，此圖繪中乃似有種種可歌可泣之事，恣予抽繹，而默記之。起而著筆，遂能整整有序，筆下意到，無雜亂枯窘之弊。他時雖亦未嘗不能構想，顧終不若此時之敏活也。

歐美小説家，其於床上構想小説中之情節者，殆居十之五六。往往於臨睡時置紙筆於側，睡意見襲，思意大來，詰旦豁然而醒，回思如夢，即取筆記之紙上。每一小説率成於此。亦有人則喜深夜無睡，坐而構想，鐘定人静，萬籟已寂，燈影在窗，爐火將熄，當此時也，絶妙之情節得矣。

英國賈維氏(C. Garvice)所作言情小説，都百餘種。其構想情節也，每在侵晨對鏡薙面時。薙刀動而思緒發，一似個中有天助者，惟得意忘形時，或且削其頰肉，爲可懼耳。韋爾士氏H. G. Wells爲英國科學小説中第一作手，所言多及天地日月星辰之秘，奇詭無倫。其構想情節也，每在餐堂中。就餐時，餐已，即口述其言，令書記録之。甘恩氏Hall Caine作小説甚富，名不在柯南道爾、哈葛德下，邇亦以著作襲勛爵矣。其構想情節也，以凌晨五六時興之格麗白堡(Gree - ba Castle)左近山麓一茆舍中，山光排闥，清思自來，故其小説中之寫景，多如名畫家之山水畫也。衙門氏(Stanby Weyman)與甘恩齊名，其構想情節也，以近水爲宜。迫曉以扁舟容與溪流中，聽水聲湯湯，怡然自得，鼓槳歸來，則其腦蒂中已得佳妙之情節矣。美國葛勞福氏(M. Crawford)文名藉甚，小説有奇氣。其構想情節也，在徒步遊行時。如作一長篇小説，則亦作長距離之旅行，每一次恒行四十里云。以上所舉，均足資吾人借鏡也。

長篇小説，動輒一二十萬言，非有恒心有耐力者，往往不能竟其功。西方小説家之以長篇小説稱者，英吉利有狄根司、施各德，法蘭西有囂俄、大仲馬。每一書累二十萬或三十萬言，篇幅雖長，始終不懈。正類蒼頭突起之軍，仗大刀闊斧，長驅殺敵，逐北數百里外，非屑屑立功於肘腋間者。吾國作家如曹雪芹、施耐庵，其功力之偉，不亞西方諸賢。而曹氏所作止一《紅樓》，施氏所作止一《水滸》，終不如西方諸賢之人各十數書或數十書也。短篇小説著筆較易，然至少亦須二三千言，情節始有可觀。若在一千字以内，即不易作。昔年天虚我生嘗戲爲三十八字之小説。一曰寫情小説《一行書》，其文云：『海麗得情人書，遂赴約。詎爲奸人所紿，鬻爲倡，覓死弗得。後遇情人，卒成眷屬。奸人以誘略受處分。』自謂編爲長篇可作十四章，化爲三萬八千言云。又社會小説《天網》，亦三十八字。文曰：『某令以資得官出宰，盡括脂膏。幕友亦驟富，各置田産、納妻妾。合室而居恣淫樂。猝遇光復，均被殺。』附注謂演爲長篇，亦可得二三十章，凡屬《官場現形記》中材料均可插入。若編新劇，可保賣座三日，今特大勉强作三十八字云云。竊謂三數十字究不能作小説。友人某君，謂欲徵求十字之小説，須情節曲折方能中選。予戲拈十字云：『某生遇粲者，悦之，弗諧，死。』自視不期失笑。夫十字之中尚安能求情節之曲折，此誠所謂大勉强矣。或謂言情小説意多雷同，此寥寥十字亦能抵得他人千言萬語耳，可發一噱。

三年以前，《小説月報》嘗有小説俱樂部之組，出一題曰『邂逅』，哀情小説。限四百字，凡乏部之字不許闌入篇中，蓋禁體也。主者王子蕁農，敦囑一試。因以四百字應之，其文云：『日之夕矣，鴉影兼兼，馱斜陽而去，緑楊摇暮飔中，瑟瑟有聲，似兒女子絮語。石湘舲之第一次見其意中人關明霞也，在陽春三月。方自幼稚園歸，見緑陰下有稚女撲蝶爲戲，倩影動斜陽中，綽約如仙。湘舲凝視有間，即助女禽蝶，睨以眼波，并通姓氏，而二人心坎中情苗茁矣。後二十年，湘舲已長，而女之倩影宅其心坎中者亦二十年矣。辛亥革命，荷戈入義軍，一日血戰被創而暈。比蘇，在病院中，有看護婦侍側，月頰星眸，似曾相識，叩其名，則意中人也。於是驚喜握手話舊事，用爲笑樂。創平，乞婚於女。女示以指環，掩面累唏，曰：「兒已有夫，緑葉成陰子滿枝矣。」湘舲大震。詰旦索女，而女已杳。如是又十年，湘舲已積功爲大將。率大軍遠征，軍中有間諜以地圖獻敵，事發，論死，期一日夜。夜半，湘舲獨坐軍帷讀兵書，忽有女子搴帷入，伏地咽泣，自云關氏明霞，求貸夫子一死。湘舲微喟，麾之出。公私交戰於中，久久莫決。平明留書於案，詭言銜元帥命返國，以軍務屬參謀。自入囚所縱間諜，即易裝改容作間諜狀。薄暮受刑，刑吏殊未之覺。臨刑，人叢中有女子揮紅淚，木立凝望。湘舲微睇之，報以淺笑。此一次者，蓋最後與其意中人相見矣。』稿成，寄示王子。王子復書，有龍頭之選非公誰屬之語。比揭曉，則在三名以下。蓋篇中一遠字、一返字兩犯辵部，與禁體例不合也。而朋輩頗稱其情節曲折，謂爲四百字中所不易得云。

十年以還，吾國小説可謂比較的發達，顧以迻譯爲多，撰作較少。其發達之程度，持較歐美諸邦，固猶如大巫小巫不能相提并論也。歐美之人，無論僕隸稗販，咸能讀書。故每一新小説出版，人争購之，數萬册立盡，其名家之作，則數十萬數百萬不等。以是小説家筆尖之收穫，恒較常人所入爲豐。一編脱稿，面團團作富家翁矣。吾國治小説者，其思想魄力固不逮歐美諸名作家，要亦有可取者在。而生計之窘困與勞工殆無以異，雕肝鏤心曾不足以供温飽，半由於社會薄視作者，半由於國中識字者太少，執金筆而冠桂冠更無望矣。

近代西方小説家負盛名者，英國有柯南道爾所作《福爾摩斯偵探案》，名滿世界。都長篇數種，短篇數十種，前後所獲殆不下數十萬金。其他稿售之美國書肆，每千字竟得六百金元。則一書之成，不猶得一小金礦耶？名少次者如吉百齡氏（Kipling），所爲小説多述印度事，文字奇奧，竊不之喜。而在英國，則十餘年前每一字已可得一先令（每先令作五角計，每千字得墨銀五百元）。嘗有人故與之戲，投書寄一先令購其一字，氏以一『謝』字爲報，英人至今艷稱之。其一代大名家如法國大仲馬氏，每年心血之代價，恒二三十萬法郎。會客室中陳巨碗，滿盛金幣與雪茄紙煙等并列。朋輩來時，聽其自行取用，其豪放如此，則其所入之厚亦可知矣。此外如施各德、狄根司，每年均得一二十萬鎊。愛白洛福之别業，加士希爾之寓邸，赫奕如王家宫闕，是亦拜小説之賜也。美國文豪華盛頓歐文之《筆記》（*Sketch Book*），一盈握小册耳，吾國莘莘學子當已見《李迫之夢》及《睡洞中無頭之鬼》矣，而不知李迫一夢、睡洞一鬼乃爲歐文攫三萬金圓以去。以今日金圓市價計之，非又番佛六萬餘尊耶？嘻，可羨已！

予於美利堅文學家中，深佩華盛頓歐文（Washington Irving）。歐文傑作凡十數種，以《筆記》一書爲最著，幾於家弦户誦，傳遍世界，學校中多取爲課本。爲文幽馨淡遠，如花中紫蘭，而其輕倩飄逸處，則又類擲筆空中，作游龍之夭矯焉。《筆記》中如《李迫樊温格爾》、《睡洞》、《碎心》、《惠斯明斯德大寺》諸篇，皆戛戛獨造，不落恒蹊。英國大文學家施各德氏曰：『吾嘗讀歐文《筆記》矣。筆香墨妙，美乃無藝，吾不知篇幅間之斑斑者，其爲墨痕耶，抑花影耶？』大詩人拜輪之言曰：『吾嘗有一友與歐文善，吾輩偶把臂，輒道歐文。蓋歐文之著作，實吾之忘憂草、療愁花也。』大小説家狄根司氏亦嘗語人曰：『華盛頓歐文，吾生平良友也。每來復中之二夕，吾果不挾華盛頓歐文於臂下者，必不能登樓就寢。』（按：此二『華盛頓歐文』皆指書言。）狄根司有良友曰山格萊（W. M. Thackeray），亦以説部名於世。嘗讀《筆記》至於數四，美之曰：『歐文實爲文學新世界中第一次之大使，來駐節舊世界者。』其爲并世文豪所推重，如是如是。

《筆記》中有《碎心》（*The broken heart*）篇，記愛爾蘭愛國家羅白哀密（Robert Emmet）情史。拜輪亟稱之，且語人曰：『歐文真天才也。不特有天才，且有優於天才之心。吾甚願一識此君，結爲良友，特恐天不假年，今世無此福分耳。』嘗有美國人某君，爾時徇拜輪請，讀此《碎心》之篇。於日記中記曰：『予讀第一節竟，少止，語拜輪曰：「吾讀此文實大罪過，彼書中人之心雖寸寸而碎，無與吾事，而君聽吾讀此文，君心亦寸碎矣。」拜輪曰：「然。聽之而漠然無動於中者，直哲學家及愚瞽之流耳。」迨余讀竟，拜輪淚已盈睫，泫然言曰：「子當見吾哭矣。須知吾心痛極，不得不哭意者。歐文當日屬稿時，必以淚花墨瀋滲雜而成，吾今聽君讀此傷心文字，安得弗哭哉！」已而又曰：「吾自入此世界以來，未嘗流淚，雖身被慘毒，淚亦未嘗迸出吾睫。惟此《碎心》一作，則殊博吾雪涕無數也。」」夫以大詩人如拜輪，而能爲歐文一文所動，則其文字之可泣可歌，蓋可知矣。

歐文之文章既如上述，而其軼事亦有足述者。歐文生時，美國方獨立，華盛頓將軍之英名風靡全國。歐文母立曰：『華盛頓將軍之偉業成矣，即名吾兒爲華盛頓，可乎？』遂曰華盛頓歐文。歐文少長，一日從保姆出游，遇華盛頓將軍於一市肆中。保姆指歐文語將軍曰：『將軍，此兒即以將軍之名爲名者。』將軍乃摩歐文頂，爲之祝福。歐文既長，以文學鳴於時，遂草《華盛頓傳》，蓋猶念及當年華將軍摩頂祝福之情也。兒時頑甚，嘗從窗間扶服而出，猱升屋頂，投石鄰家煙突中以驚鄰人，用爲笑樂。在小學校時尤頑劣，靡所不爲，顧不謊，獨得師歡。每與同學爲游戲，隱隱作指揮，師戲以將軍稱之。維時校風頗惡，盛行鞭撻。有頑劣或怠惰者，輒鞭撻之。鞭時，師必遣諸女生出，不爲所見。歐文心慈，亦弗忍見他人受鞭，恒請於師，與女生同出焉。歐文自幼好讀小説，酷喜《水手辛巴德傳》及《魯濱遜飄流記》諸書。每讀一過，輒爲神往。書有道異國情事者，尤喜之。嘗有二十小卷曰《世界大觀》，日夕把覽，孜孜弗倦。一日私讀於校中，師潛至其後，攫其書。傍晚放學，禁弗令出。歐文以爲師必加罰矣，顧乃不然。師謂書甚善，足增智識，惟此後勿復讀於校中，有妨正課。歐文唯唯，謝過而出。歐文既喜讀異國風土之書，因亦時思遠游，屢欲得間遁去，入海爲水手。知水手之日必以咸豕肉果腹也，因强進之，爲他日地。夜則卧地板，習以爲常。顧食肉非所好，卧地背輒作痛，遂祛其妄想，折節向學，卒成大文學家。

從來文人，其始也往往坎坷不遇，屈辱於荒傖細人，未嘗有志得意滿、不爲窮愁所困者。其人愈窮，文學亦愈工，於是幸運之神，賫名利以俱來，叩其扃而致之，拔之於泥塗之中。吾觀於大仲馬事，而益信吾説之匪妄矣。法蘭西産小説家最富而佔小説家名表中最高之位置者，一曰囂俄V. Hugo，一曰大仲馬（A. Dumas）。大仲馬著述繁博，冠絶時流，凡讀《三劍客》、《水晶島》諸名作者，靡不嘖嘖稱之。當一千八百二十四年間，仲馬猶傭於奥連士公爵家，爲書記生，月八百二十法郎。長日汲汲顧影，走筆弗輟。炎夏苦熱，汗被其額，手把筆不敢揮也。家復寒畯，奉母居巴黎陋巷中，税一室，年三百五十法郎，其地即今之福卜聖旦明街五十三號一屋也。居六月，應付彌艱，因徙居他室，年止二百五十法郎。而衣食之資，時虞不足，食貧茹苦，至不能得温飽，歷時一年有半。而母氏之私蓄百金亦歸諸烏有矣。仲馬大戚，始偷暇爲文。夜半燈影，孑然獨對，而十指鹿鹿，運筆如飛，每一稿成，投之報館。顧賣文所得亦殊戔戔無幾，不足以蘇家困。後識一友曰羅文，因合爲著作，登書肆門求售。乃十書之中，初無一書脱售者。仲馬大恚，計無復之，遂乞助於文學家羅蘇。其人性疏懶，縱酒自放，平昔未嘗自著一書，而善爲人修飾文字。仲馬特以旨酒佳肴誘致之，遂成莫逆。後此即與羅文合編《獵與戀愛》一劇，就正於羅蘇。羅蘇介之阿弼古劇場，場主納之。演之日，觀者尚衆，仲馬個人所得之酬報，每日僅四法郎，并劇券二紙，亦值四法郎。爾時家中適有要需，待用孔急，因向場主告貸五十法郎。其艱窘蓋可知也。當是時，巴黎有杜蘭薩爾慕二夫人者，以短篇小説聞。一編纔出，獵資無算。仲馬羨之，即亦撰短篇三種，合爲一卷，呈十書賈。十書賈一一却之，仲馬心滋鬱勃，幾於痛發。會有所識某夫人者，見而好之，立晙乃夫以三百法郎刊其書。出版後流行頗廣，即以三百法郎酬仲馬。而其《獵與戀愛》一劇亦深得社會歡迎，阿弼古劇場中，座客無夕不滿。場主大悦，復以三百法郎爲仲馬壽，仲馬初不以此資上母，而授之一印書之匠。檢點所作，合刊《近世小説集》一册，書出無過問者。乃類一人高呼於千萬人中，雖聲嘶力竭，人不之聞。歷時久久，僅售出四册而已。仲馬大憤，益肆力爲文。如是三年，名乃漸著。當其所編歷史劇《亨利三世》第一幕開場時，尚爲一無名之士，迨第五幕終，而仲馬文名已洋溢西茵河兩岸矣。後此著劇本説部可百種，名亦益隆，戴桂葉之冕，獨執法蘭西文壇牛耳。當其百年紀念時，參列盛典者數十萬人。嗚呼，盛矣！前輩東亞病夫嘗纂《仲馬傳》，并題詩云：『艷曲當筵好譽馳，半生應悔奥倫知。季長西第伯喈哭，一樣傷心入幕時。豪情落拓三槍卒（按即《三劍客》），哀史蒼凉巖窟王。遥想一篇初跳出，拂箋應讓梵莉娘。』

小説性質不一，細析之可十餘類。在歐在美以言情、偵探兩類爲最夥，汗牛充棟，幾足駭汗僵走一世。英國白薩葛蘭女士（Bertha Clay）手爲言情小説二百餘種，皆長篇也。荷蘭倫西來譚氏（F. van Rensse laer Dey）别署『尼古拉司卡德』，以英文著《聶卡脱偵探案》，都長短篇三百餘種，魄力均可驚。顧愛國小説則作者良鮮，以予所知，僅法國《亞爾薩司之兒女》及美國《無國之人》二書。以後者爲較著，美之人無不知之，幾有家弦户誦之概。著者海爾氏（E. Hale）初無藉藉名，因此書而名大著。《無國之人》原名爲（*A Man Without a Country*），言美國西部大軍中有少年軍官瑙蘭，因通逆叛國爲官中所執。就鞫時，法官令自供，而瑙蘭如中狂疾，遽發吻大呼曰：『萬惡之合衆國，吾願後此永永不聞其名。』聞者皆駭，以爲癇。後遂放之奥連司，不許復聞合衆國名。瑙蘭既行，行止尚自由，惟不復聞祖國事，人亦避之若浼。衣紐則易以白紐，以其祖國合衆國已不屬之彼，故紐上或有祖國縮書之名及祖國軍中之徽章者，均不欲復爲彼見。舟中讀書自遣，書亦非美國刊印，并無片言隻字道及美國，即新聞紙亦先經他人檢視，凡見廣告或新聞有涉及美國者，則一一剜去之，不令入瑙蘭之目。一日瑙蘭當衆讀英國文豪施各德氏詩集，讀至一節，則愛國詩也。其詩云：『彼其人之生於世兮，似僅留其軀殼，雖呼吸之尚存兮，而靈魂早已淹汩。故吾未嘗聞其一言曰，是吾所愛之祖國。』、『今有人自海濱歸兮，望衡宇而言旋祖邦。苟漠然而無所動於中兮，是其人者必無心腸。惟無心腸之人不可交兮，汝其志吾言而毋忘。』、『今吾爲彼作兹歌兮，吾心實爲之忡忡。彼之爵位雖崇、望譽雖隆，凡天下之金錢與財産兮雖可任彼而取用，然其人之身兮實爲萬惡之叢。夫叢萬惡於彼一身兮，吾不待筮而卜其終凶，吾不待筮而卜其終凶。』瑙蘭讀未畢，心大動，立抛書入海，遁入艙中。後兩月不復出，時聞書聲朗朗逗窗外，所讀非《聖經》即莎翁劇曲。偶出亦不與衆伍，日夕輒獨往獨來，㿻㿻顧影也。後遇海戰，瑙蘭忽投袂起，激勵舟人奮勇殺敵。每戰必争先卒，敗敵艦而歸。由是乃一變而爲愛國家，中心耿耿，常以祖國爲念。嘗語人曰：『爾當愛祖國，并愛爾祖國之徽有如至寶。苟祖國需爾者，爾必踴躍趨前爲之宣力，雖經地獄千重，毋許少懟。』又曰：『爾必傍祖國而立誓不他去，一如立於爾慈母之側。』後以病卒，臨終視國旗，歡然呼曰：『吾已有祖國矣！』遂瞑。英美學校教師多選此書爲教本，以其頗有益於莘莘學子也。數年前，予嘗得其節本譯之，天笑先生爲刊之《小説大觀》。原著者海爾氏，美國之波士頓人，以一八二二年生，嘗爲新聞記者、爲牧師、爲軍人。所著説部捨《無國之人》外，又有《十乘一爲十》、《以彼名義》二書，一九〇九年卒。

泰西名小説家，率由大學或書院中卵育而出。揮其生花之筆，發爲驚世之文。初不意縫衣場中乃有一女小説家崛起於時，干將出匣，光芒萬丈已。所謂縫衣場中之女小説家者，誰歟？則法蘭西女子瑪叶立德烏度(Marguerite Audoux)也。烏度，巴黎縫衣婦。早失怙恃，爲一女修道院鞠育以長。居院中有年，略具常識。年十二出院，初服役於農家，操作甚勤。農家夫婦憫其孤零，遇之特厚。逾年農死，去而之保夷士。爲人補綴敝衣，借以自活。後乃間關至巴黎，覓糊口地。舉一身所有，止半便士之銀幣三枚而已。因傭於人，勞頓如牛馬，尋得入一衣肆，日入可三便士。越數月，工作於凡山納一火藥廠中，日可得二先令，心乃彌樂。蓋爲數雖微，而在女已類貧兒暴富矣。居未久，即以所蓄自設一小衣肆，長日力作弗少怠。入晚少暇，因以生平所歷，撰爲説部，名之曰《茉莉葛蘭兒》(*Marie Claire*)。第以幼失學，誤字乃絡繹行間，從事於此者凡十年，改削可十數次。書成，意猶未愜，尚擬細加校讎，然後問世。顧以年年壓綫，目睛漸損，而度日亦維艱，不得不亟售其稿。名小説家裴烈伯氏(G. philipe)讀而善之，以示慈善家某伯爵夫人。夫人驚其誤字過多，不願出資付刊，旋爲劇曲家梅爾伯(O. Mirbeau)氏所見，詫爲不世出之傑構，立刊之某雜志中。後復親爲之序，刊單本行世，於是舉法蘭西之人罔不知縫衣婦瑪叶立德烏度者。文學界中，群推爲一時代之牝獅。書出後，銷行至數十萬册，歐洲各國争相迻譯。某書館中，年酬以二百金磅。十年心血，胥取償於此矣。嘗有人見烏度者，述其狀曰：渠身材略肥腯，髮黄，雙眸作蔚藍色，似孕樂意。兩輔絳赤，時時暈淺渦，觀其爲狀，適類市上一縫衣之婦，初弗類操觚爲文之女文學家也。後此婦亦頗多著作，儼然名家之筆。捨《茉莉葛蘭兒》外，尚有《佛爾瑟蘭》、《母女》、《未婚妻》、《狼……狼》、《吾愛》諸短篇，均爲時流所稱云。

# 説海珠璣

周瘦鵑　選　錢釋雲　著

天下人生於世必争，惟争方有味，捨此何味者？

安静固可貴，然必得諸勤勞，則逸爲真逸。果使一物不知、一事不爲，則枯坐無聊，寧非苦事。

人生歲月幾何焉，能以無聊了之？計惟自治，方足自立。

惟貧足自厲，學問始臻，較之擁貲無爲，其利普矣。

朋友之義，死則同死，安可中途背友而自活？

人孰無死，死而得正，較之蒙羞而死，爲幸多矣。

非匹耦而相從，爲天下至不幸之事。

大凡男子，能强力支十里崎嶇之路，萬不能須臾忍聽女子之哭聲。

須知造物生物，即豫計壞物之時。死若可悲，則生時不已誤乎？蓋生滅之理循環也，隨生隨滅，亦復何異！

生時羈勒於形骸，而死後可以自由其魂魄。

欲求安樂，勿太高明，以安樂恒伏於蒙昧之中。

天下欲爲福人，務少隱於蒙昧爲當。若太高明，將立息其無窮之冀望，於人生亦爲非福。

大凡胸襟宏闊者，以俗情必無所沾滯。凡遇事皆樂者，直蠕蠕之動物，得少食已甘其味矣。

女子思想視男子爲狹，故易喜易悲，一試即動。

高明人之眼光如登高下矚，到頭不過共得一死字之結果。凡人思致至此，即宗教之語亦萬不足破其疑團。蓋見人人逐日增老與死漸近，又安知死關不即在於咫尺之間？天下人固有不相關白，是非紛呶，日相凌躤，究之結局之一日，萬衆均同，無復歧異也。

凡人理欲交戰之時，惟以身無近於欲，方能解免。若既以身試之，則萬萬無足自存矣。須知人在火藥艙中吸煙，至爲險候，若保身之君子，則預捨煙弗吸，何自爆裂其身？

女子情絲裊處能爲百種之嬌柔，盛怒發時幾於千人都廢。

天下女兒之心，良不可捉摸。

嗟夫，世界一僞物耳！血肉之軀殼，亦特世界中之幻影。惟至情爲真，縱使太陽槁死，而吾情仍屬幼稚之時。

男女之情愫，只能鑰之中心。惟此物置之心頭，直如巨蝨之陷心，心死而蝨仍不死。

萬事勿恤，惟殉愛爲人生最樂之事。

須知人間大人物能以赤手挽時勢，不能轉爲時勢所挽。

人人如塵，塵塵皆飛集其收束之地。人在形氣中，乃即爲大氣所運動，而其氣亦不審來自何所。惟人既不能自主，則喜怒奸欺縱侈之事，一一成空。有識者須知生人爲狀至復可憐，無一足以自主者。

凡人一詡聰明，滋無用矣。天下聰明人固佳，但何能隨地皆聰明者。

世路如山道，百道歧出，孰爲爾作導師，咸不之知。

**以上選自《紅礁畫槳録》。著者英國哈葛德氏，原名 Beatrice，譯者閩縣林紓。上海商務印書館出版。**

天下男子專觀姿色，而美德胡能一望而知？若識此者，當在牝牡驪黄之外也。

男子之老壯，辨在心緒。心以爲壯少者即壯少，若女子所恃者貌，貌若不加修飾，雖少亦老。

惟曲高者和寡，彼汶汶者何能解此佳妙之音？

歌者之意，直使人窺其魂靈之所托，若蕭然無復精神，於法非合。

臨歌時當身入曲中，悲歡皆有其人。若心不在曲則成隔膜，何能鼓舞人之精神？

多畫一美人，則眼力逾高。果有一女嫁爾，必日增其美，始稱爾之眼光。

天下美色特外觀耳。

天下之至美者來自帝旁，亦歸諸帝旁，即天生之聰明亦上帝所與。

婚姻大事不同兒戲，且非輕諾於乘輿之時。法須耐久不敗，永永相娛，如地之有基，方不坍塌，富貴可共，貧賤患難亦可共。

婚姻必重質實，不關於一時之感動。

山林不經修整，自有天然之趣。

美術家閱美人多，所愛美人亦多，無二十點鐘留存其心坎者。惟其所愛之人，望而不能得者，方始戀戀，似樹高而果熟，其探手可得，轉不之奇，必仰諸樹巔，方稱其嗜。

人苟具善心即不爲醜，即醜亦將謂之美。

傷牙易補，傷心難醫。

佳死不如壞生，生較死佳也。

天下男子之慕女子，方其未得之前，則不勝其渴想。及其既得，則愛情將日殺，且轉生吹毛求疵之弊。

結婚後之愛情往往遜求婚時之懇摯。

習則生玩，久轉易忘。

天下寓隱語於詼諧之中，疑團使人難破。

天下既有愛情，則萬百無梗。

以上録自《玫瑰花》。英國巴克雷原著，閩縣林紓、静海陳家麟同譯。

前此夫婦初不相識，亦無愛情，故於成禮之後，往往以性情不協而反目。

天下愚人多由教育陶鑄而成。

必有真愛始能成長久之夫婦。

天下人人咸具愛情，尤知所以側媚婦人之術。

尋常之夫婦，狀似和諧，然其中夫悦外婦、婦悦外夫，貌合神離，正自不少。其尤甚者，其始膠漆，其繼冰炭；既成冰炭，在法宜分而又不分，復以同居爲外飾，則家庭之怨讟，有不可言者，則非相害不止矣。

天下好色之徒，其癖如耽酒而嗜博，一吐發間已如揭其心肝，即欲自加檢攝，亦所不能。

愚人之見，安知善惡？似妍即爲善，媸即爲惡，社會中心理往往如是。

女子之擇配，亦宜擇男子之貞操。

天下婚禮即男子之縲絏。

惟去欲制情，則人情之所難。

愛情極處，則萬類可合爲一家。

見色而起淫心，雖無其跡，已種其孽。

君試引目四瞭，其消人壯志者，非女子耶！

妬念者，蓋人人咸具者也。

天下音樂一事，往往足以導淫。

樂者實殺人之利器，足以直貫人心而入。

人生所以獲長久之樂者，富兼人己而言，不能專言爲己。

男子愛情居然述之口吻，决非真誠。

人生果不行仁義者，非人也。

人必愛人而後方爲人所愛。

丈夫行事，不能不加審量。

長在歡樂之中，轉恐甘而寡味。

日有所事，方不謂之虚生。

因静恒思動，動極轉求閒。

愛情固有時光，蓋隨時光而漸改結婚之初濃，已而少淡，至中年則聽於自然，不類少年之恣縱。

**以上録自《恨縷情絲》。 俄國托爾斯泰原著，閩縣林紓、静海陳家麟同譯。**

天下機會難再。果坐失者，即天心仁愛，亦斷無更造一機會相處。

婦人一抛青春，自視直同溘化。

身爲女子而粉頰不爲人所親，即此爲收場之日。

筒水垂滿，益之則溢。爇薪初熄，試火即燃。物理固如是也。

新被愛情之甲冑，則匕首雖利亦不能入。

凡人之生必有一美滿之時，不冀天錫，不希人憐，自有甜蜜之情趣。

人生之擁多資，靡日無不防盗。

世界泯泯，固無完全之人。

天下蓄憂於心之人，斗遇歡樂，則大喜過望。迨爲時既久，歡意略淡，宿眚又潮上其心。

恃愛情以爲之扶植，愛既斷矣，如何可生？即使不死，亦生狂易。

以上録自《花因》。英國幾拉德著，閩縣林紓、仁和魏易同譯。

## 海天雋語　李　澄

余暇時輒喜閲瘦鵑所譯《歐美名家小説集》，其立旨結構、形容事物，固多可觀，而其中尤多雋語，耐人尋味。因採其尤者揭出之。

天下一般做老婆的，普通論調裏頭，都散着瘟疫的種子，足以瘟他們丈夫心竅的。

天下做母親的，一有了虛榮心，就把他愛惜兒女的心盡行掩没。

天下做丈夫的，在中年一聽了他愛妻的歌聲，就好似年光倒流回到十八九時。

婦人家的愛情，大半掩飾隱諱，密藏在心坎深處，斷不肯輕易顯露於外給旁人瞧見。

一張情網，那一個人逃得過？

情的一字，真具着上天下地萬能的魔力，足以驅使管轄普天下的絶頂聰明人。那些不解情詮的人，纔是冥頑不靈的獃子。

山格萊《情奴》

苟世上兒女同歸於盡者，彼明艷之花、瀲灔之水、蔚藍之天，不將同抱寂寞之感乎？

却爾司迭更司《星》

須知天下游戲之事，盡能使人不笑而顫。

吾人一生可念之事，往往淚痕較笑容多也。

却爾司李特《良師》

愛情能制勝萬物。

愛情總會想出個法兒來。

光陰原不是個慈善家，但歡喜催人老，催人死。

**湯麥司哈特《回首》**

啼後殘妝，益覺其嬌媚動目。

生命去時，不過像輕煙過眼。

只在生氣未盡的當兒，纔覺得頂天立地不可一世。

一陣陣鼓角聲中躍馬過街，人家女兒都從紅樓中探出頭來，流波瞧他。一朝撒手歸天，饒是勇比赫苟兒、智如蘇羅門，人家也付之淡忘。

**史蒂文孫《意外鴛鴦》**

女子所寶貴的，不但是面貌，還有愛情。覺得這愛情，直是個無價之寶，不能輕易送人。

情根既斬，情絲自絶。

愛情之高，在希馬拉雅山之巔，深乃在太平洋之底。

紅窗風月之夜，悄坐綉幌銀屏間，鮮有不念及舊人者。

深閨待字之嬌娃，窺郎於屏角之後，羞澀堪憐。

苦海潮流，滚滚卷入心坎，遂囅然而笑。須知此一笑者，直以淚泉中萬斛眼淚醖釀而成，其痛苦蓋什百倍於哭也。

哈葛德《紅樓翠幕》

世事花花殆類夢境，當局者處之幾不自信。

普魯士軍人雅類婦人女子。

科南道爾《纏綿》

人生斯世，弗論其爲髫齡，爲耄年，當罔不知此温馨、甜蜜、悲酸、凄苦、可愛、可怖之一字，曰情。

春女多怨，秋士多悲，要皆爲情字作用。

一縷情絲，足以繞地球十匝； 一張情網，足以羅天地萬年。

偶見牡丹及野百合蓓蕾作花，挺立地上，輒念此必爲數世紀前深深埋玉之小女兒。 蓋彼疇昔亦嘗生此世界，故展其皓膩之小手於壙上。

吾人入世時，彼生之神，方料理襁褓，而死神則已爲吾人安排棺椁。

慧鳥嬌囀於萬緑叢中，不自知其中情之忻悦。

愛情二字，爲吾婦人之生命。 當此奇妙不可思議之情，初入心坎時，乃類吾人初入世界，在在都足留戀。 迨情死，則吾人亦立死。

汝爲汝愛人故，當茹苦含辛，毋灰爾心。

人爲情絲所縛，乃違心作謊語。

天下之真愛情，爲力必足以敵死神。

情到深時，死神要亦弗能抵隙而入。
男女高潔之情，亦可以垂諸千古。

**曼麗柯麗烈《三百年前之愛情》**

欲爲智者，當去情障；欲求真樂，當斬情絲。
彼春花之靨，他日且界皺紋；秋水之眸，他日且緣紅絲；凝酥之胸，他日弗隆而平；而如雲之髮，亦且去其螓首。吾第以他日之眼光，視此現在之美人，則且立回吾首，不屑加以一睞矣。

**法　伏爾泰《欲》**

# 大東書局出版小説筆記提要

駱無涯

**《亞森羅蘋案全集》　廿四册　十元**

法人瑪利塞勒白朗所著《亞森羅蘋諸案》，不論長篇短篇，皆神奇詭譎，如天半神龍，不可捉摸。其叙亞森羅蘋之熱腸俠骨，衝網羅，剪凶殘，令讀者敬之佩之，幾不知其爲巨竊劇盗矣。惜吾國譯本不多，愛讀者每引爲憾事，因將其生平所著，廣爲搜採，凡得長篇十種，短篇十八種，分請諸名家譯以明白曉暢之白話。羅致既多，迻譯爲勞，積三年之力，始克告成，誠偵探小説中未有之巨帙也。兹將其内容，分述如次：

**《賊公爵》**

此案述亞森羅蘋冒爲探險客死之夏莫臘斯公爵，將與富豪高來馬亭之女幽梅結婚，實則亞森羅蘋所垂涎者，爲高來馬亭所藏之名畫與皇冕，其僞與定婚者，求乘機肆其脱篋之手腕而已。婚前數日，其事發動，乃羅蘋忽與幽梅之女伴沙妮亞發生戀愛。沙妮亞由戀生妬，憤而竊幽梅之珠耳墮，因遂被視爲此巨案之嫌疑犯。羅蘋所求已得，本可從容遠遁，以欲援救此女，不惜冒險以留，偵探亦遂得以此肆其挾制，幾獲其人而反其物。然羅蘋狡如游龍，捷如脱兔，卒於危機一髮之間，從容脱阱，挾女而去焉。

**《虎齒記》**

此案述一蹩脚人，謀得巨産，以計媚一女郎爲其傀儡，先後謀斃遺産之原主人，及應有襲産資格或與有關係者至八九人之多。或以計使之自殺，或以法使之就斃，己則居於暗幕之中，操縱指揮。初未有人知其秘密，即羅蘋亦爲之惝恍不明，横被嫌疑。然羅蘋尋奥察微，卒能獲一綫之機，於二十四小時中得其人而治其罪。

**《金三角》**

此案述一巨猾，私運現金出口。及大戰起，尚有三萬萬法郎待運，而因盤詰甚嚴，未能啓行。又因其妻另有情人，欲死之而後快，遂擊斃其僕而易其衣，冒爲已死，己則冒爲僕而裝爲瘋顛，使人不疑，伺隙行奸，幾成其謀。而其中復有二姓之仇讎，兩性之戀愛，錯綜其間，變化幻奥，竟令人莫明其旨。然卒得羅蘋之援助，盡翻奸人之覆而得其藏金，有情人終成眷屬，羅蘋亦捐金入國庫，功成身退矣。

《**古燈**》

此案述一男爵夫人受奸徒挾制，乞援於羅蘋。奸徒以竊其家滿貯寶物之古燈，而因以交換據以挾制之信件爲條件，爵夫人如羅蘋教，竊燈易得信件。羅蘋則擔任取回古燈。不意男爵請福爾摩斯偵其事，於是燈雖取回，而計劃失敗，爵夫人之隱衷盡宣，福爾摩斯亦鎩羽而去。

《**三十柩島**》

此案述一孤島中向有神話，云在十四與三年，當有風浪恐怖悲哀罪惡，四女子在樹上受磔刑，三十人同受犧牲。殘忍王子從德國來，殺其愛妻，而島中之巨寶遂出現。至十七年而禍果作，島中人受犧牲，正滿三十之數。又有三女子受磔刑，惟一新來島中尋其父與子之婦人獨留，歷盡恐怖悲哀之境，悉與神話合。其後婦人之故夫忽從島上出現，將殺之，而羅蘋忽至，盡破其謀。蓋此種神話，本爲無稽之讕言。此婦人之故夫，獲知島上秘密，以爲與彼暗合，心迷巨寶，遂起而肆其殘忍之舉動。至巨寶云者，實爲一大塊之鐳錠耳。

《**鐘鳴八下**》

此案爲有連續性之八短篇組織而成，述羅蘋挈婀冬瑟於三月中應付八奇案，卒使婀冬瑟傾心回意，願事夫子。其情節之離奇，應付之敏捷，令人拍案叫絶。書中羅蘋於出發前語婀冬瑟曰：『我有一個大目的，是要使你開開懷，可是你平日的生活，似乎太乏味了。』、『一個人須知道怎樣用他的眼睛，向四下裏去找新奇有味的事，要知到處都有奇事在着。……放眼四看，簡直是俯拾皆是。』從此種言語中，即可以知此書之旨趣。

《雙雄鬥智録》

此案述羅蘋與福爾摩斯鬥智，較《古燈案》尤爲可觀。因此案情節複雜而突兀，其描寫兩雄相遇，各出全力相搏，更有奇趣，如第五章中羅蘋放逐福爾摩斯一節，福爾摩斯挾羅蘋之情婦格羅媞入官中，自謂萬全無慮，而讀者亦深爲羅蘋捏一把汗矣。不知羅蘋乘機誘福爾摩斯入阱，更將其放逐出境。當一車飛馳之時，吾知讀者之神經，必有不自知而隨其緊張者。

《一紙名單》

此案述羅蘋率其羽黨加俾郝依爾，黑夜入墨旦别墅行劫，加俾郝依爾被獲，羅蘋幸而脱身歸，并得一水晶瓶塞。於是而重重疑雲，遂因此瓶塞而起。蓋其時實有許多人謀得此瓶塞，所以欲得此瓶塞者，則以有一賄案之名單，落一巨憝之手。巨憝因此肆其要挾詐索，而人咸以謂此名單藏在瓶塞之中也。於是羅蘋乃奮身與此巨憝鬥，經數次之失敗，卒於極緊急之十二小時中，爲所取得。加俾及郝依爾本已定死刑，亦以此單换得赦免狀出獄。至於此名單，則實不在人人所欲得之瓶塞中。讀者欲知此名單究藏何處乎？ 請讀本書。

**《古城秘密》**

此案述一德國大富豪號稱喜望角王之卡史白氏，忽在旅館中被人暗殺，由此接連而起之暗殺案，更層見不窮。其所以然者，則以卡史白氏發見一種偉大之秘密，而得此秘密者，則可以得有特殊之勢力。此人欲思據此勢力爲己有，因不惜殺卡史白及其他各人，并以全力與羅蘋決戰。此時羅蘋之條爲刑事課長，條爲公爵，盡力探索，漸得究竟，然終不能知此人究爲誰何。及其事大白，則羅蘋之計劃亦竟失敗，一憤而從軍去矣。其事剥蕉抽繭，極離奇變幻之致。全書共十六萬言，亦爲羅蘋諸案中之最長者。

**《空心石柱》**

此案述羅蘋行動受傷，已失脱逃之能力，因得萊蒙得女郎之愛憐，深藏看護，始臻康復。其時偵緝極嚴，一少年學者，又時時發其理想之高論，以猜度其情形，均與事實相吻合，羅蘋乃大爲所窘。然羅蘋終於反利用此少年學者，得與萊蒙得行正式之婚禮，既而有人發表少年學者所推測空心石柱之論，爲完全差誤，蓋此空心石柱，實爲法國皇家之寶窟，少年學者復再細心偵查，則空心石柱已先爲羅蘋所據矣。其後羅蘋以此寶窟還諸國家，將與萊蒙得同隱。不幸福爾摩斯適追蹤至，萊蒙得竟誤死於福氏槍珠之下。

以上俱爲長篇，共訂廿册。另爲短篇十八種，分訂四册。亞氏各案，長篇以雄奇恣譎勝，如長江大河，一瀉千里，浩蕩無窮，而其情其事，輒爲人意想所不及。短篇各種，則『短小精悍』四字，足以當之無愧。勒白朗之筆，尤好叙述美人，是以奇詭之中，輒含有靡曼之音。英雄與美人，既相得而益彰，而此凌空驚人之文，亦遂永傳於後世矣。

**《福爾摩斯新探案全集》** 四册 一元六角

譯本偵探小説，以福爾摩斯案與亞森羅蘋案并稱。雖一爲偵探，一爲盜賊，處境不同，而其離奇變幻，引人入勝則一。本局既譯《亞森羅蘋案全集》，因再請由周瘦鵑、張舍我、張蕨蘋三先生，搜集柯南道爾歐戰以後之新作未經人譯過者，凡得短篇八種、長篇一種，迻譯成書，彙爲全集，以供愛讀福氏各案者之欣賞。

**《偵探小説叢書》** 十三册 二元九角

此書爲周瘦鵑先生所主編，中爲程小青著《霍桑探案三種》，周瘦鵑譯《聶卡脱探案》兩種，又《南森李探案》兩種，又《白來克探案》一種，張舍我著及徐卓呆譯探案各一種，共十種十三册，作袖珍本裝訂，文情俱皆佳勝。兹分述内容如次：

（**東方福爾摩斯探案**）**《五福船》** 一册 二角

此案述有一專從事於擄人勒贖之五福黨，其黨魁名毛獅子，凶惡極倫，且有一輪舶爲其濟惡之工具，此輪即名曰五福。是時有兩孩被劫上輪，其一孩之家屬，求援於霍桑。霍桑冒險登輪，經幾許之危難，得盡獲盜黨，援孩而出。

（**東方福爾摩斯探案**）《**窗外人**》 一册 二角

此案述一女子，因嫉妬其妹與人訂婚，設計冒爲是人，向其父恫嚇，幾致入是人於罪，疑竇重重，使人難辨。後幸得霍桑偵探，始獲大白，行文立意，俱足令人叫絶。

（**東方福爾摩斯探案**）《**鐵軌上**》 一册 二角

此案述自南京至上海之夜車，於駛近新豐站時，忽碾斃一人。時霍桑適在車中，斷定謂此人乃被人謀斃者，其後經偵查之結果，始知此中含有婚姻等種種問題，而死者則實自取其咎也。案情極曲折可讀。

（**聶卡脱偵探案**）《**空房人語**》 二册 四角

此書述有一性情乖僻之老博士，與其嬌妻愛女，同居一巨厦中，一日忽有謀殺案發生於厨下，死者爲一少年，曾與其愛女有瓜葛者。案發以後，博士一家，均被嫌疑，空房之中，忽聞人語，情節極令人尋味，後卒賴聶卡脱力破案。此書曾攝爲影戲，觀者無不激賞。

（**聶卡脱偵探案**）《**留聲機上**》 二册 四角

此案述有一秘密黨，將有一種引起世界大戰争之陰謀，不幸爲一女郎發覺，以留聲機之話筒泄漏於人，於是而遂引起種種紛擾，其後奸徒被獲，女郎亦得救，始終則俱以此話筒爲綫索焉，情事極奇秘之致。

**（南森李偵探案）《金窟》**　二册　四角

此案述一少年於南佛達地方發見金窟，因爲惡黨覬覦，遂致横受種種危險，幸賴南森李之助，以變化不測之手腕，兼程前進，得其開採權，惡黨亦害人反自斃焉。書後另附南氏短案《紅邊信箋》一種，俱皆雋妙。

**（南森李偵探案）《大澤秘密》**　一册　三角

此案述一人因其子犯法，灰心世事，盡貨其業而易爲現金，避居大澤中，不與世通聞問。一大憝思攫其金，誘之他出，費盡心血，反爲南森李所獲。及案破矣，而復發見其他之秘密，曲折離奇，得未曾有。

**（白來克偵探案）《催眠術》**　一册　三角

比書述一巨室，被竊去價值五萬磅之古銀器，同時女教師亦失蹤。既而又發見一無名之屍，因屍旁有一田工之槍，遂受嫌疑。白來克承辦此案，力辟女教師及田工無罪，而於檢查中以催眠術獲得主犯，頭緒紛繁，結案則仍一絲不亂。

**《屍變》**　一册　三角

此案述一人喪其妻，忽於中夜屍變，奪門而去，遍覓無蹤，遂犯毒妻匿屍之罪。既而屍又發現，則忽有刀創，於是而罪益顯。幸經其戚屬余夢蓮悉心偵查，案始大白：蓋此中固有一奸宄爲之主謀，屍變乃藥物之作用也。書中述藥物，則源流有本；述密碼，則别有會心。文字亦極清麗。

《**第三手**》　一册　二角

此案述數日之間，忽發現三個屍體，胸部均有以刀雕刻之文字，末署『第三手』三字，一時朝野震驚，不知所措。及事白，則知此乃選舉運動者之野心，借以恐嚇對方者也。所謂第三手云者，乃法律上之第三手，因人類表現法律之精神時，往往雕刻一手持秤，一手執劍之女神像，而主動者則欲於法律之女神上，加以一執解剖刀之手也。

## 《新小說叢書》　十五册　六元八角

此書宗旨純正，情節奇妙，文筆顯明，爲周瘦鵑先生所主編，譯著者俱爲現今小說名家，凡無聊之作，概從屏棄，誠説部中精品也。兹分述内容如次：

《**軟監牢**》　一册　四角

本書爲一奇情小説，爲徐卓呆君所著。中述一女郎爲保持一切之安寧，卒犧牲其一己之自由，婿一所不願嫁者，從此不啻一生沉溺於軟監牢中。情事至爲沉痛，用筆亦極冷雋，實則世上類此者正多，豈僅書中人而已哉？

（**東方福爾摩斯探案**）《**箱屍**》　一册　四角

本書爲霍桑於游歷中破獲之奇案，述一蕩子誘惑一少女，始亂終棄，因而釀成極悲慘之結果。案情迷離惝恍，大有『山窮水盡疑無路，柳暗花明又一村』之概。

《**斑竹痕**》　一册　四角

本書爲一教育小説，著者髯李。凡普通之教育小説，每皆味同嚼蠟，令讀者昏然欲睡。此書則情文兼至，絶無此病。

《**春痕秋影**》　二册　一元

小説潮流，日有變更，言情一體，本爲强弩之末，然此亦作者不加經意，下品混雜所致。若《春痕秋影》，則結構精嚴，文筆遒勁，能爲言情小説作中流之砥柱。

《**魯濱遜歸航記**》　一册　三角

本書爲《魯濱遜飄流記》之續本，述魯濱遜歸國以後，察世情之險，社會之惡，竟無彼樸野之人立足處，卒於被迫出國。寫來感慨淋漓，有一唱三嘆之致，作者之傷心甚矣。

《**孤掌驚鳴記**》　一册　四角

本書述袁一掌事，一有統系之武俠小説也。俠心俠骨，讀之油然而感，興然而慕。

《**愛河情浪**》　二册　一元

却爾斯佳維爲英國言情小説名家，生平所著，不下百種，率皆情事奇詭，意旨高超，而筆下有神，尤能描摹小兒女之情愛，至於瑣屑入微，以是一編甫出，萬人争誦。吾國已有譯本如《豆蔻花》、《柳暗花明録》等，率皆爲國人所愛讀。兹編則尤爲却氏得意之作。

《**新西遊記**》　一册　五角

本書爲包天笑先生所著，借游戲筆墨，爲諷世之談，描寫社會上情形，大而各種不良之制度，小而游宴尋樂之微，無不詼諧盡致。

（**東方福爾摩斯探案**）《**顧博士**》　一册　四角

本書與箱屍一案有異曲同工之妙，爲程小青君最近得意之筆。中述一大學教授，以自由戀愛之假面具，蹂躪女子，因而被殺，幾累無辜，幸得霍桑之探索，始知此教授實爲畏罪自殺，初與人無與也。布局之細，在在出人意外。

《**倡門紅淚**》　一册　五角

何海鳴先生以描寫倡門疾苦之小説負盛名，此書更爲其經心洽意之作。全書七章，合之爲一長篇小説，分之爲七篇短篇小説。其前三章即前登《星期》雜志中之《倡門送嫁録》、《嫁後》、《逃妾》三短篇也。

《**賴婚**》　一册　五角

本書爲銀幕名劇，哀感頑艷，久嘆觀止，兹經周瘦鵑先生由葛立士茂小説本譯爲中文。中述安娜之歷劫，大衛之仗義，山德生之險惡，白德來之頑固，無不入木三分。

《**俠盜查禄**》　二册　一元

此書亦爲銀幕名劇，由美國明星范朋克氏主演，曾在海上諸大影戲院映演，備受觀衆歡迎。書係美國名家所著，由周瘦鵑先生譯爲中文，叙述一富家子喬裝俠盜，劫富濟貧，弄軍士於股掌之上，讀之令人神往，而寫俠盜繫戀美人，亦極温馨纏綿之致。

**《名家小説叢刊》** 廿二册　六元

本書所選俱爲當代名小説家短篇傑作，一篇有一篇之神韻，一篇有一篇之意致，全書二百四十九篇，洋洋數百萬言，可謂盡小説之大觀。

**《歇浦新潮》** 四册　一元

本書共有短篇小説四十五篇，皆描寫上海社會之作。其中包天笑先生一人得其十五篇，如《墮落之窟》、《街頭的女子》、《游戲場的課程表》、《多妻者之煩惱》、《盜的年譜》等篇，意境俱臻上上乘，蓋久已斐聲於説林矣。

**《家庭説庫》** 三册　九角

本書共有短篇小説三十六篇，著者如天笑、瘦鵑、倚虹、卓呆、紅蕉、禹鐘、馬二先生、無涯、煙橋、碧梧諸先生，固皆小説界之俊彦也。對於家庭中因種種隱微而成誤會，遂致發生反目失和，尤描寫不遺餘力。

**《説海精華》** 四册　一元二角

本書共有短篇小説五十五篇，其中有天笑之《滄州道中》，瘦鵑之《生育上之加減乘除》，倚虹之

《雪窖騎兵語》，愷然之《藍法師記》，卓呆之《被婦女蹂躪過的男子》，寄塵之《生育問題中的閻王》，紅蕉之《試驗品》，無涯之《票語》，無不精神飽滿，文情兩勝，稱之曰精華，名副其實。

《**情海新潮**》　四册　一元

本書共有短篇小説三十八篇，雖同一爲談情説愛之作，而或則纏綿悱惻，或則悲慘凄凉，讀者如盡此卷，行見倏喜倏悲，眼淚與笑聲合作矣。

《**社會鏡**》　三册　八角

本書共有短篇小説三十五篇，對於現社會制度之不良，習俗之奢侈，實施攻擊，於世道人心，大有一針見血之功。

《**偵探世界**》　一册　三角

本書共有短篇小説六篇，俱爲國人自著，而非譯自西籍者。情節奇離，文筆細到，爲偵探小説中難得之作品。

《**滑稽世界**》　一册　三角

本書共有短篇小説十二篇，著者如天笑、寄塵、卓呆、芙孫等，用筆俱以輕靈見長，能使人讀之不自覺而爲所感動。

《**理想世界**》　二册　五角

本書共有短篇小説二十二篇，天笑先生之作品，適得其半。中如《活動的家》、《三十年後之西湖》、《合作大商店》等篇，讀之輒令人意氣奮發，喜躍眉宇，渾忘己身乃侷處於現社會之下，此中境地，爲理想而非事實也。

**《名家小說叢刊》第二輯　十四册　六元**

本書共分言情、偵探、社會、家庭、武俠、倡門六集，搜集名家短篇傑作，彙爲一編，文情兩勝，小說界不朽之大部名著也。

**《言情小說集》**　四册　一元六角

出版界中從未有集大批之言情小說於一編者，有之，則自此《言情小說集》始。書中共有言情小說八十五篇，著者如西神、寄塵諸君，皆小說界名宿，哀艷慘孽，冶於一爐，誠大觀也。

**《偵探小說集》**　三册　一元二角

本書搜集極爲宏博，有程小青之《江南燕案》、陸澹庵之《李飛探案》、王天恨之《康卜森探案》。著作者共十八人，一人有一人之筆意，一案有一案之精神。愛讀偵探小說者，幸毋失之交臂。

**《社會小說集》**　二册　九角

作社會小說，似易而實難，蓋必對於社會有深切之觀察，然後方可下筆，否則或失之陳腐，或失之膚淺，即不足以稱名作。此書作者，固皆著社會小說之斫輪老手，自信對於社會有深切之觀察者。

**《家庭小説集》**　二册　九角

家庭之中，小説資料最多：父母、夫妻、兄弟、妯娌之間，煩言誹詞，寧能盡絶。此種事經小説家一加渲染，則其可觀，實較社會、偵探、言情之作爲尤佳也。此書著者，俱爲小説先進，尤能於細處着筆，道人之所未道。

**《武俠小説集》**　二册　八角

此書著者爲向愷然、姚鵷雛、何海鳴、姚民哀諸先生，共武俠短篇二十二種。中以紀實者爲多，一拳一脚，俱有來歷，萬非市上他種武俠小説之向壁虚造者可比。

**《倡門小説集》**　一册　六角

自何海鳴之《老琴師》出，於是描寫倡門疾苦之小説，遂風起雲涌，爲時所尚。此書何君之作，一人得其五，其餘復有天笑、瘦鵑、卓呆、廑父、民哀五君之作品，全書十一篇，無一非出自名家手筆，《倡門紅淚》之外，此書殆爲倡門小説中之結晶矣。

**《半月叢書》**　十六册　六元

《半月》出版四年，共得九十六册。其中雜作小品，特載劇本，琳琅滿目，美不勝收。然愛讀者每多凌亂無序之感，用特細爲整理，凡得抒情、信美、消閒、綴錦、碎瓊、霏玉、湖上、紅氍八集，彙爲一編，即名之曰《半月叢書》，洋洋灑灑，蔚爲大觀，度必爲讀者所歡迎也。

《**抒情集**》 一册 六角

此集所選，俱爲關於情愛之作品，有詩有詞，有歌謡，有小説，有筆記，有談乘，有雜劇，有新問題，有句皆香，無語不艷，誠情人之寶笈也。

《**信美集**》 二册 八角

此集所選，有張弧之筆記，袁寒雲之舞經，葉子譜、天虚我生之叢話、諧綴酒令，陳小蝶之筆記等等，讀之可以知名家手筆，畢竟與凡作不同。

《**消閒集**》 三册 一元

此集所選，均爲筆記，共有二十三種之多。中如柴小梵之《檐篛零墨》、周南陔之《綺蘭精舍筆記》、程善之之《四十年聞見録》、陳瀨一之《睇嚮齋逞臆談》等，文壇俱久有定評矣。

《**綴錦集**》 二册 七角

此集所選，俱爲各種短篇小説，命意遣詞，各有獨到之處，所謂字字珠璣，行行錦綉，正不啻爲此書寫照。

《**碎瓊集**》 二册 七角

此集所選，猶菜館中一燴什錦，無所不具。中如袁寒雲之《三十年聞見行録》，則爲筆記； 天虚我生之《新年樂譜》，則爲音樂； 王西神之《菊影樓話墮》，則爲憶語； 周瘦鵑之《華盛頓兒時之日記》，則爲譯作； 其餘諸篇，亦均爲戛戛獨造之作，多多不及備載。

**《霏玉集》**　二册　七角

此集所選，珠玉繽紛，名作不可勝記，尤多專紀一類物品之文字，如華吟水之《説珠》、《談橘》、《豆腐逸話》、《英茶小史》，鄭逸梅之《凝酥韻語》等作，搜羅至博，叙述至詳，俱可備作參考。

**《湖上集》**　一册　五角

此集所選，俱爲記游西湖之詩文。湖上名勝，甲於全國，雨雪晦曉，無時不宜。讀此可當卧游，卷頭并附有銅版圖十幅，借窺勝景之一斑。

**《紅氍集》**　三册　一元

此集所選，俱爲劇本。中有何海鳴之《貂蟬》，程小青之《恐怖》，徐卓呆之《半胎主義》、《新式丈夫》、《月下》，周瘦鵑之《社會之蠹》、《驕與愛》等篇，或則突梯滑稽，或則哀艷纏綿，非名家無此名劇。

**《名家説集》**　二十一册　六元四角

本書集十六名家之作品，每人各爲一集，立意之高，布局之佳，可於此嘆觀止。

**《包天笑説集》**　一册　四角

本集共十二篇，如《不自然的笑》、《在夾層裏》、《家庭活字典》、《夕陽影裏》、《挂礙》等作，輕靈流利，非包先生無此名作。

**《江紅蕉說集》** 一册 四角

本集共十四篇，如《不幸之郵差》、《母親的心血》、《茭白殼的命運》、《曉風殘月》等作，俱能繼武天笑，以白描見長。

**《何海鳴說集》** 一册 四角

本書共十篇，如《面孔的改造》、《可憐的債主》、《音樂組合》、《十三個情人》等作，秀媚中俱帶雄武氣，不脫何先生偉人本色。

**《沈禹鐘說集》** 一册 三角

本集共十四篇，如《故屋》、《山居》、《環境之愛》、《春夜》、《歸來》等作，筆意遒勁，俱沈君之得意文字也。

**《周瘦鵑說集》** 二册 六角

本集共二十二篇，如《亡國奴家裏的燕子》、《挑夫之肩》、《對鄰的小樓》、《紫羅蘭庵困病記》、《耳上金環》、《英雄與畜生》、《女子之嫁後》等作，篇篇精警透辟，有水銀瀉地、無孔不入之妙。

**《胡寄塵說集》** 一册 三角

本集共十四篇，如《心血與糞土》、《平而不等》、《村嫗的政見》、《美之宇宙》等作，亦莊嚴，亦詼諧，描摹社會間心理，入木三分。

《**范煙橋説集**》　二册　六角

本集共三十二篇，如《向平願了》、《燈的三個時代》、《夕陽西下》、《故家喬木》、《難乎其爲師》等，無不描寫入微，形容盡致。

《**徐卓呆説集**》　三册　八角

本集共三十六篇，如《吐痰客》、《浴堂裏的哲學家》、《爛香蕉館主》、《赤裸裸的男子醜態》、《姨太太讓渡記》、《小説材料批發所》等作，閲者但讀其目録，即可以知必有引人入勝之文字矣。

《**袁寒雲説集**》　一册　二角

本集共四篇，中如《俠隱豪飛記》、《萬丈魔兩作》，一爲俠情小説，一爲偵探小説，立意行文，均在出人意外。袁君小説，素不多覯，本集所列，殆已盡之矣。

《**許指嚴説集**》　一册　二角

本集共六篇，中如《布餅胡》、《手帕俱樂部》、《鄉嬛縮影》等作，俱爲許先生去世前一二年内所作，文情兩茂，大有可觀。

《**畢倚虹説集**》　二册　六角

本集共二十四篇，中如《吃人家飯的第一天》、《塔下》、《不離婚的離婚》、《北里嬰兒》等作，用筆俱有深入淺出之妙。末附《十日姻緣記》一作，係記其亡妻汪琫琤事，哀感頑艷，令人不忍卒讀。

**《張舍我説集》** 一册 二角

本集共八篇，中如《兩對自由戀愛者》、《戀愛的界限》、《父子歟夫婦歟》、《博愛與利己》等作，俱爲問題小説。問題小説爲張君所創，雖亦有人仿作，然終不能如張君所作之動人心目也。

**《張碧梧説集》** 一册 三角

本集共八篇，如《鄰舍家的夫妻》、《眼波》、《悲苦之愛》、《視死如歸》等作，無不清新俊逸，適如其人。

**《張枕緑説集》** 一册 二角

本集共十一篇，中如《寄情之點》、《小公子之臀》、《美睡》、《其妻之死》、《意中人之父》等作，俱名雋可誦。

**《趙苕狂説集》** 一册 三角

本集共十篇，中如《兒戲》、《證據誤人》、《來去自由》、《琴韻鞋聲》、《理想與實行》、《自尋煩惱》等作，俱爲偵探小説，情意新奇，高人一籌。

**《嚴芙孫説集》** 一册 二角

本集共九篇，中如《不相關的愛》、《楊奶奶的女兒》、《刑場歡聲》、《嫁衣》等作，情文兼至，饒有可觀。

**《袖珍説集》**　四册　六角

本集共四種，爲畢倚虹、馬二先生、徐卓呆、向愷然四先生所作，印成袖珍本式，美麗而便攜帶，至於内容之佳，自有定評，無待贅言。

**《寫意朋友》**　一册　一角五分

此書爲一滑稽小説，著者畢倚虹先生。中述一人無往而不寫意，暗室之中，能現歌舞，電氣打字，頃刻成書，雖其事盡屬理想，然過屠門而大嚼，亦足使讀者爲之一快。

**《膩友宵談録》**　一册　一角五分

此書爲馬二先生所著，中記一娼門中人，自述其半生之經歷，其間頗足見近年社會上奢靡之狀况，而於辮帥虎踞徐州之往事，亦能涉其鱗爪。

**《兩條道路》**　一册　一角五分

此書爲徐卓呆先生所譯，言男女間之情愛。女性每不可靠，雖尊貴爲國王，利害若魔神，亦受播弄。書中有云：『能够勝過女人笑容的武器，可憐男子竟没有準備着。』誠慨乎其言之也。

**《獵人偶記》**　一册　一角五分

此書爲向愷然先生所著。向先生之武俠小説，久負時譽。此作記其幼年隨獵人入山狩獵之各種情况，情真事實，讀者恍如置身圍場中，親見虎豹之猛烈。

**《上海春秋》** 八册　四元八角

上海爲中國第一大都市，表面上極繁華之大，而暗裏實爲罪惡之淵藪。包先生天笑，旅滬及二十年，社會間窮奇僞詐之事，目見耳聞，積之已久，隨手掇拾，著爲本書，匪僅爲文婉曲微妙，於世道人心，亦有一針見血之功。全書四集，可以分售。

**《甲子絮譚》** 二册　一元

此書亦爲包天笑先生所著，記甲子江浙戰役中困苦流離之痛，而緯以上海社會中種種可驚可嘆可笑可憐之事，描寫深刻，筆力直透紙背。

**《如此上海》** 三册　一元六角

此書爲駱無涯先生所著，『上海』而加以『如此』二字，則書中對於上海社會淫邪奸惡之狀况，表白之詳，描寫之刻，已可於言外窺之矣。全書三十回，共得十六萬言，中以一因萑苻憂而遷滬之鄉富爲骨幹，復插寫以巨滑、大憝、浪子、蕩婦之艷史秘聞，而於花柳場中之露水因緣，離合怪狀，描寫尤不厭精細，誠社會小説中唯一之傑作也。

**《留東外史補》**　二册　六角

此書爲不肖生所著。《留東外史》一書，描寫留東國人之鬼蜮行爲，如温嶠燃犀，無微不盡，此書即緊接其後，用筆記事，更見生動，復經包天笑先生逐節加評，允稱珠聯璧合。

**《新儒林外史》**　一册　四角

此書爲顧佛影君所著，一最新之『學界現形記』也。顧君執教鞭有年，於個中情况，知之甚詳，秉筆直書，毫無遁飾，文情均臻上乘。

**《政海》**　二册　八角

此書爲漱六山房主人所著。漱六山房主人，即著風行四海之《九尾龜》者。《九尾龜》專談花事，而此書則述政潮，其精警動人，正不讓李伯元之《官場現形記》專美。

**《頑童回頭記》**　一册　四角

此書爲趙君豪君所譯，述一頑童過其流浪之生涯，幾將無以自存，然卒能改弦易轍，刻苦自勵，而一躍爲上流社會中人焉。讀之能使人奮發有爲，勤勉自矢。

**《绿林怪傑》** 三册　一元二角

此書爲名小説家李涵秋先生之遺著，記徐寶山將軍事，將軍縱横於淮揚各屬，而先生則揚人也，其對於將軍一生之遭際，耳熟能詳，則此書記載，自屬信而有徵，可補正史之缺。

**《俠骨恩仇記》** 二册　一元

此書爲顧明道君所著，描寫俠客强盗、英雄美人，無不栩栩欲活，其對於少林派等拳術技擊等，叙述尤詳，俠情小説中之佳作也。

**《蘭因記》** 一册　二角

此書爲一言情小説，著者陳小蝶君。陳君之筆，素以古樸見長，此作描寫小兒女之情愛，刻劃入微，尤温靡可讀。

**《爆裂彈》** 二册　七角

此書爲周瘦鵑君所譯，原著者爲法國名小説家瑪利塞勒勃朗氏，即著《亞森羅蘋俠盗案》者。亞氏各案，以奇詭著，此書亦如之，曲折迷離，爲譯本小説中所僅有。愛讀偵探、軍事、言情各小説者，均不可不讀是書。

**《空中盜》**　一册　五角

此書爲趙苕狂君所譯，記大盜黑星，横行都市，雖有極幹練之警探，相機緝捕，而黑星俱視若無物，布局詭奇，行文工細，在偵探小説中堪稱傑作。

**《紅雪娘》**　一册　四角

此書爲張萼孫君所譯，一奇情偵探小説也。中述女郎懷殺父之仇，不惜曲身入倡門，期得當以報，既而仇果以迷戀被戕，而女郎亦得與情人諧百年之好。

**《秘密錦囊》**　二册　八角

此書爲徐卓呆君所譯，中叙一女郎有巨大之遺産可得而不自知，數惡人追隨其後，思攫其所得之錦囊，而女郎則初未知錦囊中藏有深重之秘密也，屢瀕於危，幸均得脱。其後惡人相繼死，事亦大白。其間緯以戰争情愛之事，可作偵探小説讀，亦可作言情軍事小説讀。

**《匣劍帷燈》** 一册　四角

此書爲周瘦鵑君所譯，其原名爲《殺人凶手》。中叙一俠士以七種殺人手段，連殺七惡人，且事先預告死期，及期則雖百般趨避，亦不能免，偵探智索力盡，不能獲其人。情事奇突，趣味雋永，好讀偵探小説者，不可不讀此作。

**《白室記》** 二册　六角

此書爲張碧梧君所譯，述一白室中忽發見一女屍，其後又發見一別一相同之白室，而別一白室之主人，則又即爲死者，疑雲叠叠，惝怳難明，偵探小説中上乘作品也。

**《雙雄鬥智記》** 二册　六角

《亞森羅蘋案全集》中有《雙雄鬥智録》，述福爾摩斯與亞森羅蘋之鬥心鈎角，極離奇變幻之致。此書則記東方福爾摩斯霍桑與東方亞森羅蘋平之角勝争雄，而以富商張才森案爲其綫索，詭譎之處，亦殊無讓於《雙雄鬥智録》。

**《東方亞森羅蘋案》**　一册　二角

有福爾摩斯，於是有東方福爾摩斯；有亞森羅蘋，於是有東方亞森羅蘋：此亦偵探小説界應有之作品也。本書爲何樸齋、孫了紅二君合著，寫羅蘋殊虎虎有生氣。

**《東方福爾摩斯新探案》**　一册　四角

程小青筆底下之東方福爾摩斯霍桑，膽大包身，心細似髮，大可與西方福爾摩斯分庭抗禮。此作爲短篇八種，俱霍桑探案中精粹之作。

**《宋悟奇家庭偵探案》**　二册　六角

此書爲張碧梧君所著，偵探案中之創作也，雖其事不離家庭細故，然家庭之間，禍患叢伏，變生肘腋之時，其原因無不起於隱微，衍爲探案，實大有可觀。

**《見克偵探案》**　一册　二角

此書爲張碧梧君所譯，共爲短篇六種。貝克之名雖未能與福爾摩斯相拮抗，而其探案之細，索隱之微，亦殊有獨到之處。

**《偵探之友》** 三册　一元

此書共有探案二十七種，著者如程小青、陸澹庵、徐卓呆、王天恨諸君，俱爲小説名家，鈎心鬥角，極離奇變幻之能事，愛讀偵探小説者，不可不讀此書。

**《中國最新偵探案》** 二册　一元

此書爲趙苕狂君所著，構局離奇，下筆曲折，一篇有一篇之佳處，讀之令人心折。趙君之偵探小説，素與程小青君齊名，此書亦其傑作之一。

**《戀愛之花》** 一册　四角

自由戀愛，亦有一定之軌道，若胡亂行去，則不免有岐路亡羊之嘆矣。此書於戀愛真詮，發揮甚詳，能引人從正道而行。

**《如意珠》** 一册　四角

此書爲許廑父君所著，述一人於無意中得一如意之珠，遂能所至如意，爲人間平種種不平之事，突梯滑稽，令人捧腹，而懲惡驚奸之處，更能使人胸襟一快。

《**滑稽談話會**》　二册　三角五分

此書爲胡寄塵君所著，中分《物與物的談話》、《人與物的談話》、《今人與今人的談話》、《古人與古人的談話》四部。立意深遠，而用筆冷雋，固胡先生得意之作也。

《**新笑林**》　一册　三角　《**調笑録**》　一册　三角

二書俱爲徐卓呆君所編。徐先生爲小説界著名之笑匠，此二書出世，市上舊本，如《笑林廣記》各書，俱可以糞土視之矣。

《**滑稽**》（**五彩畫報**）　二册　一元六角

此書爲包天笑先生所編，搜集名小説家名畫家如瘦鵑、寄塵、卓呆、丁悚、聿光、病鶴、稺英、個凡、光宇、少飛、鳳竹諸先生之滑稽作品，彙爲一編，用五彩精印，美具難并之佳本也。書共兩輯。

《**月痕**》　二册　一元

此書爲周瘦鵑君所編，中爲周先生譯著小説二十篇，暨雜作若干則，乃周先生主《半月》時之號外刊物。愛讀周先生文字者，不可失此書於交臂。

**《説晶》** 二册 七角

此書俱爲名家短篇小説之結晶，中如冷血、鈍根、鐵樵諸先生，俱有極名貴之作品載入。全書共二十八篇，篇篇可讀。

**《紫羅蘭集》** 二册 一元　**《紫羅蘭外集》** 二册 一元

二書俱爲周瘦鵑個人之作品，每書均有小説十餘篇，雜作數十種，或撰或譯，無不名雋可誦。封面用三色版印刷，艷麗極倫。

**《别裁小説集》** 二册 六角

本書所選皆爲别裁小説，如周瘦鵑之《泉下歸雁》，周南陔之《零香殘簡》，孫了紅之《四封信》，范菊高之《詩的小説》，都共七種，似小説而非小説，按其實則仍小説也。至於文筆韻味之佳，盡可不言而喻。

**《歐美名家小説集》** 二册 六角

此書爲周瘦鵑君所譯，都歐美名家小説廿一篇。先生素以譯筆稱雄説林，此作所選，既盡爲歐美名家小説之精粹，而先生所譯，亦復一筆不苟，將原作精意，細細表出。

**《短篇名家小説集》**　二册　六角

此書所選，爲名小説家瘦鵑、海鳴、寄塵、卓呆、小青諸先生短篇傑作，均未經雜志月報刊過者，且各種體裁俱全，讀之可以時時變换目光。封面用三色版，主編者爲周瘦鵑君。

**《短篇滑稽小説大觀》**　二册　六角　**《短篇社會小説大觀》**　二册　六角

二書俱爲趙苕狂君所編，一篇有一篇之精意，一篇有一篇之筆力，銷行有年，歷久不敗，非倖致也。

**《紫羅蘭庵小叢書》**　八册　二元五角

此書爲周瘦鵑君所編，書共八種，或集時賢傑作，或採亡友遺稿，清新俊逸，一如其人。書作袖珍本，極便取攜。

**《小小説選》**　一册　四角

此書爲名小説家二千字以内之短篇小説二十篇，人各得其一，中如瘦鵑之《等》，小鳳之《突陣》，冷血之《情的落空》，無涯之《清曉》，天笑之《病了》等作，無不情文兼至，爲小説中精品。

**《憶語選》**　一册　四角

此書共憶語七種，如冒辟彊之《影梅庵憶語》，陳小雲之《香畹樓憶語》，孫瘦梅之《小螺庵病榻憶語》，蔣靄卿之《秋燈瑣憶》，華鬘生之《眉珠庵憶語》，琳琅生之《小靈憶語》，王西神之《菊影樓話墮》，其中頗有幾種爲市上所難以覓得者，如今萃爲一編，旖旎清芬，各極其勝，閒讀一過，使人之意也消。

**《紫蘭小譜》**　一册　二角

此書爲瘦鵑個人之筆記，而以述紫羅蘭軼聞者爲最多。瘦鵑本對於紫羅蘭有特嗜，凡關於紫羅蘭者，雖微至一信箋，亦搜羅净盡，則此書之可讀，自可知矣。

**《紫蘭芽》**　一册　二角

此書亦爲瘦鵑個人之筆記，而其中所記，則以偏於言情者爲多，亦哀亦艷，亦香亦芬，每於寂寥不禁時讀之，輒生遐想。

**《燕子龕殘稿》**　一册　三角

此書爲瘦鵑所集蘇曼殊之遺作，分詩、譯詩、隨筆、書札等各卷。曼殊文名遍天下，竟侘傺以終，亦無人爲集行其遺稿者，瘦鵑因取篋中所藏，爲刊此書。

**《紅蠶繭集》**　一册　三角

此書爲瘦鵑所集朱鴛雛之遺作。鴛雛青年夭亡，文壇同深嘆息。此集共小説詩文一百數十篇，都鴛雛得意之作也。

自已。

**《緑窗艷課》**　一册　三角

此書寫古今來之艷體詩詞，瘦鵑集以授其閨人者，宋艷班香，銘心刻骨，讀之蕩氣迴腸，不能自已。

**《穠情密意詞》**　一册　四角

此書俱古人之情詞，人各繫以一小傳，花前月下，如以此曼聲低吟，則花光將愈美，而月色亦愈明。

**（言情小叢書）《我們的情侶》**　四册　二元

此書爲周瘦鵑君所輯，爲言情説愛中一高尚而有真價值之作品，由新詩、詞曲、筆記、小説四種體裁，編輯成戀歌、情詞、愛絲、心弦四種專集。所選材料，樂而不淫，艷而不佻，允爲有情人所必攜。

**《戀歌》**

此集爲傅紹先君所選，都凡當代名家之新體情詩七十五首。原作者如胡適之、沈玄廬、徐玉諾、郭沫若、俞平伯、康白情諸先生，其人其詩，固向爲諸君平日所崇拜者。卷頭并有選者之卷頭語數千言，對於中外古代戀歌，有引據，有指證，能發人所未發，道人所未道。

**《情詞》**

此集所選爲歷代名家所作言情之詞四百七十四闋，俱皆宋艷班香，不同凡響，詞長短體俱全，分作四卷，如日讀一卷，齒頰俱芬矣。

**《愛絲》**

此集爲歷代名家記述情場軼事之筆記七十四則，短者數百言，長者萬餘言，文筆古穆，情事哀艷。

**《心弦》**

此集爲世界著名言情小説之節本十種，俱爲歐美大名家之傑作，由瘦鵑以極忠實之筆，譯出，文學上有價值之作也。

**（德國廢太子）《我之憶語》** 一册 三角

此書爲德皇威廉二世長子小威廉所著。書中所記，起自孩提游樂，以迄戰敗放逐，而於大戰中國際之密謀，失敗之因果，述之尤詳。文字中頗流露感慨之意，小威廉殆亦不免有故宫黍離之嘆也。

**《世界婚姻奇談》** 一册 五角

此書爲徐今叟先生所輯，凡歷代以來之婚姻風俗，各地之婚姻風俗，内地土人之婚姻風俗，亞歐美非澳各國之婚姻風俗，均有極詳細之記載，可爲採風問俗之參考，酒後茶餘之談助。

**《洹上私乘》**　一册　四角

此書爲袁寒雲君所著，記其先人袁世凱氏一生行述，及其嫡母、生母、庶母、兄弟、姊妹數十人之言行名氏，末附《圭塘唱和詩》等作。

**《武林舊思録》**　一册　二角

此書爲陳小蝶君所著，其中所記，俱爲武林軼事。陳君藉出武林，所謂『錢塘蘇小是鄉親』。則其所記，自必本本可考。至於文筆之古樸，此有目者所共賞，無待贅言。

**《南亭筆記》**　四册　六角

此書爲南亭亭長李伯元先生遺著。先生爲小説界先輩，即著《官場現形記》者，其文字言行，素爲後人所欽仰。此書記述其一生見聞，尤爲愛讀先生文字者所不可不讀。

**《南亭四話》**　八册　一元六角

此書亦爲南亭亭長李伯元先生未刊秘本，中共詩話、聯話、詞話、叢話四種，詩聯莊諧分部，而詞話、叢話則詼諧爲多，莊者可爲詞章家之圭臬，諧者亦可爲酒後茶餘之消遣。

《**求幸福齋叢話**》　二册　一元六角

此書爲何海鳴君所著。何君著作，名重鷄林，然在小説中，每以限於體裁，不能將其懷抱，盡情發泄。叢話則不然，諸凡小説中所不能宣述者，俱可一一收之筆底，以昭示讀者，即何君一生經歷之狀況，亦可於此書見之。

《**伍廷芳軼事**》　一册　三角

伍廷芳博士，文言德行，彪炳千古，軼事流傳，尤足資人景仰。本書爲博士之秘書陳此生君所編，凡博士生平軼事，小而幼年趣事，大而國家要計，無不羅述綦詳。

《**老殘游記**》（**新式標點**）　一册　六角　《**今古奇觀**》（**新式標點**）　一册　一元四角

二書俱爲極有價值之舊小説，每年銷售之數，不下數十萬，然大都版本不良，極少佳本。本書照原刻本加以新式標點，軟面精裝，金字燦爛，形式美觀，印刷顯明。

（**一九二六年大東書局排印本**）

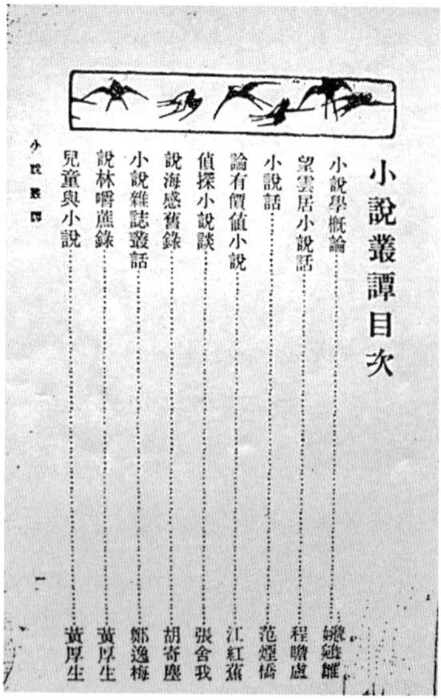

小說叢譚目次

# 後記

一九七八年，我晃蕩了十年之後，重回復旦，蒙王運熙先生的抬愛，讓我編撰《中國文學批評史》的全部小說批評文字。當我着手遍找相關資料時，就想將小說話另輯成集。到今天，《歷代小說話》將出四校，不覺過了整整四十年。四十年間，風轉雲移，已恍若隔世。想當初，借書煩，抄書累，出書難，一波三折，道路不平坦，只是心中有盞燈，不離不棄，且等且行且珍惜。到如今，影印本鋪天蓋地，數據庫層出不窮，資料開放，復製方便，經費充裕，與往昔真不可同日而語，然步履也艱難。面對着茫茫書海、巍巍報山，猶如一頭栽進了無底之洞，上搜下求，左尋右覓，雖偶有獲得一鱗半爪之喜，然不免常懷既漏且誤之憂。好在身邊有一群後生小子，如張天星、李德強、劉再華、陳聖争、朱家英、孫超、羅紫鵬、韓廣、朱澤寶、莊逸雲、朱焱煒、邱培成、葉輝、羅劍波、張洪海、曾紹皇、韋樂、杜竹敏、鄭元英、付優、柳佳、陳静毅、郭乾隆等等，斷斷續續，多多少少，幫過我或查核材料，或輸入電腦，或校讀文稿，同心協力，共襄其成，此時此際，怎能忘得了他們所付出的辛勞！同時，也難忘一貫關心、提攜我的老師章培恒、前輩郭豫適兩位先生，高屋建瓴，曾大力支持與推薦我的這一工作，給我指明方向，爲我鋪平道路。可惜到如今書將問世之日，章先生離世已有七年之久，王運熙先生後也不幸西去，再不能聽他們耳提面命，禁不住悲從中來！由老師而想到當年同投朱東潤先生門下的師兄陳俊山，一個優秀的編輯，一個真誠的兄長，早在上世紀八九十年代，看着我此書的出版屢遭挫折，不斷地幫我分愁解憂，一路相伴。誰知正當他意氣風發、大有作爲的時候，竟被病魔過早地奪去了生命。今天，我只能在心頭燃起一炷清香，告知他此書終將問世，不知在地下的他，是否有知，能爲我浮一大白？

黄霖

二〇一八年九月九日